KB098815

햇빛 공포증

햇빛 공포증

배수영 장편소설

MONGSIL
BOOKS

이 책을 벨라에게 바칩니다

차례

일러두기

* '햇빛공포증'은 정신과적 공식 병명이 아니며 창작의 산물입니다.

** 이 소설의 시간적 배경은 2015년으로서, 본인 동의 없는 정신병원 강제입원이 아직 가능했던 시기입니다. 2017년 대한민국에서 강제입원을 위헌으로 결정하고 정신건강복지법이 개정되었습니다.

1
천사의
정죄

2015년 서울, 하얀 방.

남자의 의식은 가물가물했고 몸은 포박된 것처럼 꼼짝할 수 없었다. 차가운 손이 남자의 이마에 무언가를 붙였다. 혼신의 힘을 다해 눈을 떴지만 그의 시야에 잡힌 것은 얼굴 위를 오르내리는 하얀 소매뿐이었다. 그는 낮게 신음했다. 갈라진 입술을 달싹여 보았지만 목구멍이 꽉 막혀 작은 소리조차 낼 수가 없었다.

'정신 똑바로 차리자. 의식을 잃으면 안 돼. 내 이름은 김한준, 나이는 서른다섯, 직업은 경비행기 조종…'

한준은 무겁게 가라앉는 눈꺼풀을 끌어올리려 애썼다. 하얀 가운을 입은 남자가 한준의 의식이 돌아온 것을 눈치채고 성큼 다가왔다.

"이제 슬슬 문이 열릴 때가 되지 않았나? 너무 오래 닫혀 있었어."

다정하면서도 오싹한 목소리. 한준은 귓바퀴에 와 닿는 입김에 몸서리를 쳤다.

"걱정 마. 내가 열어 줄게."

가운을 입은 남자는 즐거운 듯 웃음을 삼키며 한준의 머리에 연결된 장치의 버튼을 눌렀다. 삑 소리를 내며 모니터가 켜졌다. 얼음장같이 차가운 손이 한준의 다리에 주삿바늘을 찔러 넣었다. 수척한 한준의 볼에 경련이 일었다.

어지러웠다. 마치 눈꺼풀이 여러 겹이기라도 한 듯, 눈을 뜨고 또 떠도 계속 암흑이었다. 한준의 사지에 힘이 서서히 풀려 갔다.

·   *

이틀 전, P 아파트 로비.

낡은 엘리베이터가 철컹거리며 도착했다. 엘리베이터 안으로 발을 들여 놓은 한준은 거울을 보며 자신의 옷매무새를 매만졌다. 오늘은 빈틈없이 근사해 보여야 했다. 층 표시기의 숫자가 하나씩 바뀔 때마다 심장이 쿵쾅거렸다. 조종사 시험을 본 날도 이렇게 떨리진 않았는데. 한준은 심호흡을 하고 꽃다발을 등 뒤로 감췄다.

딩동. 12층에 도착했음을 알리는 신호음이 울렸다. 그런데 어쩐 일인지 문이 열리지 않아 열림 버튼을 누르려 하자 파팟하는 소리와 함께 엘리베이터 안의 조명이 나갔다. 한준은 비상 호출 버튼을 찾으려고 침착하게 엘리베이터 벽을 더듬었다. 그 때였다. 무언가 뚝 끊어지는 소리. 기이한 마찰음과 함께 엘리베이터가 스르르 하강하기 시작했다. 가속도가 붙으며 한준의 몸이 붕 뜨는 듯하더니, 이내 오장육부가 튀어나올 듯 강렬한 메스꺼움이 밀려왔다. 1초가 한 시간처럼 느껴지는 고통 속에서 한준은 낙하 훈련 때 배운 호흡법을 시도하려 애썼다. 그러나 아득해지는 의식을 잡지 못한 채 그대로 바닥에 쓰러져 버렸다.

시간이 얼마나 지났을까.

먼 듯 가까운 듯 들려오는 웅성거림. 한준은 비로소 눈을 떴다. 눈앞은 온통 암흑이었고 무언가 타는 듯 매캐한 냄새가 코를 찔렀다. 두개골이 깨질 듯 아파 왔다. 휴대폰 불빛으로 사방을 비추어 보니 한준이 있는 곳은 다름 아닌 엘리베이터 안이었다.

희우에게서 문자가 와 있었다.

'희우? 아, 이런 젠장!'

자신이 왜 이 엘리베이터를 탔는지 떠오른 한준은 다급히 문자함을 열었다.

'우리 헤어지자.'

한준은 자신의 눈을 의심했다.

"안에 누구 계십니까?"

엘리베이터 밖에서 구조대원인 듯한 남자가 소리쳤지만 한준은 바로 대답하지 못했다. 일단 희우를 만나서 자초지종을 이야기하고 싶었다. 한준은 벌떡 일어났다.

"도와주세요!"

"다친 데는 없으세요?"

"괜찮은 것 같습니다."

"아무래도 로프가 마모되면서 끊어진 모양입니다. 오래된 아파트라 안 그래도 삐걱거린다고 신고가 들어왔었는데 기어이… 다행히 비상 장치가 작동해서 바닥에 충돌하진 않았어요. 이제 수동 장치로 문을 열어 드릴 겁니다. 혹시 모르니 문에서 좀 떨어져 계세요."

구조대원은 한참이나 덜그럭거리며 문틈에 무언가 삽입했다. 열릴 듯 말 듯 갈라진 엘리베이터 문 사이로 새하얀 빛의 덩어리가 불길하게 넘실거렸다. 순간, 한준의 뇌리에 번쩍 스치는 장면이 있었다. 어두운 방, 누군가 성큼성큼 다가와 열쇠 구멍을 휘젓는 소리.

'뭐지, 이 익숙한 느낌은…'

악마의 괴성처럼 끔찍한 쇳소리를 내며 엘리베이터 문이 양쪽으로 벌어졌다. 순식간에 눈부신 빛줄기가 한준의 얼굴을 강타했다. 무방비 상태로 서 있던 한준은 두 손으로 얼굴을 감싸며 급히 고개를 돌렸다. 빛의 칼날이 몸을 두 동강 내듯 이마에서 가슴을 거쳐 배 위로 이어졌다. 몸 한가운데에 내리꽂힌 광선의 열기로 한준의 등이 축축해졌다. 자신에게 곧 무언가 다가

올 거라는 공포감이 엄습했다.

"괜찮으세요?"

한준의 모습을 본 구조대원들이 웅성거렸다. 정체 모를 기시감, 전신을 태울 듯 작렬하는 빛의 막대기는 그의 숨구멍을 점점 조여 왔다. 한준은 손을 부들부들 떨며 목을 옥죄는 셔츠의 윗단추를 간신히 풀었다.

"희우야…."

타들어 가는 목소리로 희우를 불렀지만 소리가 입 밖으로 나오지 못했다. 잔인하게 활짝 열린 문 앞에 한준은 무너지듯 무릎을 꿇었다. 눈부신 빛 아래 참회하듯 고개가 떨구어졌다. 단두대에 목을 바친 순교자처럼 거룩하게, 그의 몸이 천천히 고꾸라졌다.

*

한준은 외마디 비명을 지르며 자리에서 벌떡 일어났다. 형광등 아래 무심한 표정의 간호사가 수액 조절기를 만지고 있었다. 간호사는 깨어난 한준을 보고 놀라는 기색도 없이 그의 팔에 혈압기를 감았다.

"지금 뭐 하는 겁니까."

"혈압이 좀 낮으시네요. 선생님 불러 올게요."

획 돌아 나가는 간호사의 등에 대고 여기가 어디냐고 물으려는 찰나, 금테 안경을 쓴 젊은 의사가 천천히 방 안으로 들어왔다. 다리를 약간 저는 것 같기도 했다.

"깨어나셨군요. 기분은 좀 어떠세요?"

생전 외출이라곤 하지 않는 듯 석고같이 하얀 피부와 둥글고 작은 얼굴. 앙다문 입술과 흔들림 없는 동공에서 서늘함이 느껴졌다.

"여기는 성 루시아 병원입니다. 김한준 씨가 실려 오기 전 상황을 기억나는 대로 말해 보시겠어요?"

뇌에 손상이 있는지 확인하려는 질문인 듯했다. 한준은 짧게 한숨을 토하며 이마에 손을 갖다 댔다.

"기억납니다. 엘리베이터 안에서 쓰러졌고…"

불현듯 희우를 떠올린 한준이 휴대폰을 찾느라 두리번거렸다. 의사가 침대 옆에 놓인 바구니를 가리켰다.

"소지품은 여기 넣어 두었습니다."

한준은 다급히 휴대폰을 꺼냈다. 부재중 전화도 확인을 기다리는 문자도 없었다. 그의 얼굴이 빠르게 어두워졌다.

의사는 단조로운 톤으로 기본 안내 사항을 읊조렸다.

"오늘은 2015년 11월 5일이고 지금 시각은 오후 6시입니다. 김한준 씨는 어제 오후 5시경 입원하셨고 약 24시간 수면하셨습니다. 가벼운 찰과상 외에 특별한 외상은 없기 때문에, 담당 의사였던 정 선생님은 조금 전 퇴근하셨습니다. 내일부터 제가 김한준 씨 담당이고요."

의사는 명찰에 꽂힌 한준의 시선을 의식하고 명함을 꺼내어 선반 위에 올려놓았다. 어려 보이는 인상 때문인지 환자들의 미덥지 않은 시선에 익숙하다는 듯한 태도였다.

"곧 식사가 나올 겁니다. 드시고 좀 쉬세요. 자세한 이야기는 내일 하도록 하죠."

의사는 깍듯하게 인사를 하고 병실을 나갔다. 침대 옆 선반에는 한준의 양복이 얌전히 개켜 있었다.

특별한 외상도 없었다면서 왜 굳이 환자복으로 갈아입혔을까. 단순 혼절인 경우 수액이나 좀 맞히다가 의식을 회복하면 퇴원시키는 것 아니던가?

선반 위의 명함으로 눈길이 갔다.

김주승, 정신과 전문의, 성 루시아 종합병원 정신건강의학과 과장.

혹시 내가 충격으로 정신이라도 나갔을까 봐 정신과 의사까지 찾아온 걸까? 한준은 내일 자세한 이야기를 하자는 주승의 마지막 말이 썩 개운치 않았다.

직원이 가져다준 식사를 허겁지겁 먹고 나서야 한준은 고개를 돌려 병실을 둘러보았다. 침대는 여섯 대. 그러나 환자는 한준밖에 없었다.

한참 후, 아까의 무표정한 간호사가 들어왔다. 손에는 각종 약병과 물컵이 들려 있었다. 연분홍 카디건에 삐뚜름하게 달린 명찰에는 '채송화'라고 쓰여 있었다.

"그 약은 뭡니까."

"오랜만에 식사하셨으니까 소화제 드시고요. 이건 멜라토닌이에요. 신경이 날카로우신 것 같아서 선생님이 처방해 주셨어요. 약에 특별히 알레르기는 없으시죠?"

"거기 놔두고 가세요."

송화는 한준의 대답이 끝나기 무섭게 문을 닫고 나갔다. 한준은 가볍게 한숨을 쉬었다. 24시간이나 잤다면서 멜라토닌을 먹고 또 자라는 건가. 뻐근한 근육을 이리저리 비틀던 한준의 귓가에 느닷없이 기분 나쁜 남자 목소리가 스쳤다.

'이제 슬슬 문이 열릴 때가 되지 않았나….'

정신이 번쩍 들었다.

그러고 보니 의식이 혼미한 가운데 주사를 맞은 기억이 났다. 눈앞에서 오가던 하얀 가운의 소매, 살에 닿았던 차가운 기구의 느낌. 한준은 바짓단을 걷어 올렸다. 주삿바늘로 찔렸던 곳에 일회용 반창고가 붙어 있었다. 꿈이 아니었어. 대체 나도 모르는 새에 무슨 검사를 한 거지?

한준의 시선이 창가에서 멈췄다. 바깥 풍경이 전혀 보이지 않았다. 꺼림칙한 느낌이 든 그는 부스스 일어나 수액 걸이를 끌고 창가 쪽으로 갔다. 창문마다 바깥쪽에서 나무를 덧대어 못으로 단단히 박아 놓은 상태였다. 오싹함이 엄습했다. 급기야 침대에 부착된 이름표에서 '정신병동'이라는 글자를 본 한준은 병실 문을 거칠게 열어젖혔다. 그는 복도에 지나가던 간호사를 붙잡고 소리쳤다.

"당장 선생님 좀 불러 주십시오!"

당황한 간호사가 복도 벽에 붙은 내선 전화기로 주승을 호출했다. 잠시 후, 주승이 침착하게 병실에 들어오자 한준은 문을 쾅 닫고 단숨에 그의 멱살을 잡아 벽으로 밀어붙였다.

"창문은 왜 죄다 막아 놓은 거죠? 대답해요, 내가 왜 정신병동에 있는 겁니까?"

주승은 제법 힘 있게 한준의 손을 떨쳤다.

"진정하세요. 환자분을 위해서 막아 놓은 겁니다."

자신을 환자라고 부르기 시작한 것을 눈치챈 한준은 더욱 초조해졌다.

"좀 알아듣게 설명을 해 주시죠!"

주승의 눈빛은 한준의 격한 반응을 흥미롭게 지켜보고 있었다. 담당의라기보다 관찰자에 가까운 그 냉담한 시선에 한준은 소름이 돋았다. 왜 이런 눈빛으로 쳐다보는 거지.

주승은 한준이 밀어붙였던 벽에서 의연하게 걸어 나왔다. 한준과 몇 걸음 떨어진 테이블에 걸터앉더니, 강의하듯 차분한 말투로 설명을 시작했다.

"김한준 씨는 엘리베이터 문이 열림과 동시에 쏟아져 들어오는 빛에 발작 증세를 보이며 실신했습니다. 드물지만 햇빛공포증이라는 병이 있습니다. 환자분의 증상이 그 병과 정확하게 일치하기에 빛을 차단해 놓았습니다만."

"무슨 공포증이요?"

"빛에 노출되면 몸에 경련이 오고 구토를 하거나 근육이 마비되기도 하는 병입니다. 심한 경우 호흡 곤란과 함께 패닉 어택(panic attack)이 오기도 하죠. 내일부터 검사와 치료를 시작해야 하니 오늘은 아무 생각 말고 푹 쉬시는 게 좋을 겁니다."

"미안하지만 난 한가하게 병원에 누워 있을 시간이 없어요. 바로 퇴원할 겁니다."

한준은 서슴없이 손등에 꽂힌 바늘을 떼어 내고 소지품을 챙겼다. 잠자코 지켜보던 주승이 한준의 등에 대고 입을 열었다.

"보호자 분도 김한준 씨의 입원에 동의하신 상태입니다."

"보호자라뇨? 나도 모르는 보호자가 무슨 권리로 허락했다는 거죠?"

주승은 태연하게 차트 사이에 껴 있던 서류를 내밀었다. 주승의 손에서 서류를 낚아챈 한준은 마지막 페이지를 보고 말을 잇지 못했다. 보호자 서명란에 익숙한 필체로 '이희우'라고 적혀 있었다.

"이희우 씨는 김한준 씨가 발작을 일으키는 것을 목격하고 구급차를 불렀다고 합니다. 환자의 치료 및 입원에 동의하며, 전권을 의사인 저에게 맡기겠다는 동의서에 서명하셨습니다."

한준은 동의서를 발기발기 찢어 버리고 주승을 노려보았다. 한준의 거친 반응에도 주승은 조금도 놀라는 기색이 없었다.

"희우가 이런 동의서에 사인했을 리 없어! 대체 그 여자에게

20

무슨 말을 한 거지? 게다가 배우자도 아닌 사람의 서명이 무슨 법적 효력이 있다는 겁니까?"

"아, 곧 배우자가 되실 분 아니었습니까?"

한준의 눈동자가 잠시 흔들렸다.

"그 동의서가 없어도 저는 김한준 씨를 입원시킬 수 있습니다. 전문가의 소견만으로도 환자를 입원시키는 데 아무런 법적 하자가 없습니다. 그저 환자분께 도움이 될까 해서 보여 드린 것뿐입니다."

주승은 언성을 높이지 않고도 충분히 위압적이었다.

"하루빨리 치료를 시작하셔야 할 겁니다. 시도 때도 없이 실신을 할 수는 없는 노릇이니까요."

한준은 숨을 가다듬고 주승에게 가까이 다가갔다.

"이봐 당신. 확실하지도 않은 진단으로 사람 가두는 거, 범법 행위야. 의사라면서 그런 것도 모르나?"

주승의 입가에 엷은 미소가 떠올랐다. 마치 한준의 오기가 조만간 수그러들 것을 안다는 듯 여유로운 미소였다.

"받아들이기 힘든 게 당연합니다. 대부분의 환자가 자신의 상태를 인정하는 데 상당한 시간이 걸리지요. 차근차근 치료해 봅시다."

"내 몸에 털끝 하나라도 건드렸다간 각오해."

"아 참, 이희우 씨가 엘리베이터 CCTV 자료도 보내 주셨더군요. 치료에 도움이 될 거라면서 말입니다."

한준의 두 눈에 화륵 불꽃이 일었다. 주승이 휴대폰으로 이메일을 열어 엘리베이터 영상 파일을 보여 주었다. 엘리베이터 문이 열림과 동시에 한준이 얼굴을 가리며 주저앉아 어린아이처럼 흐느끼는 모습이 고스란히 담겨 있었다. 자신의 처참한 몰골을 목격한 한준은 말을 잇지 못했고 주승이 단호한 태도로 입을 열었다.

"전문가의 도움 없이는 정상적인 생활을 영위하실 수 없는 단계라는 것을 직시하셔야 합니다. 이런 상태로 이희우 씨에게 프러포즈를 하실 순 없지 않습니까? 한 여자의 일생이 걸린 일인데."

한준이 입술을 깨물었다.

"내 여자 이름 함부로 입에 올리지 마."

"진심으로 사랑하시나 봅니다."

비아냥과 부러움이 섞인 어조였다.

"정말 미인이긴 하더군요. 질투 날 만큼."

한준이 성큼성큼 걸어가 주먹을 날렸다. 둔탁한 소리와 함께 벽에 부딪힌 주승이 중심을 잃고 넘어졌다. 이내 뒤뚱거리며 일어난 주승의 싸늘한 눈이 이글거리는 한준의 눈과 마주쳤다. 팽팽한 긴장감이 맴돌다 주승이 조용히 웃기 시작했다. 속으로 삼키는 듯 차분하면서도 기분 나쁜 웃음. 들릴 듯 들리지 않는, 입을 꾹 다문 채 웃는 웃음이었다. 한준은 주승을 어이없다는 듯 쳐다보았다.

"외상 후 격분장애 가능성 추가. 사리 판단 능력 상실과 함께 공격적인 말과 행동. 잘 기록해 두겠습니다."

한준이 환자라는 사실을 다시 한번 못 박는 발언이었다. 굴욕감으로 떨고 있는 한준 앞에서 주승은 보란 듯 가운을 고쳐 입고 태연하게 나가 버렸다.

문이 쾅 하고 닫힘과 동시에 안도감 같은 것이 느껴졌다. 그러나 언제든지 다시 열릴 수 있다는 두려움도 있었다. 한준은 자신이 도대체 왜 이런 감정을 느끼는 것인지 알 수 없었다.

평생 처음으로 그의 가슴속에서 하나의 질문이 메아리쳤다.

'나는 누구지?'

*

천장에 뚫린 네모.

2층 다락방으로 통하는 입구다. 거기엔 낡은 목조 사다리가 걸쳐져 있다. 네모진 입구를 덮고 있던 판자가 살며시 열린다. 열린 문틈으로 열 살쯤 되어 보이는 소년이 아래층을 엿본다. 소년의 눈은 잔뜩 겁에 질려 있다. 소년은 마스크를 쓴 40대 남자와 눈이 마주친다.

남자는 소년을 보자 크게 놀라며, 무전기로 "여기 생존자가 있다!"고 외친다. 곧 달려온 몇 명의 어른들이 소년에게 손짓을 하며 내려오라고 한다. 깜짝 놀란 소년이 도리질을 하며 입구를 닫아 버리자, 남자가 다시 소리친다.

"괜찮아, 아저씨는 형사야. 병원에 데려다줄게, 얼른 내려와."

한참을 망설이던 소년은 몸을 돌려 한 발 한 발 사다리를 디딘다. 아래층으로 내려오니 숨이 턱 막힌다. 고약한 냄새가 집 안에 가득 차 있다. 남자가 재빨리 소년의 얼굴에 마스크를 씌워 준다.

집 안은 온통 아수라장이다. 제복을 입은 사람들이 신발을 신은 채 걸어 다닌다. 카메라를 들고 집 안 여기저기를 찍는 사람, 집게로 물건을 비닐 팩에 넣는 사람, 붓으로 가스레인지 손잡이를 문지르는 사람…

그들은 엄마 아빠가 쓰는 침실에 노란색 테이프를 두르고 소년조차 들어가지 못하게 한다. 소년은 잔뜩 겁에 질려 두리번거린다. 엄마 아빠는 어디로 간 거지?

"얘, 아까 그 다락방이 네 방이니?"

소년의 손을 잡고 이끌던 남자가 묻는다.

"네…."

"어제 새벽에 집에서 이상한 소리 못 들었니?"

"어떤 소리요?"

"가령, 부엌에서 인기척이 났다거나, 누군가 다투는 소리가 났다거나. 평소와 다른 건 뭐든지."

소년은 순간적으로 어젯밤 일을 떠올린다. 다락이 너무 추워서 부엌에 내려와 한동안 가스레인지 불을 쬐다가 위층으로 올

라갔던 일. 하지만 왠지 그걸 이야기하면 안 될 것 같다는 생각
이 든다.

"아니요…."

소년은 쭈뼛거리며 기어들어 가는 목소리로 대답한다. 남자
는 조금 실망한 표정을 짓는다.

"그래, 알았다. 일단 병원에 가서 검사부터 받자."

남자는 담배 냄새가 밴 자신의 외투를 소년의 어깨에 덮어
준다. 어깨에 실린 외투의 무게가 제법 묵직하다. 옷깃에서 쩐
내가 난다. 남자는 구급차 안으로 소년을 황급히 밀어 넣는다.
소년은 떠밀리듯 구급차 안으로 들어가고, 구급대원들이 차 문
을 닫는다.

*

모니터에서 위험수치를 경고하는 알람이 울리기 시작했다.

"오늘은 여기까지 하죠."

한준의 몸을 나른하게 했던 약 기운이 서서히 빠져나가고 머
리가 맑아졌다. 눈을 뜬 한준 앞에 김주승의 동그란 얼굴이 웃
고 있었다.

"긴장을 이완시키는 마취 유도제를 소량 사용했을 뿐인데 금
세 효과가 나타나네요. 방금 보신 것들을 제게 말씀해 주시면
됩니다. 김한준 환자, 아시겠죠?"

한준이 자리를 박차고 일어났다.

"내가 어떻게 여기 누워 있는 거지? 환자 동의도 없이 대체 무슨 치료를 시작한 거야? 당신, 의사자격증 있는 것 맞아? 처음부터 찝찝했어. 정체가 뭐야?"

주승은 한준의 거친 말투에도 아랑곳없이 설명을 계속했다.

"공포증은 원인을 파악하는 것이 중요합니다. 대개의 경우 트라우마에서 기인하기 때문이죠. 그래서 과거의 한 부분을 일깨워 드린 겁니다. 미처 몰랐던 내 안의 실체와 마주한다, 뭐 이렇게 생각하시면 도움이 될 겁니다."

실체라는 단어에 한준의 눈썹이 꿈틀거렸다.

"내 실체는 김한준이야. 서른다섯의 경비행기 조종사, 이게 내 실체라고!"

"그럼 아까 본 것들은 뭡니까. 최면 상태에서 분명히 무언가를 봤죠?"

한준의 손이 땀으로 축축해졌다. 분명 한준은 보았다. 익숙한 풍경, 익숙한 냄새, 익숙한 두려움. 오랫동안 까맣게 잊고 살아왔던 그것.

"방금 김한준 씨가 본 것은 과거의 일부 조각에 불과합니다. 앞으로 일주일에 세 번 최면 치료를 할 테니 본 것을 모두 제게 이야기해 주세요. 윤곽이 잡히면 치료의 방향을 더 확실히 정할 수 있으니까요."

"내가 왜 당신 말을 믿어야 하지? 당신이 내 과거에 대해 뭘 알아?"

"글쎄요. 몰입경 속에서 무얼 봤는지는 자기 자신이 제일 잘 알겠죠."

한준이 두 주먹을 그러쥐는 것을 본 주승의 얼굴에 묘한 만족감이 떠올랐다.

"저는 지난 7년간 희귀 공포증을 연구해 왔습니다. 못 믿으시겠다면 검색이라도 해 보세요. 제 연구 논문을 쉽게 찾으실 수 있을 겁니다. 김한준 환자야말로 제가 돕고 싶은 희귀병 환자입니다. 제게 기회를 주시지요."

희귀병이라는 말에 한준의 정신이 아득해졌다.

"그럴 리가 없어… 이건 분명 속임수야. 뭔가 잘못된 거라고…."

*

캄캄한 병실 안.

한준은 침대 위에 한쪽 무릎을 세우고 앉아 생각에 잠겼다. 미동도 없이 두 눈만을 번득이며 우두커니 앉아 있는 그의 실루엣은 흡사 장승 같았다. 병원에서 나온 식사는 손도 대지 않은 채 그대로였다.

모든 게 엉망이었다. 김주승과의 기분 나쁜 대면 이후 희우에게 문자를 보냈지만 그녀는 묵묵부답이었다. 한준은 손이 하얇게 될 정도로 휴대폰을 세게 쥐고 있다가 벽을 향해 던졌다. 산산이 조각났다면 속이라도 시원했을 텐데, 액정에 살짝 금이 갔을 뿐 휴대폰은 멀쩡했다.

금이 간 액정에 부재중 전화 기록과 문자 알림이 차례대로 떴다. 기장과 정욱 형이었다.

'김 교관, 훈련생들이 한 시간째 기다리고 있네. 속히 연락하 도록.'

'한준아, 대체 무슨 일이냐? 기장님께는 대충 둘러댔다. 형한 테 전화해라.'

한준은 비행학교에서 교관도 겸하고 있었다. 상황을 모르는 동료들은 애타게 한준의 연락을 기다리고 있을 터였다. 한숨을 푹 내쉰 한준은 몇 번이나 쓰고 지우기를 반복하다가 기장에게 답을 보냈다.

'답장이 늦어 죄송합니다. 신변에 복잡한 일이 생겨 언제 해 결될지 알 수 없습니다. 무기한 휴직 처리해 주십시오. 면목 없 습니다.'

제기랄!

한준은 머리를 감싸 안았다. 목숨같이 지켜 오던 신용을 잃 은 느낌이었다. 아무리 사정이 있었다 한들, 그는 무책임한 사 람으로 여겨질 것이다. 무기한 휴직이라는 것도 결국 사직이나 다를 바 없었다. 치료를 받는다는 사실이 알려지면 조종사로서 의 자격도 박탈될 게 뻔했다.

그의 자존심에 가장 큰 상처를 남긴 것은 희우가 자신의 이런 모습을 보았다는 사실이었다. 병원에 데려다 놓고는 줄곧 연락 두절인 희우를 생각하면 답답해서 속이 터질 지경이었다.

"다 끝났어…."

단 사흘 만에 한준의 인생은 기가 차게 꼬여 버렸다. 프러포즈를 하려던 날 이상한 사고를 당한 것도, 이별 통보를 한 그녀가 자신의 치료에 동의했다는 것도 납득할 수가 없었다. 게다가 생각지도 못한 공포증까지. 모든 것이 한꺼번에 밀려와 한준의 일상을 불구로 만들고 있었다.

치료 도중 생생하게 다가온 장면들… 주승은 한준이 과거의 일부를 기억해 낸 것이라고 했지만, 그게 정말 한준의 과거인지 최면제에 취해서 본 망상인지조차 알 도리가 없었다. 그 장면들 중 어떤 것도, 한준이 알고 있는 과거와 일치하는 것이 없었다.

'하지만 대체 왜 이렇게 익숙한 느낌이 드는 걸까.'

한준은 반대편 벽을 노려보다가 깜짝 놀랐다. 방이 칠흑같이 캄캄한데도 멀찌감치 달린 모니터 측면의 깨알 같은 글씨를 읽을 수 있었다. 하룻밤 사이 한준의 시력은 어둠에 필요 이상으로 적응되어 있었다. 암흑 속에서 방 안의 모든 사물이 명료하게 보이는 건 분명 처음 느껴 보는 감각이 아니었다.

한준은 거칠게 수돗물을 틀었다.

'대체 엘리베이터 안에서 느낀 그 섬뜩함은 뭐지?'

문이 열리는 순간 한준을 꼼짝 못하게 결박하던 공포의 빛

그물. 몸을 두 동강 낼 듯 이마에 내리꽂힌 정죄의 칼날. 한준은 몸서리를 쳤다.

그는 손등에서 바늘을 뽑아 버리고 사복으로 갈아입었다. 여기에선 이 모든 생각들이 숨통을 조이는 것 같아 견딜 수가 없었다. 복도를 슬며시 살펴보니 야간조 간호사들은 스테이션을 등지고 있었다. 모니터를 보며 무언가 서로 상의하느라 여념이 없었다.

발소리가 나지 않게 조심하며 출구에 이르러, 문 앞을 지키는 직원의 눈을 피해 청소용구 보관실에 몸을 바짝 붙였다. 그곳은 벽이 패인 구조라 프런트 직원의 시야에서 비껴 난 위치였다. 그러나 만약 병동 내부에서 누군가 걸어 나온다면 쉽사리 발각될 수 있는 위치이기도 했다. 한준은 가슴을 졸이며 출구가 열리기만을 기다렸다.

잠시 후 철문 밖에서 방문자가 인터폰을 울렸다. 프런트 직원이 버튼을 누르자 덜컹 소리를 내며 철문이 열렸다. 한준은 민첩한 동작으로 들어오려는 사람의 몸을 밀치고 병동 밖으로 뛰쳐나갔다. 놀란 프런트 직원이 벌떡 일어나 소리를 질렀지만 몸이 잰 한준은 직원을 따돌리고 병원 밖으로 나가는 데 성공했다.

큰길에서 택시를 잡아 탄 한준은 뒷좌석에 몸을 누이며 숨을 골랐다. 택시가 달리는 동안에도 그는 창 밖 풍경에 눈길 한 번 주지 않고 생각에 잠겼다. 양복 안주머니에서 조그마한 가죽 상자가 만져졌다. 조심스레 상자를 열자 소박한 디자인의 반지가 모습을 드러냈다. 한준의 목울대가 위아래로 일렁였다. 그녀를 태우고 서쪽 바다를 비행한 뒤 석양을 바라보며 청혼할 계획이 었는데…. 억지로 바늘을 떼어 낸 손등이 욱신거렸다.

한준은 희우의 아파트에 도착하기가 무섭게 택시에서 내렸다. 마치 가시덤불을 헤치고 공주를 구할 기세로 복도를 전진하던 한준의 발길이 엘리베이터 앞에서 뚝 멈췄다. 굳게 닫힌 채 버티고 선 은빛의 문. 모든 것을 엉망으로 만들어 버린 엘리베이터는 또다시 한준을 삼켜 버리겠다는 듯 불길한 마찰음을 내고 있었다. 버튼을 누르려고 했지만 어쩐 일인지 선뜻 누를 수가 없었다. 몇 번이고 용기 내어 시도했지만 결국 누르지 못한 한준은 주먹을 불끈 쥐었다. 지나가던 아주머니가 이상한 눈으로 한준을 훑어보더니 그를 피해 계단으로 올라갔다. 한준은 복도 끝의 계단을 물끄러미 바라보았다. 그래, 계단이 있었지. 그러나 엘리베이터가 일깨워 놓은 공포감이, 희우를 대면할 일말의 용기마저 앗아가 버린 것 같았다.

그는 터덜터덜 건물 밖으로 나와 12층을 올려다보았다. 벽과 천장에 텔레비전 불빛이 명멸하고 있었다. 당장이라도 뛰어 올라가 불같이 화를 내고, 격렬하게 싸우고, 미치도록 껴안고 싶었다. 멋대로 이별을 통보하고 모습을 감춘 그녀에게 어떤 변명이든 들어야 했다. 화단 앞 벤치에 털썩 주저앉은 한준은 두 손으로 얼굴을 감쌌다.

주체할 수 없는 눈물이 뺨을 타고 흘러내렸다. 공포증 환자라는 누명, 그리고 자꾸만 그를 따라붙는 이 섬뜩한 기시감에서 벗어나기 전까지는 그녀 앞에 당당히 모습을 드러낼 수 없다는 걸 이미 알고 있었다.

한준은 어깨를 축 늘어뜨린 채 병원으로 돌아왔다. 정문에서 한준을 기다리고 있던 스태프들이 다가와 단단히 팔짱을 꼈다. 병실에 도착하자 스태프들은 소지품을 압수하겠다고 했다. 한준은 선뜻 대답하지 못하고 코트 주머니에 손을 넣었다. 옷이나 지갑은 가져가도 괜찮지만 휴대폰만은 빼앗기고 싶지 않았다. 스태프들이 엄중한 눈빛으로 손을 내밀었다. 어쩔 도리가 없었다. 자포자기의 심정으로 휴대폰을 꺼내려는데, 갑자기 그의 손끝에 부르르 진동이 전해졌다. 놀란 한준이 재빨리 잠금장치를 풀고 새로 도착한 문자를 열었다.

'뼛속까지 어두워야 밝아지리라.'

발신 표시 제한 번호였다. 한준은 침대에 털썩 주저앉았다. 마지막으로 확인한 문자가 하필 이런 장난 문자라니.

"희우가 아니었어…."

형용할 수 없는 실망감으로 한준의 눈이 일그러졌다. 그는 이제 될 대로 되라는 듯 스태프들이 옷을 벗기고 소지품을 가져가도록 내버려 두었다. 문이 닫히고 뚜벅뚜벅 발소리가 멀어졌다.

세상과의 마지막 연결 고리를 빼앗긴 한준의 주먹이 침대 시트를 그러쥐었다. 분을 풀 데가 없어 이를 꽉 깨물었다. 가슴속에서 무언가 폭발할 것 같은데 마지막 남은 자존심이 눈물조차 흘리지 못하게 감정을 붙잡고 있었다. 갑자기 메스꺼움이 밀려왔다. 그는 화장실로 달려가 변기를 부여잡고 속을 게워냈다.

한동안 침대에 엎드려 꿈쩍도 하지 않던 한준이 재깍거리는 소리에 몸을 일으켰다. 저녁 9시. 병실 문을 살짝 열어 보니 복도에 인적이 드물었다. 스테이션을 지키는 간호사는 모니터 앞에서 꾸벅꾸벅 졸고 있었다. 한준은 무엇에 이끌리듯 주승의 연구실을 향해 걸었다. '김주승 박사 연구실'이라는 문패 앞에 다다르자 이상한 전율이 일었다. 연구실이라는 단어가 주는 꺼림칙한 느낌 때문이었다. 마치 자신이 실험 대상이 된 듯한 기분이었다.

한준은 간격을 길게 잡아 두 번 노크했다. 아무런 대답이 없었다. 천천히 문고리를 돌렸다. 주승은 아직 퇴근하지 않은 상태였다. 의학 저서를 읽다가 잠시 졸았는지 고개를 숙이고 있던 주승이 방에 들어온 한준을 보고 흠칫 놀랐다. 한준이 충혈된 눈을 빛내며 주승에게 성큼 다가갔다. 주승은 약간 당황한 듯 의자를 뒤로 뺐으나 표정만은 침착을 잃지 않고 있었다.

"한 번 더 합시다."

밑도 끝도 없는 한준의 제안에 주승이 의아하다는 듯 한쪽 눈을 치켜떴다.

"최면인지 뭔지 말입니다. 그게 진짜 내 과거든 망상이든, 좀 더 자세히 알아야겠어요."

주승이 흡족한 표정을 지으며 보고 있던 책을 소리 나게 닫았다.

"잘 생각하셨습니다. 그럼 내일부터 집중적으로…"

"아니요."

한준이 주승에게 한 걸음 더 다가갔다.

"지금 당장 하잔 말입니다."

한준의 단호한 눈빛에 주승의 입꼬리가 올라갔다.

"좋습니다. 그럼 이쪽으로."

주승은 자리에서 일어나 한준을 검사실로 안내했다.

"아까보다 더 재미있는 것들을 많이 보시게 될 겁니다. 최면 치료란 내재되어 있는 현재의 무의식뿐 아니라 오랫동안 망각하고 있던 일들마저 꺼내 주는 신기한 재주가 있으니까요."

검사실의 문이 시커먼 입을 벌렸다. 두 남자의 실루엣이 어둠 속으로 빨려 들어갔다.

*

나는 비좁은 다락방에서 이불을 뒤집어쓰고 엎드려 있다. 방에 전등이 없기 때문에 해가 지면 이불 속에서 손전등을 켠 채 숙제도 하고 만화책도 본다. 손전등을 가지고 있다는 것을 엄마에게 들키면 안 되기 때문에 잘 숨겨 놓아야 한다.

엄마는 매일 하얀 가운을 입고 출근한다. 내가 학교 갈 준비를 마치면 엄마가 약을 준다. 그 약을 먹으면 좀 피곤해지는 것 같기도 하다. 엄마는 내가 밤늦게 자는 습관이 있어서 그런 거라고 한다.

나는 성적이 꽤 좋다. 4학년인 지금까지 상위권을 놓쳐 본 일이 없다. 학교 친구들은 이런 나를 부러워하지만, 사실 기를 쓰고 일등을 해도 정작 엄마한테는 칭찬을 듣지 못한다. 성적표를 들고 오는 날이면 엄마는 불같이 화를 낸다. 어떤 날은 저녁밥도 주지 않은 채 나를 방에서 못 나오게 한다. 심지어 매를 맞은 적도 있다.

엄마는 나보고 공부는 못해도 되니 제발 밤에 일찍 자라고 한다. 내게는 남들에게 말 못 할 특이한 병이 있다고 한다. 그러니까 밥보다 약을 목숨같이 여기고 주는 대로 꼬박꼬박 먹으라고 강조한다. 나는 엄마가 하라는 대로 한다. 왜냐하면 엄마는 나를 걱정해서 그러는 거니까….

겨울이 싫다. 겨울이 되면 다락방이 유난히 춥기 때문이다. 엄마는 내가 추위에 익숙해져야 병을 이길 수 있다고 한다. 추웠다 더웠다 하면 감기에 더 잘 걸리니까, 내 방 온도를 바깥과 비슷하게 맞추는 것이 가장 좋다고 한다. 그래서 우리 집은 다락에만 난방이 안 들어온다. 등이 시리고 발이 얼음장 같아서

도저히 잠이 오지 않을 때면, 식구들이 모두 잠든 후 몰래 부엌에 나가 가스레인지 불을 쬐곤 한다.

가스레인지 앞에 의자를 끌어다 놓고 앉아 푸른색으로 넘실거리는 불꽃 위로 손을 펼친다. 따뜻하다. 기분 좋게 데워진 손을 뺨에 대 본다. 얼어 있던 뺨이 사르르 녹는다. 이런, 나른해져서 깜빡 졸았나 보다. 시간이 얼마나 지났는지 모르겠다. 엄마한테 혼나기 전에 얼른 다락방으로 올라가야겠다.

*

일주일에 세 번으로 잡혀 있던 최면 테라피는 한준의 요구로 매일 감행되었다. 하루빨리 이 지옥 같은 악몽에서 벗어나려면 괴물과 직접 대면하는 수밖에 없을 것 같아 한준이 자초한 스케줄이었다. 어느 쪽이든 하나가 죽어야 끝날 싸움이었다.

최면 상태에서 한준은 늘 같은 소년을 보았다. 도무지 이해가 되지 않았다. 한준은 어릴 적에 부모님을 잃기는 했지만 다락방에 살지 않았고 학대받은 기억도 없었다. 최면이 보여 주는 장면들은 생소하기 그지없었다. 한준을 입양하여 키워 준 스테파노 신부가 아직 살아 있다면 입양 전 상황에 대해 물어볼 수 있겠지만, 결국 이 혼란을 해결할 열쇠를 쥔 사람은 오직 한준 자신이었다.

'혹시 이 소년을 내가 알고 있나?'

한준은 입술을 잘근잘근 씹으며 어린 시절을 떠올려 보았지만, 그런 일을 겪은 아이는 본 적도, 이야기를 들은 적도 없는 것 같았다.

최면 치료를 거듭할수록 빛에 민감해진 한준은 이제 햇빛뿐 아니라 인공조명도 꺼리게 되었다. 빛에 노출되는 순간 동공이 조여지면서 혼나는 어린아이처럼 몸이 움츠러들곤 했다. 한준은 낮밤 구별이 불가한 병실 안으로 점점 고립되어 갔다.

소년의 겁에 질린 눈동자, 그리고 소년의 엄마가 건네던 마름모꼴의 알약.

'넌 누구냐….'

한준은 목이 메었다. 이 모든 게 꿈이었으면.

*

최 원장의 호출을 확인한 주승은 마뜩잖은 얼굴로 넥타이를 고쳐 맸다.

"삑 하면 호출이야."

주승은 최 원장과의 독대가 거북하고 싫었다. 더구나 원장실은 병원의 반대편 날개 끝에 위치해 있었다. 최 원장의 호출로 긴 복도를 통과할 때 마주치는 사람들과 일일이 인사를 주고받아야 하는 일 역시 주승에게는 고역이었다.

원장실 앞에 도착한 주승은 VIP 고객용 응접실을 힐끗 훔쳐

보았다. 아무도 없는 것을 확인하자 주승의 굳은 얼굴이 약간 풀어졌다. 지난번처럼 최 원장이 흥분하며 주승에게 VIP 고객을 소개하면, 알고 싶지도 않은 그에 대해서 기억해 두어야 했다. 그는 형식적인 노크를 두어 번 한 뒤 문을 열었다.

"부르셨습니까."

"어, 우리 김 과장."

최 원장의 인사에 주승은 속으로 피식 웃었다. 우리 김 과장이라니. 무언가 시키려는 심산이겠지.

"우리 병원의 촉망받는 인재가 오셨군. 앉지."

최 원장은 과장된 몸짓으로 주승을 반겼다. 느물거리는 꼴을 봐주기 힘들었지만 주승은 깍듯하게 허리를 숙였다.

"과찬이십니다."

최 원장은 무슨 말을 하기 전에 꼭 입술을 달싹이는 버릇이 있었다.

"그래, 요즘 진료는 잘 되어 가나?"

"예, 덕분에."

원장의 눈가에 부챗살 주름이 생겼다 사라졌다 했다.

"자네가 요즘 김한준이라는 환자만 붙들고 있는 것 같던데. 적당히 해 둬. 공포증이라는 게 단박에 고쳐지는 게 아니지 않은가. 환자가 어디 도망가는 것도 아니고, 어차피 병원을 떠나서는 살 수 없는 상태 같던데."

"걱정 감사합니다만, 환자가 집중적인 치료를 원합니다. 제가 알아서 조정하겠습니다."

최 원장은 못마땅하다는 듯 헛기침을 했다.

"세미나가 코 앞인데 신경증 환자 한 명에게 붙들려 온통 정신을 빼앗기면…"

"원장님, 전 세미나 못 간다고 말씀드렸는데요."

"이 사람이!"

최 원장은 의자의 팔걸이를 손바닥으로 세게 치며 언성을 높였다. 상대가 싫어하는 일을 막무가내로 시키고 싶을 때 최 원장이 사용하는 방식이었다.

"이번 세미나는 미국 최대의 학회일세. 참석해서 견문도 넓히고 저명한 해외 의료진과 안면을 터야 할 것 아닌가? 글로벌 시대에 다들 인재 섭외다 기술 교환이다 난리가 났는데, 자네도 우리 병원을 위해서 이 정도는 해야지!"

최 원장은 그동안 원서 번역이나 발표 과제 준비를 의료진에게 떠넘겨 왔다. 안 그래도 바쁜 의사들은 최 원장 뒤치다꺼리 때문에 잠이 모자랄 지경이었다. 주승에게 차례가 돌아왔지만 순순히 협조하지 않자 부아가 치미는 것이리라. 더구나 국제 세미나에서 제공하는 통역 기기로는 자유롭게 소통하는 데 한계가 있었다. 영어 실력이 좋은 주승을 수족처럼 데리고 다니며 인맥 형성에 이용할 심산이겠지.

주승의 경직된 얼굴을 보고는 최 원장의 어조가 다소 부드러워졌다.

"간 김에 하루이틀 휴가도 즐기고 좋잖아. 안 그래?"

"원장님. 김한준 환자는 제가 연구를 시작한 지 7년 만에 처음 만난 희귀병 환자입니다. 이 환자를 포기할 수 없습니다."

"허, 사람 융통성 없긴. 누가 포기하랬나? 정신과 쪽에 다른 의사가 없는 것도 아니고. 윤태식이도 실력 있잖아. 며칠만 봐 달라고 해!"

"그럼 실력 있는 윤태식 선생님 데리고 세미나 가십시오. 전 이만."

"이봐 김 과장!"

최 원장의 성난 목소리가 주승을 불러 세웠다. 주승은 걸음을 멈췄으나 여전히 최 원장을 등진 채였다.

"내가 자넬 데려왔다는 걸 잊은 건 아니겠지?"

최 원장의 협박에 주승의 윗입술이 짧게 경련했다. 최 원장이 주승에게 과장이란 직함을 준 것이 그의 능력을 인정해서가 아니라 군림하고 조종하기 위한 것임을 진작 알았더라면.

주승은 고개를 반만 돌리고 대답했다.

"그럴 리가요. 평생 잊지 않을 겁니다."

적당히 목례를 하고 복도로 뚜벅뚜벅 걸어 나오는 주승의 입가에 조소가 차올랐다.

창문 없는 사각의 방.

두 남자의 형체가 유령처럼 흐릿했다. 한준을 위해 조명을 어둡게 설정한 탓이다. 누적된 피로로 눈이 쑥 꺼진 한준이지만 눈동자만은 절박함으로 번득이고 있었다.

사각거리는 볼펜 소리가 멈췄다. 흰 가운을 입은 주승이 천천히 한준의 머리맡으로 다가갔다. 누름돌처럼 묵직한 고요가 둘 사이를 휘감았다.

마침내 주승이 입을 열었다.

"김한준 씨."

건조한 목소리였다.

"시작하겠습니다."

하얀 버튼이 눌러졌다. 의자가 천천히 뒤로 젖혀지며 한준의 몸을 뉘였다. 주승이 한준의 어깨에 가만히 손을 얹었다.

"눈을 감습니다."

주승의 말이 끝남과 동시에 부릅뜨고 있던 한준의 동공이 흐릿해졌다.

"숨을 천천히 코로 들이마십니다. 폐에 산소가 채워지는 것을 느낍니다."

누워 있는 한준의 가슴팍이 천천히 솟아올랐다.

"이제는 입으로 내쉽니다. 천천히… 자신의 숨소리에 귀를 기울입니다."

서너 번의 심호흡을 마치자 한준의 몸이 나른해졌다. 한준의 어깨에 올려진 주승의 손에 힘이 들어갔다.

"이제 십부터 일까지 세면, 당신은 깊고 편안한 잠에 빠져듭니다."

십, 구, 팔, 칠, 육… 무대의 막이 내리듯 그의 눈꺼풀이 스르르 감겼다.

"일!"

주승이 엄지와 중지로 딱 소리를 내자, 한준의 고개가 옆으로 떨구어졌다. 사지도 맥없이 늘어졌다. 몸의 어느 부위에도 힘이 들어가지 않은 것을 확인한 뒤 주승은 녹음기의 버튼을 눌렀다. 그는 나지막한 목소리로 한준에게 질문을 시작했다.

"당신은 오늘도 소년을 만나러 갑니다. 아이를 향해 한 발짝 한 발짝 다가갑니다. 아이는 지금 무엇을 하고 있나요?"

한준의 귀에 아득한 함성이 들려왔다. 멀리서 들려오던 함성이 점점 가까워지며 한준의 귀를 꽉 채웠다. 아이들이 지르는 환호성이었다.

"박수 소리가 들립니다."

한준은 꿈결 속을 헤매는 듯한 목소리로 대답했다.

"박수요?"

"네. 그 아이는 서 있고… 같은 반 친구들이 아이를 향해 함성을 지르며 박수를 쳐 주고 있습니다. 아이는 기뻐합니다."

"무언가 축하를 받는 건가요?"

"네. 담임 선생님이 아이에게 성적표를 건넵니다."

"시험을 무척 잘 봤나 보군요."

"네⋯."

주승은 한준에게 시선을 고정한 채 마주 보이는 의자에 살며시 앉았다.

"아이는 신이 나서⋯ 학교가 끝나자마자 한달음에 집으로 달려갑니다."

"어떻게 생긴 집인가요?"

"작고 오래된 집이에요. 군데군데 칠이 벗겨져 있고 담장에는 낙서가 가득한⋯."

주승은 잠시 침묵했다가 다음 질문을 던졌다.

"아이가 집 안으로 들어가서 누구를 만나나요?"

"엄마를 부릅니다."

"소년의 엄마가 보입니까?"

"네, 보입니다."

"아이가 엄마에게 성적표를 보여 줬나요?"

"네."

"무척 자랑스러워하셨겠군요."

그러나 한준은 다음 말을 잇지 못했다. 한준의 손가락이 초조하게 떨리며 오그렸다 펴기를 반복했다.

"뭐가 잘못됐나요?"

한준의 등이 순식간에 식은땀으로 축축해졌다.

"엄마가… 화, 화를 냅니다."

한준은 말을 더듬기 시작했다.

"성적표를 구겨서 쓰레기통에 던져 버립니다. 그리고…"

한준의 숨소리가 거칠어졌다.

"뺨을 때립니다."

한준은 뺨을 맞은 사람처럼 고개가 왼쪽 오른쪽으로 밀쳐지며 신음했다. 한준의 격양된 반응을 본 주승이 회전의자에서 벌떡 일어났다. 그러나 여기서 멈출 수는 없었다. 주승은 최대한 침착한 어조로 나지막이 물었다.

"누가 누구를 때린다는 겁니까?"

"엄마가 나를 때리고… 나는 바닥에 넘어졌는데… 엄마가 나를 질질 끌고 어디론가 데려갑니다."

한준의 대답을 들은 주승의 눈이 희번덕거렸다.

"방금 '나'라고 하셨습니까? 소년을 때리는 것이 아니고요?"

"살려 주세요. 다신 안 그럴게요!"

한준이 어린아이처럼 흐느끼며 두 손을 모으고 싹싹 비는 시늉을 했다. 눈을 부릅뜨고 이 모든 광경을 지켜보던 주승이 녹음기를 끄고 한준에게 다가갔다.

"김한준 씨, 소년은 괜찮을 겁니다. 이제 서서히 깨어납니다. 눈을 뜨면 모든 게 평온해져 있습니다."

의자의 버튼을 눌러 한준의 상체를 서서히 올렸다. 한준은 애원하듯 주승의 가운을 양손으로 꼭 쥐었다. 주승은 그렁그렁 눈물이 맺힌 한준을 내려다보며 한동안 묵묵히 서 있었다.

주승의 냉정한 태연함은, 환자를 안심시키기 위해 치료자가 의도적으로 유지하는 평정과는 미묘하게 달랐다. 주승의 눈빛은 동정도 애석함도 아닌, 한준을 통해 주승 자신의 희로애락이 건드려진 듯한 표정이었다. 분노가 꿈틀거린다 싶으면 미소가 스치고, 만족하는 듯 보인다 싶으면 눈가에 회한이 서려 있는. 알 듯 말 듯 미세하게 변하는 근육의 꿈틀거림이었다. 마치 표피 아래 억눌린 감정의 다발들이 숙련된 조련사에 의해 절대 밖으로 나오지 못하도록 훈련된 것처럼 보였다.

한준의 울먹임이 잦아들자 주승이 감상적인 무드를 자르듯 말했다.

"자, 이제 상담실로 가시죠. 일어나실 수 있겠어요?"

상담실이라는 말에 한준은 혼란스러운 듯 주위를 두리번거렸다. 한준의 얼굴에는 아직도 겁먹은 열 살짜리 소년의 표정이 깃들어 있었다.

"김한준 씨."

주승은 무릎을 꿇어 한준과 눈높이를 맞춘 뒤, 한준을 똑바로 응시했다.

"나를 보세요."

이제서야 정신이 든 듯, 멍하게 풀어져 있던 한준의 동공 테두리에 다시 날이 섰다. 한준은 붙잡고 있던 가운을 황급히 놓았다.

"나는 당신의 의사입니다."

둘 사이에 어색한 침묵이 흘렀다.

"우린 이제 이 방에서 나갈 겁니다. 아시겠죠?"

주승의 얼굴이 금테 안경 뒤에서 자신감으로 번득였다. 반면, 주승과 얼굴을 맞댄 한준의 표정은 어두워졌다. 최면 상태에서 느낀 공포와는 또 다른 현재의 공포.

한준은 가혹한 백일몽에서 깨어났지만, 악몽보다 더 끔찍한 현실이 그를 기다리고 있음을 깨달았다.

*

나는 짐짝처럼 바닥으로 던져진다. 문이 철커덩 잠기는 소리가 난다. 이제 난 혼자다.

아무것도 보이지 않는다. 원근감이 전혀 느껴지지 않는 까마득한 어둠속. 무엇을 기준으로 내 위치를 가늠해야 할 지 모르겠다. 바닥도 벽도 천장도 없는 무중력의 공간에 둥둥 떠 있는 것 같다. 내 시선은 불안한 듯 두리번거리며 허공을 헤맨다. 감각의 망에 잡히는 건 오직 내 숨소리뿐이다. 불규칙한 이 들숨 날숨마저 내가 아닌 다른 누구의 숨소리일 것만 같아 오싹해진다. 여기가 안방 옆에 있는 창고라는 건 안다. 하지만 안에 들어와 본 적은 없었다. 엄만 내가 안방 근처에서 기웃거리는 것

46

조차 싫어하니까.

벽을 찾기 위해 두 손으로 바닥을 더듬는다. 손바닥에 무언가 닿은 것 같아 깜짝 놀란 나는 바닥에서 손을 떼며 미친 듯이 털어 낸다. 여긴 그냥 창고야, 여긴 그냥 창고야. 수없이 혼잣말을 되뇌인다. 방향감각 없이는 기는 것도 쉽지 않다. 조금씩 기어서 간신히 벽을 찾았다. 등을 벽에 기대고 앉아 무릎을 가슴에 끌어모은다. 배 속에선 위장이 빨래를 짜듯 뒤틀리고 있다. 서러움이 복받쳐 눈물이 줄줄 흐른다. 아무리 생각해도 내가 뭘 잘못했는지 모르겠다.

기어 온 방향을 다시 더듬어 문을 찾아본다. 문틈이 있다면 분명히 가느다랗게 새어 들어오는 빛이 있을 텐데 찾을 수가 없다. 누가 복도의 불을 완전히 꺼 버린 것이다. 손으로 눌러 보아 덜컹거리는 게 문이라고 짐작할 수밖에 없다.

문에 입을 바짝 붙이고 쾅쾅 두들기며 열어 달라고 소리쳐 본다. 열 번 정도 엄마를 부른 것 같다. 아무런 대답도 없다. 간절한 내 외침은 진공청소기에 빨려 들어간 먼지처럼 흔적도 없이 사라져 버린다.

시간이 얼마나 지났을까. 전혀 감이 잡히지 않는다. 이 방은 블랙홀처럼 시간과 공간을 잡아먹어 버린다. 분명히 그렇게 큰 창고는 아닐 텐데. 몇 발짝 안 되는 이 공간 안에서 내가 느끼는 공포는 무한대다.

난데없이 웅장한 음악이 들려온다. 베토벤의 '황제'다. 올바른

곡명은 피아노 협주곡 5번이지만, 모든 협주곡의 황제라 할 만큼 압도적이라서 그렇게 부른다고 음악 시간에 배운 적이 있다. 그런데 왜 갑자기 음악이 나오지? 분명 안방에서 들려오는 소리다. 지금 안방에 있을 만한 사람은 엄마밖에 없는데…. 다시 한번 울부짖으며 문을 두들기지만 내 절규는 힘찬 협주곡의 도입부에 묻혀 버린다. 목청을 높이면 음악도 그만큼 더 커진다. 결국 나는 문을 두들기던 주먹을 내리고 다시 무릎을 가슴에 끌어안는다. 한 번만 더 꺼내 달라고 소리치면 이 음악이 영원히 계속될 것만 같다. 난리 피우지 않고 얌전히 있으면 엄마가 곧 꺼내 줄지도 몰라.

오케스트라가 선전포고하듯 박력 있게 시작을 열면 협주와 협주 사이의 빈 공간을 피아노 선율이 메운다. 군대 행진곡처럼 정직한 박자 위에 현란한 피아노 독주가 흐른다. 관현악이라는 단단한 바위 사이로 피아노라는 시냇물이 미끄러지듯 흘러내리며 기세등등한 도입부를 완성해 낸다.

이어 클라리넷이 잠시 숨 쉴 틈을 주는 듯하더니, 피아노가 다시 넓은 옥타브를 활보하며 단번에 관현악을 제압한다. 흑백의 건반 위를 거침없이 질주하는 야생마. 한참을 달리다가 이제 목적지에 도달했는지 속도를 늦추고 잔디 위를 돌며 숨을 고른다. 이렇게 1악장이 끝났다. 곡의 위풍당당함이 너무 아름다워서 잠시 내 꼴을 잊어버릴 뻔했다. 음악은 끝났지만 아무도 오지 않는다. 나는 엄마를 기다리는 수밖에 없다.

엄마는 내가 무슨 병에 걸렸는지 끝끝내 말해 주지 않는다. 내가 공부를 잘하면 왜 불같이 화를 내는지도. 가끔 부엌에서 엄마와 눈이 마주칠 때면 나는 어색한 미소를 짓곤 한다. 그럴 때면 엄마는 질겁하며 나를 괴물 보듯 한다. 실컷 두들겨 맞고도 웃는 내가 징그러웠던 걸까. 난 그저 아빠 앞에서 맞은 티를 내면 나중에 더 혼날까 봐 아무렇지 않은 척한 것뿐인데.

울었더니 배가 더 고파진다. 그만 울어야겠다. 엉덩이와 등에 한기가 스민다. 한참 살을 대고 앉아 있었지만 바닥과 벽은 점점 더 차가워지기만 한다. 뼛속에 고드름이 자라고 있는 것만 같다. 난 몸을 잔뜩 웅크린 채 바들바들 떨고 있다. 시간이 얼마나 지났는지 모르겠다. 이제 어둠에는 조금 익숙해졌지만 배가 고파서 세상이 핑핑 돈다. 자꾸 졸음이 밀려온다.

복도에서 뚜벅뚜벅 소리가 난다. 나는 고개를 번쩍 들었다. 엄마다! 엄마가 문을 열어 주려고 온다. 아, 살았다!

열쇠 구멍을 휘젓는 소리와 함께 문이 열린다. 조명이 너무 환해서 나는 순간적으로 고개를 돌린다. 막을 새도 없이 동공을 공격하는 강렬한 빛에 정신을 차릴 수가 없다. 지금 내 앞에 서 있는 사람은 광명의 천사처럼 눈부신 빛을 등지고 있다. 나는 실루엣을 똑바로 쳐다보지 못하고 고개를 바닥으로 떨군다. 반들반들 윤이 나는 남자 구두가 보인다. 이상하다. 엄마가 왜 이런 구두를 신고 있지… 문을 열어 준 사람은 혹시 아빠?

반짝이는 구두가 공중으로 올라가더니 배와 등을 무참히 짓이긴다. 나는 비명도 지르지 못하고 이를 악문다. 한참 발길질을 하던 천사는 허리에 차고 있던 혁대를 푼다. 나는 드디어 참지 못하고 흐느끼기 시작한다. 휘갈기는 혁대 소리가 온 방 안에 비명처럼 울린다.

*

"아악!"

깜깜한 병실에 우두커니 앉아 있던 한준이 갑자기 괴성을 질렀다. 신참 간호사가 멋모르고 병실 문을 활짝 연 것이다.

"들어오지 마!"

소스라치게 놀란 간호사가 황급히 문을 닫았지만, 한준은 벌거숭이로 정죄당하는 듯한 고통에 몸부림쳤다. 복도에서 들어오는 눈부신 광선이 그를 산산조각 낼 것 같았다.

윤 간호사는 울상이 되어 수간호사 은영에게 갔다.

"병실에 들어가지도 못하게 하는데 어떡하죠?"

"환자 상태가 점점 안 좋아지네. 일단 블랙아웃 블라인드 준비해 줘요. 문을 열 때 빛이 들어가지 않도록 해야겠어."

"안대를 사용하는 건 어때요? 저희가 노크를 하면, 환자가 안대를 착용하는 걸로."

"아, 그것도 좋은 방법이네. 지원팀에 전화해 봐요."

"네. 그나저나 환자분, 이대로 괜찮을까요? 이러다 자해라도 하면 어쩌지….”

바로 그때, 한준의 병실에서 무언가를 때려 부수는 소리가
들려왔다. 화들짝 놀란 간호사들이 문 앞으로 달려가 발을 동동
굴렀다.

복도를 지나가던 주승이 간호사들을 물리치고 차분한 얼굴로
문고리를 잡았다. 그는 숨을 한 번 고르고 조심스레 문을 열었
다. 칠흑같이 어두워야 할 방에 눈부신 빛이 가득 차 있었다.
나무판자로 막혀 있던 유리창은 처참하게 깨져 있었고, 한준은
바닥에 몸을 웅크린 채 떨고 있었다. 의자를 던져 유리창을 부
순 것 같았다. 주승은 얼굴을 찡그렸다.

주승은 슬며시 방문을 잠갔다. 바닥에 널브러진 유리 조각을
밟지 않으려고 조심하면서 창문 쪽으로 다가갔다. 창밖으로 날
아간 의자는 시멘트 바닥에 나동그라져 있었다. 주승은 고개를
돌려 한준에게 천천히 다가갔다. 누군가의 발소리를 들은 한준
이 더욱 세차게 도리질 쳤다.

“안 돼, 오지 마!”

한준은 두 손으로 눈을 가렸다 귀를 막았다 하며 안절부절못
했다.

“잘못했어요, 다신 안 그럴게요.”

“….”

“제발 날 가두지 마세요. 여기서 나가게 해 줘요.”

한쪽 무릎을 굽혀 몸을 낮춘 주승은, 잔뜩 움츠린 한준의 턱

을 손가락 두 개로 들어 올렸다. 주승의 입가에 자애로운 미소가 번졌다.

"그럼요. 나가게 해 드리지요. 이젠 이 방도 당신에게 무리인 것 같군요. 좀 더 안전한 곳으로 모셔다 드리겠습니다."

주승이 한준의 턱을 받치고 있던 손가락 두 개를 놓자, 순식간에 한준의 얼굴이 바닥에 고꾸라졌다. 주승은 납작 엎드려 떨고 있는 한준 옆을 뚜벅뚜벅 지나쳐, 뒤편에 위치한 수납장에서 담요를 꺼냈다. 담요를 커튼 봉에 걸쳐 해를 차단한 뒤 한준을 부축하여 침대 위에 눕혔다.

"아무래도 진정제가 필요하신 것 같군요. 잠시 후에 돌아오겠습니다."

그는 와이퍼로 앞 유리의 빗물을 닦아 내듯 순식간에 얼굴에서 웃음기를 지우고 방에서 나갔다.

"김한준 환자를 격리 병동으로 옮기세요."

"선생님, 괜찮으세요? 환자 발작이 심했다던데…."

"그래서 관리가 철저한 격리 병동으로 옮기라는 겁니다. 다른 환자들에게 위험이 되지 않도록 진정제를 놓아 주고, 이동할 때 반드시 안대를 채우도록 하세요."

"격리 병동으로 옮기려면 원장님 서명이 필요한데요."

"그건 내가 알아서 합니다. 오늘 안으로 옮기세요."

"네…."

"아, 그리고 환자가 옮길 방에 빛을 완벽하게 차단해 두라고

전하세요."

간호사에게 지시를 마친 주승은 경쾌하게 자신의 연구실로 향했다. 방으로 들어와 문을 잠근 주승은 휘파람을 불며 소파 위에 몸을 던졌다.

"드디어 때가 왔다."

주승은 오랜만에 달콤한 낮잠을 잤다.

*

회의실에 정신건강의학과 의사들이 속속 모여들었다. 분기마다 열리는 통합 회의가 있는 날이었다. 통합 회의는 치료가 어려운 환자의 케이스를 함께 논의하는 자리였다. 주승은 다른 의사들이 한준의 치료에 끼어드는 것을 원치 않았기에 논의 대상에서 제외되길 바라고 있었다.

"원장님, 오셨습니까!"

최 원장의 등장에 당황한 의사들이 일제히 기립했다. 평소 VIP를 제외한 일반 환자들의 진료에는 관여하지 않는 최 원장이기에 모두 의아한 눈치였다.

"어어, 앉게들."

최 원장은 앉으라는 손짓을 하며 상석에 자리를 잡았다.

"김 과장. 자네가 요즘 심혈을 기울이는 그 공포증 환자의 상태는 좀 어떤가?"

시작부터 주승을 타깃으로 하는 최 원장의 질문이었지만 주
승은 못마땅한 기색을 숨기고 기계적으로 답변했다.

"입원 이래로 빛에 대한 민감도가 심해져서 이제는 햇빛뿐 아
니라 인공조명에 노출될 때도 격렬한 공포 반응을 나타내고 있
습니다. 병실에 모든 빛을 차단하고 병실에서 나오는 것을 금하
고 있습니다."

"관련 병력은?"

"과거에 햇빛과 관련된 외상을 가진 적이 없으며, 어떤 정신
질환이나 신경계 질환 병력도, 가족력도 없습니다. EKG(심전
도), 뇌파 모두 정상이며 각막에도 이상이 없었습니다. 패닉 어
택 시 흉부 통증이 있었다고 하여 엑스레이를 확인하였으나 특
별한 점은 발견되지 않았습니다."

"직업은?"

주승은 애써 침착한 어조를 유지하며 대답했다.

"환자의 직업은 비행기 조종사이며, 최근 과중한 업무나 스트
레스는 없었다고 합니다. 평소 우울증이나 불안증을 느낀 경험
도 전무하며, 엘리베이터 사고 당일이 최초의 발작입니다. 현재
까지 여섯 번의 최면 치료를 완료했으며, 환자가 점점 병의 근
본 원인에 가깝게 다가가는 중이라고 판단됩니다."

주승의 설명을 듣고 있던 누군가 한마디 보탰다.

"포비아(phobia, 공포증)라고 어떻게 확신하죠? 사고 직후 생
긴 증상이면 PTSD(외상 후 스트레스 장애) 아닙니까?"

"공포의 원인이, 엘리베이터 사고로 인한 충격이 아니라 유년기에 있었던 어떤 사건이기 때문입니다."

"사건이요?"

"네. 환자는 최면 세션마다 자신의 불행했던 유년기를 떠올렸습니다. 그동안 무의식 안에 갇혀 있던 기억이 이번 사고로 꺼내어진 겁니다. 즉, 사고는 공포감의 직접적인 원인이 아니라 촉매 역할만 한 거죠."

최 원장이 기다렸다는 듯 대화에 끼어들었다.

"최면 테라피만 받으면 흥분 상태가 된다면서? 기물 파손까지 할 정도면 당연히 약물치료를 병행해야지. 어째서 최면만 고집하고 있는 건가?"

"환자 자신이 최면 테라피를 원하고 있습니다. 이것은 환자가 의사를 신뢰하고 있다는 증거입니다. 거부감이 심한 환자들은 자신이 최면 상태에 도달하기를 원치 않으니까요."

최 원장은 여전히 수긍할 수 없다는 듯 눈썹을 치켜떴다. 다급해진 목소리로 주승이 말을 이었다.

"다소 흥분 상태가 되기는 하지만, 그건 치료에 잘 반응하고 있다는 증거이기도 합니다. 제가 이 테라피를 밀어붙이는 데는 이유가 있습니다. 떠오른 기억이 비록 부정적인 것이라 해도 공포증을 치료하는 데 좋은 실마리를 제공할 거라고 믿기 때문입니다. 빛을 두려워하게 된 과거의 사건이 무엇인지 알아내야만 합니다. 환자 입장에서는 안 좋은 기억을 떠올리는 게 힘들겠지만, 계속해서 최면으로 치료해야 한다고 봅니다."

"잊고 살아온 과거를 떠올린다… 최면으로 인한 환각은 아니
고?"

"최면 상태에서는 환청, 환시, 환취, 환촉이 모두 가능합니
다. 김한준 환자의 경우 최면 감수성이 높아서 더 그렇습니다.
하지만 환각이 보인다고 해서 반드시 정신증을 의심할 수는 없
습니다."

정신과 전문의가 아닌 최 원장은 주승의 설명에 구체적으로
반박하지는 않았지만 여전히 찜찜하다는 듯한 태도를 보였다.
이때, 최태영이 조심스레 의견을 보탰다.

"그래도 최면 상태에서는 전반적으로 현실 감각이 줄어들지
않습니까? 진짜 과거를 보는 것인지 증명할 방법도 없는데 환
자를 더 혼란스럽게 하는 건 아닐까요? 최면 치료 외의 치료
계획은 전혀 없습니까?"

"물론 필요에 따라 단기간 항정신병 약물을 처방하여 심신을
안정시킬 수도 있습니다만, 그건 임시방편일 뿐입니다. 약을 투
여하기 전에 조금 더 경과를 지켜봐야 합니다. 아시다시피 최면
요법은 단기간에 환자가 좋아지는 방법이 아닙니다."

최면에 대해서만큼은 주승이 유일한 전공자이기에 모두들 마
지못해 고개를 끄덕였다. 주승은 심리 상담사 권소영이 앉아 있
는 쪽으로 고개를 돌렸다.

"권소영 선생님, 심리 상담 쪽에서는 어떤 방향의 치료를 협

조해 줄 수 있습니까?"

"네. 체계적 탈감작화(desensitization) 같은 인지행동 치료를 꾸준히 받아 보는 것이 불안을 감소시키는 좋은 방법이 될 것 같아요. 공포 상황에의 점진적 노출을 통해 경과를 지켜보는 거죠."

"바로 그겁니다!"

소영이 자신의 의도와 일치하는 대답을 내놓자 자신감을 얻은 주승의 목소리가 커졌다.

"공포 상황을 경험하게 해 주고, 환자의 신체에 아무런 이상이 없다는 것을 증명해 줌으로써 괜찮다는 것을 깨닫게 하는 것. 그게 지금 이 환자에게 가장 필요한 치료라 생각됩니다."

"그렇다면 불안 요소에 환자를 노출시키기 전에 약물을 투여하는 게 좋을 것 같은데. 환자를 자극해서 좋을 건 없지 않나. 지난번처럼 그렇게 난폭해지면 어떻게 상담을 하겠나?"

"이런 민감한 환자에게 항정신병 약은 도리어 공격적인 모순 반응을 일으킬 우려가 있습니다. 약물 투여 여부는 제가 알아서 판단하겠습니다."

알아서 하겠다는 주승의 대답에 최 원장은 책상을 소리 나게 '탁' 쳤다. 그와 동시에 의사들이 반사적으로 고개를 돌리며 딴청을 부렸다.

"최면으로 기억을 끄집어내다가 환자가 또 소란을 피우면 어쩔 건가? 항정신병 약이라는 게 특별히 의존성이 생기는 약도 아니고 중독이 나타날 만큼 다량을 주라는 것도 아닌데, 굳이 사용하지 않는 이유가 뭐야?"

최 원장은 삿대질을 해 가며 불쾌감을 드러냈다.

"자네는 상담사가 아니고 의사야! 의사라면 약물치료에 중점을 두는 게 당연하지. 청소년 클리닉이며 노인 클리닉 만드느라 엄청나게 공력을 쏟아부어 놨는데, 최면 환자만 붙잡고 있으면 급증하는 환자를 어떻게 감당하겠다는 건가? 상담은 심리사나 복지사들에게 맡기고, 자넨 약 처방이나 빨리빨리 해서 하루 50명 무조건 채워!"

핏대를 세우며 주승에서 윽박지른 최 원장이 자리를 박차고 일어났다. 주승은 온몸으로 모멸감을 삭이며 부동자세로 서 있었다. 의사들은 서로 눈치를 보다가 하나둘 회의실을 빠져나갔다. 어느새 회의실에는 주승과 펠로우 한 명만 덩그러니 앉아 있었다.

"회의가 끝난 것 같은데… 이만 나가도 될까요?"

"맘대로 해."

주승의 손에 들려 있던 종이 뭉치는 어느새 잔뜩 구겨져 있었다.

*

최 원장은 손가락 네 개를 책상 위에 딱딱 부딪히며 생각에 골몰했다. 무언가 기억해 내려고 애쓰는 그의 미간에 주름이 잡혔다 사라졌다 했다. 그는 의료진 데이터베이스에 저장된 주승의 이력서를 열었다. 사진과 이력을 유심히 뜯어보았으나 실 한 가닥이 잡힐 듯 말 듯 손끝에서 미끄러지는 기분이었다.

"뭔가 생각날 것도 같은데 통 알 수가 없으니⋯."

최 원장은 목을 조이는 넥타이를 느슨하게 하고 그르렁거렸다. 문득 무언가 생각난 듯 휴대폰을 꺼내 단축키를 눌렀다. 걸걸한 목소리가 수화기 너머에서 최 원장을 반겼다.

"김주승? 그게 누구더라?"

선화 병원의 박용태 원장은 김주승이란 이름을 듣고 한참을 갸웃거렸다.

"아 왜, 거기서 펠로우 하던 친구 있잖아. 내가 데려와서 정신건강과 과장으로 만들어 준. 벌써 잊어버렸나?"

"어어, 그 최면 테라피 공부한 친구 말이지? 이제 생각나네."

박용태 원장은 최 원장과 같은 고향에서 자란 막역한 사이였다. 둘 다 고등학교 때 서울로 유학 와서 같은 의과 대학을 졸업했고, 지금은 경쟁 관계에 있는 대형 종합 병원의 원장 자리에 올라 있었다.

"기분 나쁠 정도로 음침한 녀석이지. 우리 병원에 여러 해 있었는데 한 번도 웃는 걸 못 봤어. 근육이 경직된 것처럼 행동도 부자연스럽고 말이야."

"그밖에 특이한 점은 없었나?"

"글쎄? 워낙 사교성이 없었다는 것 외엔 나도 아는 바가 없어서. 가벼운 농담도 안 받아 주고 찬바람 쌩쌩 분다고 다들 욕했지. 그래도 강의 하난 잘했어. 진료할 때 정확하게 짚어 내는 눈도 있었고. 실력 아니었으면 대놓고 따돌림당했을 걸?"

"개인 신상에 대해선 아는 바가 없고?"

질문의 의도를 알아챈 박 원장은 껄껄 웃었다.

"뒤가 구린 게 없는지 궁금한 거로군. 나야 그런 것까진 모르지. 그래도 혹시 알아? 캐다 보면 뭐 하나는 나올지."

"그래, 털어서 먼지 안 나는 사람은 없겠지…."

"근데 뜬금없이 그 친구 뒷조사는 왜 하는 거야?"

"볼 때마다 좀 꺼림칙한 느낌이 들어서. 일은 똑부러지게 하는데 충성심이 없어. 우리나라에 최면 전문가가 몇 안 되니까 VIP 고객들한테 붙여 주려고 데려온 거거든. 나 아니면 지가 어디서 그런 대단한 고객들을 만나겠어? 좀 키워 주려고 했더니, 자기 연구하는 데만 빠져서 내가 시키는 일에는 눈 하나 깜짝 안 한단 말이지. 잘라 버릴까 좀 더 지켜볼까 생각 중이야."

"그래? 은혜를 모르는 녀석이군 그래. 아, 그러고 보니 좀 이상한 일이 있긴 있었네."

최 원장의 눈이 커졌다.

"뭔데?"

"언젠가 우리 병원에서 선천성 증후군 세미나를 한 적이 있었어. 보건복지부 차관까지 참석한 자리였지. 정신건강의학과 의사들도 대거 참여하고."

"그런데?"

"신 교수가 마침 입구에서 김주승이를 마주쳤대. 그래서 너도 세미나 참석할 거냐고 물었더니, 이 친구가 정색을 하면서 자기가 거길 왜 가냐고 펄쩍 뛰며 화를 냈다는 거야. 신 교수가 황당해하면서 버릇없는 녀석이라고 툴툴거렸던 게 기억나는군."

"선천성 증후군 세미나라…."

통화를 마친 최 원장은 이력서에 첨부된 주승의 사진을 뚫어 져라 쳐다보았다.

*

격리 병동 A-213.

경쾌한 휘파람 소리가 긴 복도에 울려 퍼졌다. 하얀 가운을 입은 남자가 복도 끝 방으로 들어갔다. 그는 어둠에 적응하기 위해 잠시 문 주변에 서 있었다. 1분 정도 지나자 침대에 누워 있는 한준이 보였다. 진정제의 여파로 아직 잠에서 깨어나지 못한 듯했다.

"새로운 방이 맘에 드나?"

남자는 더듬거리며 방에 딸린 화장실로 가서 조명을 켰다. 칠흑같이 어둡던 방에 은은한 빛이 퍼졌다. 화장실 문을 절반 정도만 열어 둔 남자는 마치 이사 갈 신혼집을 고르듯 콧노래

까지 부르며 방을 둘러보았다. 그는 벽에 부착된 플라스틱 디스
펜서에서 푸른 의료용 장갑을 뺐다. 장갑을 낀 손이 가운 주머
니에서 체온계를 꺼내 한준의 이마부터 관자놀이까지 훑었다.
열은 없었다. 한준은 이불의 한쪽 모서리를 돌돌 말아 껴안은
채 잠들어 있었다. 남자는 한준의 품에서 이불을 빼냈다. 그리
고 앞 단추를 하나하나 풀러 상의를 벗겼다. 그는 땀에 푹 젖은
환자복을 바닥에 던져 버리고, 클로렉시딘 소독 용액에 적신 타
월로 한준의 상체를 구석구석 닦았다.

"한동안 거동을 못했을 테니 대신 닦아 드려야지. 이 훌륭한
몸에 욕창이라도 생기면 큰일이잖아? 신성한 실험에 쓰일 실험
체를 잘 관리하려면 정성이 필요하다고."

며칠간 식음을 전폐하여 수척해졌지만 체구가 상당한 한준의
몸을 닦는 것은 쉬운 일이 아니었다. 축 늘어진 팔을 자신의 어
깨 위에 올리고 양쪽 옆구리와 겨드랑이까지 닦아 낸 뒤, 소독
약이 완전히 마를 때까지 참을성 있게 기다렸다.

상체가 다 마르고 깨끗한 상의로 갈아입힐 순서였다. 입히는
것은 벗기는 것보다 갑절로 어려웠다. 남자의 얼굴에 땀방울이
맺혔다.

"제기랄, 이러다 정들겠어."

남자는 쿡쿡 웃으며 한준의 몸을 닦아 냈다. 이어 같은 방식
으로 하체를 닦아 주고 바지를 갈아입힌 뒤, 화장실에서 물을
받아 와 머리까지 감겨 주었다.

"그런데 말이지, 너무 감동받진 마."

남자는 바닥에 널브러진 수건들을 주섬주섬 모아 환자용 빨래 바구니 안에 던져 넣었다.

"좀 친해졌다고 생쥐를 유리관에서 꺼내 주는 과학자는 없거든."

남자는 웃음을 참기 힘들다는 듯 입을 가리고 쿡쿡거렸다. 한참이나 배를 잡고 웃던 그는 능숙한 손놀림으로 약병을 잡고 뚜껑에 주삿바늘을 찔러 넣었다. 시린지를 당기자 용액이 주사기 안으로 천천히 이동했다.

"너무 겁먹지 마. 원래 네가 있어야 할 곳으로 돌아온 것뿐이니까."

남자는 한준의 손등에 연결된 수액 튜브에 가차 없이 바늘을 찔렀다. 투명한 액체가 튜브 안으로 쏟아져 들어가자 한준의 손가락이 잠시 꿈틀거렸다. 모니터에서 심박수와 혈압이 소폭 상승했다는 경고음이 울렸다. 남자는 터치스크린을 눌러 알람이 울리는 임계값을 높게 설정했다. 그렇게 하지 않으면 심박수나 혈압이 조금만 상승해도 간호사가 병실로 찾아올 터였다.

"오늘 밤엔 푹 쉬렴. 누구의 방해도 받지 않게 해 줄 테니."

남자는 나가려다 말고 한준의 머리맡에 섰다. 그는 한준의 머리카락에 손가락을 넣어 천천히 빗어 내렸다. 곱슬거리는 머리카락은 아직 촉촉한 물기를 머금고 있었다. 남자의 얼굴에 형용할 수 없는 감정이 솟구치는 듯하다가 이내 사라졌다.

"잠에서 깨면 곰곰이 생각해 봐. 네가 왜 이런 꼴이 되었는지 말이야."

매몰차게 쾅 닫힌 문밖으로 뚜벅뚜벅 구두 소리가 멀어졌다.

*

나는 차가운 바닥에 앉아 손으로 오른 눈을 가린다. 손을 떼고, 이번에는 왼쪽 눈을 가린다. 언젠가 무협지에서 읽었던 것 같다. 해적들이 한쪽 눈을 가리는 이유는 상처를 덮기 위해서가 아니라고. 그들은 각각의 눈을 빛과 어둠에 따로 적응시키기 위해 애꾸를 자청하는 것이다. 이를테면 암실로 도망간 적을 쫓아 들어갈 때, 가려져 있던 눈을 사용하면 순간적으로 눈이 멀지 않고 금세 사물을 구별할 수 있다는 것이다.

나는 손을 더듬어 방을 탐색한다. 벽 쪽으로 상자들이 줄지어 있다. 수년간 창고 안에 방치되어서인지 눅눅하고 시큼한 냄새가 난다. 바닥이 차가워서 상자를 의자 삼아 앉기로 한다. 엉덩이에 스민 한기가 상자의 온기에 조금 누그러진다.

상자 속에 무엇이 들었는지 궁금해진다. 열어 보려고 했지만 테이프로 단단히 고정되어 있다. 테이프의 끝을 찾는다. 매끄러운 면을 따라 훑어 나가자 비로소 살짝 접혀 위로 들린 부분이 잡힌다. 기쁜 마음으로 끝자락을 잡아당긴다. 테이프는 시원하게 주욱 소리를 내며 상자의 살점을 뜯어낸다. 겹겹이 둘러쳐진 부분에서 멈칫하기도 했지만, 결국 나는 상자의 윗부분을 감고 있던 테이프를 모두 떼어 낸다. 판도라의 상자를 열듯 조심스럽게 날개를 편다.

"우와!"

상자 안을 꽉 채운 건 책이다. 이런 곳에 책이 있었다니! 비록 어두워서 읽을 수는 없지만 기분이 좋아진다. 왠지 이제는 혼자가 아닌 것 같다. 두께가 적당한 것으로 뽑아 들었다가, 도로 집어넣고 가장 두꺼운 것으로 뽑는다. 거꾸로 들고 있는지 똑바로 들고 있는지 그런 건 모른다. 중요한 건 나에게 무서움과 배고픔을 잊게 해 줄 놀이가 생겼다는 거다.

떨리는 손으로 첫 장을 넘긴다. 활자의 잉크색보다 더 검은 어둠 속에서, 나는 마치 글자가 보이기라도 하듯 손끝으로 문장을 어루만지며 읽어 내려간다. 이건 거룩한 의식이다. 실오라기만 한 빛도 들어오지 않는 이 방에서 내가 할 수 있는 일은 이것뿐이다. 나는 지금, 오직 나만 출입할 수 있는 서고에서 왕국의 기밀문서를 읽는 중이다.

누군가가 창고방 앞에 살금살금 다가와서 문에 귀를 대어 본다. 나는 바짝 긴장한다. 그가 나를 정탐하는 동안 나는 숨을 쉬거나 책장을 넘기지 않는다. 다행히 정탐은 오래 걸리지 않는다. 그는 30초 정도 문에 귀를 대고 있다가 사라져 버린다. 은밀한 정탐꾼의 발소리는 나를 벌하러 오는 당당한 구둣발 소리와는 다르다는 것을 알고 있다.

시각이 차단되니 다른 감각이 예민해진다. 적막은 투명인간처럼 자신을 숨기고 대신 다른 소리를 더 선명하게 들려준다. 구해 주는 사람 하나 없는 이곳에서 난 내 숨소리를 친구 삼아 혼잣말을 하고 살아 있음을 원망한다. 이젠 엄마를 기다리지 않는다. 차라리 암흑 속에 있는 게 마음이 편하다. 구두 소리만 나지 않는다면 여기서 몇 시간 정도 버티는 것도 괜찮다. 시간이 지날수록 눈이 어둠에 적응되어 흐릿하게나마 활자가 보였다. 천천히 공들여 읽었건만 어느새 마지막 페이지다.

복도에서 뚜벅뚜벅 소리가 난다. 아, 미치겠다. 나는 황급히 책을 상자 뒤로 숨기고 문에서 먼 구석으로 기어간다. 심장 박동이 빨라진다. 해적처럼 손으로 한쪽 눈을 가려 본다. 하지만 너무 늦었다. 구둣발 소리는 벌써 문 앞에서 멈춰 있다.

열쇠 구멍을 휘젓는 쇳소리. 겨울도 아닌데 소름이 돋고 이가 딱딱 부딪힌다.

문이 열린다.

*

경쾌한 하이힐 소리가 주승의 연구실 앞에서 멈췄다. 들어오라는 말이 끝나기도 전에 문고리가 겁 없이 돌아가고, 당찬 목소리의 주인공이 고개를 들이밀었다.

"좋은 아침입니다!"

권소영이었다.

"무슨 일이죠?"

아침의 고요를 침범당한 주승이 미동도 없이 물었다.

"커피 안 드셨죠? 요 앞 새로 생긴 카페에서 사 왔어요."

소영은 커피 전문점 로고가 찍힌 테이크 아웃 잔 두 개를 위로 들어 보였다.

"실은, 김한준 환자에 대해 제가 치료 계획을 좀 세워 봤어요. 괜찮으시면 잠깐 보여 드릴까 하고요."

자신 있게 연구실 안으로 들어온 소영은 주승의 책상 위에 커피를 올려놓고 가져온 공책을 내밀었다. 아직 다른 직원들은 출근조차 하지 않은 이른 아침이건만 소영의 얼굴은 의욕으로 가득 차 있었다. 그녀는 어서 공책을 받지 않고 뭐 하냐는 듯 주승의 얼굴 앞에 공책을 다시 쭉 내밀었다.

"미안합니다만, 지금은 제가 좀 바쁩니다."

설사 바쁜 일이 없었다 해도 막무가내로 들이닥친 소영을 받아 줄 생각이 없었다.

"아…."

소영의 얼굴에 실망한 기색이 역력했다.

"어제 회의 때 제 협조를 원한다고 하셔서… 빨리 진행하고 싶으신 줄 알았어요."

주승은 속으로 피식 웃었다.

'그래서 이렇게 신나 있었군. 난 또 뭐라고.'

주승은 회의에서 최 원장에게 받은 모멸감을 떠올렸다. 최 원장이 자신을 한껏 몰아붙일 때 마침 소영의 대답이 자신에게 유리하게 작용할 것 같아 이용한 것뿐인데, 소영은 그것을 대단한 협력 요청으로 받아들인 모양이었다. 주승은 이 성가신 여자를 물리치려고 하다가, 피로가 쌓이는 오후에 다시 만나느니 지금 상대하는 편이 낫겠다 싶었다.

"좋습니다. 그럼 읽어 보죠."

주승은 억지 미소를 띠며 소영의 공책을 받아 펼쳤다. 앉으라는 권유는 없었지만 소영은 자연스럽게 의자를 당겨 앉았다. 그녀의 눈동자가 숙제 검사를 받는 학생처럼 칭찬받고 싶은 열망으로 빛났다.

"좋네요."

주승이 공책을 탁 닫으며 다시 소영에게 내밀었다.

"네? 벌써 다 보신 건가요?"

주승의 반응이 생각보다 열렬하지 않자 소영의 얼굴색이 변했다.

"다 읽었습니다. 좋은 계획이네요."

마지못해 공책을 받아 든 소영은 한풀 사기가 꺾인 목소리로 물었다.

"저, 그럼 오늘부터 시작해도 되겠죠?"

"아니요. 여기 적혀 있는 요법들을 시행하지 않을 겁니다."

"아니, 왜요? 회의에선….."

단호한 거절에 당황한 그녀의 목소리 톤이 높아졌다.

"시기상조입니다. 게다가 여기 적힌 것들은 내가 김한준 환자를 치료하면서 충분히 병행할 수 있는 것들입니다. 굳이 권 선생님이 따로 시간을 내서 환자를 찾아갈 필요는 없어요."

"끝까지 읽어 보기는 하신 건가요?"

소영의 목소리가 가늘게 떨렸다. 주승이 여전히 변함없는 톤으로 말을 이어 갔다.

"환자는 지금 극도로 예민해진 상태입니다. 간호사들의 출입마저 최대한 자제하고 있어요. 지금 환자가 믿는 사람은 오직나 한 명뿐입니다."

주승의 태도에 기분이 상한 소영은 더 이상 대꾸하지 않고자리에서 일어났다.

"알겠습니다. 그럼 도움이 필요하실 때 연락 주세요."

마지막 품위를 주워 담듯 그녀는 애써 태연한 체 인사를 하고 방에서 나갔다. 복도로 나오자마자 직원용 화장실로 들어간그녀는, 수돗물을 틀어 놓고 부글부글 끓는 속을 터뜨렸다.

"뭐야, 저 성의 없고 거만한 태도는? 어쩐지 회의 때 엄청 까이더라니. 실력만 있으면 뭐 해? 저러니까 편들어 주는 사람하나 없지."

그녀는 어푸어푸 세수라도 하고 싶은 기분이었다.

"권소영, 진정하자. 난 마음이 아픈 환자들을 도와주는 사람이야. 내가 이렇게 흥분하고 있으면 안 되지. 암!"

그녀는 찬물로 손을 씻고 거울을 보며 심호흡을 했다. 힘차게 냅킨을 뽑아 손에 남은 물기를 닦았다.

"권 선생, 무슨 혼잣말을 그렇게 해?"

마침 화장실 옆을 지나가던 수간호사 은영이 생글거리며 고개를 쑥 내밀었다.

"서은영 선생님, 일찍 나오셨네요. 제가 요즘 일을 너무 열심히 했더니 머리가 어떻게 됐나 봐요."

"아유, 적당히 하라니까. 그러다 쓰러지면 어쩌려고. 그나저나 큰일이야."

"왜요?"

"외래진료 예약 문의는 엄청 들어오는데 김 선생님이 기존 환자 팔로우업 외에 새로운 환자는 받지 말라 하시고…. 이젠 아예 김한준 환자 방에 자신 외에 아무도 들어가지 말라고 하시네. 원장님이 아시면 진노하실 텐데."

"그래요?"

소영은 모르는 척 시치미를 뗐다.

'역시 뭔가 이상해. 그 환자에게 왜 그렇게 집착하지? 원장님께 대차게 혼난 마당에 차라리 나하고 일을 나눠서 하는 게 맞는 거 아니야? 단순히 환자에 대한 애정이 깊다고 하기엔….'

소영은 은영과 함께 화장실을 나와 복도를 걸으면서도 왠지 모를 의구심을 떨칠 수 없었다.

깊은 잠에서 깨어난 한준은 흠칫 놀랐다. 몸에서 소독약 냄새가 났다. 머리카락마저 축축하게 젖어 있었다. 의식이 없는 사이에 누군가가 몸을 씻기고 간 것 같았다. 몸까지 닦였는데 그걸 모르고 사경을 헤매고 있었다니.

그러고 보니 여긴 다른 방이었다. 한준은 그제서야 원래 있던 병실에서 창문을 박살 낸 일을 기억해 냈다. 동물원에서 탈출 소동을 부린 짐승처럼 진정제를 맞고 끌려 왔다고 생각하자 수치심으로 속이 울렁거렸다.

절반쯤 남은 수액 봉지에서 식염수와 포도당이 한 방울씩 떨어져 내렸다. 아니, 이게 과연 수액이 맞는지도 의심스러웠다. 여기에 이상한 약을 주입했을지도 모른다. 한준은 거칠게 바늘을 떼어 내 침대 저편으로 던져 버렸다.

얼굴을 감싼 채 괴로워하던 한준이 갑자기 고개를 쳐들었다.

"일단 여기서 나가야 돼."

이 좁은 방에 갇혀 생각만 하다가는 아무런 결론도 나지 않을 것 같았다. 한준은 벌떡 일어나 무작정 방문을 열고 복도로 뛰쳐나갔다. 아직 밤이 아니라는 것을 모른 채.

복도를 가득 채운 빛이 해일처럼 밀려와 그를 덮쳤다.

"아아아아아악!"

그는 거센 파도에 떠밀린 사람처럼 방향 감각을 잃고 휘청거리다가 벽에 몸을 부딪히고 말았다. 그대로 바닥에 주저앉은 그는 손으로 눈을 가리며 울부짖었다. 겁에 질린 비명과 탄식이 뒤섞인 절규였다.

순식간에 스테이션에 있던 남자 간호사 둘이 달려왔다. 바로 뒤에 달려온 주승이 간호사들을 제지했다.

"제가 하겠습니다."

주승은 침착하게 한준과의 거리를 좁혀 나갔다.

"김한준 씨. 모든 게 괜찮아질 겁니다. 나랑 같이 방으로 들어갑시다."

주승이 한준의 어깨에 살며시 손을 얹었다. 한준은 아직도 얼굴을 두 손으로 가린 채였다. 주승은 손에 살짝 힘을 주어 한준의 어깨 방향을 병실 쪽으로 돌렸다. 순순히 주승을 따라 병실로 들어가는 듯싶던 한준이 갑자기 괴성을 지르며 주승의 얼굴 한가운데를 주먹으로 강타했다. 제대로 보지도 않고 휘두른 주먹이었지만 주승은 안경과 함께 저만치 나동그라졌다. 옆에서 보고 있던 남자 간호사 둘이 한준의 팔을 양쪽에서 제압했다. 한준은 팔을 빼려고 안간힘을 쓰며 고래고래 소리를 질렀다.

"이거 놔! 우리 안에 가두고 또 무슨 주사를 놓으려는 거야, 이 새끼들아! 이거 안 놔?"

한준은 있는 힘껏 다리를 휘저으며 저항했지만, 건장한 남자 둘에 의해 방 안으로 질질 끌려가고 말았다. 주승이 복도에 있는 간호사에게 소리쳤다.

"로라제팜(항불안제) 4밀리그램 준비해 줘요! 빨리!"

발빠른 간호사들이 어느새 주사기를 들고 방 안으로 들어갔다. 문은 닫혔지만 한준의 광기 어린 외침이 복도까지 들렸다. 처참한 광경에 구경꾼들은 한동안 자리를 뜨지 못했다. 비틀거리며 일어난 주승은 바닥을 더듬어 안경을 찾았지만 알은 이미 산산조각 나 있었다.

조금 떨어진 곳에서, 아까부터 누군가가 한준을 지켜보고 있었다. 한준의 광분한 모습을 바라보는 그의 어깨가 위아래로 미세하게 흔들렸다.

*

연구실로 돌아온 주승은 회전의자에 털썩 몸을 맡겼다. 그는 마치 아빠 회사에 처음 놀러 온 아이처럼 신이 나서 의자를 빙그르 돌렸다.

한참 동안 의자를 돌리며 놀던 그는, 문득 자리에서 일어나 방 뒤편으로 갔다. 옷걸이에 걸린 외투를 휙 젖히자, 그 뒤에 있던 거울에 주승의 모습을 비쳤다. 이마와 콧잔등에 피가 맺혀 있었다. 주승은 훗 하고 짧은 비웃음을 내뱉은 뒤, 면봉을 꺼내 상처 부위에 연고를 발랐다.

거울을 다시 외투로 덮으려던 주승이 멈칫했다. 거울에 비친 제 모습과 눈이 마주친 것이다. 순간 주승의 얼굴에서 독기가 걷히고 눈동자는 연민으로 차올랐다. 그는 거울에 비친 자신의 얼굴을 가만히 어루만졌다. 화산이 폭발하기 오래전부터 내부에서 용암을 준비하듯, 주승의 깊은 곳에서 끓어오르는 어떤 욕망이 엄격하게 단련된 표피 밖으로 튀어나오려고 부글대고 있었다. 마침내 기포가 압력을 견디지 못하고 새어 나오듯 주승은 참았던 웃음을 터뜨렸다.

"아하하하하하하! 이보다 완벽할 순 없었어!"

눈물까지 흘려 가며 한참 동안 낄낄대던 주승은 다시 회전의자로 돌아와 깊숙히 몸을 뉘였다.

"그래그래, 계속 그렇게 발악하고 미쳐 가라고. 어차피 넌 아무것도 할 수 없을 테니까!"

그때, 노크 소리가 들렸다. 주승은 자세를 고쳐 앉은 뒤 서랍에서 여분으로 가지고 있던 새 안경을 꺼내어 썼다.

"들어오세요."

문이 조심스레 열렸다. 검은 롱코트를 입은 40대 초반의 남자가 머쓱하게 고개를 숙여 인사했다. 듬직해 보이는 인상이지만 표정은 사뭇 어두웠다.

"실례합니다. 김한준 환자 담당 선생님 되십니까?"

"예, 맞습니다."

남자는 담당의가 생각보다 훨씬 젊은 것을 보고 놀랐지만, 이내 표정을 가다듬고 악수를 청했다.

"정욱이라고 합니다. 만나 뵙게 되어 반갑습니다."

진중하고 믿음이 가는 목소리였다.

"앉으시지요. 김한준 씨 보호자 되시나요?"

"직장 선배입니다."

정욱은 한동안 수심에 잠겨 망설이다가 어렵게 이야기를 꺼냈다.

"선생님, 한준이는 대체 어디가 얼마나 아픈 겁니까? 멀쩡하던 놈이 왜 저럽니까? 저렇게 처참한 몰골을 하고⋯."

"아까 복도에서 있었던 일을 보신 모양이군요."

"이해가 안 됩니다. 저는 수년간 한준이를 곁에서 봐 왔습니다. 단 한 번도 화를 내거나 격한 행동조차 한 적이 없는 녀석입니다. 그런 녀석이 정신과 치료라니, 이게 가능한 겁니까?"

정욱은 주승 쪽으로 몸을 내밀며 울음 섞인 질문을 쏟아 냈다.

"충분히 가능합니다. 사회에 드러난 모범적인 모습 안에 내재된 자아는, 어떤 형태로든 존재 가능합니다."

"정확한 병명이 뭡니까?"

"죄송하지만, 환자에 관한 정보는 발설하지 않는 것이 원칙입니다."

"선생님. 한준이는 제게 가족이나 다름없습니다."

"큰 그림만 알려 드리죠."

정욱은 바짝 긴장한 표정으로 자세를 가다듬었다.

"김한준 환자가 겪고 있는 것은 공포증입니다. 공포증은 정신증이라기보다 불안장애에 가깝습니다. 노이로제, 강박증, 공황장애와 비슷한 성격의 질환이라고 보시면 됩니다. 공포증은 꾸준한 치료를 통해 좋아질 수 있습니다. 정신분열이나 다중인격 같은 정신증과는 전혀 다르니 걱정 마십시오."

"한준이가 대체 뭘 두려워한다는 겁니까?"

"자세한 건 말씀드릴 수 없습니다."

주승의 단호함에 정욱은 수긍한 듯, 주승 쪽으로 내밀었던 상체를 천천히 등받이에 기댔다.

"한준이가 혼자 뚝 떨어진 병실에 있던데, 무슨 이유라도 있습니까?"

"환자의 반응이 격렬하기 때문에 다른 환자들에게서 거리를 두는 것이 좋겠다고 판단했습니다."

"공포증이라는 게 그 정도로 무서운 거군요."

"꼭 그렇지는 않습니다. 대부분의 신경증 환자들은 입원까지는 하지 않죠."

"그럼 왜…."

"김한준 환자의 경우, 공포를 느끼는 대상이 매우 특이하기 때문에 통원 치료는 불가능합니다. 때문에 의료진이 최대한 가까이서 모니터 하고 즉각적인 케어를 제공하는 것이 필요하다고 판단했습니다."

정욱이 한숨을 쉬며 고개를 푹 숙였다.

"퇴원하면… 그게 언제가 됐든 말입니다. 다시 원래대로 돌아

갈 수 있는 겁니까? 사회생활도 가능한가요?"

주승이 환자로부터 가장 많이 듣는 질문이었다. 그러나 모든 것은 환자에게 달려 있을 뿐, 의사가 이런 질문에 정답을 가지고 있을 리 없었다.

"제가 말씀드릴 수 있는 건, 김한준 환자는 혼자 힘으로 정상적인 생활을 영위할 능력이 없다는 것뿐입니다."

충격을 받은 정욱은 한동안 말을 잇지 못했다.

"혹시 면회가 가능할까요?"

"지금은 환자를 쉬게 두는 편이 좋을 것 같습니다."

"역시 그렇군요."

"저희도 최선을 다하고 있으니 걱정 마세요. 갑작스러운 환경 변화도 그렇고, 자신의 상태를 인정하는 게 쉬운 일은 아닙니다. 처음엔 부정하고 분노하는 게 당연합니다. 우울과 타협의 단계를 거쳐 점차적으로 수용하게 될 겁니다. 진정한 치료 효과는 그때부터입니다."

주승은 손에 쥐고 있던 볼펜을 재깍거리며 기계적으로 다음 말을 이었다.

"환자가 어느 정도 안정을 찾으면 누군가를 만나고 싶어 할 때가 올 겁니다. 그땐 주변 분들의 역할이 매우 중요해지는 타이밍이니, 환자분을 많이 도와주십시오."

"알겠습니다. 그럼 조만간 다시 오겠습니다. 시간 내 주셔서 감사합니다."

정욱은 어깨에 무거운 짐을 짊어진 사람처럼 힘겹게 일어나 주승에게 목례를 했다. 뒤돌아 나가는 그의 걸음걸이가 술 취한 사람처럼 휘청거렸다.

2
—
오래된
기억

열린 문으로 천사가 들어온다. 어린 소년은 눈이 부셔 그녀를 똑바로 바라보지 못한다. 천사는 소년을 구원해 줄 약을 내민다. 작은 손이 마지못해 알약을 받아 삼킨다. 천사가 소년에게 속삭인다.

"넌 그때 죽었어야 해."

강력한 진정제와 사투를 벌이던 한준이 가쁜 숨을 몰아쉬며 벌떡 일어났다.

"꿈이 아니라 기억이었어."

갈증이 났다.

처음에는 혼란 때문에 반신반의하던 장면들. 이젠 온전히 자신의 것임을 알 수 있었다. 강렬한 빛을 마주 볼 때 왜 근육에 매를 맞는 것 같은 통증이 있었는지도 이해할 수 있었다. 오래된 기억이 제 발로 한준을 찾아온 것이다.

하지만 왜? 오랫동안 묻혀 있었던 게 억울해서 이제라도 존재감을 드러내겠다는 건가? 25년간 자기를 망각한 벌로 고통을 선사하겠다는 건가? 이제 슬슬 문이 열릴 때가 되었다고. 더 이상 어두운 방 안에 숨어 있어선 안 된다고. 내가 널 찾아냈으니, 어서 문을 열고 오래된 기억과 오롯이 대면하라고!

어둠 속에 오래 있어 본 사람은 안다. 어둠에게 눈이 있다는 걸. 빛은 만물을 세상에 드러내지만, 어둠은 검은 날개로 만물을 가리운다. 그리하여 어둠 속에 있는 사람은 오직 어둠하고만 눈을 마주하게 되는 것이다. 피할 수 없는 어둠과 오롯이 대면할 때, 그 속에서 보게 되는 것은 결국 자신의 두려움이라는 것도 한준은 잘 알고 있었다.

한준은 겁에 질린 얼굴로 두리번거렸다. 누군가 이쪽으로 걸어오는 것만 같았다. 뚜벅뚜벅. 선명한 구두 소리에 한준은 급히 귀를 막았다. 구두 소리가 멈추자 이번에는 열쇠 구멍을 휘젓는 것 같은 금속성 마찰음이 들려왔다. 견딜 수 없을 정도로 크게 확대된 소리의 합체들이 한준의 머릿속에서 메아리처럼 울려댔다.

"안 돼! 싫어!"

한준은 소리를 지르며 이불을 휙 젖히고 일어났다.

"다시는 만나고 싶지 않아! 꺼져! 꺼지라고!"

그는 광분하여 침대 시트를 잡아당겼다. 진정제의 여파로 이완된 근육이라 힘을 주기가 쉽지 않았다. 한참 만에 매트리스에서 시트를 빼낸 한준은, 두 손으로 시트를 꼬아 매듭을 지어 올가미를 만들었다. 매듭이 풀리지 않도록 몇 번이고 단단히 조인 뒤 천장을 올려다보았다. 천장에는 어떤 고리나 봉도 달려 있지 않았다. 세로로 된 창살은 한준의 키보다 낮았다. 숨을 거칠게 몰아쉬며 절박한 눈빛으로 두리번거리던 한준의 시선이 철제 침대에 고정됐다. 한준은 온 힘을 다해 침대의 한쪽을 들어 올려 세로로 세웠다. 그리고 침대가 넘어지지 않도록 환자복 상의를 벗어 창살에 단단히 고정했다. 한껏 까치발을 들어 침대 다리에 올가미 끝자락을 단단히 묶고 나자, 한준의 눈에서 왈칵 뜨거운 것이 샘솟았다.

베개 두 개를 겹쳐 딛고 올가미 안으로 고개를 밀어 넣었다. 온몸이 냉동창고에 있는 것처럼 덜덜 떨렸다. 그는 발끝으로 베개를 저만치 밀어 버렸다. 두 손으로는 목을 감싼 올가미를 꽉 부여잡은 채였다. 한참을 망설인 끝에야 그는 올가미에서 두 손을 뗄 수 있었다. 매듭이 갑작스레 올가미의 폭을 좁히며 한준의 목을 졸랐다. 숨이 턱 막혔지만 한준은 발버둥조차 치지 않았다. 기도가 막힌 사람이 의식을 잃는 데 걸리는 시간은 고작 7초에서 13초. 한준은 정신이 혼미해짐에 따라 육체의 고통 또한 희미해짐을 느꼈다. 감각을 초월한 그의 몸에서 가벼운 혼만 빠져나와 우주 공간을 둥둥 떠다니는 것 같았다.

그때, 어디선가 또랑또랑한 여자 목소리가 들려왔다.

"바보야, 눈 떠!"

이건… 희우의 목소리다. 한준의 심장이 빠르게 뛰기 시작했다. 침울하게 어둠 속으로 빨려 들어가던 한준의 몸에 감각이 되살아났다. 어디선가 향기로운 내음이 났다. 흩날리는 벗꽃 사이로 단발머리의 그녀가 걸어왔다. 그녀는 슬픈 눈으로 한준의 멍든 목을 어루만졌다. 희우의 눈동자에서 뜨거운 눈물이 흘러내렸다.

"사랑해."

한준이 번쩍 눈을 떴다. 천둥과 함께 소나기가 세차게 퍼붓고 있었다. 그는 대롱대롱 매달린 채 숨통을 옥죄는 고통에 발버둥 쳤다. 몸부림을 칠수록 올가미는 더욱 기도를 압박했다. 그는 거친 호흡으로 남은 숨을 끌어올렸다. 사력을 다해 한 손으로 매듭 부분을 잡고 다른 손으로 올가미를 당겼다. 더 이상 버틸 수 없을 때쯤 간신히 매듭이 풀리며 한준의 몸이 바닥에 쿵 떨어졌다. 그는 목에 가시가 걸린 듯 꺽꺽 소리를 내며 심한 기침을 했다. 밀착되었던 기도의 통증으로 신음하며 한동안 차가운 바닥에서 뒹굴었다.

마침내 정신을 차린 한준은, 목에 걸려 있는 올가미를 빼서 옆으로 던져 버렸다.

멍 자국이 생긴 목둘레에 아직도 희우의 손길이 남아 있는 것 같았다. 땀으로 흠뻑 젖은 머리카락이 이마에 달라붙었다. 한준은 허공을 응시하며 힘없이 미소 지었다.

"미안해… 내가 바보였어."

유리창을 후려치던 비가 어느새 잦아들었다. 문밖에 누군가 서성이는 기척이 느껴졌다. 청각이 예민해진 한준이 긴장하며 문 쪽으로 고개를 돌렸다.

"누구야?"

젊은 의사 한 명이 조심스레 문틈으로 인사를 했다.

"레지던트 안도훈입니다. 어디 불편하신 곳은 없나 하고요."

한준은 쉽게 대답하지 못하고 망설였다. 바로 몇 분 전까지 한준이 방에서 무슨 짓을 하려고 했는지 굳이 알리고 싶지 않았다.

"들어오세요."

마지못한 대답이지만 용기를 얻은 도훈이 빛 가리개용 검은 블라인드를 살살 젖히고 들어왔다.

"그동안 식사도 제대로 못 하셨죠? 며칠 굶으셨으니까 맑은 유동식이나 미음으로 신청해 드릴까요?"

"네. 감사합니다."

"잘 안 보이는데 식사하는 건 괜찮으시겠어요?"

"전 다 보입니다."

"아참, 그렇군요. 다행이네요. 또 필요하신 거 있으면 언제든 말씀하세요. 전 다음 주까지 당직이니까요."

"저…."

한준이 말꼬리를 흐렸다.

"혹시 선글라스처럼 검게 코팅된 고글을 구할 수 있을까요?"

"고글이요?"

"네. 밤에 복도라도 좀 걸어 볼까 해서요. 햇빛에 나가는 건 무리지만 인공조명 아래서 다니는 연습이라도 해야 될 것 같아서…."

"네. 가져다드릴게요."

"고맙습니다. 최대한 어두운색으로 부탁드리겠습니다."

방에서 나가려던 도훈이 한준에게 다시 말을 걸었다.

"정말 다행입니다."

"예?"

"많이 좋아지신 것 같아요. 저희 모두 걱정하고 있었거든요."

도훈의 마지막 말에 울컥해진 한준은 아무런 대답도 하지 못했다. 왠지 가슴 한쪽이 아려 왔다.

한준은 부스스 일어나 병실에 딸린 화장실로 들어갔다. 용기를 내어 세면대 위의 거울을 보았다. 스스로도 알아볼 수 없을 만큼 몰골이 변해 있었다. 해쓱한 두 뺨, 살이 빠지면서 도드라진 광대, 부르튼 입술, 핏기 없는 얼굴, 지저분하게 자란 수염… 오랜 세월 고통받은 사람의 얼굴처럼 무기력하고 지쳐 보였다. 무리에서 도태된 짐승처럼 처량해 보이기도 했다. 오직 핏발 선 눈동자만이 아직 살아 있었다.

잠시 후 식사가 도착했다. 오랜만에 음식 냄새를 맡자 한준의 위장에서 천둥소리가 나는 듯했다. 뜨거운 국물이 식도를 타고 위장으로 흘러 내리자 전신에 따스한 기운이 퍼졌다. 먹구름이 낀 듯 무겁던 머리도 조금씩 맑아지는 듯했다. 먹는다는 행위가 사람에게 있어 실로 중요하다는 걸 깨달았다. 입맛을 되찾으니 살고픈 욕구가 고개를 쳐들었다.

"이젠 피하지 않아… 절대로."

*

다음 날 아침. 주승은 평소보다 일찍 회진에 나섰다. 주승의 회진 팀이 한준의 병실 앞에 다다르자 도훈이 차트를 읽으며 전날 밤 상황을 보고했다.

"환자는 어젯밤부터 원기를 회복한 듯 보였고, 식사를 요청하기에 유동식을 제공하였…"

"잠깐, 뭐라고?"

"어젯밤 제가 당직이라 환자분을 뵈러 갔었습니다. 많이 좋아지셨더라고요. 빛에 적응하고 싶다면서 고글을 구해 달라고까지 하셨어요. 병을 극복하려는 의지가 생긴 것 같았습니다."

도훈이 씩씩하게 대답했다. 예상치 못한 보고에 주승은 잠시 머뭇거렸으나, 주변의 시선을 의식하고 이내 굳은 표정을 거뒀다.

"그래? 잘됐네. 계속 읽어 봐."

주승의 어정쩡한 대꾸에 도훈은 다소 소심해진 목소리로 눈치를 보며 나머지 내용을 브리핑했다. 보고가 끝나자 의료진이 환자를 직접 대면하기 위해 병실 문을 두드렸다.

"김한준 씨, 회진 시간입니다. 들어가도 될까요?"

"네, 들어오십시오."

한준은 의료진을 반겼다. 방이 어두워서 주승은 한준을 볼 수 없었지만, 힘 있는 목소리와 밝아진 말투로 말미암아 한준이 정말 기운을 차렸다는 것을 알 수 있었다.

"기운을 차리셔서 다행입니다. 특별히 불편하신 곳이 있나요?"

"좀 어지러웠는데 어제부터 음식을 먹으니 한결 나아졌습니다. 방에만 있으니까 낮밤 구별이 잘 안 돼서 수면 리듬은 무너진 것 같습니다. 그래서 사람이 뜸한 시간에 복도라도 걸어 볼까 하고요."

아주 잠깐이지만, 한준의 의욕 어린 대답을 들은 주승의 눈빛이 매섭게 변했다.

"본래 격리 병동에서는 혼자 하는 산책이 금지되어 있습니다. 제가 간호사를 붙여 드리지요."

잠시 생각하던 한준이 입을 열었다.

"저녁 9시쯤 와 주시면 좋겠네요."

"알겠습니다. 그럼 편히 쉬십시오."

의료진이 우르르 방에서 나갔다. 한준은 어둠 속에서 본 주승의 표정을 다시 떠올렸다. 환자의 상태가 호전되었지만 전혀 기뻐하지 않는 의사. 한준이 맨 처음 주승을 보았을 때 느낀 첫인상 그대로였다. 회우의 서명에 당황하는 한준을 보고 주승이 짓던 회심의 미소. 대화할 때마다 언뜻언뜻 비치는 경멸의 눈빛. 믿고 의지해야 할 의사가 왜 자신을 경계하는지 한준으로서는 이해할 수 없었다.

그러나 더욱 이해할 수 없는 것은, '믿고 의지해야 할 사람에게 미움받는' 이 느낌이 낯설지 않다는 사실이었다. 이제 믿을 사람 하나 없는 이곳에서 빠져나갈 유일한 방법은 솟아날 구멍을 스스로 만드는 것뿐이었다.

*

컴퓨터에 차트 내용을 입력하고 있던 송화에게 호출이 울렸다. 발신인이 주승임을 확인한 그녀의 얼굴에 웃음이 번졌다. 연구실로 향하는 송화의 가슴이 방망이질 쳤다.

송화가 연구실로 들어와 문을 닫자, 주승이 기다렸다는 듯 일어났다.

"웬일이에요? 호출을 다 하고⋯."

"부탁할 게 있어. 내일부터 저녁 근무로 바꾸고 김한준 환자를 주시해 줘."

"네? 그 환자는 발작이 심해서 남자 스태프들만 출입하기로 하지 않았어요?"

"상태가 몰라보게 좋아졌어. 병실에 자주 들어가서 상태를 살피고, 저녁 9시에는 휠체어 가지고 가서 복도 산책을 도와주면 돼."

"산책이라면 굳이 내가…"

"간호사 스테이션 근처만 왔다 갔다 하면 되잖아. 이상한 낌새가 있으면 즉시 보고해 주고."

"이상한 낌새라뇨?"

"환자가 하는 말과 행동을 잘 관찰하라는 거야. 그날 뭘 했고, 누구와 접촉하는지, 무슨 말을 하는지. 빠짐없이 알려 주면 돼. 차트에는 기록하지 말고."

"그러니까… 환자 일거수일투족을 감시하고, 보고는 비공식적으로 하라는 거예요?"

"응."

송화가 머뭇거리며 대답하지 않자, 다급해진 주승이 설명을 보탰다.

"요즘 진행 중인 연구 때문에 필요해서."

"알잖아요, 내가 그 환자만 주시하고 있을 만큼 한가하지 않다는 거…."

"최대한 할 수 있는 만큼만 해 달라는 거야."

송화의 머리가 어지러워졌다. 결국 사실이었나. 주승이 한준에게 집착한 나머지, 학회도 가지 않고 새로운 환자도 받지 않아 원장에게 찍혔다는 소문이 파다했다.

"생각해 볼게요…."

송화는 대충 얼버무리고는 주승에게 다가가 허리에 팔을 감았다.

"것보다, 오늘 일 끝나고 집으로 올래요? 자기 생일이잖아."

생일이라는 단어를 들은 주승의 얼굴이 굳어졌다. 그의 입술이 짧은 경련을 일으키는가 싶더니, 냉정하게 송화의 팔을 떼어 내고 책상 위의 차트를 집어 들었다.

"요란 떨지 마. 그깟 생일이 무슨 대수라고."

송화는 이런 반응을 예상했다는 듯 여전히 미소를 띤 채 다시 주승을 살며시 안았다.

"시간 많이 안 뺏을게요. 작년 생일 때도 그냥 넘어갔잖아요. 집에 와서 저녁만 먹고 다시 병원으로…"

"생일 따위 축하할 필요 없다고 했지!"

주승이 별안간 고함을 지르자 송화의 눈이 그렁그렁해졌다. 송화는 주승을 밀치고 연구실 밖으로 급히 나와 버렸다. 남들의 눈을 피할 곳은 화장실밖에 없었다. 스태프 전용 화장실로 들어가 문을 쾅 닫은 그녀는 변기 뚜껑 위에 털썩 주저앉았다. 화를 냈어야 하는데 눈물을 보이고 뛰쳐나온 자신이 한심했다. 그녀는 소매로 눈물을 찍어 내고 마음을 가다듬었다.

주승이 언제부터 부쩍 날카로워졌는지 곰곰이 생각해 보았다. 특별히 자상한 타입은 아니었지만, 전에는 이런 일로 송화에게 화를 낸 적 없는 주승이었다. 송화는 서서히 깨달아 가고 있었다. 주승의 눈빛에 묘한 독기가 차오르기 시작한 시점이, 그가 길에서 우연히 누군가를 마주쳤다고 한 바로 그날부터였음을.

*

경쾌한 하이힐 소리가 문 앞에서 멈추더니 문을 가볍게 두들겼다. 한준이 대답하기도 전에 문이 빼꼼히 열렸다.

"김한준 씨, 저는 심리 상담사 권소영이라고 해요. 들어가도 될까요?"

한준을 무척 조심스럽게 대하던 다른 의료진과 달리, 거침없고 명랑한 목소리였다. 한준은 조금 당황했지만 뜻밖의 활기찬 방문이 싫지 않았다.

"방이 어두워서 죄송합니다."

"아늑해서 좋은데요. 환자분이 안정을 느낄 수 있는 환경이 제일 좋은 거니까 걱정 마세요."

한준은 소영이 앉을 수 있게 의자를 가까이 끌어다 주었다.

"진즉 만나 뵙고 싶었는데 이제야 왔네요. 저는 환자분들이 불안, 스트레스, 우울감 같은 것에 적절히 대처할 수 있게 도와드리는 일을 해요. 다양한 심리 검사도 하고요. 편한 동네 누나와 이야기한다고 생각하셔도 좋아요."

소영의 격의 없는 태도에 한준이 미소를 지었다.

"사실 우리 병원에 다양한 프로그램이 많아요. 음악치료, 미술치료, 요가나 명상 수업도 있고요. 환자분만 원하시면 얼마든지 도와드릴 수 있는데… 아직 병실 바깥으로 나가시는 건 무리지요?"

"예. 선뜻 용기가 나질 않네요. 채 간호사님하고 밤에는 다녀보았습니다만."

"그래요. 무엇보다 빛에 대한 공포감을 극복하는 게 최우선이겠어요. 앞으로 제가 자주 올 테니 이런저런 이야기 같이해요. 괜찮으시죠?"

"네, 그럼요."

"밤에 복도에 나가신 건 아주 잘하셨어요. 방 밖으로 나가는 것에 대한 두려움을 없애는 과정이니까요. 나가는 시간대를 조금씩 당겨 보시는 것도 괜찮을 것 같네요."

"네. 채 간호사님과 상의해 보겠습니다."

소영은 잠시 머뭇거리다가 입을 열었다.

"최면 치료, 힘드시죠? 계속 두려운 기억을 다시 끄집어낸다는 게 얼마나 고통스러우실지 알아요."

소영과 한준은 거의 동시에 작은 한숨을 토했다.

"현재로선 최면 치료가 공포증을 다스리는 데 가장 효과적이라고 알려져 있어요. 하지만 환자분 입장에선 결코 쉬운 게 아니죠. 두려움의 대상에 계속 노출되어야 하니까요."

"다른 방도가 없다면 할 수 없지 않습니까. 힘들어도 계속하는 수밖에요."

"꼭 그렇진 않아요. 김 선생님이 잘 알아서 하시겠지만, 혹시라도 최면 치료가 너무 힘드시면 다른 치료법도 있으니 무리하진 마세요. 안구 테라피(EMDR)라는 것도 있거든요. 이것도 원리는 비슷하지만 접근 방법이 약간 달라요. 고통스러웠던 기억을 떠올릴 때 눈을 빨리 움직이면 안구가 받아들이는 새로운 자극 때문에 고통에 둔감해지거든요. 한준 씨의 경우, 방이 어두워서 안구 운동을 제가 볼 수 없으니 시각 대신 청각적 자극을 주는 것으로 대체할 수 있어요. 한번 해 보시겠어요?"

한준은 대답 대신 마른침을 삼켰다. 극한의 공포감을 다시 불러일으키는 치료를 감내할 자신은 솔직히 없었다. 하지만 뭐라도 하지 않는다면 언제까지고 여기 갇혀 있어야 할지도 몰랐다.

"네. 하겠습니다."

소영의 얼굴이 환해졌다.

"고마워요, 어려운 결심해 주셔서. 결코 환자분에게 무리가 되도록 하지 않을게요. 제가 약속해요."

소영은 어둠 속에서도 한준에게 확신에 찬 미소를 지어 보였다.

"한준 씨는 반드시 나을 거예요. 전 믿어요."

'믿는다'는 말에 한준은 깜짝 놀라, 눈시울에 뜨거운 것이 울컥 차올랐다. 그것은 아주 강력한 단어였다. 간신히 기운을 차렸지만 여전히 음습한 동굴 안에 고립된 스스로의 모습에 자괴감을 느끼던 차였다.

"무슨 일이 있어도… 그 믿음, 놓지 말아 주세요."

"네?"

"제가 저를 포기하더라도, 선생님만은 절대 저를 놓지 말아 달라는 뜻입니다. 혹시라도 제가 모든 희망을 버리게 되는 날이 오면… 오늘 하신 말씀을 제게 꼭 다시 해 주세요."

한준의 진지한 호소에 소영은 숙연해졌다.

"물론이죠. 제가 먼저 환자분을 포기하는 일은 없을 거예요. 너무 조급하게 생각하지 마세요. 변화라는 건, 알아채지 못하는 사이에 서서히 나타나는 경우가 많으니까요. 한준 씨는 혼자가 아니라는 거, 언제든 도움을 요청할 사람이 있다는 것만 기억하세요."

*

소영은 한준의 호의적인 반응에 고무되어 뿌듯함을 감추지 못했다.

'김 선생님이 말한 것과 정반대네. 환자가 자기 외에 다른 의료진은 거부한다더니….'

소영은 한준의 방에서 몇 걸음 걸어 나오기도 전에 주승과 맞닥뜨렸다.

"어디서 오시는 길입니까?"

당황한 소영은 잠시 머뭇거리다가, 기왕 이렇게 된 것 당당하게 나가기로 했다.

"김한준 환자 방에서요."

"권 선생님의 개입은 필요 없다고 말씀드렸는데요."

"저도 허락받고 하는 일이에요."

"허락이라뇨?"

"일단 환자분이 흔쾌히 동의해 주셨고요, 원장님도…"

"원장님은 정신과 쪽에 직접 지시를 내리는 분이 아닙니다."

주승이 소영의 말을 단칼에 잘랐다.

"네, 압니다. 하지만 김 선생님은 당분간 새로운 환자들 진료 때문에 바쁠 거라고 하시던데요?"

주승의 미간에 깊은 골이 패였다. 최 원장이 이런 식으로 날 압박하는군.

"그래서 제 허락도 없이 이렇게 환자 방에 드나드는 겁니까?"

소영은 애써 마음을 가다듬고 조용히 대답했다.

"전 심리사로서의 일을 하고 있을 뿐이에요. 선생님은 선생님의 일을 하시면 되고요. 대립할 이유가 없다고 생각합니다. 방법은 다르지만 환자를 도우려고 하는 일이잖아요."

"충고 한마디 하죠. 권 선생님은 이 환자가 어떤 사람인지 전혀 모릅니다. 제가 최면 치료를 하면서 발견한 수많은 사항들에 대해서도 전혀 아시는 게 없고요. 이 환자는 생각처럼 쉬운 환자가 아닙니다. 환자의 공포심은 우리가 생각하는 것보다 훨씬 더 깊은 상처에 강하게 뿌리를 내리고 있어요."

"더 심한 환자들도 숱하게 봐 왔어요. 김한준 환자는 지금 공격적이거나 비협조적인 상태가 아니에요. 얼마나 낫고 싶어 하는지 몰라요. 이럴 때 혼자 두는 건 최악입니다. 김 선생님이 바쁘다면, 저라도 환자를 자주 들여다보게 해 주세요."

"환자의 공포증에 대한 근본 원인은 내가 이미 찾았어요. 권 선생님이 상담으로 다시 들추어낼 필요가 없는 문제입니다."

"그럼, 그 원인이 뭔지 말씀해 주세요. 저도 알아야 상담을 효과적으로 할 수 있으니까요."

소영의 끈질긴 요구에 주승은 한숨을 쉬며 뜸을 들였다.

"어릴 적에 감금되어 구타를 당했다는 것만 알려 드리죠."

"뭐라고요? 그건 아동 학대잖아요. 맙소사… 그런 중요한 이야길 왜 이제…."

"권 선생님. 나는 김한준 환자에 대한 장기적인 플랜을 이미 만들어 놓았습니다. 권 선생님이 지나치게 개입하면 일이 복잡해져요."

주승은 소영을 위협하듯 똑바로 쳐다보았다.

"다음 주까지만 환자를 잠깐씩 대면할 수 있는 시간을 드리죠. 단, 그 환자에게 너무 깊이 빠져들지는 마세요. 조금이라도 상태가 악화된다면 권 선생님에게 책임을 물을 겁니다."

주승은 소영에게 잔뜩 엄포를 놓고는 찬바람을 일으키며 반대편으로 걸어갔다. 소영은 기가 차다는 듯 주승의 뒷모습을 한참 동안 쏘아보았다.

'장기적인 플랜? 그런데 왜 공유하지 않겠다는 거야?'

연구실로 돌아와 의자에 앉은 주승은, 분을 이기지 못해 책상을 주먹으로 쾅 쳤다.

"정말 성가신 여자야!"

그는 몸을 구부려 책상 아래에 놓인 구형 스테레오의 재생버튼을 눌렀다. 안에 들어 있던 카세트테이프가 감기는 소리를 내며 돌아갔다. 이내 천둥소리와도 같은 힘찬 관현악의 도입부가 시작되었다.

타락한 대지를 벌하듯 하늘에서 떨어지는 대포 소리, 그 뒤를 잇는 빠른 템포의 피아노. 마치 성난 말이 건반 위를 무법자처럼 질주하며 주승 대신 감정을 발산해 주는 것 같았다.

"누구도 널 구원하게 놔두지 않을 거야. 누구도!"

*

소영은 아담한 창문이 있는 사무실에서 턱을 괴고 앉아 생각에 잠겼다. 그녀는 통합 회의 때 주승이 발표한 내용을 떠올려보았다.

"유년기에 학대를 받았고, 그걸 잊고 살았다…. 엄청난 충격에서 벗어나기 위한 방어기제겠지. 그러다가 엘리베이터 사고가 어린 시절의 기억을 끄집어냈다…."

그녀는 메모지에 낙서를 그리면서 연신 혼잣말을 되뇌었다.

"공포의 대상인 빛과 환자의 과거 사이엔 어떤 연관성이 있을까?"

소영은 어제 한준의 방에서 나왔을 때 주승과 했던 실랑이를 떠올렸다.

"과거에 감금과 구타를 당했다고…."

소영의 눈썹이 위로 올라갔다.

"가만… 감금?"

소영은 의자에서 벌떡 일어났다.

"감금이라면 분명 벽장이나 지하실같이 어두운 공간에 갇혀 있었을 거야. 그러다가 문이 열려 사방이 밝아지면, 곧 시작될 구타가 무서워서 공포에 질렸을 거고."

소영은 정신없이 방 안을 왔다 갔다 하며 중얼거렸다.

"맞아, 문이 열릴 때 쏟아져 들어온 빛을 구타와 연결해서 생각하게 된 거야. 그러니까 김한준 환자에게 있어 빛은 중립적 자극일 뿐, 실은 자신을 구타하려는 그 사람이 두려웠던 거야!"

소영은 다시 의자에 털썩 주저앉았다.

"대체 왜 어린아이에게 그런 끔찍한 짓을 저지른 걸까…."

복잡한 심경으로 창밖에 시선을 주던 소영의 눈동자가 갑자기 빛났다. 직원용 주차장을 가로지르는 주승을 본 것이다.

주승의 승용차가 병원을 빠져나가는 것을 확인한 소영은 자기도 모르게 의자에서 일어났다. 그녀는 아무 관련도 없는 서류 뭉치들을 한 아름 끌어안고 태연하게 복도로 나섰다. 소영이 향하는 곳은 주승의 연구실이었다.

*

딩동.

초인종이 울렸다. 송화는 이불을 뒤집어쓰고 누워 있었다. 열이 나고 몸이 욱신거려 꼼짝도 할 수 없었다. 주소를 잘못 찾은 택배 기사겠지. 올 사람이 없었다.

딩동. 딩동.

"아, 진짜!"

송화는 괴로운 신음을 하며 이불을 박차고 나왔다. 서늘한 집 안 공기에 몸이 부르르 떨렸다. 식탁 의자에 걸쳐져 있던 가운을 주섬주섬 걸친 송화는 몸을 잔뜩 움츠린 채 현관문을 열었다. 문 앞에는 주승이 서 있었다.

"여기 계속 세워 둘 거야?"

어안이 벙벙한 송화가 머뭇거리자, 주승이 들고 있던 비닐봉지를 들어 보였다.

"들어와요…."

송화는 당황해서 산발이 된 머리를 급히 매만졌다. 하필 이렇게 초췌할 때 찾아오다니.

"괜찮아, 예쁜데 뭘."

송화가 깜짝 놀라 주승을 쳐다보았다. 예쁘다거나 옷이 잘 어울린다거나 하는 칭찬에 인색한 남자라는 걸 알기에 도리어 수상쩍은 생각이 들었다.

"오늘 아파서 결근했다며. 어디가 아픈 거야?"

주승은 들고 있던 봉지를 식탁 위에 올려놓았다.

"주승 씨… 지금 일할 시간이지 않아요?"

"점심시간에 틈이 나서 잠깐 들렀어. 굶고 있을 것 같아서."

송화는 아직 주승이 자신에게 소리쳤던 것에 대해 화가 풀리지 않은 상태였다. 게다가 오늘 아침에 꾼 악몽에서는 주승이 있는 힘을 다해 자신의 목을 졸라매고 있었다. 그 꺼림칙함이 채 가시기도 전에 주승을 눈앞에서 보다니.

"잠깐 들르고, 음식 갖다주고. 이런 거 하던 사람 아니잖아요. 왜 갑자기."

주승은 쌀쌀맞은 송화의 반응에 어정쩡한 자세를 취했다. 잠시 송화의 시선을 피하며 적절한 단어를 찾느라 망설이던 그가 어렵게 입을 뗐다.

"미안해. 내가 당신을 너무 놀라게 한 것 같아."

마치 태어난 이래 남에게 미안하다는 말은 처음 해 보는 사람처럼, 어색하고 부자연스러운 말투였다.

"그리고 이젠 너한테 그 환자 지켜보라는 부담도 안 줄게. 그만해도 돼."

"정말이에요?"

"응. 산책도 싫으면 다른 사람에게 맡겨."

"알았어요…."

주승이 어색하게 다가와서 송화를 안았다.

"앞으론 내 생일 안 챙겨도 돼. 날 위해 아무것도 하지 마. 그냥 곁에만 있어 줘."

주승의 한마디에 경직되었던 송화의 마음이 사르르 녹아 내렸다. 아무리 화가 났어도 주승의 포옹 한 번에 쉽게 무너지곤 했다. 주승이 화를 내면 그가 풀릴 때까지 기다려야 했지만, 송화의 마음이 언제 풀릴지는 늘 주승이 결정했다. 이런 식으로.

"식겠다. 얼른 먹어."

주승은 봉지에서 죽과 반찬을 꺼내 주고 화장실에 갔다. 송화는 죽을 한 숟갈씩 떠 먹으며 마음에 조금 남았던 앙금마저 풀어 버렸다.

'나도 참 단순하지….'

때마침 식탁 위에 놓인 주승의 휴대폰이 보였다. 송화의 시선이 자꾸 그쪽으로 쏠렸다. 주승이 자신의 이름을 어떤 식으로 저장했는지 궁금했다. 어느새 그녀의 손은 잠금장치를 풀고 있었다. 둘은 비밀 연애를 해 왔기 때문에 자신의 이름을 글자 그대로 적지는 않았을 거라 생각했다.

"뭐야…."

'채송화'라고 적혀 있는 것을 보고 송화는 피식 웃었다.

"하긴, 워낙 남들과 교류도 없는 사람이니. 이걸 누가 본다고 생각하겠어."

휴대폰을 도로 내려놓으려는데, 이번에는 문자함이 궁금해졌다. 송화가 문자를 해도 열에 아홉은 답을 안 하거나 단답형인 주승이, 다른 사람들에게는 어떤 식으로 문자를 보냈는지 호기심이 일었다.

그러나 발신함을 열어 본 송화의 눈이 갑작스레 커졌다. 화장실에서 수돗물 소리가 멈추자, 송화는 황급히 휴대폰을 원위치에 놓고 태연하게 죽을 먹었다.

"나 이제 가 봐야 돼."

"그래요. 내일 봐요."

둘은 겉으로만 수교를 맺은 외교관들처럼 각기 다른 생각을 품은 채 작별 인사를 나눴다.

*

소영은 마치 주승이 연구실에 있다고 알고 있는 것처럼 일부러 당당하게 노크를 했다. 당연히 답이 없었고 소영은 신속하게 방 안으로 뛰어들었다. 주승이 한준의 치료 과정을 그리도 비밀스럽게 여긴다면, 필시 간호사들이 보도록 공개된 차트와는 또 다른 개인만의 차트를 가지고 있을 것 같았다.

소영은 소파 위에 자신이 가지고 온 서류 뭉치를 대충 던져 놓고 책상 서랍과 책장까지 구석구석 뒤졌다. 빨리 찾을 거라는 기대는 없었지만 생각보다 오래 걸리자 초조해졌다. 불안해서 문 쪽을 자꾸 확인하던 소영은, 책상 아래에서 가죽으로 된 서류 가방을 발견했다.

"이거다!"

서류 가방에서 하얀색 폴더를 꺼내 펼쳐 본 소영의 볼이 흥분으로 상기되었다.

"유레카. 역시 수상한 내용이 맞군."

그녀는 휴대폰으로 폴더 안의 내용을 한 장 한 장 찍었다.

사무실로 돌아온 소영은 문을 닫으며 가슴을 쓸어내렸다. 평소 담력이 강한 소영에게도 이건 쉬운 일이 아니었다. 십 년은 감수한 듯 그녀의 심장이 쿵쾅거렸다. 눈속임을 위해 들고 나섰던 서류 뭉치를 책상 위에 올려놓고 회전의자에 털썩 앉았다.

"이건 환자를 위해서 한 일이야."

스스로의 행동에 정당성을 부여하며 소영은 주머니에서 휴대폰을 꺼냈다. 그녀는 찍어 온 사진을 확대하여 깨알 같은 글씨를 읽어 나갔다. 한참을 숨죽이며 읽던 소영의 표정에 여러 가지 감정이 물결처럼 지나갔다. 점심 먹는 것도 잊어버린 채 차트의 내용에 푹 빠져 있던 소영이 마침내 화면에서 고개를 들었다.

"대체 이게 무슨….."

그녀의 눈동자가 바람 앞의 촛불처럼 불길하게 흔들렸다.

*

병원은 행사 준비로 부산했지만, 한준이 머무는 병동만은 세상과 단절된 듯 조용했다. 한준은 병원에서 주는 식사를 남김없이 먹어 치우며 조금씩 기운을 회복해 갔다.

그러나 기억이라는 괴물이 불쑥 나타나면 순식간에 어린아이로 변하곤 했다. 기억은 파노라마처럼 순차적으로 떠오르는 것이 아니었다. 강렬하게 각인된 장면이 번쩍이다 사라지고, 그로부터 연상된 또 다른 장면이 플래시처럼 터졌다가 이내 어둠 속으로 명멸했다. 꼬리에 꼬리를 물고 터지는 기억의 폭격을 받다 보면 한준은 부상당한 군인처럼 지쳐 침대 위에 나동그라지곤 했다.

노크 소리가 한준의 상념을 깼다.

"권소영이에요. 점심은 드셨어요?"

"네. 조금 전에 먹었습니다."

소영은 조심스레 문을 닫고, 한준의 목소리가 들리는 쪽을 향해 스테레오를 들어 보였다.

"이거 틀어 드리려고 가지고 왔어요."

"지난번 말씀하셨던 안구 테라피인가요?"

다소 긴장한 듯 묻는 한준의 목소리에 소영이 빙긋 웃었다.

"아, 그건 김 선생님과 상의를 해야 해서요. 시간이 꽤 소요되는 테라피인지라. 오늘은 그냥 편안한 소리를 들려 드리려고 왔어요. 편한 자세로 누워 보시겠어요?"

한준은 등 뒤에 쿠션을 대고 누웠다.

"눈을 감으세요. 가슴은 최대한 움직이지 마시고 아랫배로 숨을 쉬세요. 천천히… 계속 반복하세요. 그리고 오직 소리에만 집중하세요."

소영은 손으로 더듬어 재생버튼을 눌렀다. 보지 않고도 누를 수 있도록 버튼의 위치를 미리 익혀 둔 터였다. 스테레오 안에서 CD가 회전하기 시작했다. 차이코프스키의 '꽃의 왈츠'가 아침의 시작을 알리듯 경쾌한 호른을 불었다. 이어지는 하프 카덴자. 나무와 꽃이 부드러운 바람에 춤을 추듯 낭만적이고 우아한 선율이 흘렀다.

이내 음악 소리는 잦아들고 고요한 숲의 소리가 들려왔다. 졸졸 흐르는 시냇물, 간간이 지저귀는 새들, 산들 바람에 사각거리는 나뭇잎… 숲속의 생명체들은 아침을 맞아 점점 깨어나기 시작했다. 한준의 숨소리가 점차 편안해졌다.

한준이 소리에 귀 기울이는 동안, 소영은 한준이 눈치채지 못하게 주머니에서 동그란 조명을 꺼냈다.

"소리에 집중하면서 천천히 눈을 떠 보세요."

스르르 눈을 뜬 한준은 말없이 천장을 응시했다. 소영은 조명 위에 수건 여러 장을 덮고, 딸깍 소리가 나지 않게 조심하면서 조명 스위치를 눌렀다. 수건 안에서 희미한 불빛이 보일 듯 말 듯 옅은 광채를 드러냈다.

점점 많은 소리들이 합쳐지며 오케스트라 협연처럼 조화를 이루어냈다. 갖가지 다양한 새들이 서로 다른 소리로 울어댔다. 쩍쩍, 뾰로롱, 구구구… 휘파람같이 쾌청한 지저귐도 있었고, 아련하게 메아리처럼 울리는 지저귐도 있었다. 새들은 먹잇감을 발견한 건지 혹은 구애 작전을 펼치는 건지 앞다투어 푸드덕대며 목청을 높였다. 숲은 이제 한낮이었다.

"계속 소리에만 집중하세요….'

소영은 조명을 감싸고 있던 수건을 슬며시 한 장 걷어냈다. 원숭이들이 가지와 가지 사이를 기우뚱거리며 오갔다. 잰걸음으로 후다닥 나무 둥치를 스쳐 가는 다람쥐, 폭신한 흙 위를 걸어 다니는 네발짐승 소리도 들렸다. 딱따구리가 부지런히 나무를 쪼기도 했다. 바위틈을 흐르는 시냇물의 질주는 더 빨라졌다. 해가 정수리 위에서 작열하는 시간인 듯했다.

소영은 수건을 한 장 더 걷어냈다. 이젠 소영의 눈에 한준의 옆모습이 뚜렷이 보일 정도였다. 숲은 살아 있는 것들의 움직임으로 가득했다. 다람쥐가 볼 안에 담아 온 도토리를 땅에 쏟아내는 소리가 들렸다. 거미줄에 걸려 버둥거리는 벌레, 대나무 숲 사이를 관통하는 바람, 먹이를 달라고 고개를 한껏 내미는 아기 새들… 시냇물 소리가 차츰 잦아들고 짐승들이 더위에 지쳐 낮잠을 자기도 했다. 새들도 어느덧 잠잠해지고, 배불리 먹은 다람쥐는 나머지 도토리를 땅에 묻으려고 흙을 파헤쳤다. 숲에 황혼이 드리우기 시작했다.

"오른손을 가슴 위에 가만히 올려놓습니다."

소영은 자신의 목소리가 음향 효과의 일부인 것처럼 나지막이 말했다.

"왼손은 배 위에 올려놓습니다."

한준이 소영의 지시를 따라 손을 움직였다.

"입을 다물고, 코로 숨을 들이마십니다. 천천히… 가슴은 가만히 있고 배만 부풀게 합니다. 속으로 일부터 삼까지 셀 정도로만 들이쉬세요."

한준의 배가 천천히 솟아올랐다.

"이제 숨을 입으로 내쉽니다. 배 안에 있는 공기를 남김없이 밀어냅니다."

한준이 깊은 심호흡을 하는 동안, 어느새 숲에는 밤이 찾아왔다. 생명체들의 부산스러운 소리가 지면으로 가라앉고 오직 귀뚜라미의 합창만이 밤 공기를 가득 채웠다. 별들이 제각기 반짝이면서도 무리로서 빛나듯, 귀뚜라미들은 각자의 노래를 부르고 있었지만 그 소리는 한데 모여 밤하늘 위로 떠올랐다. 풀섶에서 강아지풀 줄기를 하나씩 차지하고 앉아 별의 반짝임에 박자를 맞추는 귀뚜라미들의 합창은 한준의 마음을 편안하게 해주었다. 밤을 지배하는 이 백색 소음은 쓸데없이 방황하는 잡생각들을 진공 청소기처럼 흡수해 버리는 효과가 있었다. 평온한 자연의 소리에 차분해진 한준은 자기도 모르게 스르르 눈을 감았다.

마침내 조명을 덮고 있던 마지막 수건이 벗겨졌다. 방이 대낮처럼 환해졌지만 한준은 불이 켜진 줄도 모른 채 까무룩 잠이 들었다. 소영은 조명을 한준의 머리맡에 가만히 놔두었다. 스테레오의 소리를 조금씩 줄여 나가자 한준의 새근거리는 숨소리가 들려왔다.

5분쯤 지났을까. 숲의 소리가 모두 사그라지자 한준이 꿈틀거렸다. 소영은 재빨리 머리맡의 조명 스위치를 껐다. 한준이 부스스 상체를 일으키며 두리번거렸다.

"아, 잠이 들었나 보네요. 죄송합니다."

"한준 씨. 눈치 못 채셨죠?"

"뭘요?"

"한준 씨가 소리를 듣는 내내 작은 조명을 켜 두었어요."

"그런가요? 전혀 몰랐어요."

한준의 표정이 조금 밝아졌다.

"아주 잘하셨어요. 빛에 대한 민감도가 조금은 덜해진 것 같아요."

"신기하네요."

소영이 빙긋 웃었다.

"더 신기한 거 알려 드릴까요?"

한준이 호기심에 눈을 반짝이며 소영의 다음 말을 기다렸다.

"사실 한준 씨는 빛을 두려워하는 게 아니에요.

빛을 볼 때마다 매를 맞는 경험을 했기 때문에, 나중에는 빛만 보아도 저절로 몸이 움츠러들고 공포심이 생기는 거예요. 그러니까 한준 씨의 뇌는, 구타와 빛을 같은 것으로 간주하도록 학습이 된 거죠.

게다가 사람의 뇌는 얄궂게도, 좋은 일보다 나쁜 일을 오래 기억하도록 만들어져 있어요. 뇌의 작동 원리가 생존지향성이라, 격한 감정이 연루된 기억을 장기 저장하려는 습성이 있거든요. 살아남기 위해서 기억해야 하는 정보라고 생각하는 거죠. 그래서 공포와 무력감을 느꼈던 순간은 여러 가지 감각으로 뇌에 각인되어 오랫동안 우릴 괴롭히는 거예요."

한준이 고개를 끄덕이며 경청했다.

"지금부터 두 가지 사실을 잊지 마세요. 첫째, 기억이란, 뇌에 위치한 편도체라는 기관이 생존을 위해 저장한 수많은 정보 중 하나일 뿐이다. 둘째, 기억의 절반은 망각이다. 사람의 뇌는 기계가 아니기 때문에 우리의 기억은 불완전할 수밖에 없어요. 우린 기억의 이런 특성을 이용하면 돼요."

한준의 가슴에 희망이 밀물처럼 몰려왔다.

"아무리 끔찍한 기억도 소멸시킬 수 있어요. 점차적으로 변화시켜 줄게요. 날 믿어요."

송화는 한준의 차트를 보다가 새로운 처방전을 발견했다. 여태까지 한준에게 준 적 없는 새로운 약이었다.

"주승 씨가 오늘 아침에 김한준 환자 방에 다녀갔었나?"

한준을 감시하는 것에서는 해방되었지만, 여전히 송화는 한준의 담당 간호사였다. 기본적으로 환자를 챙기고, 필요를 들어주고, 약을 주는 일은 계속해야 했다. 이미 약제부에서 보낸 한준의 약이 뉴매틱 튜브(pneumatic tube, 병원 벽 내부에 뻗어 있는 진공압력 튜브로, 각 층으로 약을 전송할 때 사용)를 통해 간호사 스테이션으로 배달된 상태였다.

송화는 하얀 알약과 물컵을 위생 용지가 깔린 작은 스테인리스 용기에 챙겨 들고 다른 한손으로 한준의 방에 노크를 했다.

"지금 약 드실 수 있죠?"

"약이요?"

한준이 의아해하며 물었다.

"회진 때 말씀 못 들으셨어요?"

"약 이야기는 없었는데… 이걸 꼭 먹어야 하나요?"

"선생님이 필요하다고 판단하셔서 처방해 주신 거니까 드시는 게 좋죠."

송화는 어둠 속에서 용기를 내어 앞으로 걸어갔다. 한준에게 조금 가까워졌다.

"여기 약이랑 물 보이시죠? 저는 잘 안 보이니까 직접 드셔야 해요."

마름모꼴의 알약. 한준의 뇌리에 강렬한 플래시가 반복적으로 터졌다. 어둠 속에서 빛의 융단 폭격을 맞은 사람처럼 한준의 눈앞이 아찔해졌다.

하얀 가운.
마름모꼴 알약.
약을 입에 넣는 한준을 칭찬하는 누군가의 입술.
한준이 칭찬받는 유일한 순간.

한준의 시야에서 어느새 송화는 사라지고, 25년 전 어린 한준에게 아침마다 약을 건네던 천사가 서 있었다. 어둠 속에서 한준의 호흡이 갑작스레 거칠어졌다.

"괜찮으세요?"

당황한 송화는 선반이 어디쯤 있는지 보이지 않아 이러지도 저러지도 못한 채 그대로 서 있었다. 한준은 가슴을 부여잡고 좁아진 기도를 통해 힘겹게 숨을 몰아쉬다가, 송화가 들고 있던 용기를 거칠게 내리쳤다. 물이 바닥에 쏟아지면서 송화가 깜짝 놀라 비명을 질렀다.

"선생님을 불러올게요."

한준이 벌떡 일어나 송화의 손목을 덥석 잡았다.

소스라치게 놀란 송화가 손목을 빼려고 안간힘을 썼지만, 한준의 손아귀는 먹이를 문 맹수의 어금니처럼 그녀를 놓아주지 않았다.

한준은 기억 회로에서 마주친 괴물과 싸우고 있었다. 괴물은 한준을 공격하지 않는다. 다만 웃으며 약을 내밀 뿐이다. 한준은 그 약을 먹으면 곧 힘이 빠지고 정신이 몽롱해진다는 사실을 알고 있다. 어린 한준은 자꾸 약을 받아 먹으려고 한다.

"안 돼! 먹지 마!"

한준은 사력을 다해 손을 밀쳐 냈다. 하지만 약을 권하는 손은 계속해서 새로이 돋아났고 집요하게 한준을 향해 다가왔다. 잘려 나간 몸뚱이에서 끊임없이 자가 재생을 반복하는 편형동물처럼.

"김한준 씨! 제발 이것 좀 놓으세요!"

송화의 날카로운 비명이 한준의 환영을 깨웠다. 이글거리던 한준의 눈동자가 겁에 질린 송화의 눈과 마주쳤다. 현실로 돌아온 한준이 손아귀의 힘을 풀자, 악력에서 벗어난 송화의 팔이 아래로 뚝 떨어졌다. 송화가 격렬하게 떨며 뒤로 물러났다. 한준은 송화를 압박했던 자신의 손을 괴물 보듯이 바라보았다.

'내가 무슨 짓을 한 거지?'

한준은 두 눈을 질끈 감았다. 난 싸움에서 진 거야.

"죄, 죄송합니다…."

겹겹이 갈라진 한준의 목소리는 경기장에서 내내 소리를 지

른 사람처럼 푹 쉬어 있었다. 송화는 부르르 떨며 문을 쿵 닫고
나가 버렸다.

"어머, 놀래라!"

송화는 때마침 한준의 방으로 들어오려던 소영과 정면으로
부딪혔다. 허둥대는 송화를 본 소영의 눈이 휘둥그래졌다.

"송화 씨, 괜찮아요? 무슨 일이야?"

"아, 권 선생님…."

"자기 표정이 왜 그래?"

소영의 질문에 송화가 잠시 머뭇거렸다.

"환자 방에 들어가시려고요?"

"응, 아침마다 상담 치료 하기로 했거든."

"지금은 안 들어가시는 게 좋을 것 같아요."

송화의 말에 소영은 심상치 않음을 느꼈다.

"무슨 일 있었어? 자세히 얘기해 봐."

"약을 드렸는데 난데없이 제 손을 홱 치시더니, 또 손목을 꽉
잡고 꼼짝 못하게 하시는 거예요."

소영의 머릿속에 갖가지 생각이 한꺼번에 떠올랐다.

"호흡이 가빠지고 상당히 괴로워 하시더라고요. 지금은 정신
이 돌아왔지만… 아무래도 김 선생님을 호출해야겠어요."

"잠깐만 있어 봐. 먼저 확인할 게 있어."

소영은 잠시 입술을 깨물며 생각에 잠겼다.

"김한준 환자가 자기 손을 친 시점이 정확히 언제야? 약을

보여 주기 전이야, 후야?"

"네?"

"아니다, 질문 다시 할게. 약을 주려고 왔다는 말을 했을 때부터 반응이 이상했어? 아니면 눈앞에 알약이 보인 순간부터 이상했어?"

"약 가져왔다고 했을 땐 평소 같았어요. 약을 보여 주니까 그때부터 과격해졌던 것 같아요."

"흠."

"근데 그게 왜 궁금하세요?"

"아무 이유 없이 돌발 행동을 한 게 아닐 거야. 우리가 뭔가를 자극한 거지."

"그게 무슨…."

"약을 보여 주니까 그때부터 격한 반응을 보였다며. 그렇게 생긴 약에 트라우마가 있는 게 분명해. 우리가 그 기억을 건드린 거야. 들어가서 자세히 물어봐야겠어."

"그래도 어떻게 혼자…."

송화는 방 안으로 들어가려는 소영을 다급하게 붙잡았다.

"아직도 기분 별로면 인사만 하고 나올게."

소영은 걱정하지 말라는 듯 송화에게 눈을 찡긋해 보였다.

한준의 방에서 낯익은 새소리가 들렸다. 어제 소영이 놔두고 간 스테레오에서 흘러나오는 숲의 소리였다.

"김한준 씨, 저 권소영이에요."

한준이 스테레오를 껐다.

"쉬시는데 제가 방해한 건 아니죠?"

소영은 평소보다 나지막한 목소리로 조심스레 물었다.

"아닙니다. 어제 놓고 가신 CD 틀어놓고 복식 호흡을 연습하고 있었어요."

"잘하셨어요. 도움이 좀 되던가요?"

"네. 그런대로."

잠시 어색한 침묵이 흘렀다.

"좀 전에 채송화 선생님한테 얘기 들었어요. 왜 그런 행동을 하셨는지 이야기해 주실 수 있을까요?"

"왜요, 또 미쳐 날뛰기 전에 주사나 맞히랍니까?"

스스로에게 화를 내다 지쳐 버린 한준의 목소리에 뾰족한 날이 서 있었다.

"잘잘못을 따지려는 게 아니에요. 원인을 알면 제가 도울 수 있을 것 같아서요. 치료의 일부라고 생각해 주셨으면 해요."

한준은 땅이 꺼져라 깊은 한숨을 내쉬더니, 한참 만에 겨우 대답했다.

"엄마인 줄 알았어요."

"엄마요?"

"엄마가 아침마다 먹으라고 준 약이 딱 그렇게 생겼었거든요. 마름모꼴에 하얀 색."

"그게 무슨 약인데요?"

"모릅니다."

모른다는 말에 누군가를 원망하듯 꾹꾹 누르는 힘이 들어가 있었다.

"엄만 한 번도 그 약이 뭔지 설명해 주지 않았어요. 나한테 무슨 병이 있다고만 했어요. 남들에게 말 못 할 병이 있다고. 그러니까 밥은 굶더라도 약은 주는 대로 꼭 먹어야 한다고."

"남들에게 말 못 할 병이라니… 그게 뭐죠?"

"그것도 모릅니다."

한준의 말에 쓰디쓴 자조가 서려 있었다.

"1년씩이나 나한테 약을 줬으면서 병명이 뭔지 끝내 안 가르쳐 주더군요. 어쩌면 애초에 병 따위는 없었는지도 몰라요. 약을 먹기 전에는 멀쩡했으니까."

"그럼, 병원에 가서 진찰을 받은 게 아니라, 집에서 약만 먹었다는 거예요?"

"엄만 약사였어요. 출근할 때 늘 하얀 가운을 입고 나갔죠. 어느 날 갑자기 나한테 병이 생겼다더군요. 아무한테도 말하지 말라고 해서, 누구에게도 털어놓지 못하고 얌전히 약을 받아 먹었어요. 처음엔 아무렇지도 않았어요. 그런데, 한 달 정도 먹으니까 그때부터 힘이 빠지고 정신이 흐리멍덩해졌어요. 가끔 참을 수 없는 두통이 오기도 했고요."

소영은 충격을 드러내지 않으려 애쓰며 한준의 다음 말을 기다렸다.

"그래도 난 기를 쓰고 학교에 가서 수업을 듣고 운동도 했어요. 언제부턴가는 밤에는 무조건 자야 된다면서 방에 불도 못 켜게 했죠. 나중엔 전구를 아예 없애 버리더군요."

어린 시절을 떠올리는 한준의 눈동자는, 한밤중에 들여다보는 우물처럼 깊고 섬뜩했다.

"아마 그때부터였을 겁니다. 툭하면 날 가두기 시작한 건."

갈라진 목소리로 마지막 말을 마친 한준은, 이제 그만 자고 싶다는 듯 침대 위에 누워 버렸다.

"내일 뵙죠."

사무실로 돌아온 소영은 방문을 걸어 잠갔다. 마구 휘저어진 감정을 진정시킬 수가 없었다. 한준 앞에서 참았던 눈물이 터졌다. 한준의 공포증이 생각보다 깊은 상처에 뿌리를 두고 있다는 주승의 충고가 떠올랐다.

소영은 책상 앞에 앉았다. 문득 약제부에 근무하는 선배가 떠올랐다. 소영은 수화기를 들고 약제부로 연결되는 번호를 눌렀다.

*

약제부는 병원에서 단연코 가장 바쁜 부서였다. 약사들은 입원, 외래, 응급 환자의 약을 제조하느라 눈코 뜰 새 없이 바빴고, 작업복을 입은 테크니션들은 온종일 무균실에서 항암제를 섞고 있었다. 약제부 과장 수미는 컴퓨터 화면에 쉴새없이 밀려드는 처방 오더를 검토하느라 목을 거북이처럼 빼고 있었다.

전화벨이 울렸다. 수미는 시선을 여전히 모니터에 고정한 채 건성으로 전화를 받았다.

"정수미입니다."

"선배, 살아 있었네요?"

수화기 너머로 소영의 목소리가 들리자 수미의 표정이 환해졌다.

"이게 누구야? 우리 후배님이 친히 전화를 다 주시고. 별일 없지?"

"정신없죠 뭐. 선배, 지금 바쁘세요?"

"바쁜 건 맞다만, 네 부탁이라면 뭐든 들어줘야지."

"25년쯤 전에 시판되었던 약을 찾아야 하는데, 어렵네요."

"웬만한 건 드러그인포 닷컴에 검색하면 다 나와. 해 봤어?"

"그게… 이름도 성분도 제조사도 몰라요. 심지어 무슨 증상에 쓰이는 약인지도."

"엥? 근데 검색을 어떻게 하려고."

"그러게 말이에요."

소영이 풀 죽은 목소리로 대답했다.

"브랜드인지 제네릭(보통 고유 상품명으로 판매하는 약품을 '브랜드', 성분명으로 판매하는 약품을 '제네릭'이라 부른다.)인지도 몰

119

라?"

"아는 거라곤 색깔과 모양밖에 없어요. 혹시 1991년경, 한국에 시판된 약 중에서 마름모꼴에 하얀색 알약을 찾을 수 있을까요?"

"글쎄… 그런 약이 한둘이어야지. 생김새만 갖곤 찾기 어려울 텐데."

"역시 그렇겠죠?"

"가만있자… 90년대 초반이면, 해외 제품을 모방하던 수준에서 벗어나서 우리나라 고유의 신약을 개발하는 데 주력했던 시기일 거야."

"아, 90년대 이전에는 주로 제네릭을 만들어서 팔았군요."

"응. 같은 성분이라도 이름만 다르면 남의 특허권을 침해하지 않게 되고, 굳이 비싼 돈 들여 신약 연구를 안 해도 되니까. 그런데 90년대 초반부터 외국 기업들이 압력을 넣기 시작했지. 그래서 국내 제약회사들이 이를 악물고 R&D에 엄청난 투자를 하게 된 거야. 그러니까 오히려 해외 브랜드 약이 판치는 요즘보다는, 국내에서 자체 개발한 신약이었을 가능성이 높아. 뭐 이런 정보가 도움이 될진 모르겠지만."

"도움 돼요!"

"근데, 뭣 때문에 그런 정체도 모르는 약을 찾는 거야?"

"어떤 환자에게 사연이 좀 있는데, 도움이 될까 해서요."

소영의 목소리가 자못 진지해졌다.

"햐… 넌 역시 멋져. 그래, 성심껏 도와줘야지. 그걸 알 만한 제약회사 연구원 선배에게도 물어봐 줄게."

"역시 선배밖에 없어. 사랑해요."

"또, 또, 이런다. 넌 내 취향 아니라니까!"

"하하하, 못 말려. 오늘의 원수는 꼭 갚을게요, 선배."

"기대할게!"

'고맙다'와 '천만에'를 두 사람은 늘 이런 식으로 표현했다. 심오한 대화와 진한 농담 사이를 자유롭게 오가는 두 사람은 대학 시절부터 절친한 선후배 사이였다. 수미 덕에 잠시 동안의 무력감을 떨치고 활기를 되찾은 소영은, 잔잔한 미소를 머금고 컴퓨터 화면으로 눈을 돌렸다.

*

부엌 창으로 들어오는 따스한 빛줄기. 그 햇살을 등지고 서 있는 천사. 동정녀 마리아처럼 성스러운 빛으로 몸을 감싼 그녀가 속삭인다.

이 약이 너를 구원할지니라.

잠시 머뭇거리던 나는 성체를 받들듯 조심스레 약을 집어 혀 위에 올린다. 쌉쌀한 알약이 물과 함께 시커먼 목구멍을 통과한다. 천사는 만족스러운 미소를 지으며 내 머리를 쓰다듬는다.

몸이 자꾸 나른해진다. 등굣길에 친구들이 반갑다고 달려와서 내 몸에 부딪힌다. 순간 등이 쓰라려서 화를 낼 뻔했다. 난 통증을 억지로 삼키고 녀석들과 장난을 친다.

불에 구운 오징어처럼 학생들의 몸을 배배 꼬게 만드는 지루한 조회 시간이 끝났다. 오늘 1교시는 내가 제일 좋아하는 국어 시간이다. 그런데도 무게추를 매단 듯 눈꺼풀이 자꾸 감긴다. 정신을 차리고 보니 담임 선생님이 내 앞에 떡 버티고 서 있다. 반 아이들이 일제히 나를 향해 폭소를 터뜨린다.

"김한준. 선생님 따라와."

묵묵히 교무실로 향하는 선생님의 뒷모습이 유난히 커 보인다. 엄마를 모셔 오라고 하면 어쩌지. 선생님은 교무실 옆에 붙어 있는 작은 상담실 문을 열고 나에게 들어오라고 손짓을 한다. 선생님은 엉뚱한 질문으로 대화를 시작한다.

"부모님은 잘 계시니?"

"네."

"집에 별일은 없고?"

"네."

"너희 어머니가 시내에서 약국 하시는 분 맞지?"

"네? 아, 네…."

내 목소리는 점점 속으로 움츠러든다. 손바닥에 땀이 나서 바지에 슥 문질러 닦는다. 잠시 동안 무언가를 골똘히 생각하던 선생님은 콧등에서 미끄러져 내린 안경을 치켜올린다.

"한준아. 선생님은 네가 참 자랑스럽다."

혼이 날 줄 알았던 나는 내 귀를 의심한다.

"뭐든 열심히 하고, 친구들도 잘 도와주고. 넌 분명 커서 멋진 남자가 될 거다."

선생님의 마지막 말에 가슴이 뛴다. 엄만 내가 약을 중단하면 오래 살지 못할 거라고 했는데. 이런 내가 과연 멋진 어른이 될 수 있을까?

"혹시라도 무슨 일이 있으면 말이야. 음… 예를 들어 엄마 아빠에게는 하기 어려운 말 같은 게 있다면, 언제든 선생님한테 와라. 교무실로 와도 되고. 방과 후엔 선생님 집으로 와도 되고. 분식집 건너편에 있는 주택 옥탑방 알지? 언제든 놀러 와도 된다."

나는 대답 대신 고개를 끄덕인다.

*

나는 주린 배를 움켜쥐고 부엌으로 간다. 엄마는 식탁 위에 반찬을 차리고 있다. 엄마에게 다가가 애써 웃어 보인다. 엄마는 웃는 나를 보고 하얗게 질린다. 괴물이라도 본 듯한 표정이다. 난 그저 밥을 먹고 싶어서 잘 보이려고 한 것뿐인데. 실컷 두들겨 맞고 나면 얼마나 허기가 지는지 모른다.

아빠가 부엌에 있다. 오랜만에 보는 아빠지만 전혀 반갑지 않다. 창고에서 나를 걷어차는 구둣발이 정말 아빠일까. 날 가두는 건 엄마인데.

구둣발의 정체는 파악하지 못했지만, 어쨌거나 이 집에서 나를 구원해 줄 사람이 없다는 것만은 확실하다. 난 아직 성인이 아니기에, 살아남기 위해선 입을 다물고 이 모든 고통을 버텨 내야 한다.

아빠가 학교는 잘 다니고 있냐고 묻는다. 잘 다니고 있다고 대답한다. 문제는 학교가 아니라 학교를 다녀온 후부터지만, 더 이상의 말은 아끼기로 한다. 나는 그냥 실없이 웃어 보인다. 그리고 식탁에 앉아 조용히 밥을 먹는다. 따뜻한 음식이 배로 들어오면 뒤틀려 있던 속이 서서히 풀린다. 허겁지겁 먹으면 엄마가 눈치를 주기 때문에 별로 배가 고프지 않았던 사람처럼 먹는다.

괘종시계가 울린다. 무심코 시계를 올려다본 나는 깜짝 놀란다. 내가 갇혀 있었던 시간이 고작 한 시간에 불과했다는 것을 깨닫는다. 영원보다 길게 느껴졌던 시간이 고작 한 시간이었다. 내가 보이지 않는다고 해서 아무도 이상하게 생각하지 않을 정도의 시간. 집 안의 그 누구에게도 들키지 않고 나를 감금할 수 있을 정도의 시간. 그리고 나를 공포에 떨게 하기에는 충분한 시간.

배와 등가죽이 욱신거린다. 맞는 곳은 언제나 배와 옆구리, 등이다. 셔츠 밖으로 드러나는 부위는 결코 맞은 적이 없다. 어색한 침묵이 흐르는 가운데 스테인리스 수저가 밥그릇에 부딪는 소리만 요란하다.

난데없이 전화벨이 울린다. 엄마가 젓가락을 내려놓고 마루로 간다.

"여보세요."

"한준이 어머님 되십니까?"

"그런데요. 누구시죠?"

"안녕하세요, 저는 한준이 담임입니다."

"아, 네. 안녕하세요 선생님."

"한준이가 요즘 체육 시간에 피곤하다고 빠지고 아이들과 전처럼 어울리질 않아서요. 무슨 일이 있는 건 아닌지 걱정돼서 전화 드렸습니다."

"걔가 밤새도록 쓸데없는 책 본다고 잠을 안 자서 그럴 거예요. 제가 단단히 타이를게요."

"아닙니다. 꾸중하실 필요는 없습니다. 한준이가 무얼 잘못했다는 게 아니라, 너무 기운이 없어 보여서요. 혹시 병원에 데리고 가 보셨나요?"

"아뇨."

엄마가 수화기를 들고 내 쪽을 쳐다본다.

"한준이는 멀쩡해요. 제가 약사인데 애가 아프면 그걸 모르겠어요?"

"아, 예…."

"친구들이랑 싸워서 좀 시무룩했나 보죠. 그 나이 또래 뻔하잖아요."

"...."

"걱정 마세요 선생님. 아, 그리고 혹시 애가 학교에서 잘못한 일이 있으면 가차 없이 야단쳐 주세요. 저희는 응석은 안 받아주는 주의라서요."

"어머님도 아시다시피 한준이는 혼낼 게 없는 아이예요. 공부도 열심히 하고 예의도 바른 데다가 의협심도 있고요. 오히려 매일 칭찬해 주고 있는걸요? 아드님 학교생활 잘하고 있으니까 걱정 마세요, 어머님."

"그렇담 다행이네요."

"저, 그럼 별일 없다고 하시니 이만 끊겠습니다."

"네, 선생님. 나중에 한번 찾아뵐게요."

수화기를 내려놓은 엄마의 표정을 난 감히 쳐다볼 수 없었다. 엄마는 나를 노려보지 않았고 아빠도 무슨 전화냐고 묻지 않았지만, 내 목구멍을 넘어가는 음식이 쓰게 느껴진다. 먹던 밥이 얹힐 것 같다. 가슴이 갑갑해진다.

*

주승은 요즘 최 원장이 밀어붙이는 '진료시간 단축'의 압박 때문에 스트레스가 이만저만이 아니었다. 주승이 추구하는 진료의 특성상, 면담과 최면이 주가 되므로 10분 간격으로 환자를 받는 것은 불가능했다. 입원 환자 회진까지 돌아야 하니 시간을 초 단위로 쪼개도 하루가 모자랄 판이었다. 그렇다고 최근 급증한 환자를 놓치지 않으려 애쓰는 병원의 사정을 모른 체할 수도 없는 노릇이었다.

병동을 바삐 가로지르던 주승은 복도에서 소영과 마주쳤다. 둘은 서로를 상대하고 싶지 않았지만 어쩔 수 없이 멈춰 섰다.

"그래, 김환준 환자를 상담하신 경과는 좀 어떻습니까?"

궁금해서라기보다 소영이 곤혹스러워 하는 모습을 보고 싶어서 던진 질문 같았다.

"더할 나위 없이 좋아요. 환자가 어찌나 협조적인지, 왜 진작 이렇게 안 했나 몰라요."

소영이 예상외로 당당하게 나오자 주승의 한쪽 입꼬리가 살짝 올라갔다.

"짧은 시간에 참 대단한 라포(rapport, 치료자와 상담자의 신뢰 관계)를 형성하셨군요. 건투를 빕니다."

주승이 뻐딱하게 목례를 하고 가던 길을 가려는데, 소영이 주승의 뒤통수에 대고 외쳤다.

"잠깐만요!"

멈칫한 주승은, 소영을 애타게 하려는 듯 일부러 천천히 몸을 돌렸다.

"뭡니까?"

"여태껏 약물 사용을 최대한 자제해 오셨잖아요. 그런데 오늘 아침엔 왜 갑자기 처방을 내리신 건지 여쭤 봐도 될까요?"

소영의 질문에 주승이 한없이 인자한 표정을 지어 보였다.

"권 선생님을 배려한 조치라고 할 수 있죠."

"저를요?"

뜻밖의 대답에 소영이 미간을 곤두세웠다.

"당분간 그 방에 자주 들락거리시면서 환자를 자극하실 것 아닙니까. 미리 진정이라도 시켜 놔야 안심이 될 것 같아서요."

"저를 그렇게까지 생각해 주시는 줄 미처 몰랐네요. 이왕이면 저를 배려하기보다는 환자를 배려하셨으면 더 좋았을 텐데."

"무슨 말이 하고 싶은 겁니까?"

소영의 말투에서 일말의 조소를 읽은 주승의 언성이 높아졌다.

"그렇게 생긴 약을 주면 환자가 어떻게 반응할지, 미리 알고 주신 거죠?"

잠깐이지만 주승의 눈이 긴장하는 것을 소영은 놓치지 않았다.

"환자가 그렇게 이야기하던가요?"

"왜 제 눈에는, 선생님의 치료 방식이 환자를 의도적으로 자극하는 걸로 보이죠?"

주승은 기가 차다는 듯 팔짱을 끼고 옆에 있는 하얀 기둥에 몸을 기댔다.

"계속해 보세요. 할 말이 많으신 듯한데."

주승은 아예 소영에게 더 말해 보라고 종용하는 손짓까지 해 보였다.

"환자에게 굳이 힘든 기억을 떠올리게 만들면서까지 최면 요법을 사용하는 이유는, 공포의 근본 원인을 스스로 찾아내고, 그건 두려워할 일이 아니라는 걸 깨닫게 하기 위해서 아닌가요? 하지만 선생님이 김한준 환자에게 하시는 걸 보면, 그저 환자의 악몽을 자극하는 선에서 멈춰 있는 것 같아 보여요. 이것도 그 '장기적인 플랜'의 일부인가요?"

"허허허, 이런!"

주승은 동정하는 눈빛을 가득 담고 조소를 터뜨렸다.

"권 선생님께서 그 환자에게 푹 빠지셨나 봅니다. 뭐, 우리 같은 치료자들이 흔히 겪는 일이죠. 환자에게 몰입해서 연민을 느끼고, 애처로운 그들의 불행과 비극을 내 손으로 직접 해결해 주고 싶다는 열망."

"전 환자의 입장에서 생각하려는 것뿐이에요."

"하긴, 상담사가 환자에게 연민을 느낄수록 성공적으로 치료할 확률이 높다는 연구 결과가 있기는 하더군요. 안됐지만 난 그쪽은 아니라서."

주승이 이죽대며 몸을 돌렸지만 소영은 다시 주승을 막아섰다.

"대답해 주세요. 왜 늘 스위치를 켜기만 하고, 끄는 방법을 환자에게 알려 주지 않는 거죠?"

소영의 집요함에 주승은 잠시 눈을 질끈 감았다. 불쾌함이 머리 꼭대기까지 차오른 모습이었다.

"지금 제가 트라우마 트리거(trigger, 유발인자)를 악용하고 있다고 말씀하시는 겁니까?"

"환자가 괴로워하는 걸 보고 즐기고 있는 게 아니라면, 공포 반응을 유발하는 데서 끝나면 안 되는 거잖아요. 환자 스스로의 의지로 스위치를 끄듯이 공포감을 꺼 버릴 수도 있다는 걸 가르쳐 주셨어야 하는 거잖아요."

주승은 소영에게 성큼 다가갔다. 바짝 다가온 주승의 위협적인 태도에 소영은 자신도 모르게 뒷걸음질 쳤다. 주승이 조용히 입을 열었다.

"마치 제 최면 세션이나 차트 기록을 엿보기라도 한 것처럼 말씀하시는군요."

허를 찔린 소영의 시선이 잠시 흔들렸다. 주승은 소영의 말문이 막힌 틈을 놓치지 않고 쏘아댔다.

"저는 두 번 경고하지 않습니다. 제 플랜에 깊이 개입하지 마세요. 김한준 환자 같은 희귀병 케이스에 있어, 누구의 협력도 필요 없는 저만의 견고한 치료 계획을 갖고 있단 말입니다."

주승은 소영이 뒷걸음질 친 만큼 더 다가갔다.

"권 선생님 역할은 환자를 안위하고 달래 주는 것, 거기까집니다. 아시겠어요?"

최후의 통첩이라는 듯 매몰찬 눈빛이었다.

*

주승이 반대편에서 걸어오던 송화를 발견하고 비상계단으로
오라는 눈짓을 주었다. 송화는 주위를 살핀 뒤, 주승과 약간의
시간차를 두고 비상계단으로 들어갔다.

"안 그래도 찾아다녔어요. 김한준 환자 약 때문에요."

비상계단에 아무도 없는 것을 확인한 송화가 주승에게 나지
막이 말했다.

"오늘 그 환자 어땠어?"

주승의 물음에 송화는 파스를 붙인 손목을 들어 보였다.

"봐요. 약 주려다가 큰일날 뻔했다고요."

순간 주승의 눈동자가 흥분으로 빛났다.

"자세히 말해 봐. 어떻게 된 거야?"

"잘 안 보이니까 직접 드시라고 약을 건네줬죠. 그런데 약을
보자마자 갑자기 숨을 거칠게 쉬시더니…"

"그래서?"

"괴로워하다가 결국 물컵을 쳐서 엎고 내 손목을 세게 잡았어
요. 내가 소리 지르니까 정신이 들었는지 미안하다고…"

"괴로워할 때 무슨 말은 안 했어? 엄마 살려 주세요, 라든
지."

131

다음 말을 독촉하는 주승을 보자, 송화는 더 이상 아무것도 설명하고 싶지 않은 기분이 되었다.

"내 걱정은 하나도 안 돼요?"

"미안해. 많이 아파?"

주승이 마지못해 사과를 했다.

"됐으니까 처방 다시 내려 주세요. 약이 바닥에 떨어져서 결국 못 먹었으니까."

"이젠 필요 없어."

"네?"

"어차피 실험 삼아 줘 본 거야. 먹어도 그만, 안 먹어도 그만이야."

"그게 무슨 말이에요?"

"분명 약을 보면 소스라치게 놀랄 거라고 생각했어. 뭐, 일종의 자극을 준 거지."

"그럼 환자의 반응을 이미 예상하고 있었던 거예요? 아니, 차분하게 만들어도 시원찮을 환자를 대체 왜 일부러 자극한다는 거죠?"

"재미있잖아."

순간 송화는 자신의 귀를 의심했다. 정말로 주승은 흥미로운 장난감을 본 아이처럼 들떠 있었다.

"아, 아깝다. 내 눈으로 직접 봤어야 하는데."

주승의 중얼거림을 들은 송화가 눈을 질끈 감았다. 그녀의 뇌리에 소영의 목소리가 스쳤다. 우리가 뭔가를 자극한 거지⋯. 약에 트라우마가 있는 게 분명해⋯.

송화는 더 이상 주승 앞에서 표정 관리가 될 것 같지 않았다.

"나 내일부터 근무 변경할 거예요. 이제 나더러 그 환자 방에 가라고 하지 마세요."

그녀는 찬바람을 일으키며 비상계단에서 나왔다. 터덜터덜 걷던 송화는 갑자기 다리에 힘이 풀려 주저앉았다. 송화는 벽에 기댄 채 눈앞에 펼쳐진 병동을 바라보았다. 하루의 절반을 보내는 이곳이 별안간 낯설게 느껴졌다.

"원래 그런 사람인데 내가 몰랐던 걸까, 그런 사람이 아니었는데 변한 걸까."

병동의 풍경은 마치 텔레비전 화면 속 같았다. 사람들의 소음이 점점 아득해지면서 송화의 귀에는 오직 하나의 목소리가 메아리쳤다. 재미있잖아. 송화는 몸서리를 쳤다.

"분명 무슨 사정이 있을 거야. 내 사람이잖아. 내가 믿어 줘야지⋯."

송화는 애써 마음을 다잡고 왁자지껄한 풍경 속으로 들어갔다. 다시 세상의 소음과 섞여 하나가 된 그녀는, 자신의 책상으로 가서 한준의 차트를 찾았다. 심장이 쿵쾅거렸다. 떨리는 손으로 한준의 차트를 뽑아 들고 인적 사항이 적힌 첫 페이지를 열었다.

송화의 시선이 한곳에 고정되었다. 주승의 휴대폰에서 발견했던 이상한 발신 문자. 송화가 자기도 모르게 외워 버린 그 문자의 수신 번호가, 한준의 연락처 란에 기입되어 있었다. 차트가 송화의 발 아래로 곤두박질쳤다.

*

소영은 사무실 문 밖에서 서성이는 그림자를 감지했다. 작업 중이던 모니터를 끄고 문을 열었다. 다소 긴장한 듯 보이는 송화가 서 있었다.

"노크를 하지. 어서 들어와요."

심상치 않은 기운을 느낀 소영은 송화가 먼저 말을 꺼낼 때까지 채근하지 않고 기다렸다. 송화는 숨을 조금 가다듬은 뒤, 어렵게 첫 마디를 꺼냈다.

"아침에 김한준 환자요…."

"응."

"약에 대한 트라우마가 있을 거라고 하신 거, 그리고 김 선생님에게 알리지 말라고 하신 거… 곰곰이 생각해 봤거든요. 왜 그런 말을 하셨을까 하고요. 분명 뭔가 알고 계신 거죠, 그렇죠?"

"글쎄, 나도 다 아는 건 아니라서…."

소영은 난감해하며 적절한 표현을 찾으려 애썼다.

"말씀하셔도 괜찮아요. 저도 같은 걸 감지했으니까요. 환자가 적절한 치료를 받고 있는 게 아니라는 느낌이요."

소영은 이제야 마음이 조금 놓인다는 듯 긴장을 풀었다.

"자기도 느꼈구나⋯. 처음엔 그저 치료법에 대한 의견이 달라서 충돌하는 거라고 생각했어. 환자를 치료하는 방법이야 의사 수만큼 다양하니까. 내 방식만 옳다고 고집할 생각도 없었고. 그런데 김 선생님의 경우는, 방법이 아니라 목적이 다르다는 걸 깨달았어. 환자에게 전혀 측은지심을 갖고 있지 않아. 마치 환자의 상태가 나아지지 않길 바라는 사람처럼 말이야."

송화는 자기 마음을 그대로 읽어 내려가는 듯한 소영의 설명에 가슴이 무너져 내렸다.

"이게 만약 단순한 카운터(counter transference, 상담자가 무의식적으로 자신의 감정을 내담자에게 전이하는 현상)라면 환자를 상담하는 과정에서 그런 감정이 생겼어야 하잖아. 그런데 김 선생님은 이 환자를 훨씬 오래전부터 알아 왔다는 느낌이 들어. 김한준 환자를 내담자로 생각한다기보다, 맞서야 할 상대로 여기는 것 같거든."

송화의 손가락이 초조함을 감추지 못하고 후들거렸다.

"자기, 김 선생님에 대해서 좀 알아?"

"네?"

"오랫동안 같이 근무했잖아. 혹시 다른 환자들도 이렇게 대하시는지, 아는 것 있으면 이야기 좀 해 봐."

"글쎄요. 원체 무뚝뚝하셔서 환자들도 선생님에 대해 호불호가 갈리는 편이에요. 진료할 때도 딱 필요한 말만 하시고, 환자들의 하소연에는 일체 반응을 보이지 않으시니까요. 대신, 증상을 똑 부러지게 설명해 주니 오히려 믿음이 간다고 좋아하시는 환자분들도 있어요."

"그렇구나…."

"하지만 이번처럼 특정 환자에게 집착한 적은 한 번도 없었어요."

"맞아. 평소엔 그렇게 침착하고 냉담한 사람이, 김한준 환자 이야기만 나오면 필요 이상의 격한 반응을 보인단 말이지. 그러면서도 환자를 다른 의사에게 넘기려 하지 않고 반드시 단독으로 맡아야 된다고 주장하잖아? 뭔가 개인적인 감정을 가지고 있는 게 틀림없어. 이를테면 원한같은 것 말야."

원한이라는 단어에 송화의 심장이 철렁 내려앉았다.

"원한이 아니라면 오히려 더 납득하기 어려워. 혹시 환자를 실험 대상으로 여기는 걸까도 생각해 보았지만, 단순히 연구와 집필 대상으로 여긴다기엔 뭔가 냉정함이 결여되어 있잖아?"

"하지만, 김한준 환자는 김 선생님을 개인적으로 아는 것 같지 않던데요. 원한 관계가 성립하려면 둘이 아는 사이여야 되잖아요."

"그래, 그것도 이상하지? 혼자만 품고 있는 원한이라…."

소영은 송화가 안절부절못하는 것을 눈치채지 못한 채 턱을 괴고 생각에 빠져 있었다.

"둘 사이의 사연이 뭐든 간에, 의사가 개인감정 때문에 치료를 의도적으로 그릇된 방향으로 이끈다는 건, 명백한 직권 남용이자 징계감…"

"저, 권 선생님."

송화는 일부러 소영의 이야기를 끊었다. 확인사살이라도 하는 듯한 소영의 말을 더 이상 감당할 수 없었다.

"부탁 하나만 드려도 될까요?"

"뭔데?"

송화는 입을 떼기 전에 마른침을 삼켰다.

"만약에, 만약에 말이에요…."

송화의 무릎 위에 가지런히 놓인 두 손이 정서불안처럼 서로를 쓰다듬었다.

"짐작하시는 게 사실이라 해도. 그러니까, 김 선생님의 커리어를 파멸시킬 수 있을 만큼 무서운 사실을 발견하셨다 해도요…."

송화가 무슨 말을 하려는지 알 수 없어 소영의 눈이 커졌다.

"그냥 덮어 주실 수 있을까요?"

소영은 턱을 받치고 있던 팔을 스르르 내리며 송화에게 시선을 고정했다.

"그 환자는 제가 어떻게든 잘 지켜보고 있을게요. 만에 하나 환자가 잘못되면, 제가 모든 책임을 지겠습니다. 저를 봐서라도 극단적인 조치는 하지 말아 주셨으면 해요."

소영은 어안이 벙벙하여 어떤 대답도 할 수 없었다. 송화는 차마 소영의 눈을 똑바로 쳐다보지 못하고 자리에서 조용히 일어났다.

"부탁드립니다."

송화는 허리를 깊이 숙였다. 소영은 아연실색하여 입을 다물지 못했다. 노을을 등진 채 방에서 나온 송화의 눈물샘에 맑은 물이 한가득 고였다.

'김 선생님, 알고 보면 불쌍한 사람이에요.'

물살을 이기지 못해 허물어진 제방처럼 송화의 뺨이 순식간에 홍수를 이루었다.

방문이 닫히는 소리를 듣고 비로소 제정신이 돌아온 소영은, 기가 차다는 듯 숨을 토하며 중얼거렸다.

"뭐야··· 둘이···."

*

벨이 울린다. 아이들이 해방의 함성을 지른다. 반장이 "차렷, 경례!"를 외침과 동시에 아이들은 쏜살같이 복도로 빠져나간다. 벨이 울리기 전부터 가방을 싸고 있었던 거다. 이 순간 아이들에게 중요한 사실은 내일부터 두 달간 등교를 하지 않아도 된다는 것뿐이다. 방학 숙제 따위는 개학 직전에 벼락치기로 하면 될 일이다.

먹이를 발견한 개미 군단처럼 떼지어 나가는 아이들을 보며 담임 선생님의 얼굴에는 웃음이 떠오른다. 선생님의 미소가 시무룩한 내 얼굴에서 멈칫한다.

"한준아. 방학인데 신나지 않니?"

나는 계속 고개를 숙인 채 때아닌 필통 정리를 하며 늑장을 부린다. 종례 후 일부러 천천히 가방을 싸는 아이는 전교에서 나 하나뿐일 거다. 연필 하나, 샤프 하나, 지우개 하나, 무지개색 볼펜 하나, 샤프심 한 통. 이걸 길이별로 정리해 볼까. 아니면 색깔별로?

담임 선생님은 내 앞에 와서 앉는다.

"방학에 가족들이랑 어디 가니?"

"아니요."

"그럼 언제고 선생님 집에 놀러 와라. 선생님도 올 방학엔 특별히 가는 곳이 없단다. 집에서 편히 쉬면서 밀린 책도 보고, 운동도 하려고. 너 놀러 오면 맛있는 떡볶이 사 줄게."

처음으로 받아 보는 초대에 가슴이 두근거린다. 필통을 정리하던 손동작이 잠시 느려진다.

"자, 이제 가방 싸고 집에 가야지? 엄마 기다리시겠다. 첫 달은 신나게 놀고, 두 번째 달부턴 독후감도 쓰고 방학 숙제도 하는 거다, 알았지?"

나는 어쩔 수 없이 서랍 안에 있던 책들을 가방에 주섬주섬

넣고 자리에서 일어난다. 꾸벅 인사를 하자 선생님이 내 등을 가볍게 두들겨 준다. 등에 손이 닿는 순간 비명을 지를 뻔했다. 예뻐해 주려고 들어 올린 손에도 깜짝 놀라는 유기견처럼.

긴 복도를 지나 운동장 입구에서 최대한 느린 동작으로 실내화를 벗고 운동화로 갈아 신는다. 나는 일부러 발을 질질 끌어 흙먼지를 일으키며 운동장을 천천히 가로지른다. 오늘따라 어깨에 실린 가방이 거북이 등딱지처럼 무겁다. 운동장 끝에 다다르자 검은 아스팔트가 시작된다. 손에 쥔 신발주머니를 이리저리 흔들며 아스팔트에 들러붙은 껌 자국이 몇 개인지 세어 본다.

현관에 아빠가 벗어 놓은 구두가 보인다. 이번에는 한 달도 안 되어 집에 들어왔다. 하나도 반갑지 않다. 아빠가 집에 온 날은 엄마가 평소보다 더 화를 내기 때문이다. 내가 현관에서 주뼛거리며 신발을 벗자 엄마의 시선이 흙먼지로 더러워진 내 운동화에 꽂힌다.

다음 장면은 내 예상대로 진행된다. 성난 엄마가 현관으로 달려오고 더러운 운동화가 위로 번쩍 들리며 등을 힘껏 후려친다. 눈앞이 아찔해지고 눈물이 찔끔 난다. 나는 처음으로 고개를 쳐들고 엄마를 쏘아본다. 그러나 쏘아봄의 대가는 더욱 혹독하다. 아직 가방도 못 내려놓았는데 현관에서부터 운동화로 흠씬 두들겨 맞고 있자니 서럽다. 이미 멍든 곳을 맞고 또 맞으면 아프다 못해 감각이 마비된다. 이왕 마비될 거면 마음까지 마비되었으면 좋겠다.

밖에 나가서 뒈져 버리지 뭐 하러 꼬박꼬박 집에 들어오냐는 엄마의 고함에 나는 다시 대문 밖으로 떠밀린다. 같이 사는 집인데 나만 불청객이다. 나오고 보니 양말만 신은 채다. 할 수 없이 들고 있던 신발주머니에서 실내화를 꺼내 신는다.

평소 같으면 만화방을 기웃거리다가 때를 봐서 다시 집에 들어가겠지만, 오늘만큼은 나에게도 갈 곳이 있다. 나는 자신 있게 신발주머니를 흔들며 골목을 걷는다. 나도 누군가에게 초대를 받아 갈 곳이 있다는 사실에 기분이 좋아진다. 이번에는 발을 질질 끌거나 껌 자국을 셀 필요가 없다. 나도 모르게 발걸음이 경쾌해진다.

어느새 길 저편에 선생님의 집이 보이자 마음이 조급해져서 뛰기 시작한다. 옥탑방 빨랫줄에 나란히 널린 선생님의 하얀 와이셔츠들이 나를 반기는 만국기처럼 펄럭인다. 뜀박질하는 내 어깨에 매달린 책가방도 위아래로 마구 흔들린다. 나는 한껏 부푼 가슴을 안고 한달음에 대문 앞까지 달려간다.

숨을 고르고 파란 대문의 초인종을 누르려는 순간, 옥상에서 까르르 웃는 여자 목소리가 들린다. 나는 뒤로 몇 발짝 물러나 까치발을 하고 옥상을 올려다본다. 빨랫줄 위에서 춤추는 하얀 셔츠들 사이로 긴 생머리의 여자가 보였다 말았다 한다. 나보다 먼저 온 손님이 있었구나. 기대에 부풀었던 마음이 풍선 바람 빠지듯 쪼그라든다. 나는 한동안 물끄러미 여자의 옆모습을 바라본다. 뭐가 그리 재미있는지 연신 까르르대며 웃는다. 바람이 획 불어 셔츠 하나를 날린다. 광대뼈가 도드라진 선생님의 옆얼굴이 보인다. 선생님은 여자에게서 눈을 떼지 못한다. 심장이 쿵 하고 내려앉는 것 같다. 선생님은 나 따위는 안중에도 없는 게 분명하다.

셔츠가 다시 둘의 얼굴을 가리운다. 잠시 후, 짓궂은 바람은 무대의 막을 올리듯 빨랫줄에 감긴 셔츠 자락을 획 들어 올린다. 둘의 얼굴이 순식간에 포개어진다. 선생님의 입술이 여자의 입술을 잡아먹기라도 하듯 바쁘게 움직인다. 얼굴이 화끈거린다. 들고 있던 신발주머니를 나도 모르게 떨어뜨린다. 나는 바닥에 떨어진 신발주머니를 줍지도 않고 등을 돌린다.

배신자.

새하얀 와이셔츠, 검은 생머리, 바쁘게 움직이던 입술이 머릿속에서 회오리처럼 뒤엉킨다. 분식집 앞에 엎드려 있던 누렁이가 나를 보고 컹컹 짖는다. 눈물이 쉴 새 없이 흐른다.

*

아홉 시가 넘었지만 소영은 여전히 모니터를 보고 있었다.

"아, 진짜!"

소영은 모니터를 노려보던 눈동자에 힘을 풀고 책상 위에 무너지듯 엎드렸다. 도무지 퇴근해서 두 다리 쭉 뻗고 쉴 기분이 아니었다. 산타클로스가 실은 엄마였다는 것을 알았을 때처럼 허탈하고 맥이 빠졌다.

"대체 나더러 어쩌란 거야."

소영은 주승의 비밀 차트에서 찍어 온 내용을 보며 고개를 절레절레 흔들었다.

"환자만 보기에도 시간이 부족한데, 담당의가 은폐하려는 내막까지 파헤쳐야 하다니. 더구나 담당 간호사는 그걸 덮어 달라고? 두 사람, 대체 날 뭘로 보고…."

문득 한준이 무엇을 하고 있을지 궁금해진 소영은 컴퓨터 전원을 끄고 격리 병동으로 향했다.

소영은 한준의 병실 문고리를 살짝 틀어 안을 들여다보았다. 인기척이 없었다. 이 시간에 어딜 간 걸까. 사무실로 돌아가려던 소영이 멈칫했다. 어차피 한준이 방에 없을 거라면… 소영은 벽을 더듬어 조명 스위치를 올렸다. 정신없이 어질러져 있을 줄 알았는데 놀랍게도 한준의 생활 공간은 흠잡을 데 없이 깔끔했다. 조금도 한쪽으로 밀리거나 튀어나오지 않은 침대 시트, 각 잡혀 개인 이불, 그 위에 깔끔히 놓인 베개, 깨끗하게 비워진 쓰레기통.

"우와."

소영은 짧게 감탄사를 외쳤다. 방은 주인이 부지런하고 정갈한 사람임을 증명하고 있었다. 방을 둘러보던 소영의 시선이 침대와 벽 사이의 하얀 물체에서 멈췄다. 둥글게 뭉쳐진 침대 시트가 침대와 벽 사이에 끼워져 있었다. 한준의 병실은 어두워서 청소원이 들어오지 못하니 아마 스스로 시트를 갈았겠지.

대수롭지 않게 생각하며 방에서 나가려던 소영은 뭔가 꺼림칙한 느낌이 들어 멈춰 섰다. 이렇게 깔끔한 성격의 한준이라면 분명 사용한 시트는 빨래 바구니 안에 넣었을 텐데. 소영은 천천히 뒤로 돌아섰다. 다시 침대로 가서 시트 뭉텅이를 살살 빼 보았다. 기다란 시트의 끝자락에 무언가 매달려 있는지 침대 프레임에 걸려 잘 빠지지 않았다. 소영은 시트를 끝까지 빼내기 위해 침대를 앞으로 당겨야 했다. 한참을 씨름한 끝에 마침내 꺼내 든 시트의 끝자락에는 매듭을 지어 만든 올가미가 있었다. 소영은 올가미를 손에서 떨어뜨렸다. 심장이 쿵쾅거렸다.

"이 지경이 되도록 난 뭘 한 거야…."

소영은 죄책감으로 짓눌리는 가슴을 부여잡았다. 이 올가미를 실제로 사용했던 걸까. 아니면 언젠가 사용하기 위해 미리 만들어 둔 걸까. 환자가 죽음까지 생각하고 있는데도 자신의 계획만을 고집하며 한준과의 상담을 허락하지 않는 주승에게 분노가 치밀었다.

소영은 침대 끝에 털썩 주저앉았다. 환자를 보게 해 달라고 주승에게 간청해야 하는 이 비정상적인 상황을 더 이상 지속할 수 없었다. 매번 주승과 싸우지 않고도 환자를 자유롭게 만날 수 있어야 마땅했다.

그때 베개 밑에 무언가 깔려 있는 것이 손끝에 느껴졌다. 공책과 병원 안내 책자였다. 무심코 공책을 넘겨 본 소영의 눈이

커졌다. 한준은 안내 책자에 나온 병원 내부 지도를 보고 주요
한 곳의 위치와 이동 경로를 외워 둔 듯했다. 지도에서 파악한
경로를 공책에 다시 옮긴 그림이 여러 장 있었다. 엘리베이터와
비상구의 위치, 주승의 연구실에 동그라미를 쳐 놓은 것이 눈에
띄었다. 특히 병실에서 가까운 비상구까지 총 몇 걸음인지, 벽
에는 어떤 안내판이 붙어 있는지까지 파악하여 적어 놓은 것이
놀라웠다.

"눈을 감고서도 어디든 갈 수 있다…?"

공책의 맨 마지막 페이지, 가장 최근에 그렸을 것으로 추정
되는 약도는 격리 병동 아래층에 위치한 운동실이었다.

*

어둠이 규칙적인 호흡을 토해 내고 있다. 컨베이어 벨트를
돌리는 모터 소리는 그 위를 달리고 있는 남자의 맥박과 박자
를 맞춘다. 방 안은 땀내와 열기로 후끈하다. 흰 양말만 신은
두 발이 벨트 위를 달린다.

러닝 머신 위를 달리는 한준의 동작에는 흐트러짐이 없었다.
머리카락 사이로 흘러내린 땀이 목을 타고 내려가 등을 적셨다.
말끔하게 썰린 무처럼 초 단위로 토막 난 그의 호흡은 두 시간
째 일정한 간격을 유지하고 있었다.

운동실 안으로 살금살금 들어온 소영은 멀찍이 떨어진 벤치

프레스 위에 앉았다. 한준이 차츰 속도를 늦추더니 이내 멈췄다. 때를 맞춰 소영이 말을 걸었다.

"여기로 운동하러 오시는 줄 몰랐어요."

한준은 소영의 목소리에 놀라지도 않고 물을 들이켰다. 그녀의 입실을 진즉 알고 있었다는 듯.

"얼마나 오래 뛰신 거예요?"

"글쎄요. 한 두 시간쯤?"

"운동이 아니라 노동 수준인데요."

한준은 기계에 걸쳐 놓았던 수건으로 땀을 닦고 나서야 소영을 바라보았다.

"퇴근 안 하세요?"

"이제 해야죠."

한준은 컨베이어 벨트 위에 털썩 앉았다. 소영은 운동 기구의 전원 버튼이 발하는 미약한 빛에 의지하여 한준의 두 발을 쳐다보았다.

"양말만 신고 뛰면 발 아프지 않아요?"

"러닝 머신이라는 게 원래 죄수들에게 벌을 주기 위해 고안된 기계였다고 하더군요."

"스스로에게 벌을 주는 건가요?"

한준은 잠시 뜸을 들이다가 대답했다.

"몸을 혹사시키고 나면 기분이 좀 나아져요."

"잘하셨어요. 분노는 때로 삶에 에너지를 주는 것 같아요. 뒤도 돌아보지 않고 그저 앞으로 나아갈 에너지 같은 거요."

한준은 말없이 물만 들이켰다.

"화가 나든, 억울하든, 그 감정에 죄책감을 느낄 필요는 없어요. 당시에 어떤 식으로든 표출되었어야 할 분노가, 너무 어렸기 때문에 억눌려 있었을 테니. 지금은 내키는 대로 발산하셔도 괜찮아요."

"제가 또 의료진에게 주먹을 날리거나 기물 파손이라도 하면 어쩌시려고요?"

"난, 한준 씨가 무기력감에 빠져 있지 않고 이렇게 씩씩하게 움직여 줘서 얼마나 고마운지 몰라요. 꾹꾹 눌러 담지 말고, 그냥 터뜨려 버려요."

"이거, 참 고단수이신데요. 난 널 믿는다, 그러니 알아서 처신해라, 뭐 그런 뜻이죠?"

소영이 대답 대신 소리 내어 웃었다.

"언제까지나 화만 내고 있지는 않으실 거잖아요. 한 번은 지나가야 되는 길이라고 생각해요. 아, 나는 지금 혼란의 단계를 지나 분노의 단계에 와 있구나, 그래도 많이 발전했구나, 이렇게 생각해 주시면 더 좋고요."

"제 상태를 그렇게 이성적으로 판단할 수 있다면 참 좋겠어요."

한준은 두 다리를 앞으로 펴고 고개를 뒤로 젖혔다. 양팔을 뒤로 뻗어 지탱한 채 고개를 젖힌 그의 모습은 마치 자유를 갈

구하는 한 마리의 새 같았다. 무한한 공간으로 비상할 능력을 가지고 있는데 족쇄가 채워져 어둠 속에 갇혀 버린 새. 한준의 단단한 등에 양쪽으로 솟아 있는 견갑골은 펼쳐지지 못한 날개처럼 애처로워 보였다.

"미안해요. 말처럼 쉬운 게 아닌데⋯."

소영은 답답한 마음에 한숨을 쉬었다. 한준의 날개가 되어 주고 싶지만, 현재로선 시간이 턱없이 부족했다. 이런 종류의 치료는 한두 번의 상담으로 해결되는 일이 아니었다. 대개의 경우 1년 이상 꾸준히 상담을 받으며 이런 저런 이야기를 나누는 과정 중에 환자에게 적합한 치료법을 발견하는 경우가 많았다. 환자가 마음을 다잡으려면 충분한 시간이 필요하듯, 치료자 역시 환자를 알아 갈 시간이 필요했다.

소영은 주승이 멋대로 정해 놓은 시간 제한 때문에 마음이 초조해지고 있었다. 다행히 한준이 치료를 순순히 따라 주고는 있지만, 이대로는 한계가 있었다. 소영은 어느새 마음속으로 간절히 원하고 있었다. 주승만 없다면.

"김 선생이란 사람, 만만치 않죠?"

한준의 질문에 소영은 속으로 깜짝 놀랐다. 사방이 어두워 자신의 마음까지 감춰질 줄 알았던 것은 소영만의 착각이었다. 어떤 칠흑 속에서도 한준은 소영의 미세한 표정까지 읽을 수 있다는 사실을 잊고 있었다.

"김 선생님은⋯ 당분간 병원 일로 바쁘실 거예요. 그동안 제가 전력을 다해서 한준 씨를 도울게요. 절 최대한 이용하세요."

한준은 빈 플라스틱 물병을 손으로 찌그러뜨린 뒤, 열 걸음쯤 앞에 놓인 쓰레기통을 향해 던졌다. 날아간 물병이 요란한 소리를 내며 쓰레기통 안에 착지했다.

"이 싸움의 대상이 차라리 눈앞에 보이는 적이었으면 좋겠어요. 죽도록 얻어맞든 내가 한 방 먹이든, 피 터지게 싸우고 끝장 낼 수 있게요. 손에 잡히지도 않고 이제 와 내 힘으로 어쩔 수도 없는 과거에 대한 기억 따위가 내 상대라니."

"지금 한준 씨 마음에서 제일 크게 솟구치는 감정이 뭔가요? 공포인가요, 분노인가요?"

한준은 길게 숨을 내쉰 뒤, 천천히 입을 열었다.

"어두운 방에 혼자 있을 땐 생각이 많아져요. 나름대로 상황을 받아들이고 퇴원 후의 계획을 세워 보려고 노력하지만, 그럴수록 화가 치밀죠. 내가 도대체 여기서 뭐 하는 건가 싶고. 한심해서 견딜 수가 없어요."

소영은 조용히 한준의 다음 말을 기다렸다.

"그러다가 강한 빛을 보거나 어떤 기억이 떠오를 때면 어린애처럼 움츠러들어요. 더 이상 화도 나지 않고, 생각이나 논리 따윈 멈춰 버리고, 그저 괴물로부터 도망쳐야 한다는 생존 본능만 남는 것 같아요."

"그 괴물… 아니, 기억과 대면할 때, 어떤 기분이 들어요?"

"음… 들여다볼수록 점점 자세히 보이는 그림 아세요?"

"숨은그림찾기 같은 거요?"

"비슷해요. 어릴 적에 어떤 네덜란드 화가의 그림을 본 적이 있어요. 아주 복잡한 그림인데… '쾌락의 정원'이었나? 마치 고난도 숨은그림찾기 같았죠."

소영의 가슴이 쿵 내려앉았다. 그 유명한 중세시대의 그림은 기괴한 형상을 한 인간들이 지옥에서 잔인하게 심판받는 장면을 묘사한 그림이었다. 소영의 미간에 걱정으로 주름이 잡혔다.

"처음엔 어리둥절하지만, 계속 들여다보면 여기저기 숨어 있던 디테일들이 보이기 시작하죠. 이걸 내가 왜 몰랐지, 할 정도로. 요즘 그런 식이에요. 뭔지 모르겠는 그림들이 점점 뚜렷해지면서 갈수록 많은 게 떠올라요."

"어떤 기억이 가장 힘들어요?"

"음… 엄마가 나를 보던 눈빛? 그 눈빛을 떠올리면 다리에 힘이 풀리고 몸이 저절로 둥글게 움츠러들어요. 방어 태세를 갖추는 고슴도치처럼요. 이가 딱딱 부딪힐 때도 있고요."

한준의 호흡이 조금씩 불편해지는 것을 소영은 주의 깊게 응시하고 있었다.

"하얀 가운을 입고 해를 등진 엄마는 마치 천사 같았어요. 하지만 천사는 나를 싫어해요. 난 하얗고 밝은 게 무서워요. 천사가 다가오면 숨이 가빠지고 도망가고 싶지만 몸이 굳어 버려요. 천사는 나를 심판해요. 내가 천사를 불행하게 만들어서 어둠에 갇혀 있어야 한대요. 난 너무 무서워서 납작 엎드려 맞고 있을 수밖에 없어요."

어느새 한준의 말투는 어린아이처럼 변해 있었다. 무릎을 껴안고 움츠린 한준을 보는 소영의 눈시울이 붉어졌다. 그녀는 터져 나올 것 같은 눈물을 억지로 삼키고 담담하게 말을 이었다.

"그땐 한준 씨가 어렸지만, 지금은 아니에요. 봐요, 지금 한준 씨가 얼마나 건강하고 멋진 어른인지! 어린아이의 약점을 이용해 힘을 행사하는 건 비겁한 행동이에요. 이제 한준 씨는 그런 걸 받아 줄 필요가 없는 어른이고, 어머니는 한준 씨에게 더 이상 어떤 피해도 입힐 능력이 없는 초라한 노인일 뿐이에요. 더 이상 공포의 대상이 아니고요."

한참 동안 무릎에 고개를 파묻었던 한준이 스르르 고개를 들어 올렸다.

"어차피 그 사람은 지금 무엇도 할 능력이 없습니다. 이미 이 세상 사람이 아니거든요."

그의 눈은 과거의 어느 장소에 이끌리듯 따라가고 있었다.

"내가 그 사람을 죽였어요."

*

새빨간 피에 물들어 가는 흰 양말. 빠른 속도로 양말을 적시며 발목 위까지 타고 올라오는 선명한 붉은색. 온통 피바다가 된 자신의 두 발을 보며 무심한 표정의 남자가 말한다. 내가 죽였어요, 내가….

소스라치게 놀란 소영은 침대에서 외마디 비명을 지르며 벌
떡 일어났다.

"휴우, 꿈이었구나."

몇 시간 전 운동실에서 본 한준의 상심한 얼굴과 두 발이 자
꾸 아른거렸다.

"맨발로 두 시간이나 뛸 정도로 견딜 수 없었던 거야."

다시 잠들기에는 정신이 너무나 또렷해진 소영은, 부엌으로
가서 커피 물을 올렸다.

"내 팔자에 잠은 무슨. 비밀문서 해독이나 좀 해 볼까."

소영은 주승의 방에 잠입하여 가져온 차트를 열었다. 찍어
온 후로 몇 번 읽어 봤지만 환자의 이름조차 적혀 있지 않은
도통 알 수 없는 차트였다. 더구나 일반적인 차트의 형식을 따
르지 않고 간략한 실험 일지처럼 되어 있었다. 만에 하나 발각
되더라도 누구에 관한 내용인지 알 수 없도록 만든 것 같았다.

Memory Manipulation(기억 조종)
Neurons, Memory and Light(빛과 기억의 관계)
  In collaboration with a lab of McDowell, Institute for
Genetic Medicine at JHH

[Objective(실험의 목적)] 특정 신경 세포 기능 저해

실험체: D

[x월 x일] Received one dose of Channelrhodopsin(채널로 돕신), engineered virus 운반체 X.
[x월 x일] 광과민반응 증가.
[x월 x일] Repeat.

[상자 #1] 빛
Blue light stimulator during hypnosis therapy to induce negative experience including terror(최면 치료 도중 빛으로 자극, 공포 등 부정적인 경험 유도).

[상자 #2] 어둠
Escape from Box 1 to create positive experience, inducing feeling of safety(공포를 경험한 상자 1에서 탈출, 어두운 상자 2로 들어가 안도감 느끼도록 유도).

소영은 눈을 가늘게 뜨고 날짜와 내용을 찬찬히 살펴 보았다.
"읽으면서 희한하게 기분이 나쁘네. 실험용 쥐에게나 할 수

있는 실험인데. 설마 이게 환자를 상대로 한 기록은 아니겠지?"

소영은 꺼림칙한 기분을 지울 수 없었다. 심리 치료나 정신 분석학 연구 보고서라 하기엔, 환자라는 인격체에 대한 그 어떤 배경 설명이나 존중도 들어가 있지 않았다. 심리와 뇌과학에서는 환자의 질병을 다룸에 있어 그 사람 자체의 전반적 모습을 고려하는 것이 원칙이기 때문이다.

"빛에 대한 민감성 이야기가 나오는 걸 보면 한준 씨와 관련이 있는 연구인 것 같기도 하고… 대체 이니셜 D는 누구야? 무슨 바이러스를 주입한 거야?"

소영이 모니터에 '기억 조종'이라는 검색어를 입력하자, 과학 저널 기사들이 주르륵 화면에 떴다.

'맥도웰 유전공학 연구소의 신경회로 연구팀은 최근 과학저널 사이언스에 '가짜 기억 만들기'라는 논문을 발표했다. 빛에 반응하는 녹조류의 청색광 단백질 '채널로돕신'을 해마에 주입하여 신경 세포를 활성화시키면, 기억을 조작할 수 있을 뿐 아니라 가짜 기억을 진짜 경험처럼 믿게 되는 착각이 일어나게 되는 것이다.'

소영은 너무 놀라 마우스에서 손을 놓고 등받이에 상체를 던지듯 기댔다.

"이건 몇 년 전 세상을 떠들썩하게 만들었던 그 실험이잖아?

이걸 김 선생이 하고 있었던 거야?"

저명한 유전공학자들에 의해 효과가 입증된 이 실험은 끊임없는 논란에도 불구하고 현재 활발히 진행 중인 연구였다. 소영은 사이언스지의 나머지 글을 읽어 내려갔다.

'이 성분을 쥐의 뇌에 주입한 뒤, 전기 자극이나 약물을 이용하여 같은 부위에 빛을 쏘자 신경 세포가 활성화되면서 빛에 민감하게 반응하였다. 이러한 반응을 쥐가 특정 기억과 연결 지을 수 있도록 상자 두 개를 준비하여, 하나에서는 좋은 경험을, 다른 상자에서는 나쁜 경험을 유도하였다.

영화 '토탈 리콜'이나 '맨 인 블랙'에서처럼, 사람의 기억을 마음대로 주입하거나 원치 않는 기억을 없애 버릴 수 있는 세상이 곧 도래할 것이다.'

"김 선생, 당신이 말하던 그 '장기적인 플랜'이 이거였어? 대체 무슨 생각인 거야?"

*

인적이 뜸해진 저녁. 검은 고글을 끼고 어둑한 병동을 배회하던 한준은 복도 한편에 놓인 벤치에 앉았다. 어디선가 크리스마스 캐롤이 들려왔다. 벌써 크리스마스가 목전이던가. 만약 그때 아무 사고도 일어나지 않았더라면, 그녀를 만나 프러포즈를 했더라면. 그랬다면 모든 게 달라져 있었을까? 한준은 고개를 숙이고 한숨을 토했다.

엘리베이터 문이 열리는 소리가 났다. 엘리베이터에서 내린 사람은 공교롭게도 한준 쪽으로 걸어왔다. 한준은 그가 어서 지나가기만을 바랐지만, 그는 고개를 파묻은 한준 앞에 우뚝 멈춰 섰다. 몇 초간의 정적이 흘렀다.

"…형?"

떨리는 목소리로 한준이 물었다.

"자식… 난 줄 어떻게 알았노?"

"…비행기 냄새가 났어."

정욱은 한준을 끌어안았다.

"그동안 못 와서 미안하다. 여기 혼자 놔둬서 정말 미안해."

얼싸안은 두 남자의 그림자가 말없이 울음을 토했다. 캐롤을 부르는 아이들의 낭랑한 합창 소리가 주변을 맴돌았다.

*

정욱을 방으로 안내한 한준이 멋쩍게 물었다.

"방이 너무 어둡지? 복도에서 이야기할까?"

"아냐, 네가 편안하면 됐어."

정욱은 뛰어난 시력과 어둠에 대한 적응력을 가지고 있었으

156

므로 방에서 금세 의자를 찾아 앉았다.

"나 여기 있는 거 어떻게 알았어?"

"인마, 갑자기 사라져서 연락이 안 되는데 내가 너를 안 찾았겠냐? 정말 끝까지 숨길 심산이었던 거야? 나한테도?"

원망 섞인 정욱의 물음에 한준은 미안해서 고개를 숙였다.

"미안해… 혼란스러워서 마음을 다잡을 수가 없었어. 내 꼴도 가관이었고."

정욱은 의료진에게 팔다리를 붙잡힌 채 괴성을 지르며 끌려가던 한준의 모습을 떠올렸다.

"그래도 다음부터는 잠적하고 그러지 마라. 무슨 일이 있어도 형한테는 알려 줘."

"응."

한준은 목이 메는 것을 들킬까 봐 최대한 짧게 대답했다. 정욱이 어깨에 메고 있던 가방을 열고 부스럭거리더니 맥주 두 병을 꺼냈다.

"몰래 챙겨 왔지. 다행히 가방 검사는 안 하더라."

한준이 피식 웃으며 호리호리한 갈색 병을 건네받았다. 병은 아직도 손이 시리게 차가웠다.

"역시 형밖에 없네."

손으로 비틀어 뚜껑을 딴 두 사람은, 누가 먼저랄 것도 없이 맥주를 들이켰다.

"아! 속이 좀 풀리는 것 같다."

두 사람은 간만에 밝게 웃었다. 금빛 액체는 한준의 혀에 쌉쌀하고도 새코롬한 뒷맛을 남겼다. 실로 오랜만에 맛보는 바깥 세상의 맛에 한준의 코끝이 찡해 왔다.

"형. 나 어쩌면… 다시는 조종석에 앉지 못할지도 몰라."

한준은 입에 묻은 거품을 손등으로 닦아 내며 착잡한 표정을 지었다.

"공포증이래. 햇빛공포증… 기가 막히지? 세상에 해를 두려워하는 파일럿이 어딨어? 밝은 곳만 가면 발작을 하는데, 누가 날 믿고 조종을 맡기겠어."

정욱은 일부러 덤덤한 체 맥주를 들이켰다. 깜짝 놀라거나 격한 반응을 보이면 한준이 더 움츠러들 것 같아서였다. 한준이 혼자 힘으로 정상적인 생활을 영위할 수 없을 거라는 주승의 말이 단순한 엄포가 아니었구나.

"그래서 방에 불도 못 켜고 있었구나."

"응. 창문도 막아 놨어. 대낮엔 복도를 돌아다니지도 못해. 그나마 요즘은 저녁에 고글 끼고 비교적 어두운 복도를 골라 여기저기 다니긴 하지만."

"담당 의사가 그러는데, 공포증은 정신증이 아니고 신경증이라 치료받으면 나을 수 있다더라."

"의사 만났었어? 김주승?"

"응. 아직은 면회하지 말라고 했는데, 차마 널 혼자 둘 수가 없어서."

한준은 정욱이 병원에 왔었다는 말에 놀랐지만 내색하지 않고 대화를 이어 갔다.

"그랬구나. 어쨌든, 치료라는 게 생각처럼 간단하지가 않아. 공포증이 그냥 생긴 게 아니더라고. 어릴 때 겪은 트라우마 때문에 발현된 거래."

"…."

"형도 알다시피, 난 입양 전의 삶에 대해 양아버지한테 묻지 않고 살아왔어. 지금 행복하니까 과거의 일은 물어볼 필요 없다고 생각했거든. 어쩌면, 진실을 알게 되는 게 두려워서 모른 체했는지도 몰라. 근데 그동안 외면하고 살았던 시간이 보란 듯 날 다시 찾아올 줄은 몰랐어."

정욱은 고개를 숙이고 묵묵히 한준의 말을 경청했다.

"강한 빛만 보면 그때가 생각나. 어두운 방에 갇혀 있다가 문이 열리면 죗값을 치러야 했어. 맞으면서도 계속 생각했어. 맞다 보면 이 사람 분이 풀리겠지, 분이 풀리면 언젠가는 나를 좋아해 주겠지…. 하지만 그런 일은 영원히 일어나지 않았어. 그리고 곧 깨달았어. 내 존재 자체가 그 사람에겐 지옥이라는 걸. 잘못한 게 없어도 무슨 이유로든 빛은 나를 심판할 거란 걸."

적당히 취기가 오른 둘은 어둠 속에서 알코올 냄새 섞인 호흡을 뿜으며 회상에 잠겼다.

"한준아. 너 옛날에, 나랑 복싱 배우러 다닌 거 기억나니?"

"응."

"몸 만든다고 우리 둘이 도장 가서 까불다가 관장님한테 혼쭐이 났던 것도?"

한준이 조용히 웃었다.

"맞아, 그랬지. 까마득하네."

"사실은 나, 어렸을 때 엄청 소심했어. 국민학교 고학년까지도, 동네 어른들 마주치면 부끄러워서 엄마 뒤로 숨고 그랬다."

"말도 안 돼. 형이?"

한준은 의외라는 듯 물었다.

"중학교 때부터 자연스럽게 수줍음이 없어졌는데, 그래도 여전히 사람 똑바로 쳐다보는 건 잘 못했어. 복싱 배우러 갔을 때, 관장님이 그걸 딱 지적하시더라."

한준은 정욱이 맥주를 삼킬 동안 그의 다음 말을 기다렸다.

"링 위에서 눈을 감으면 안 된다고 말이야. 스텝과 펀치의 호흡도 중요하지만, 무엇보다 상대방을 똑바로 쳐다보지 않으면 싸울 수가 없다고."

"……"

"그렇게 지적을 당해도, 한동안은 계속 고개 숙이고 얼굴 가리기 바빴지. 그러다가 어떤 선배랑 붙었는데, 흠씬 두들겨 맞다가 너무 쪽 팔려서 이대론 안 되겠단 생각이 드는 거야. 그래서 에라 모르겠다, 하고 고개를 쳐들고 노려봤지."

"그래서 어떻게 됐어?"

"선배와 눈이 마주친 순간, 선배도 나와 똑같이 두려워하고 있다는 걸 알았어. 그걸 깨달으니까 덜 무서워지더라. 어쩌면 내가 이길 수 있겠단 생각도 들었고."

한준의 속눈썹이 가늘게 떨렸다.

"그 뒤론, 누구와 붙어도 항상 그것만 생각했어. 일단 상대를 똑바로 쳐다보면 뭔가 방도가 떠오르더라고."

한준은 창고 문이 열리는 순간 반사적으로 고꾸라졌던 자신의 몸을 떠올렸다. 바닥에 엎드려 남자의 구두코만 쳐다보며 어서 그 순간이 지나가기만을 기다렸던 자신. 차마 고개를 들고 쏟아지는 빛을 바라볼 수 없었던 자신을.

"조만간 문이 또 열리면 말이다. 딱 한 번만 눈을 부릅떠 봐. 어쩌면 그 녀석은, 너를 두려워하고 있을지도 몰라."

"캡틴…."

*

소영은 출근하자마자 원장실로 향했다. 한 손에 큰 종이가방을 들고 있었다. 그녀는 결의에 찬 표정으로 어느 때보다 당차게 문을 두드렸다. 대답이 없어 살짝 들여다보니 최 원장은 누군가와 통화 중이었다.

"허허허, 여부가 있겠습니까. 저희로선 엄청난 영광이죠. 그럼 조만간 다시 전화드리겠습니다."

최 원장은 만면에 희색이 가득하여 수화기를 내려놓았다.

"어이구, 권 선생이 여기까지 웬일인가?"

"안녕하셨어요, 원장님. 좋은 일 있으신가 봐요."

"음. 별거 아닐세. 나한테 무슨 볼일이라도?"

"실은 환자에 대해 상의드릴 일이 좀 있어서요."

"환자라면 그쪽 선생하고 상의를 해야지?"

"네, 그런데 협조가 잘 이루어지지 않아 저 혼자 힘으로는 무척 어렵네요."

소영의 용건이 간단하지 않을 것을 직감한 최 원장은 귀찮다는 듯 그르렁 소리를 내며 회전의자에서 몸을 일으켰다. 그는 손님 접대용 소파로 옮겨 앉으며, 소영에게도 앉으라고 손짓을 했다.

"원장님도 아시는 환자예요. 김한준이라고, 햇빛공포증을 앓고 있는."

최 원장은 솔깃한 기색을 감추며 소파에 태연히 기댔다.

"증상이 악화되고 있는데도 대처가 이루어지지 않고 있어요."

"공포증이란 게 본래 단시간에 호전되길 기대하기는 어렵지 않은가? 더 나빠지지만 않으면 다행인 거로 아는데?"

"네, 그런데 환자의 상태가 실제로 악화되고 있어요. 제가 이렇게 원장님을 찾아뵌 이유는, 그 원인이 주치의에게 있다고 생각해서입니다."

소영의 폭탄 발언에 최 원장의 눈빛이 날카로워졌다.

"김 과장 말이로군."

"김 선생님은 최면 치료 이외의 다른 옵션들을 일체 거부하고, 제가 환자를 상담하는 것조차 못하게 막고 있어요. 오히려 환자분은 누군가와 이야기를 하고 싶어 하는 상태인데도요."

과연 주승답다는 생각에 최 원장은 피식 웃었다.

"원래 김 과장이 남과 협력하는 걸 싫어하지 않나. 뭐 대단히 좋은 계획이라도 있나 보지. 그리 자신감 넘친다는데 한번 맡겨 봐. 부작용이 생기면 그때 가서 다른 방법을 시도하면 될테고."

소영은 마음속으로 외쳤다. 부작용은 이미 생겼다고요, 이 답답한 양반아! 최 원장의 반응이 심드렁하자 소영은 바짝 애가 탔지만, 차분한 태도를 잃지 않으려고 애썼다. 주승을 비난하는 것이 목표인 것처럼 보여서는 안 돼. 오직 환자에 대한 염려가 논의의 중심이어야 해.

"원장님 말씀이 맞아요. 김 선생님은 알아주는 실력자죠. 최면 요법이 공포증에 가장 효과적인 치료법으로 알려져 있기도 하고요."

"그런데?"

'환자를 김 선생에게 맡기는 건 위험하다고요!'라는 성토가 소영의 목구멍까지 차올랐지만, 그녀는 그 말을 고스란히 삼켰다. 아직은 안 돼. 그녀는 의료인다운 평정을 유지하며 최 원장을 향해 여유로운 표정을 지어 보였다.

"환자는 제게 치유의 의지를 강하게 비친 바 있습니다. 이런 시기에 깊이 있는 상담과 다양한 테라피를 꾸준히 받으면 금세 좋아질 수 있다고 확신합니다. 문제는, 김 선생님이 워낙 바빠서 환자가 대부분 방치되는 데다, 본인 외의 다른 의료진이 환자와 접촉하는 것을 극도로 꺼린다는 거예요. 본인만의 플랜이 있으니 치료를 독점하겠다고요. 그 플랜의 내용은 누구와도 공유할 생각이 없다고 합니다. 이렇게 되면 의사 한 명의 독단적인 치료로 환자가 피해를 입어도 누구 한 명 자세한 내막을 알지 못하게 될 것 같아, 마냥 방관할 수는 없다는 생각이 들었습니다."

최 원장은 미간을 접었다 폈다 하며 잠시 생각에 잠겼다. 그동안 눈엣가시였던 주승의 약점을 잡은 것 같았다. 하지만 주치의를 고발하러 온 당돌한 소영을 쉽게 편들어 주고 싶지도 않았다. 권위에 도전하는 것을 질색하는 최 원장이었다. 그는 일부러 소영의 애를 태우려는 듯 뜸을 들였다.

"글쎄… 그 친구 전문 분야라 고집을 꺾기가 쉽지는 않겠지."

무릎 위에 포개 놓은 소영의 손가락에 힘이 들어갔다. 최 원장이 단박에 말을 들어줄 거라 기대하진 않았지만, 이렇게 소극적인 태도를 보이다니.

"원장님. 이것 좀 보세요."

소영은 종이가방에서 비장의 무기를 꺼내 놓았다. 한준의 병실에서 가져온 올가미였다.

"환자 방에서 발견했어요."

최 원장이 성대 깊은 곳에서부터 그르렁 소리를 냈다.

"극심한 공포와 스트레스에 시달리고 있다는 결정적인 증거입니다. 요즘은 하루에 몇 시간씩 몸을 혹사시키면서 운동에 집착하고 있어요. 병실에 갇혀 있으면 자꾸 죽고 싶다는 생각이 들어서 견딜 수 없는 거겠죠. 게다가 며칠 전에는, 과거의 기억을 지옥에서 심판받는 그림에 비유하기도 했고요. 이 스트레스를 제대로 다스리지 못하면 투쟁 도피반응에 의해 공격적으로 변하거나, 더 큰 자학을 하게 될지도 몰라요. 환자가 혼자 있는 시간을 줄여야 합니다. 제가 그 역할을 해 줄 수 있고요."

"흠… 내가 뭘 어떻게 해 주면 되겠나?"

"주치의를 바꿔 주셔도 좋고, 아니면 치료 계획을 공개하라고 해 주세요. 환자는 우리 모두의 책임이라고 생각합니다. 더 이상 김 선생님과 대립하느라 낭비할 시간이 없어요."

소영의 의지도 만만치 않았다. 최 원장은 자세를 고쳐 앉았다.

"그래. 권 선생 말이 맞군. 환자의 상태가 악화되어 가는 게 뻔히 보이는데 굳이 상담을 못 받게 하는 건 의사로서 바람직한 태도가 아니지. 환자가 우리 병원에 입원해 있는 이상, 김 과장 외의 다른 전문가에게 치료받을 권리도 있으니까 말이야."

"맞습니다, 원장님!"

"그럼 내일 의국에서 회의를 열어 주겠네. 김 과장이 순순히 말을 들을지는 장담 못 하네만."

"감사합니다, 원장님."

"자네가 환자의 상태에 대해 그토록 믿음이 있다고 하니까 내가 도와주는 거야."

소영은 감읍한 표정을 지으며 맞장구를 쳤다.

"원장님 덕분에 한시름 놨어요."

"그 환자, 참 운이 좋군그래. 자네같이 열성적인 치료자를 만나다니 말이야."

"더 열심히 하겠습니다!"

소영이 허리를 구부려 깍듯이 인사를 했다. 방에서 나가려는 소영의 뒤에서 최 원장이 한마디 덧붙였다.

"조심하게. 김 과장 그 친구 보통이 아니야."

소영이 미소를 띠고 대답했다.

"이 방법이 최선이라는 걸 이해한다면, 김 선생님도 분명 협조할 겁니다."

소영이 나간 후, 최 원장은 후후 웃으며 입맛을 다셨다.

"상황이 재미있어지는군."

*

정욱이 다녀간 병실. 한준은 잠들지 못하고 뒤척거렸다. 정욱이 남긴 체취는 묘하게 한준을 설레게 했다. 바깥세상과 억지로 단절된 한준에게 이것은 단순한 냄새 그 이상이었다. 조종석에 장시간 앉아 있는 사람에게 스미는 특유의 매캐함, 가죽 시트

냄새와 뒤섞인 땀내, 시큼하게 발효된 맥주. 이 모든 냄새의 복합체가 깨끗하게 정화된 병실 공기에 익숙해진 한준의 후각을 자극하며 삶에 대한 그리움을 일깨웠다.

이리저리 뒤척이던 한준은 결국 다시 일어났다. 기분 좋게 코끝에 걸려 있는 취기의 여운이 사라지기 전에 무언가를 하고 싶었다. 며칠간의 혹독한 달리기로 발바닥과 발목이 뻐근했지만, 아무것도 하지 않는 것이 한준에게는 더 큰 고문이었다. 그는 수건을 어깨에 걸치고 고글을 꼈다.

인적이 드문 복도를 지나 비상구로 통하는 문을 열자 어둑한 계단이 펼쳐졌다. 대부분의 사람들이 엘리베이터를 사용하기에, 비상계단에서는 시선을 의식하지 않고 편하게 다닐 수 있었다. 난간을 잡고 한 층 내려가 비상구 문을 열면 바로 운동실이었다. 이곳은 저녁 8시를 기점으로 불이 꺼지지만 재활 물리치료사의 배려로 한준은 밤늦은 시간에도 입실이 허락된 상태였다.

낮에는 환자들과 치료사로 붐볐을 이곳에, 지금은 덩그러니 운동 기구들만 놓여 있었다. 블라인드의 뼈대 사이로 창백한 달빛이 새어 들어왔다. 한준은 무엇에 이끌리듯 창가 쪽으로 걸어갔다. 고글 안에서 두 눈을 질끈 감고 블라인드를 열자 차가운 공기가 얼굴에 끼얹어졌다. 꼭 감은 눈두덩 위에 달빛이 드리우는 느낌이 났다. 달을, 달이 비추는 세상을, 보고 싶었다.

한준은 고글을 벗고 눈을 지그시 떴다. 무대의 막이 열리듯 천천히 올라가는 눈꺼풀 끝에서 속눈썹이 파르르 떨렸다. 마침

내 눈꺼풀 아래 드러난 그의 눈동자가 달과 정면으로 마주쳤다. 서슬이 푸르도록 차갑고 영롱한 암석 덩어리가 한준의 얼굴 앞에 성큼 다가왔다. 확대된 동공 안으로 휘황한 빛이 파고들었다. 찌르는 듯한 통증에 그의 홍채가 황급히 조리개를 닫았고, 그는 외마디 비명을 지르며 두 손으로 눈을 감싸 안았다.

"아악!"

한준이 갑작스럽게 블라인드를 닫는 바람에 창틀에 올려 두었던 고글이 바닥으로 떨어졌다. 이런 등신! 한준은 화가 나서 견딜 수가 없었다. 결국 화풀이를 할 데라곤 자기 몸밖에 없었다. 벤치 프레스 위에 드러누운 그는, 어깨너비로 벌린 팔을 뻗어 역기를 번쩍 들어 올렸다. 가슴께로 내렸다가 다시 들어 올리는 동작을 반복하면서 미친 사람처럼 기합을 질러댔다. 시계는 어느덧 새벽 1시를 가리키고 있었다.

*

격렬한 운동 끝에 지친 몸을 이끌고 터덜터덜 병실로 돌아온 한준은, 문 안쪽에 놓인 선물 상자를 발견했다. 상자를 열어 보니 새하얀 운동화 한 켤레와 쪽지가 들어 있었다.

'한준 씨. 치료 과정에서 불편하고 힘든 게 있으면 솔직하게 말해 주셔야 해요. 환자의 의견을 최대한 반영해서 불필요한 충격이나 스트레스를 주지 않도록 편안하게 인본주의적으로 치료

할 수도 있답니다. 그리고… 운동화는 꼭 신고 뛰세요. 메리 크리스마스. 소영.'

한준의 가슴에 갑작스러운 온기가 차올랐다.

그는 운동화에 가만히 코를 댔다. 코를 찌르는 새 운동화 냄새. 인조 고무의 강렬한 냄새 입자 사이로, 문득 익숙한 느낌이 섬광처럼 지나갔다. 그의 눈동자가 어떤 기억을 좇기 시작했다.

"총각 선생!"

"안녕하세요, 할머니."

한준의 담임인 경표를 분식집 할머니가 불러 세웠다. 할머니는 경표에게 신발주머니를 내밀었다.

"이거 그쪽 학교 학생 거 맞지?"

변신 로봇이 그려진 신발주머니였다.

"여 길바닥에 떨어져 있더라고. 가져가서 주인 찾아 줘."

"예, 그럴게요. 감사합니다."

"오늘은 어째 출근을 이리 늦게 해?"

"오늘부터 방학이에요. 서점이나 가 보려고요."

"응, 방학이구먼. 그려. 어여 가던 길 가."

분식집 할머니는 뒷짐을 지고 다시 가게 안으로 들어갔다. 신발주머니 안쪽에 적힌 이름을 읽은 경표의 얼굴이 어두워졌다. 한준이가 여길 왔었던가.

칠이 벗겨진 대문 앞에 선 경표는 초인종을 눌렀다. 대답 대신 집 안에서 웅장한 클래식이 흘러나왔다. 초인종을 몇 번이나 더 눌렀지만 아무도 현관 밖으로 나오지 않았다. 경표는 헐거운 대문 틈으로 마당을 살짝 엿보았다. 더러운 실내화 한 짝이 흙바닥에 널브러져 있었다. 경표는 할 수 없이 신발주머니를 대문 앞에 가만히 세워 두고 몸을 돌렸다. 애당초 계획은 서점에 들러 책 구경을 하는 것이었으나, 그는 발길을 돌려 잡화점으로 가기로 했다.

돌아가는 경표를 2층 창문에서 누군가가 내려다보고 있었다. 경표의 모습이 골목에서 완전히 사라지자, 창문에서 내려다보던 얼굴이 사라졌다.

*

나는 분명히 들었다. 누군가가 와서 초인종을 여러 번 누르는 소리를. 창고에는 창문이 없기 때문에 밖을 내다볼 수가 없다. 하지만 엄마는 분명 2층 창문에서 방문자를 지켜보았을 것이다. 몇 번이나 누른 걸로 봐서는 문을 열어 주지 않은 것 같다. 그 방문자는 분명 엄마가 음악 소리 때문에 자신이 누른 초인종 소리를 못 들었을 거라고 생각했겠지.

누구였을까? 하긴, 그게 누구든 나와 무슨 상관이야. 어차피 나를 구해 주러 온 것도 아닐 텐데. 식구들조차 나를 여기 버려 두고 모른 체하는데, 누가 날 구해 주러 오겠어. 누가 나의 이런 상황을 짐작이나 하겠어.

갑자기 창고 문이 열린다. 고개를 무릎에 파묻고 있던 나는, 문이 열리자 쏟아지는 빛 줄기 앞에서 몸을 떤다. 협주곡은 여전히 현란하게 흘러나오고 있다. 구둣발과 혁대의 소리는 음악 속에 쉽사리 흡수되어 버린다.

나는 결코 비명을 지르는 법이 없다. 어차피 소리를 지른다고 덜 아픈 것도 아니다. 대신 몸을 둥글게 말고 책에서 읽은 주문을 계속 외운다. 에플레오나센 헤 하마르티아 휘페레페릿슈센 헤 카리스…. 무슨 뜻인지는 모른다. 복잡한 주문을 외우는 데 집중하면 조금 덜 아픈 것 같기도 하다.

구둣발 너머에서 서성대는 또 다른 발이 보인다. 깨끗한 양말을 신은 발. 나를 때리는 구둣발보다 훨씬 더 작은 발. 자세히 보고 싶지만 자꾸 눈이 감기고 졸음이 온다. 배가 고프다. 의식이 희미해지나 보다. 할 수 없이 눈을 감고 바닥에 엎드려 버린다. 내가 바닥에 쓰러지면 발길질이 멈추고 문이 닫힌다. 빛과 함께 구둣발도 사라지고, 그 뒤에서 나를 구경하던 작은 발도 같이 사라진다.

깜빡 잠이 들었나 보다. 어느새 협주곡이 끝났는지 사방이 조용하다. 입가에 묻은 침을 닦으며 욱신거리는 몸을 일으킨다. 슬며시 문이 열린다. 나는 지친 몸을 이끌고 부엌으로 간다. 늦지 않게 식탁에 앉아야 밥을 먹을 수 있다. 잠자코 밥을 먹고 다락으로 올라가면 된다. 아무 내색도 하지 않아야 다음번에 조금이라도 덜 맞을 수 있다.

　저녁을 먹고 다락으로 올라가려는데 초인종이 울린다. 아까 허탕을 치고 간 방문객이 다시 온 게 분명하다. 나는 조금 망설이다가 현관문을 열고 밖으로 나가 본다. 대문 앞에 내 신발주머니가 놓여 있다. 무게감이 느껴져 안을 들여다본다. 새 운동화 한 켤레가 주머니 안에서 하얀 코를 나란히 내밀고 있다. 누군가가 새 운동화를 내 신발주머니 안에 넣고 갔다. 어제 저녁의 기억이 떠오른다. 배신자…. 배신자…. 내가 왜 이렇게 선생님에게 화가 나는지 나도 잘 모르겠다.

3
정탐꾼

따스한 빛 줄기가 한준의 이마를 간질였다. 꿈과 현실이 뒤섞여 몽롱한 와중에도 한준은 이마, 눈, 입술 순서로 빛이 이동하는 것을 느꼈다. 한준의 얼굴을 탐색하던 빛 줄기는 '딱' 하는 버튼 소리와 함께 자취를 감췄다.

"오랜만입니다, 김한준 씨."

한준은 난데없는 목소리에 놀라 게슴츠레 눈을 떴다. 동그란 얼굴이 한준을 보며 웃고 있었다. 순간 소스라치게 놀란 한준이 침대에서 벌떡 몸을 일으켰다. 웃는 얼굴이 주승임을 확인한 한준은 가슴을 쓸어 내렸다. 주승은 언제 들어왔는지 이미 회전의자 위에 앉아 있었다.

"언제부터 와 계셨죠?"

"일부러 조용히 들어왔습니다. 주무시는 동안 플래시로 얼굴을 좀 살펴보고 싶어서요. 혈색이 많이 좋아지셨네요. 살도 좀 붙으신 것 같고."

그게 플래시 빛이었나. 한준이 손을 이마에 갖다 댔다. 곤히

자는 동안 누군가 방에 들어와 자신의 얼굴을 들여다보았다고 생각하니 사뭇 불쾌해졌다. 기척이라도 좀 할 것이지.

"제가 한동안 일에 묶여 자주 들러 보질 못했습니다. 요즘 기분은 좀 어떠세요? 몸 상태는요?"

"몸은 괜찮습니다. 갇혀 있는 게 죽을 맛이죠."

"되도록 마음을 편안하게 가지세요. 김한준 씨의 공포증은 단박에 치료될 성질의 것이 아닙니다. 오랜 기간을 두고 치료와 상담을 받으셔야 할 겁니다."

"얼마나 오래 있어야 한다는 겁니까?"

"그거야 환자분 하기 나름이지요."

한준은 주도권을 잡은 듯 의기양양한 주승의 태도가 마음에 들지 않았다.

"여기 계속 있다가는 없던 병도 생길 것 같은데요. 선생님, 저 이만 퇴원시켜 주십시오."

"아무래도 병원이란 곳이 머물기에 썩 유쾌한 곳은 아니지요. 이해합니다."

"공포증은 정신병도 아니라면서요. 굳이 저를 여기 붙잡아 놓을 필요가 있습니까? 갇혀 있더라도 집에 있는 게 낫겠어요. 집에 햇빛을 차단해 놓겠습니다. 선생님하고도 자주 연락하고요."

주승의 얼굴에 짧은 비웃음이 스치는 것을 한준은 놓치지 않았다.

"병원에 장기간 입원해 있다 보면 환자분들이 많이 차분해집니다. 그리고 그걸 상태가 호전된 것으로 착각하지요. 안타깝게도, 대부분의 환자들은 퇴원하고 몇 주만 지나면 다시 원상태의 혼란으로 돌아갑니다.

병원의 안정된 환경 속에서 보호를 받고 규칙적인 생활을 할 때에는 다 나은 것 같지만, 퍽퍽한 현실 속으로 들어가 사람들을 만나고, 남과 나를 비교하게 되고, 생각처럼 잘 적응하지 못하는 자신을 보면서 또다시 마음에 상처를 입지요. 전보다 나을 것이 없는 무력감에 빠져 회복 불가의 상태로 움츠러든다는 겁니다. 마음의 병을 앓고 있는 사람에게 사회는 무자비한 정글 같은 곳입니다. 병원에서 환자에게 베풀었던 특혜도, 이해도, 친절도 없는 곳이지요."

"평생 병원에서 과잉보호나 받으며 살라는 겁니까? 여기선 아무것도 할 수가 없어요. 내가 나일 수 없는 이런 생활이 어떻게 병을 치료한다는 겁니까? 그저 주는 밥 먹고, 때 되면 자고, 방에서 멍청하게 시간이나 죽이고, 이런 게 사람을 미치게 만든다고요!"

한준이 호소할수록 주승의 얼굴은 차분하고 태연해졌다. 응석 따위는 받아 주지 않겠다는 듯.

"자자… 냉정하게 생각해 봅시다. 매일 먹을 건 어떻게 사다 드실 겁니까? 통원 치료 받으러 자주 오셔야 하는데 밤에 오실 건가요? 혼자 운전하다가 사고라도 나면요? 길에서 갑자기 쓰러지면 돌봐 줄 가족은 있습니까?"

주승이 조목조목 지적했지만 한준은 수그러들지 않았다.

"빛에 적응할 수 있도록 피나게 노력하고 연습할 겁니다. 하루 한 번씩 쓰러지더라도 또 일어날 거고, 극복할 방법을 알아낼 겁니다. 매일 조금씩 나아질 겁니다!"

"김한준 씨, 저희에겐 환자의 안전이 무엇보다 중요합니다. 아직 안심할 수 없는 상태에서 무턱대고 퇴원시켜 드릴 수는 없습니다."

주승도 한준만큼 완강할 뿐 아니라 목소리에 치료자로서의 권위마저 섞여 있었다. 아무래도 순순히 퇴원을 시켜 줄 가능성은 없어 보였다.

"저를 믿고 치료에 따라 주셔야 빨리 쾌차하실 수 있습니다. 내일부터는 그동안 밀린 검사들을 좀 받아 봅시다."

말을 마친 주승이 회전의자에서 일어났다. 그는 어둠 속에서 잠시 균형을 잃은 듯하더니 재빨리 손을 뻗어 벽을 짚었다. 쉽게 알아채지 못할 찰나의 휘청거림이었다.

마침내 문을 열고 방에서 나가려는 주승에게 한준이 물었다.

"일전에 처방해 주신 약 말입니다. 무슨 약이었습니까?"

주승은 잠시 멈칫했지만 돌아보지 않고 대답했다.

"신경 안정제입니다. 몇 번이나 감정이 폭발하신 적이 있었죠? 도움이 될 것 같아 드렸는데, 거부하셨다고 들었습니다."

"정신을 몽롱하게 하는 안정제 따윈 필요 없어요. 지금 나한테 가장 필요한 건 누군가가 옆에 있어 주는 겁니다."

"오실 분이 딱히 없는 것 아니었습니까?"

"형이 왔던 거 압니다. 면담까지 했다면서요? 왜 나한테 숨긴 거죠?"

주승의 얼굴이 석고상처럼 굳어졌다. 분명히 면회는 시기상 조라고 했는데 그새를 못 참고 한준을 만나다니.

"아아 그분! 정욱 씨라고 했던가. 이제 생각나네요."

"진작 형을 만났더라면 입원 생활을 견디기가 훨씬 수월했을 겁니다. 잠시나마 숨통이 트였을 거라고요."

주승의 눈꺼풀과 입꼬리에 살짝 경련이 일었다.

"버팀목이 되어 줄 누군가가 있다는 건 좋은 일이죠."

건조한 음성으로 대꾸한 주승은 방에서 나오자마자 복도에 배치된 의료진용 컴퓨터 앞에 앉았다. 병원 시스템에 로그인을 하고 한준의 차트를 열었다. 그는 면회 가능여부를 선택하는 란 에 '불가'를 클릭하고는 재빨리 로그아웃을 해 버렸다.

"숨통이 트이게 놔둘 수는 없지."

주승은 이제야 안심이라는 듯, 희미한 미소를 머금은 채 한 준의 병실에서 멀어져 갔다.

*

주승이 병실에서 나간 뒤, 한준은 미동도 않은 채 생각에 잠겼다. 미세하게 휘청거리던 주승의 뒷모습이 묘하게 한준의 신경을 건드렸다. 어딘지 모르게 불안한 동선과 그것을 숨기기 위한 오만한 태도. 한준은 자신을 에워싸고 있는 어둠을 노려보았다.

기억 하나가 한준의 무의식을 침범했다. 짙은 안개 사이로 걸어오는 남성용 구두. 구두를 신은 사람의 상체는 안개에 가려 보이지 않는다. 한준은 숨죽인 채 그가 가까이 오기를 기다리지만, 어찌된 일인지 그는 가시거리 10미터 지점부터 계속 제자리걸음을 하고 있다. 발은 움직이는데 땅이 밀려나는 것처럼. 이대로라면 영원히 그와의 거리가 좁혀질 것 같지 않다. 한준이 다가가려 하자 그가 황급히 몸을 돌린다. 그런데 그는 혼자가 아니다. 뒤돌아 멀어지는 검은 구두 옆을 나란히 걷는, 또 하나의 작은 발.

한준의 눈앞에 연속적인 플래시가 터졌다. 형사의 손에 이끌려 구급차 안으로 떠밀리던 날. 안에는 한준보다 먼저 탄 소년이 누워 있었다. 소년은 산소 호흡기를 달고 파리한 얼굴로 눈을 감고 있었다.

"왜 진작 널 떠올리지 못했을까! 그 많은 걸 기억해 냈으면서, 왜 널 생각하지 못했을까!"

잊은 줄 알았는데 잊은 게 아니었다. 문득 입원 초기에 받았던 괴문자가 떠올랐다.

'뼛속까지 어두워야 밝아지리라.'

한준의 기억에 휘장처럼 드리워 있던 안개가 조금씩 옅어졌다. 괴문자의 내용은 한준이 구타당하면서 읊조리던 주문을 해석한 것이었다. 한준은 숨이 턱 막혔다.

놈이 살아 있다! 숨어서 나의 행적을 엿보고 있다! 이런 꼴로 고통스러워하는 나를 보면서 지금 기뻐하고 있을까? 어디서, 어떻게 살아왔을까? 나를 원망하는 힘으로 살아온 걸까? 다시 나타난 건 내게 복수하기 위해서일까? 나를 찾아냈으면서 내 앞에 나타나지 않고 이런 문자를 보낸 이유가 뭘까?

막혔던 회로가 뚫린 것처럼 기억의 파편들이 바쁘게 제자리를 찾아갔다.

놈은 조만간 정체를 드러낼 것이다. 음침한 곳에 숨어서 날 지켜보고 있던 녀석을 이젠 만나야겠어.

*

다음 날, 주승은 일찌감치 한준을 데리러 왔다.

"오늘은 제가 직접 최면실로 모시지요."

최면실이라는 말에 한준이 입꼬리를 올렸다.

"잘됐군요. 안 그래도 꼭 만나야 할 사람이 있거든요. 오늘 최면 중에 만날 수 있다면 좋겠네요."

긴장은커녕 도리어 호기 넘치는 한준의 반응을 보고 주승 역시 입꼬리를 올리며 웃었다.

"만나게 되실 겁니다."

깍듯한 대화 사이에 묘한 전투의 기류가 흘렀다. 한준은 사뭇 근엄하게 휠체어에 올라탔다. 한준이 고글을 끼자, 주승은 병실 문을 힘차게 열어젖혔다.

휠체어가 복도로 미끄러져 나갔다. 병실에서 복도로 나왔을 뿐이지만 공기의 밀도는 확연히 달랐다. 한준은 살짝 몸을 떨었다. 병실 밖으로 나오는 일은 언제나 좋았다. 탁 트인 공간에서 두둥실 자유롭게 떠다니는 누군가의 체취. 그들의 호흡과 나의 호흡을 뒤섞는 일. 이것이 한준이 병원 생활에서 누릴 수 있는 유일한 사치였다.

휠체어가 주승의 힘에 밀려 쭉쭉 나아갔다. 지나가는 사람들이 두 남자를 힐끔거렸다. 얼핏 보아서는 왜 입원했는지 모르겠는 다부진 체구의 남자가 검은 고글을 낀 채 휠체어에 실려 간다. 석고상같이 창백한 의사가 안경 너머 날카로운 눈동자를 빛내며 어디론가 환자를 데려간다. 별나다면 별날 수도 있는 광경이었다.

한준은 고글 안에서 눈을 감고 있어도 휠체어가 어느 방향으로 가는지 정확하게 파악할 수 있었다. 병동 내부로 들어갈수록 외부의 냄새는 가차 없이 멸균되고 화학 약품 냄새가 짙어진다. 청소원들이 온종일 쓸고 닦고 스팀 기계로 바닥을 살균하기 때문에 병동의 바닥은 언제나 반들반들 윤이 났다. 때로는 소독제 냄새가 너무 강하여 코를 찌르기도 했다. 반대로 중앙 로비에 가까워질수록 사람 냄새가 났다. 담배 냄새, 화장품 냄새, 비누 냄새, 반찬 냄새. 익숙하고 그리운 냄새.

소리 역시 한준에게 좋은 나침반이었다. 격리 구역에 들어서면 순식간에 사방이 조용해졌다. 숨소리까지 빨아들일 듯한 고요는 한준의 가슴을 무겁게 짓누르곤 했다. 그러나 중앙 로비쪽으로 나아가면 온갖 생동감 넘치는 소리가 공기 중에 떠다녔다. 한준은 경쾌한 발소리와 두런거리는 대화 사이로 지나다니는 일이 좋았다. 밤늦게 혼자 복도를 다닐 때엔 좀처럼 느낄 수없는 생명력과 활기였다.

주승이 휠체어를 멈추고 복도 가장자리에 세웠다.

"여긴 최면실이 아니지 않습니까?"

한준의 말에 놀란 주승은 한준의 고글을 슬쩍 훔쳐보았다. 한준은 여전히 눈을 감은 채였다.

"김 선생님 연구실 앞이군요."

한준이 여기가 연구실 앞이라는 것까지 맞추자, 주승은 자못 태연한 체 대꾸했다.

"잊고 온 물건이 있어서요. 여기서 잠시만 기다리세요. 곧 나오겠습니다."

제법인데, 라고 주승은 생각했다. 연구실로 들어간 그는 서랍을 열고 약병과 주사기를 꺼냈다. 푸른 의료용 장갑을 끼고 약병 안의 액체를 주사기로 옮긴 뒤, 자신이 입고 있는 가운 주머니에 깊숙이 넣었다. 그리고 허리를 굽혀 책상 아래에서 스테레오를 끌어냈다. 안에 테이프가 들어 있는지 확인한 뒤, 전선을 손잡이에 칭칭 감았다.

'최면실에서도 계속 멋있는 척할 수 있을지 보자고.'

회심의 미소를 띠며 연구실 밖으로 나온 주승의 낯빛이 귀신이라도 본 듯 창백해졌다. 휠체어에 얌전히 앉아 있어야 할 한준이 사라진 것이다. 주승은 애써 당황한 기색을 감추고 복도 여기저기를 두리번거렸다. 그의 창백한 얼굴이 붉게 달아올랐다.

"저 여기 있습니다."

거리를 가늠할 수 없는 곳에서 한준의 목소리가 들렸다. 주승은 들고 있던 스테레오를 빈 휠체어 위에 신경질적으로 올려놓고는, 목소리의 진원지를 찾아 꺾어진 복도로 들어갔다.

"여기 있다니까요."

주승이 반대쪽으로 몸을 돌렸다. 이번에는 목소리가 주승이 향한 복도가 아니라 반대쪽에서 나는 것 같았다. 주승의 얼굴이 굴욕감으로 일그러졌다.

소리는 최면실에서 나오고 있었다. 최면실은 주승의 연구실에서 가깝긴 했지만 검사실 안쪽에 위치해 있으므로, 거리상 가까워도 소리가 멀찌감치서 들릴 수밖에 없는 구조였다. 주승이 휠체어를 끌고 최면실 안으로 들어갔다.

한준은 벌써 최면실 가죽 의자 위에 편안하게 자리를 잡고 45도 각도로 누워 있었다. 조명까지 어둡게 설정을 하고 고글을 벗고 있는 상태였다.

"기다리기 지루해서 먼저 들어왔습니다."

주승은 너무나 기가 막힌 나머지 콧바람을 내뿜으며 훗 하는 소리를 냈다. 한준은 태연히 누워 주승이 가지고 온 휠체어를 보았다.

"휠체어를 또 가지고 오셨군요. 사실 여기 올 때도 필요 없었는데."

주승의 눈이 가늘어지며 한쪽 입꼬리가 낚싯바늘을 문 물고기처럼 치켜 올라갔다.

"자만하시는군요. 오실 때는 필요 없었을지 몰라도, 가실 때는 반드시 필요할 겁니다."

그런 비아냥에 개의치 않는다는 듯 한준은 눈을 감아 버렸다.

"빨리 시작합시다."

한준의 재촉에 주승이 들고 있던 차트를 탁 소리 나게 닫았다.

"김한준 씨. 시작은 제가 합니다. 끝도 제가 냅니다. 아시겠어요?"

주승은 한준에게 끌려가는 것 같은 상황이 몹시 언짢았다. 치료 시간, 특히 최면 세션은 의사이자 전문가인 주승이 이끌어야 마땅했다. 한편, 한준은 불필요한 주도권 싸움을 그만두고어서 최면 속으로 몰입하고 싶었다. 녀석의 얼굴을 보며 묻고 싶었다. 그때 왜 그랬냐고.

두 사람은 깨진 거울의 모서리처럼 날카롭게 신경이 곤두선 가운데 세션을 시작했다. 간만의 최면이라 평소보다 시간이 조금 더 걸렸지만, 이내 한준은 심호흡으로 안정을 찾았고 깊은 최면 상태로 빠져들었다.

"자… 지난번 멈춘 곳에서부터 시작합시다. 엄마가 당신을 때리고 어두운 곳에 가둔다고 했죠? 얼마나 자주 그랬나요?"

"처음엔 성적표를 가져온 날만… 하지만 언제부턴가 일주일에 한 번씩 감금되었어요."

"갇혀 있을 때 기분은 어땠나요?"

"무섭고 비참했어요."

"엄마가 왜 당신에게 그런 벌을 주는지 한 번이라도 이야기한 적 있었나요?"

"나를 위해서라고 했어요. 나한테 이상한 병이 있어서 밤늦게 무리해서 공부를 하면 안 된다고. 그런데 내가 말을 듣지 않는다고."

"무슨 병이 있었나요?"

"몰라요. 그냥, 엄마 말이 맞을 거라고 생각했어요. 그래서 약을 열심히 먹었고…."

한준의 호흡이 점점 거칠어지고 있었다.

"어떤 약이었나요?"

주승은 한준에게 질문을 하면서 서서히 오른손을 가운 주머니에 넣었다. 그리고 주머니에서 꺼낸 주사기를 차트 위에 살며시 올려놓았다.

"모르겠어요, 정말로."

한준이 불안한 어린아이처럼 세차게 도리질을 했다. 주승은 한준이 깨지 않도록 조심하면서 방 안에 구비된 의료용 장갑을 꼈다.

"얼마나 오래 감금되어 있었나요?"

한준은 잠시 말이 없었다. 그러다가 이내 쉰 듯한 목소리로 대답했다.

"갇혀 있는 시간은 길지 않았어요. 한 시간 정도… 하지만 내겐 영원처럼 긴 시간이었어요. 꺼내 달라고 소리쳐도 소용없었어요. 음악을 크게 틀어 버렸기 때문에…."

주승은 느린 동작으로 스테레오 손잡이에 칭칭 감긴 전선을 풀고 벽에 부착된 콘센트에 코드를 끼웠다.

"음악이라면… 이런 음악 말인가요?"

주승의 손가락이 재생버튼을 누르자 우렁찬 협주곡이 터져 나왔다. 한준은 반사적으로 몸을 떨었다.

주삿바늘에 씌워져 있던 보호캡이 바닥으로 떨어졌다. 주사기가 한준의 허벅지를 향해 다가갔다. 바늘이 한준의 단단한 근육에 내리꽂히자 한준이 둔탁한 비명을 지르며 눈을 떴다. 한준은 주승의 멱살을 잡아 바닥에 힘껏 내동댕이쳤다. 주승이 문에 부딪히며 떨어지는 바람에 최면실 문이 열렸다. 미처 빼내지 못한 주사기가 아직도 한준의 허벅지에 대롱대롱 매달려 있었다. 바닥에 넘어진 주승은 기를 쓰고 몸을 일으켜 주사기에 남은 약물을 한준에게 마저 주입하려 했다. 주승의 의도를 눈치챈 한준이 다리에 꽂혀 있는 주사기를 빼서 바닥에 던져 버렸다.

"안 돼! 약이 절반밖에 안 들어갔단 말이야!"

"미친 새끼!"

한준은 짐승이 포효하듯 소리를 지르며 주승 위로 덮치듯 몸을 던졌다. 둘은 엎치락뒤치락 하며 서로의 목을 조르다가, 어느새 최면실에서 빠져나가 검사실 바닥을 뒹굴고 있었다. 협주곡은 넓은 영역의 음계를 넘나드는 화려한 피아노의 질주로 여전히 치닫고 있었다. 둘은 시뻘개진 얼굴로 짐승처럼 뒤엉켜 굴렀다.

마침내 한준이 주승 위에 올라탔다. 주승이 필사적으로 버둥거리자, 한준은 두 다리로 주승의 팔을 단단히 눌렀다.

"너… 정탐꾼 맞지?"

한준은 떨리는 목소리로 주승의 얼굴에 가까이 대고 소리를 질렀다.

"하하! 네가 살아 있어서 기뻐! 널 다시 보게 되면 꼭 해 주고 싶은 말이 있었어. 하지만 그 전에 넌… 좀 맞아야겠어!"

한준은 주승의 안경을 벗기고 얼굴을 향해 주먹을 내리쳤다. 주승은 맞으면서도 이를 악물고 한준을 노려보았고 이것이 한준을 더 자극했다. 반쯤 정신 나간 채 휘두르던 한준의 주먹이 갑자기 허공에서 동작을 멈췄다. 한준의 몸이 기둥처럼 빳빳하게 경직되더니, 이내 쿵 소리를 내며 바닥에 쓰러졌다.

주승은 자신을 압박하던 한준이 쓰러지자 서둘러 몸을 일으켰다. 바닥을 더듬어 간신히 안경을 찾아 쓰고는, 입안에 머금고 있던 핏물을 거칠게 뱉어 냈다. 주승은 한준이 던져 버린 주사기를 찾아 두리번거렸다. 주사기는 최면실 의자 밑으로 굴러가 있었다. 그는 힘겹게 의자 밑으로 기어들어 가 주사기를 잡은 뒤, 시린지에 남은 약물을 한준의 허벅지에 마저 주입하고 멀리 구석으로 던져 버렸다. 주승은 가쁜 숨을 진정시키며 쓰러지듯 벽에 등을 기댔다.

거칠게 몰아치던 협주곡이 절정을 끝내고 차츰 잦아들었다. 태풍이 휩쓸고 지나가 휑뎅그렁한 마당에 우수수 떨어진 낙엽이 굴러가듯, 허망한 피아노 선율이 느린 속도로 바닥을 훑었다. 한준은 사냥꾼이 쏜 마취제를 맞고 쓰러진 짐승처럼 맥없이 늘어진 채였다. 주승은 얼굴에 흐르는 땀과 피를 소매로 닦으며 히죽히죽 웃었다.

"오랜만이야, 형."

주승은 바닥에 널브러진 한준을 질질 끌어 최면실 안으로 옮겼다. 축 늘어진 한준의 몸은 쇳덩이처럼 무거웠다. 주승은 사력을 다해 한준을 들어 올린 후, 최면 의자 위에 내동댕이쳤다.

"내가 이 순간을 얼마나 기다려 왔는지 모를 거야."

주승이 굶주린 늑대처럼 눈동자를 빛내며 차트에 무언가를 기입하는 동안, 한준의 손가락이 조금씩 움직이기 시작했다. 의식이 조금씩 돌아오고 있었다. 이 약물은 원래 10분 정도 근육을 마비시키고 의식을 잃게 만드는 것으로서, 한준이 지금쯤 깨어나는 것은 주승이 의도한 바였다.

"그래 그래… 얼른 깨어나라구. 두 번째 세션을 시작해야지. 의식이 없는 상태에서는 최면이 불가능하거든."

게슴츠레 뜬 한준의 눈에 주승의 형체가 희미하게 보였다.

"김영준… 역시 너였어. 첫날부터 네 걸음걸이를 보고 뭔가 이상하다고 생각했거든."

"김한준 씨. 다시 예전으로 돌아갑니다."

주승은 한준의 말에 아랑곳없이 바로 최면 치료로 돌아가고 있었다.

"난 널 죽인 게 아니었어. 난 널…."

한준은 더 크게 말하고 싶었지만, 마취가 덜 풀린 것처럼 목이 꽉 잠겼다.

"김한준 씨, 이번에는 먼 옛날이 아니라, 가까운 과거입니다. 8개월 전으로 돌아가 보죠."

"그동안 왜 날 보고도 모른 척했지? 아니, 그보다 이름은 왜 바꾼 거야?"

"김한준 씨, 최면에 집중해 주세요! 시간이 없습니다."

주승의 목소리는 단호했다.

"8개월 전, 당신은 어디서 무얼 하고 있었죠?"

한준은 정신이 가물가물한 가운데, 어느새 8개월 전을 떠올리고 있었다.

"희우…."

한준은 희우의 이름을 부르며 입술을 달싹였다.

"좋습니다. 당신은 그 무렵 그녀를 처음 만나 푹 빠져 있었죠."

도대체 뭐라는 거야. 한준이 눈을 가늘게 떴다. 처음 만난 날이라고는 말 안 했는데. 주승은 이미 아는 것처럼 이야기하고 있었다.

그러고 보니 맨 처음 한준이 병원에 실려 왔을 때, 주승이 희우의 서명이 적힌 동의서를 내밀면서 이런 꼴로 프러포즈를 할 수 있겠냐고 비아냥대던 것이 생각났다. 프러포즈를 하려던 건 어떻게 알았을까?

"8개월 전 그날, 당신이 희우 씨를 만난 게 정말로 우연이었을까요?"

주승의 뜬금없는 질문을 들은 한준은 퍼뜩 정신이 들었다.

'이건 최면 치료가 아니다. 그냥 최면이다. 내게 이상한 생각을 주입시키려는 게 분명해.'

주승은 한준이 마음속에 묻어둔 이야기를 꺼내도록 유도하는 게 아니었다. 한준의 생각을 자신이 원하는 방향으로 교묘하게 이끌고 있었다.

'정신 차리자! 놈은 치료자가 아니라 정탐꾼이다. 놈은 내가

생각하는 것보다 더 오래전부터 나를 지켜보고 있었던 거다.'

한준이 얕은 의식의 바닷속에서 헤엄치며 가라앉지 않으려고 기를 쓰는 동안 주승은 아랑곳없이 세션을 진행했다.

"몇 번의 만남으로 급격히 친해지고 당신은 그녀에게 걷잡을 수 없이 빨려 들어갔지. 서로 사랑하는 사이가 되었는데도 당신은 그 여자에 대해서 아는 게 너무 없어. 그렇지 않나?"

어느새 주승의 말투는 반말로 바뀌어 있었다.

"잘 생각해 봐. 당신은 그녀의 가족을 만나 본 적이 있나? 갑작스러운 이별 통보는 어떻고? 모든 게 좀 이상하지 않나?"

한준의 머릿속에서 희우와 보낸 시간들이 파노라마처럼 펼쳐졌다. 사춘기 소년처럼 마냥 설레고 행복했던 날들. 강아지풀처럼 보들보들한 그녀의 머리카락. 솟구치는 분수대 물줄기처럼 청량한 웃음소리. 그녀의 거침없는 태도가 좋았고, 작은 손에 들린 커다란 붓이 좋았고, 목덜미에서 나는 물감 냄새가 좋았다. 그녀의 가족이나 살아온 이야기는 자세히는 아니어도 들은 적이 있었고, 또 모르는 부분이 있다 해도 그런 것은 중요하지 않다고 생각해 왔다.

'하지만, 녀석의 말에 동의하지 않는다면 난 대체 왜 지금 희우와의 지난날을 더듬고 있나.'

어느새 한준의 마음은 희우의 말과 행동 중 조금이라도 이상했던 점이 있었나 헤아리고 있었다. 봄날처럼 따스하고 순수했던 날들에 의심이 도사리기 시작했다. 의심의 방향은 희우가 아니라 그 의심을 뿌린 사람에게 향했어야 하는 걸 알면서도.

"이게 네가 원하는 건가? 내게 혼란을 주는 것!"

한준의 외침에 주승이 제법이라는 듯 회심의 미소를 지었다.

"사람의 뇌는 참 묘해."

주승은 의기양양하고 느긋한 목소리로 뽐내듯 말했다.

"자극하기 위해 던진 말일 뿐이란 걸 알면서도, 그 말의 진위 여부를 따져 보게 되거든. 자기도 모르는 새에 신뢰의 벽은 이미 허물어지기 시작한 거야."

"지금 나한테 뭘 하려는 거야…."

한준은 꽉 잠긴 성대 사이로 겨우 소리를 냈다.

"내가 하려는 일은 말이야. 너의 무의식에 불행의 씨를 심는 일이야. 의심 한마디를 툭 던져 주기만 하면 듣는 사람의 마음에 씨앗이 심기거든. 누가 시키지 않아도 스스로 씨에 물을 주고 거대한 나무로 키워 내어 마침내 불신과 공포라는 열매를 얻게 돼. 애초에 그 검은 씨앗을 심고 간 사람이 누구인지는 생각조차 하지 않지."

"…."

"기억도 이런 식으로 얼마든지 조종 가능해. 기억을 불러낼 때 작은 의심의 말과 함께 아까 내가 주사한 약까지 동시에 넣어 주면, 효과는 치명적이지. 그 약이 바로 사람의 생각과 기억을 사로잡는 데 아주 결정적인 역할을 하는 촉매제거든. 철옹성 같던 믿음도 사랑도 곧 무너지게 되어 있다고."

"넌 날 조종할 수 없어… 어떤 짓을 해도."

"훗, 그래? 자기를 과신하는군. 그렇다면 왜 조금 전에 그 여자와의 시간을 더듬으며 실마리를 찾으려고 했지? 잠깐이라도 의심을 품었던 거 아닌가?"

한준의 얼굴이 치욕으로 일그러졌다. 찰나였지만 주승이 시키는 대로 희우에게 의심을 품었던 자신이 한심스러웠다.

"네가 원하는 게 내 마음을 가지고 노는 거라고? 이런 최면술 같은 비겁한 방법을 사용해서 말이지…."

"이게 지금 장난인 줄 아나? 이건 뜬구름 잡는 심리 요법 같은 게 아니야. 물리적인 생체 실험이라고! 넌 몰랐겠지만, 입원하면서 네 머리에 바이러스를 주입했어. 아아, 걱정 말라고. 바이러스에서 병원성을 일으키는 유전자는 제거하고 세포 안으로 파고드는 침투 유전자만 남긴 거니까. 푸른 빛을 지닌 형광 단백질이지. 녹조류에서 흔히 볼 수 있는 성분을 추출한 거야."

거침없이 설명하는 주승의 두 눈이 번뜩였다.

"바이러스에 형광 단백질을 연결시켜 만들어진 복합체는 신경 세포 안으로 침투해서 세포들을 자극시키지. 자극된 세포들은 '기억을 생성하는 세포 집단'에 들어가려고 치열한 경쟁을 벌이게 되고, 극도의 흥분 상태에 빠지는 거야. 바로 이때, 네가 하는 모든 생각은 너의 기억으로 영원히 뇌에 각인되는 거라고. 봉랍에 눌러 찍은 도장처럼 말이야.

그래서 최면 상태에서 본 것들이 너에게 다시는 잊을 수 없는 기억으로 각인된 거야. 세션이 끝나고 컴컴한 방으로 돌아가면 넌 안도감을 느끼게 되고 오히려 그걸 보상이라 여기게 되지. 그래서 넌 영원히 어둠 속에 갇혀 있는 상태를 갈망하게 돼. 왜? 환한 곳으로 나가 과거의 기억과 대면하는 건 너무 괴로우니까!"

한준은 얼이 빠져서 주승을 바라보았다. 실험 내용도 충격적이지만, 신나서 설명하는 그의 모습이 너무 경악스러웠다.

"말하자면 뇌에 기억의 흔적을 아로새기는 작업이지. 이런 식으로 가까운 시간대에 일어난 사건들에 대한 기억을 통합할 수 있고, 반대로 먼 시간대에 발생한 사건들에 대한 기억을 분리할수도 있어. 전혀 관련 없는 두 개의 기억도, 연결망 시냅스를강화시키면 둘이 연관된 것처럼 착각시킬 수 있거든. 어때, 엄청나지?"

"그래서… 그 대단한 과학을 사람 괴롭히는 일에 사용한단 말이지? 혼자 하는 실험은 아닐 텐데. 다들 알고는 있나? 네가이런 식으로 누군가를 희생시켜서 연구를 하고 있다는 걸?"

한준은 의자에서 몸을 일으키려 했지만 여전히 다리에 감각이 없었다.

"자자, 무리하지 말라고. 정신은 반쯤 깨어 있으되 몸은 무거울 테니까."

주승은 한준의 움직임을 보고 차트에 무언가를 기록했다.

"네가 진짜로 원하는 게 뭐야?"

한준이 쉰 목소리로 물었다.

"내가 원하는 건… 너의 과거와 현재가 모두 등을 돌리게 하는 거야. 널 과거의 기억 속에 가둘 뿐만 아니라, 너로 하여금 현재를 의심하게 만드는 거지. 연인까지도 말이야. 너를 둘러싼 세상은 결코 안전하지 않으며, 그 누구도 믿을 수 없다는 생각을 심어 줄 거야. 넌 영원히 외로움과 공포라는 감옥에 갇혀 있게 될 거야. 네가 영원히 어둠 속에 갇혀 사회에서 고립되는 것, 난 그걸 원해!"

엄청난 저주의 말을 들은 한준은 잠시 동안 어안이 벙벙해서 말을 잇지 못했다.

"그래. 이제야 좀 솔직해지는군. 늘 뒤에 숨어서 비겁하게 정탐만 하더니 말이야."

"난 더 이상 정탐꾼이 아니야. 이젠 숨어서 널 지켜보지 않아. 송두리째 널 지배할 거야. 넌 환자고 난 의사니까! 이제 나에겐 그럴 힘이 있으니까!"

"이젠 네가 누구든 상관없어. 넌 그냥 미친놈이야…."

한준은 숨을 몰아쉬며 주승을 노려보았다.

"어두운 창고에서 내가 구둣발에 짓밟힐 때 넌 늘 구경만 하고 있었지. 내가 정신이 몽롱해질 때까지 맞고 있는데도 넌 엄마를 말리기는커녕 내가 읊조리는 주문이나 따라 외우고 있었던 거야. 말해 봐! 내가 괴로워하는 걸 지켜보는 게 그렇게 즐거웠나?"

"내가 그 문자를 보낸 게 벌써 언제더라? 진즉 힌트를 주었는데도 이제서야 날 알아보다니. 이것 참 서운한걸?"

"네 뜻대로는 안 될 거야. 넌 날 어쩌지 못해!"

꼼짝 못하고 의자에서 소리치는 한준을 보고 주승이 재미있다는 듯 깔깔거리며 웃기 시작했다.

"상황 파악을 못 하시는군. 김한준 씨, 넌 이미 나에게 실험 당했어. 물론 여태까지 한 실험은 진짜 실험을 위한 초석에 불과하지만 말이야. 넌 세계 최초의 인간 실험체가 된 거야. 소심한 과학자들은 고작 생쥐한테 실험했지만, 난 사람한테 실험한 거라고! 내 덕에 유용하게 쓰임 받는 줄이나 알아."

"난 네가 어쩌지 않아도 이미 고통받고 있어. 내 꼴을 보라고! 대체 내가 너에게 뭘 어쨌길래 나한테 이러는 거지?"

순간 주승의 웃음이 뚝 그치고 얼굴에 노기가 서렸다. 주승은 한준에게 성큼 다가가서 한준의 멱살을 잡았다.

"뭘 잘못했는지도 모르는 게 너의 죄야! 넌 항상 그랬어. 세상에서 가장 순진한 얼굴을 하고 말이야. 그래서 난 네 끔찍한 기억을 반복해서 되살리고 널 악몽 속에 가둔 거야. 갇혀 있는 것 외엔 아무것도 할 수 없는 불구자로 만든 거라고!"

상체는 비교적 마비되지 않았으므로 한준은 주승이 잡은 멱살을 뿌리쳤다.

"미친놈… 내가 너에게 잘못한 게 있다면 낱낱이 얘기해 봐!"

한준의 성토에 주승의 얼굴이 달아올랐다.

"너의 존재 자체가 잘못이야! 네가 아빠 손에 이끌려 우리 집으로 온 순간부터 우리 집에 불행이 시작됐어. 그 저주받은 날부터 단 하루도 행복했던 적이 없다고! 엄마는 매일같이 술을 마셨고, 아빠는 점점 더 집에 안 들어왔고, 너 때문에 학교에 가는 것조차 끔찍했지. 그런데도 사람들은 늘 너만 쳐다봤어. 네가 내 몫의 사랑과 관심까지 다 빼앗아 갔다고!"

내가 사람들에게 사랑을 받았다고?

"넌 뭔가 오해하고 있어. 넌 줄곧 엄마의 사랑과 보살핌을 받으며 자랐지만, 난 언제나 외톨이였다고. 내가 한 번이라도 가족으로 대접받은 적이 있나? 내가 그렇게 고통받고 있었는데 아무도 날 구해 주지 않았어. 창고 문을 한 번 열어 주거나, 나를 위해 변명해 주는 사람 한 명 없었어! 나야말로 한 지붕 아래 살면서 철저하게 버림받은 신세였다고."

"그래서 엄마를 죽였나?"

주승의 말에 한준이 잠시 입을 다물었다.

"난… 아무도 죽이지 않았어."

"형사들이 그러더군. 누군가 밤새 가스를 틀어 놓았다고. 엄마는 새벽에 만취한 상태였고 넌 우리 가족이 질식사하기를 바랐겠지."

"그건 사고였어!"

"나한텐 엄마밖에 없었어. 넌 늘 주변 사람들에게 총애를 받았지만 나를 인간 대접해 준 사람은 엄마밖에 없었어. 엄만 매

198

사 서툰 나 때문에 힘들어했지만, 그래도 나에게 최선을 다했어. 그런데 네가 그런 엄마를 나한테서 영원히 빼앗아 갔어! 모든 걸 다 가진 네가!"

"그래서 복수라도 하겠다는 건가?"

"네가 우리 집을 풍비박산 낸 뒤 난 보육원으로 보내졌어. 거기서도 인간 취급을 받지 못했지. 기형적인 외모와 걸음걸이 때문에 놀림만 받았고, 건강도 좋지 않아서 몇 번이나 죽을 고비를 넘기고 간신히 살아났어. 원장은 차라리 내가 죽기를 바랐을 거야. 하지만 난 삶을 쉽게 포기할 수 없었어. 너를 찾아야 했으니까! 죽기살기로 공부해서 검정고시를 마치고 그 지옥 같은 곳에서 나왔지. 모든 걸 단념하고도 싶었지만, 널 다시 만나야 한다는 생각에 이날까지 버티며 살아왔어.

마침내 널 우연히 길에서 마주쳤을 때, 넌 날 알아보지도 못했어. 애인에게 푹 빠져 있더군. 줄곧 뒤를 밟았는데도 눈치채지 못했어. 얼마 뒤, 네가 탄 엘리베이터가 추락했을 때까지만 해도 난 무얼 어찌해야 할지 몰랐어. 그런데 문이 열리면서 실신하는 널 보고 깨달았지. 이건 하늘이 준 기회다! 서둘러 내가 근무하는 병원의 앰뷸런스를 불렀고 넌 자연스럽게 이 병원으로 와 준 거야. 나의 전문 분야인 공포증까지 얻어서 제 발로 들어온 셈이지. 이제 알겠나, 행운의 여신이 완벽하게 내 편이라는 걸?"

"그럴듯한 이야기군. 날 미행한 건 괜찮지만, 우리를 미행한 건 용서할 수 없어. 너의 미친 복수극에 희우를 포함시키지 말라고."

"닥쳐! 네 머릿속엔 그저 그 여자뿐인 거야? 한 가정을 몰살시켜 놓고 태평하게 사랑 타령이라니. 네 부모와 하는 짓이 똑같군. 내친김에 네 부모가 어떤 사람들이었는지 말해 줄까?"

이건 또 무슨…. 한준의 머리가 핑핑 돌며 어지러워지기 시작했다. 내게 다른 부모가 있다고? 여태껏 기억해 낸 게 다가 아니라고?

"네 부모는 세상에서 가장 무책임하고 무능한 인간들이었어. 제멋대로 돈을 쓰고 미친 듯 허랑방탕하게 살다가 궁지에 몰리니까 자살해 버렸지. 달랑 편지 한 장 남기고 말이야."

주승이 봇물 터지듯 한을 쏟아 냈다.

"도대체 무슨 말을 꾸며대는 거야!"

"처음 듣는 얘기인 척하지 마! 다 알고 있었으면서. 또다시 버려질까 봐, 우리 집에서 온갖 수모를 참고 견딘 거 아냐?"

"그만! 그만해…."

한준의 눈꺼풀이 무게추를 매단 듯 아래로 떨어졌다. 세 번째로 주입한 수면제가 뒤늦게 효력을 발휘하는 중이었다. 한준은 누군가 뒷목을 잡아당기는 듯한 뻐근함을 느끼며 깊은 무의식의 세계로 빠져들었다.

"이제 한숨 푹 주무시지. 눈을 떴을 땐 많은 게 달라져 있을 거야."

주승은 시계를 보았다. 생각보다 많은 시간이 지체되었다. 복도로 나가기 전에 흐트러진 매무새를 가다듬어야 했다. 핏물이 고인 눈, 잔뜩 부어터진 입술과 헝클어진 머리카락 때문에 주승의 꼴은 말이 아니었다. 하얀 가운을 물들인 붉은 얼룩이 보이지 않도록 소매를 여러 번 접어 올렸다.

주승은 축 늘어진 한준을 휠체어에 옮겨 실었다. 잠에 취한 한준의 고개가 뒤로 꺾어지듯 쳐졌지만 신경 쓸 겨를이 없었다. 바닥에 떨어진 고글을 찾아 한준의 얼굴에 씌운 뒤, 휠체어를 힘차게 복도로 밀고 나갔다.

사람들이 둘의 모습을 힐끔거렸다. 한준은 짐짝처럼 아무렇게나 실려 있고 주승은 무언가에 쫓기듯 정신 나간 얼굴로 휠체어를 조심성 없이 밀었다. 좌측 우측으로 회전을 할 때마다 한준의 몸이 마구 흔들렸다. 복도에서 만난 몇몇 간호사들이 깜짝 놀라며 참견했지만, 주승은 넘어지면서 약간의 소동이 있었고 환자는 잠들었을 뿐이라며 그들을 물리쳤다.

격리 병동에 무사히 도착한 주승은 한준을 거칠게 침대 위로 던지고 빈 휠체어 위에 털썩 주저앉았다. 긴장이 풀리면서 온몸이 욱신거려 도저히 걸을 수 있을 것 같지 않았다. 숨을 고르며 쉬고 있는데, 주승의 호출기가 울렸다. 의국에서 열리는 회의에 참석하라는 긴급 호출이었다. 주승은 인상을 찡그렸다. 오전 일찍 불참한다는 답장을 이미 보낸 터였다.

"회의는 자기들끼리 오순도순하라지."

주승은 마디마디 관절에 통증을 느끼며 몸을 억지로 일으켰다. 검사실과 최면실에 흔적이라도 흘리고 나왔는지 다시 가서 확인할 참이었다. 빈 휠체어를 이끌고 병실에서 나오는 순간, 문 앞에 떡 버티고 있는 누군가와 마주쳤다. 송화였다.

"잠깐 나 좀 봐요."

주승은 예상치 못한 송화의 등장에 당황했다. 송화가 주승 앞에서 이렇게 화난 모습을 보인 건 처음이었다. 하지만 그는 마음이 급했다. 벌여 놓은 일을 빨리 마무리 지어야 했다.

"얘긴 나중에 하지. 지금 좀 바빠서."

지나가려는 주승을 송화가 가로막았다.

"여기서 소리칠까요? 당신이 최면실에서 한 짓을 내가 봤다고?"

주승의 표정이 굳어졌다. 하마터면 어디서부터 봤냐고 다그쳐 물을 뻔했다.

"뭘 봤는지 모르겠지만 잊어버려. 조금 강도 높은 최면 치료를 한 것뿐이야."

"환자와 몸싸움을 하는 것도 치료의 일환인가 보죠?"

주위를 의식한 주승은 송화의 손목을 잡아 끌고 비상계단으로 들어갔다.

"미쳤어? 여기서 소란 피우지 마. 환자가 공황상태에 빠져서 정신을 못 차리길래 말리려다 이렇게 된 거라고."

송화가 주승에게 잡힌 손목을 뿌리쳤다.

"어제 권 선생님이 원장실에서 나오는 걸 봤어요. 뭔가를 일러바친 게 분명해요. 지금 이러고 있을 때가 아니에요!"

주승은 더 이상 듣고 싶지 않다는 듯 등을 돌렸지만, 송화가 그의 어깨를 잡았다.

"지금 당신 꼴이 어떤지 알기나 해요? 아까 난투극을 보고도 구설에 휘말릴까 봐 도움을 요청하지도 못했다고요. 무슨 사연인지는 모르겠지만, 이쯤에서 그만둬요!"

"아무것도 모르면서 나한테 이래라저래라 하지 마! 내가 이제 와서 그만두자고 여기까지 온 줄 알아? 이건 송두리째 빼앗긴 내 인생을 되찾는 일이야. 억울하게 죽은 내 부모의 한을 풀어 주는 일이라고! 두고 봐, 내 손으로 잘못된 걸 바로잡을 테니까."

"바로잡는 게 꼭 이런 식이어야 해요? 그 환자가 정말 잘못한 게 있다면 법으로 해결하면 되잖아요."

송화는 거의 울음을 터뜨릴 지경이었다.

"주승 씨, 제발 내 말 좀 들어요. 의사가 환자에게 개인적인 원한으로 이러는 건 구속감이에요. 게다가 이젠 당신만의 비밀도 아니에요. 권 선생님이 알고, 내가 알고, 원장님도 알아 버렸어요."

"능구렁이 같은 원장은 자기한테 아부만 좀 떨면 넘어가는, 의리도 없는 위인이야. 입맛대로 사람 갈아치우고 이득이나 취하겠지. 난 지금 중대한 기로에 서 있⋯"

주승의 호출기가 요란하게 울려댔다.

"강력한 수면제를 놨으니까 한동안은 조용할 거야. 간호사들더러 오늘 김한준 환자 방에 들어가지 말라고 해."

주승은 서둘러 나가 버렸다. 망연자실한 송화의 얼굴에 눈물이 흘렀다.

4
—
조력자

정신건강의학과 의료진이 저마다 볼멘소리를 하며 의국에 모여 있었다.

"김 선생은 아직이야? 자기 환자 때문에 소집된 회의인데 늦으면 어떻게 해?"

"말도 마. 난 백만 년 만에 오후 진료 캔슬돼서 일찍 퇴근하려고 했는데 여기 붙잡혀 왔잖아. 뜬금없이 예정에 없던 회의는 왜 한다고 야단인지."

문이 열리고 최 원장이 들어오자, 툴툴대던 의료진이 일동 기립했다.

"갑자기 모이라고 해서 미안하네. 다들 시간 없을 테니 간단히 이야기하겠네."

최 원장은 자리에 앉지도 않고 문가에 서서 바로 본론을 꺼냈다.

"햇빛공포증을 앓고 있는 김한준 환자 말인데, 아무래도 김 과장이 맡기에는 무리인 것 같으니 자네들 중 하나가 맡기로 하지."

"예?"

모두의 얼굴에 당황스러운 빛이 스쳤다.

"계획이 있다고 큰소리치던데, 이제 와서 갑자기 손 떼겠답니까?"

"김 과장은 아직 모르네. 이건 내 결정일세. 그 환자에게 많은 시간을 할애하는데도 상태는 악화되고 있고, 치료 과정을 비공개로 하는 태도도 그렇고. 병원 입장에서 걸리는 게 많아."

최 원장의 말에 다들 마지못해 고개를 끄덕였다.

"그러면 김 과장더러 빨리 오라고 호출하겠습니다."

"그럴 필요 없네. 우리끼리 정하고 내가 통보하겠네."

의료진은 의아한 시선을 주고받았다. 모두들 최 원장의 속셈이 궁금했지만, 미운털이 제대로 박힌 주승을 이번 기회에 혼내주고 차츰 권한을 빼앗으려는 것 같다고 짐작할 뿐이었다.

"환자에 대한 세부 사항은 권 선생에게 듣도록 하게. 그동안 환자를 상담해 왔으니."

최 원장의 말이 끝나자, 소영은 밤새 정리한 인쇄물을 꺼내 의료진에게 나누어 주었다. 다들 마뜩잖은 얼굴로 인쇄물을 받아 들고 성의 없이 페이지를 휙휙 넘겼다.

"그럼 난 이만 가 보겠네. 권 선생하고 잘 협조해서 알아서들 하게나."

최 원장이 마지막 당부를 마치고 자리에서 일어나자, 의료진도 꾸물대며 일동 기립했다. 회의실에서 나가려던 최 원장은 마침 문 앞에 서 있던 주승과 부딪힐 뻔했다. 최 원장은 주승의 몰골을 보고 경악을 금치 못했다. 어디서 뒹굴다 온 듯 구겨진 가운, 흐트러진 머리카락, 잔뜩 부르튼 입술.

"자네, 대체 이 꼴이 뭔가?"

기립해 있던 의료진 역시 주승을 보고 놀라 입을 다물지 못했다.

"긴급 호출을 하셨길래 일단 왔습니다만, 금방 돌아가야 합니다."

"행색이 왜 그런지 묻고 있질 않나?"

"넘어져서 굴렀습니다."

"허허, 나 참. 가지가지 하는군."

주승은 최 원장의 타박을 무시하고 성큼성큼 들어가 빈 의자에 앉았다. 최 원장은 못마땅하다는 듯 혀를 끌끌 차며 주승의 뒷모습을 쏘아보았다.

"김한준 환자는 다른 선생이 맡기로 했네. 잔소리 말고 결정에 따르도록 하게!"

최 원장이 문가에서 마지막 호령을 하고 문을 쾅 닫고 나갔다. 몇 초간 침묵이 흘렀다. 주승이 의료진을 노려보았다.

"대체 이게 무슨 소립니까?"

그러자 다들 약속이라도 한 듯 인쇄물에 고개를 묻었다. 누구도 이 어색한 상황에 주승과 눈을 마주치고 싶지 않았다. 주승은 성큼성큼 소영에게 다가가 손에 들린 인쇄물을 빼앗아 읽었다.

"그러니까, 지금 이 상황이 권 선생 각본이군요. 대체 원장님께 무슨 말을 한 거죠?"

소영은 되도록 주승과의 정면충돌을 피하고 싶었지만, 어렵게 잡은 기회를 다시 물릴 수도 없는 노릇이었다.

"저도 어쩔 수 없었어요."

"어쩔 수 없었다뇨?"

"상담이나 다른 치료를 받을 기회를 김 선생님이 한사코 막으셨기 때문에, 환자는 하루의 대부분을 격리 병동에 방치된 채 보내야 했습니다. 처음부터 진료 과정을 공개했다면 치료의 맥이 끊기지 않았을 것이고, 이렇게까지 할 필요도 없었겠죠."

"난 김한준 환자를 누구에게도 넘길 생각이 없습니다. 아시겠어요?"

강경한 주승의 태도에 소영이 조용히 되물었다.

"환자분 생각은 어떨 것 같으세요? 과연 환자분이 계속 김 선생님께 진료받기를 원할까요?"

말문이 막힌 주승은 대답 대신 소영과 의료진을 번갈아 노려보았다. 어색하고 불편한 침묵을 깨려는 듯 정신과 최태영이 헛기침을 하며 끼어들었다.

"최면 테라피는 어떻게 진행되고 있는 겁니까?"

대답하려는 주승 대신 소영이 선수를 쳤다.

"최면 치료는 학대의 기억을 끄집어내는 데 성공했지만, 한편으로는 환자에게 끔찍한 악몽을 반복해서 되살려 주는 역할을 하고 있습니다. 따라서 이제는 중단해야 할 시기임에도, 김 선생님께서는 최면 치료를 거듭 과하게 밀어붙임으로써 환자에게 불필요한 고통을 초래하고 있습니다."

기가 막히다는 얼굴로 소영을 보고 있던 주승이 마침내 공격을 시작했다.

"권 선생. 권 선생이 내 최면 치료 세션을 한 번이라도 직접 본 적 있습니까? 무슨 근거로 내 치료법의 효율성을 논하는 겁니까?"

"공포증 환자에게 가장 중요한 것은, 되도록 트리거를 피하게 해 주는 것입니다. 하지만 현재 김 선생님의 치료법은 트리거를 남발하고 있지 않나요?"

"지난번 통합 회의에서, 환자를 의도적으로 공포 대상에 노출시켜 면역성을 길러 주자고 주장한 게 누구였죠? 권 선생 아니었습니까?"

"네, 그랬죠. 하지만 탈감작화는 가장 낮은 단계에서부터 점진적으로 시행해야만 해요. 김 선생님은 이 원칙을 무시하고 처음부터 자극적인 불안 요소에 무방비로 노출시키셨죠. 그 결과, 환자가 발작을 일으킬 정도로 격렬한 컨프런트(confront, 공포 상황에의 직면)가 있었고요. 두려워하는 걸 홍수처럼 쏟아부어 견디게 만드는 플러딩(flooding) 요법은 이 환자에게 적합하지 않다고 판단됩니다."

소영도 지지 않고 또박또박 대답했다.

"환자를 불안 요소에 노출시킬 때, 우리의 목적은 오직 한 가지여야 해요. 트라우마 스위치를 끄는 법을 알려 주는 것. 하지만 김 선생님의 치료는 환자를 더 큰 공포로 밀어 넣는 결과만 낳고 말았어요. 이젠 더 이상 효과적이지 않습니다. 김한준 환자는 지금, 공포가 아닌 다독임이 필요합니다."

의료진은 탁구 경기처럼 언쟁을 주고받는 소영과 주승을 번갈아 쳐다보았다. 최태영이 소영이 준 자료를 자세히 들여다보다가 끼어들었다.

"김 선생, 환자가 기억을 되찾았다고 했죠? 해리성 장애에 최면 치료가 효과적이지만, 일단 기억이 회복된 후에는 심리 치료를 시행하는 게 일반적이지 않나요? 어째서 최면 치료 외의 다른 치료를 거부하는 겁니까?"

주승은 피곤하다는 듯 손으로 얼굴을 감쌌다. 마치 내가 이 바보들에게 왜 이걸 설명해야 해, 라는 표정이었다. 소영이 때를 놓치지 않고 최태영에게 설명을 보탰다.

"맞습니다, 최 선생님. 김한준 환자는 기억이 회복된 상태고, 지금 적절한 심리 치료를 받으면 눈에 띄게 호전될 수 있어요."

"김 선생, 원장님까지 나서셨는데 피곤하게 싸우지 말고 그냥 차트 공개하게! 최면 치료는 환자가 괴로워한다니 이제 중단하고, 우리 중 누군가가 약물치료와 상담을 병행하면서 경과를 지켜보면 될 것 아닌가?"

"그래, 그래. 시간도 없는데 다투지 말고, 누가 맡을지 정하자고."

최태영을 비롯한 다른 의사들도 시계를 들여다보며 맞장구를 쳤다. 모두 한마음이 되어 재촉하자, 주승이 이죽거렸다.

"이럴 땐 참 단합이 잘 되시는군요. 단언컨대, 여기 계신 분들의 경력과 실력을 모두 합해도 결코 김한준 환자를 고칠 수 없을 겁니다. 여기서 저보다 그 환자를 잘 아는 사람은 없으니까요."

"그렇게 자신 있는 사람이 왜 원장님한테 찍혀서 이런 회의까지 소집되게 하는 건가? 애초에 이 지경을 만들지 말았어야지."

"저는 저만의 공고한 계획이 있다고 분명히 말씀드렸습니다. 그걸 신뢰하지 못한 건 선생님들이시고요."

"대체 그 계획이라는 게 뭔가? 자세히 좀 말해 보게!"

의료진이 입을 모아 주승을 다그쳤다.

"궁금하신 김에 조금만 더 참으십시오. 계획의 막바지에 거의 도달했으니, 조만간 결과를 알게 되실 겁니다."

주승의 자신만만한 미소를 본 소영의 심장이 철렁 내려앉았다. 느낌이 좋지 않았다.

'내가 한발 늦었다…. 아직 그 계획이 뭔지 파악도 못했는데, 벌써 막바지에 도달했다니. 한준 씨에게 무슨 일이 생긴 게 분명해. 김 선생이 계획의 마지막 단계를 실행하도록 그냥 두어서

는 안 돼.'

소영은 무슨 방법을 써서라도 환자를 주승의 손아귀에서 빼내야 했다.

"계획을 알려 주시지 않는다면, 저희도 김한준 환자를 포기할 수 없어요. 대체 왜 환자를 다른 의료진과 만나지 못하게 차단하시는 거죠?"

"내 계획은 그렇게 단순한 게 아닐뿐더러 누구와 협력할 수 있는 것도 아닙니다."

"아, 글쎄. 그러니까 그 계획이란 게 뭐냐고? 우리도 들어나 봅시다!"

모두들 짜증스러운 말투로 불만을 터뜨렸다. 궁금증으로 몸이 달아 있었다. 주승은 자신에게 집중된 시선들을 향해 입꼬리를 일그러뜨렸다.

"참 재미있군요. 이렇게 관심을 가져 주시고 열성으로 도와주시겠다니. 감동할 지경입니다."

"묻는 말에 대답이나 하게!"

기분이 언짢아진 함규태가 주승을 나무랐다.

"정 원하신다면 제 계획의 일부를 공유해 드리지요. 단, 알려 드리는 조건으로 환자는 사흘이 지난 후에 양보하도록 하겠습니다. 대신, 사흘 동안은 어떤 참견도 사절입니다."

의료진은 머뭇거리며 주승의 제안을 받아들였다. 어차피 이들에게 사흘이라는 시간은 아무런 의미도 없었다.

"안 돼요!"

소영이 자리에서 벌떡 일어났다. 주승에게 시간을 주면 한준에게 무슨 짓을 할지 모른다.

"사흘이라니, 절대 안 됩니다! 다들 잊으셨어요? 방금 원장님이 지시하고 가셨잖아요, 주치의를 당장 바꿔야 한다고!"

소영의 격한 반응에 깜짝 놀란 의료진이 그녀를 저지했다.

"권 선생, 우리가 원장님 지시를 어기자는 것도 아니고, 며칠만 늦추자는 건데 왜 이래?"

"그래, 진정하라고. 어차피 장기 입원 환자인데 사흘 더 빨리 본다고 뭐가 크게 달라지겠어?"

의료진은 주승의 계획이 무엇인지 궁금해서 이제는 소영이 조용히 해 주길 바랐다. 주승은 회심의 미소를 지으며 첫 운을 띄웠다.

"원래는 결과까지 관찰한 뒤에 발표하려고 했습니다만… 세포 내 단백질을 빛으로 제어하는 기술에 대해 들어 보셨습니까?"

의료진은 호기심으로 눈을 빛내며 주승의 말에 귀를 기울였다. 그 누구도 예상치 못한 내용이었다.

"그만두지 못해요? 사흘이라는 시간과 맞바꿀 거라면, 알고 싶지 않아요! 비밀 계획이라면서요. 그냥 쭉 비밀로 하시고, 차라리 우리가 오늘부터 김한준 환자를 치료하도록 해 주세요!"

소영이 다시 한번 주승을 향해 성토했다.

"권 선생. 왜 이래? 김 선생의 계획이 뭔지를 알아야 우리도 환자를 제대로 보살필 거 아냐? 가만히 좀 있어."

의료진은 소영을 타박했다.

"원하는 뇌 신경 세포를 빛으로 활성화시키고, 원하지 않는 뇌 신경 세포를 잠재우는 것. 이것이 제가 하려는 일입니다."

주승은 모두의 시선을 한 몸에 사로잡은 채 강의 투로 설명을 이어 갔다.

"원하지 않는 세포를 잠재운다는 게 무엇이냐··· 원하지 않는 기억을 지운다는 뜻입니다. 세포에 빛을 쬐면, 세포 안에 순간적으로 단백질의 복합체인 올가미가 형성됩니다. 올가미 안에 신경 세포를 가두어 움직이지 못하게 하는 거죠."

"아니··· 자네가 그 올가미 기술을 김한준 환자에게 쓰려고 한단 말인가? 그건 불과 몇 해 전 과학 저널에 발표된 연구 성과가 아닌가?"

함규태가 크게 놀라며 주승에게 반문했다.

"그렇습니다. 채널로돕신을 이용한 광유전학 기술은 뇌에서 일어나는 수많은 신경 세포들의 기능과 새로운 신경 회로를 밝히는 최상의 기술입니다. 물론, 정신 질환으로 퇴화된 신경 세포를 근본적으로 되살리는 데는 한계가 있습니다. 하지만 이번에 국내 연구진에 의해 개발된 광유전학 기술은 신경 세포 활성을 빛으로 직접적으로 유도할 수 있기 때문에, 치매나 우울증, 파킨슨 병도 치유할 수 있게 됩니다. 공포증 또한 마찬가지 맥락에서 치유할 수 있다고 봅니다."

소영의 머리에 번개가 내리쳤다. 자신이 몰래 훔쳐 본 비밀 차트. 마치 생쥐를 대상으로 한 실험처럼 무뚝뚝하고 간략하게 적혀 있던 실험 일지. 그 차트는 결국 한준에 대한 것이었다. 소영의 정신이 아찔해졌다. 사람들이 주승의 감언이설에 넘어가기 전에 그의 정체를 밝혀야 했다.

"잠깐만요. 지금 하고 계신 건 치료가 아니라 실험 아닌가요? 환자가 이 실험에 대해 알고 있기는 한가요? 실험 동의서조차 안 받으신 걸로 아는데요."

소영이 허를 찔렀지만 주승은 이미 답을 준비한 듯 여유롭게 대답했다.

"환자는 이미 동의서에 서명했습니다."

"거짓말!"

격양된 소영이 너무나 크게 소리쳤으므로 회의실 내의 모든 이들이 깜짝 놀라 소영을 쳐다보았다.

"김 선생님, 당신이 김한준 환자를 이용해서 개인적인 목적을 달성하려는 거 알아요."

소영의 목소리가 마구 떨렸다. 그녀는 더 이상 주변의 시선에 신경 쓸 겨를이 없었다.

"개인적인 목적이라뇨?"

주승이 태연자약한 태도로 소영에게 물었다. 소영은 입술을 깨물었다. 주승이 한준에게 개인적인 원한을 가지고 있다는 것을 이 자리에서 밝히고 싶었지만, 심증만 있을 뿐 아직 확실한 물증이 없는 터였다. 그렇다면 환자의 안위보다 자신의 실험 성과에만 열을 올리는 태도를 문제 삼는 것이 최선이었다.

"연구 업적을 세우기 위해서죠. 동의서도 없이 환자를 속여 실험에 이용하고 계시잖아요?"

장내가 술렁거렸다. 주승은 천연덕스럽게 온화한 미소를 띠며 소영에게 반문했다.

"지금 그 말, 책임질 수 있습니까?"

"당연하죠. 증거도 있는걸요."

여기저기서 수군거림이 터져 나왔다.

"어떤 환자도 의사의 야심을 이루기 위해 희생되어서는 안 되니까요."

소영이 주먹을 그러쥐었다.

"여러분! 저는 김주승 선생님을 징계 위원회에 회부할 것을 요청합니다!"

*

소영의 선전 포고에 소란스럽던 장내가 물을 끼얹은 듯 조용해졌다. 의료진의 당혹스러운 시선이 소영에게 모아졌다. 주승은 표피 바깥으로 터져 나올 것 같은 분노를 가까스로 참고 있었다. 저 성가신 여자가 이젠 징계 위원회까지 거론하다니. 심장에서 점화된 불꽃이 혈관을 타고 손가락 끝까지 도달했다. 하지만 주승은 화가 표면으로 솟아오르기 전에 차갑게 식혀 버릴 수 있는 사람이었다. 그에게 있어 분노란 끓는점이라기보다는 빙점에 가까웠다.

"이제 보니… 업적을 세우고 싶은 건 제가 아니라 권 선생인 것 같군요. 원장님께 잘 보이고 싶어요? 아니면, 설마 환자에 대한 연민이 연심으로 바뀌기라도 한 겁니까? 그래서 이 환자에게 집착하는 건가요?"

"화제 돌리지 마세요. 김 선생님은 본인의 연구 실적을 위해 한 명의 환자에게 무리한 실험을 감행하고 있어요. 안전성이 검증되지도 않은 실험을 환자에게 적용하면 윤리에 어긋난다는 사실을 모르시는 건 아니겠죠?"

"대체 무슨 검증이 더 필요하단 말입니까? 세계 최고 권위 학술지에 이미 발표되었고 지금 학계가 떠들썩할 정도로 이에 대해 모르는 의료인이 없습니다. 국내외 팀이 합작하여 진행 중인 프로젝트란 말입니다."

"그건 생쥐에게 하는 실험이잖아요! 저도 조사해 봤어요. 사람에게 적용해도 될 만큼 부작용이 충분히 검증되지도 않은 단계예요. 김 선생님은 처음부터 이 사실을 알고 계셨을 거예요. 당연히 환자에게 동의서를 받아 낼 수도 없었겠죠. 그래서 그 '플랜'을 비밀에 부친 거고, 다른 연구소와의 합작 여부조차 저희에게 알릴 수도 없었겠죠. 어때요, 제 말이 맞죠?"

주승이 위아랫니를 힘주어 다물었다. 소영의 기세는 쉽게 꺾일 것 같지 않았다. 여기서 과민 반응을 하면 소영의 말을 인정하는 꼴이 될 것 같았다. 주승은 올라간 입꼬리를 슬며시 내리고 미간의 힘을 풀었다.

"권 선생. 제가 그동안 권 선생의 협조를 거부한 걸 서운하게 생각하는 건 이해합니다. 권 선생의 열정을 모르는 바 아니고요. 아무리 그래도 이건 억지가 심하네요. 공포증으로 고통받는 환자를 위해 밤낮없이 고민하고 연구한 것도 징계감이 됩니까? 설마 제가 아무런 과학적 근거도 없이 위험한 실험을 밀어붙일까요?"

어떻게 이렇게 다시 차분해질 수 있지. 소영의 팔에 소름이 돋았다. 주승이 태연하게 말을 이었다.

"기본적으로 모든 의학적 행위는 실험입니다. 우리가 환자에게 새로운 약을 처방할 때도, 그 약이 환자에게 맞을지 모르고 주는 것 아닙니까? 그 정도의 리스크는 병원에서 매일 감수되는 것들입니다. 세상에 완벽한 검증이란 없습니다. 완벽에 가깝기 위해 노력할 뿐이죠. 또한, 검증되었다고 해서 모든 환자에게 효과가 있으란 법도 없습니다."

소영의 말문이 막혔다. 주승이 임기응변으로 둘러댄 말이겠지만 틀린 부분은 없었다. 진심이 아니라는 게 문제일 뿐. 영문을 모르는 이들은 침을 삼키며 줄곧 이 흥미로운 상황을 지켜보고 있었다.

"모든 약이나 치료법에는 나름의 부작용이 뒤따릅니다. 약을 통해 얻는 긍정적인 효과가 부작용보다 클 때, 그 방법을 채택하는 거지요. 저는 이 방법이 김한준 환자를 위한 최선이라고 판단했습니다. 시기상조라 모두에게 알리지는 않았지만, 언젠가는 우리 병원에서도 이 치료법을 사용할 날이 올 겁니다."

소영이 어떤 말을 해도 주승은 영리하게 빠져나갈 것 같았다. 소영에게는 물증이 필요했다. 주승이 계획을 스스로 공개해 버린 이상, 비장의 카드로 가지고 있던 비밀 차트 사진 따위로는 더 이상 무엇도 증명할 수 없다.

때마침 누군가의 휴대폰이 울렸다. 긴급 호출이었다. 비로소 정신이 돌아온 의료진은 생각보다 시간이 지체되었음을 깨닫고 하나둘 회의실을 빠져나갔다. 소영도 이쯤에서 언쟁을 접어야 했다.

'중요한 건 말싸움에서 이기는 게 아니라 증거를 잡는 거야.'

소영이 남은 서류를 챙겨 들고 나가려는데 주승이 그녀를 제지했다.

"권 선생님."

소영은 몸을 휙 돌려 주승을 노려보았다.

"우리 이러지 맙시다. 신성한 병원에서 환자를 놓고 의료인들끼리 쌈박질이나 하면 되겠어요? 우리 다들 바쁜 사람이잖아요. 제발 좀 나한테 맡기고, 이제 곧 크리스마슨데 권 선생도 연애 좀 하고, 응?"

주승은 사뭇 자상한 체 소영의 등까지 툭툭 두들겨 주고는

유유히 방에서 나갔다. 약이 바짝 오른 소영은 주승의 뒤통수를
바라보며 입술을 깨물었다.

"그래. 증거만이 살 길이다. 기다려, 김 선생."

소영은 회의실을 나와 주승의 뒷모습을 주시했다. 주승의 행
보는 필시 증거를 인멸하기 위한 것이리라. 소영은 열 걸음 정
도의 거리를 유지한 채 주승을 뒤쫓았다. 역시 그녀의 예상대로
주승은 매우 조급하게 걸어가고 있었다. 회의실에서의 태연함은
초조함을 숨기기 위한 연기였던 거라고 소영은 확신했다.

"당신이 아무리 천상천하 유아독존이라도, 내 말을 무시할 정
도로 강심장은 아닐 거야. 징계 위원회까지 들먹여 놨으니, 지
금 증거를 인멸하러 가는 길이겠지. 어디 어떤 걸 먼저 없애려
고 하는지 보자고."

아는 사람이 많은 병원에서 누군가를 미행하기란 쉽지 않았
다. 복도에서 소영을 알아보고 말을 걸려는 동료들 때문에, 소
영은 고개를 푹 숙이고 그들의 눈길을 피하면서도 시야에서 주
승을 놓치지 않아야 했다. 긴 복도를 따라 주승의 뒤를 밟던 소
영은 그의 걸음걸이에서 설명할 수 없는 어색함을 느꼈다. 평소
에 늘 꼿꼿하고 거만한 주승이기에 한 번도 그에게 신체적 결
함이 있다는 생각을 해 본 적이 없었다. 하지만 지금, 평소보다
빠른 속도로 서두르는 그의 뒷모습은 어딘지 모르게 기우뚱해
보였다.

주승은 자신의 연구실 안으로 서둘러 들어갔다. 소영은 일단 연구실 맞은편에 위치한 화장실로 들어가 몸을 숨겼다. 잠시 서성이던 그녀에게 묘안이 떠올랐다. 소영은 휴대폰을 꺼냈다.

"선배, 혹시 지금 바빠요?"

"바쁘긴 하다만, 후배님이 커피를 사 주신다면 잠깐 나갈 용의가 있는데. 나 지금 무지 졸리거든."

"커피보다 좋은 거 사 줄게요. 부탁 하나만 들어줘요."

"뭔데?"

"선배에겐 아주 쉬운 인질극이에요. 10분만 누구 좀 붙잡아 줄래요?"

소영이 수미와 통화를 마치자, 곧 연구실 문이 열리고 주승이 나왔다. 그동안 세수를 하고 머리를 빗었는지 모습이 말끔해져 있었다. 주승이 복도 저편으로 사라지자, 소영은 화장실에서 나와 시치미를 떼고 주승의 방문을 노크했다. 대답을 기다리는 척하다가 신속하게 문을 열고 안으로 들어갔다.

책상 위에 맥도웰 연구소의 로고가 찍힌 폴더가 올려져 있었다. 이런 것을 책상 위에 펼쳐 두고 나갈 사람이 아닌데, 마음이 급하긴 했나 보다고 소영은 짐작했다. 폴더 안에는 두꺼운 서류 묶음이 들어 있었다. 깨알 같은 글씨로 수많은 조항들이 적혀 있는 것을 보니 계약 관련 서류인 것 같았다. 계약서를 휘리릭 넘기자 페이지 사이에 끼어 있던 것이 책상 위로 툭 떨어졌다.

'민병욱, 맥도웰 유전공학 연구소 신경회로 연구팀장 및 서울 대학 유전공학과 교수'

소영은 명함을 사진 찍어 두었다. 컴퓨터도 들여다보고 싶어 마우스를 흔들었지만 로그아웃되어 있어 접근이 불가능했다. 소영은 점점 초조해지기 시작했다.

"뭔가 결정적인 증거가 없을까…."

그녀는 책상에 수북이 쌓인 종이 뭉치들을 하나씩 들추었다. 새로 개장했다는 카페의 전단지를 발견한 소영의 눈썹이 한껏 올라갔다.

"이런 데도 가? 취향 의외네."

그 아래에는 젊은 화가들을 인터뷰한 신문 기사 따위를 스크랩해 놓은 폴더가 있었다. '세상의 모든 벽은 나의 캔버스'라는 큼지막한 헤드라인. 그 아래엔 젊은 화가 열 명이 커다란 붓과 페인트 통을 든 채 미소 짓고 있었다.

"후미진 골목에 생기를 불어넣는 거리의 아티스트 열 명을 조명하다…? 김 선생님 취미 참 다양하시네."

소영은 서랍 맨 아래 칸에서 4등분으로 접힌 종이를 발견했다. 별로 중요한 물건 같지 않아서 서랍을 닫으려다가, 빛이 상당히 바랜 것을 보고 호기심이 발동했다. 오래된 편지를 여태 보관하고 있다는 건, 무언가 중요한 내용이 담겼기 때문일 것 같았다.

'부디 우리 한준이를 돌봐 주십시오. 제 마지막 부탁입니다.'

"우리 한준이?"

발신인이 궁금해 서랍을 이리저리 뒤졌지만 봉투를 찾을 수 없었다. 편지지만 덩그러니 보관된 듯했다. 소영은 한숨을 쉬며 휴대폰을 꺼냈다.

"수상한 편지야. 일단 찍어 두자고."

그때, 소영의 휴대폰에서 문자 알림음이 울렸다.

'김 선생 나랑 헤어졌음. 1분 안에 퇴실하라.'

수미가 보낸 문자였다. 소영은 화들짝 놀라 물건들을 제자리에 옮겨 놓고 서둘러 방에서 나왔다. 급하게 나오는 바람에 문앞에서 정면으로 누군가와 부딪히고 말았다. 소영이 제풀에 놀라 소리를 지르자 상대도 얼떨결에 외마디 비명을 질렀다. 아담한 체구에 단발머리를 한 여자가 소영에게 고개를 숙였다.

"죄송합니다."

갑자기 튀어 나가면서 부딪힌 건 소영인데 여자가 먼저 사과를 하자 소영은 순간 당황했다. 그녀의 사과는 너무나 진심이 느껴져서 듣는 사람을 도리어 황송하게 만들었다.

"아녜요. 제가 죄송…"

사과하던 소영은 빨갛게 충혈된 여자의 눈을 보고 말았다. 울고 있었나.

"괜찮으세요?"

"네? 아, 네…."

여자는 손등으로 눈을 훔치고 황급히 걸어갔다. 멀어지는 그녀의 뒷모습을 물끄러미 바라보던 소영은 자신이 아직도 주승의 연구실 앞이라는 것을 문득 깨달았다. 먼발치에서 주승이 다가오고 있었다.

"이런."

소영은 재빨리 고개를 숙이고 맞은편 화장실로 들어갔다. 주승이 연구실 안으로 들어가는 것까지 확인한 소영은 화장실 문가에 기대어 가슴을 쓸어내렸다.

"휴우… 정말 파란만장한 하루네."

"그랬어?"

"엄마, 깜짝이야!"

놀란 소영의 등 뒤엔 어느새 수미가 엉큼한 미소를 짓고 서 있었다.

"후배님 요즘 죄 많이 짓고 사시나 봐. 경기를 다 하고."

"어떻게 벌써 여기 있어요?"

"김 선생이랑 헤어지고 걱정돼서 지름길로 마구 뛰어왔지. 웬 여자랑 부딪히기까지 하고 아주 쇼를 하시던데."

소영은 능글맞게 웃는 수미를 구내 카페로 끌고 가서 자리에 앉힌 뒤, 커피를 내밀었다.

"커피보다 좋은 거 사 준다며."

"이 집에서 제일 비싼 커피예요."

"쳇, 믿은 내가 바보지."

"꼬실 땐 뭔 소리를 못해요."

격의 없는 대화와 농담 받아치기는 둘만의 애정 표현이었다.

"근데 대체 무슨 일이야? 할 말 꾸며 내느라고 혼났어."

"차차 말씀 드릴게요. 오늘 정말 고마웠어요, 선배!"

소영은 수미의 손을 덥석 잡았다.

"그래라. 참고로, 난 랍스터 좋아해."

수미의 노골적인 요구에 소영은 웃음을 터뜨렸다. 둘은 만나기만 하면 다시 학창 시절로 돌아간 듯 장난스럽고 천진해졌다. 둘의 결속력은 누구도 깰 수 없는 단단한 것이었다.

"아 참, 제약 회사 다니는 선배한테서 연락이 왔어."

순간, 소영의 눈이 커졌다.

"그 선배가 뽑은 자료에 의하면, 1991년경에 하얀 마름모꼴 모양으로 출시된 알약이 딱 세 가지래. 하나는 성인용 당뇨약, 하나는 혀 아래 넣어 녹여 먹는 협심증 약이고, 나머지 하나는 여성 호르몬."

"네? 세 가지 다, 열 살 정도의 아동이 먹을 만한 약은 아니네요. 대체…."

"열 살이라고? 환자 때문이라고 하지 않았어?"

"그게, 사연이 좀 복잡해요. 환자의 어머니가, 환자가 열한 살 때 즈음에 병원도 데려가지 않고 이상한 약을 먹으라고 강요했나 봐요. 환자는 그게 무슨 약인지도 모르고 1년 가까이 먹었대요. 물어봐도 가르쳐 주지 않았다고…."

"뭐? 그럼 이게 섭스턴스 어뷰즈(substance Abuse, 약물 학대) 케이스였어?"

수미는 자기도 모르게 소리를 질렀다.

"아, 어쩜 좋니."

수미와 소영은 착잡함으로 동시에 한숨을 쉬었다.

"그러면 아동이 먹을 약이 아니라고 해도 말이 되네. 어차피 애가 진짜로 아파서 치료 목적으로 준 게 아니라면, 아이가 먹어서는 안 될 약을 줬을 가능성이 크잖아. 세 개 중 하나가 맞겠는걸."

소영이 어두운 표정으로 고개를 끄덕였다. 때마침 빨간 망토를 맞춰 입은 어린이들이 악보를 들고 줄지어 지나갔다. 소영과 수미는 신나서 들떠 있는 아이들을 바라보며 쓴웃음을 지었다.

"사흘 후가 크리스마스이브잖아. 꼬맹이들이 로비에서 캐롤을 부를 거래. 원장님이 준비 중이신 '친근한 병원 만들기' 프로젝트의 일환인가 봐."

"어린이들은 저렇게 마냥 행복하고 즐거워야 하는데…."

"그러게 말이다. 세상 참 불공평해."

멀어져 가는 빨간 망토들을 바라보며 두 사람의 가슴이 저릿해졌다.

*

빙글빙글 돈다. 빨강 파랑 노랑 초록 보라.

기다란 원통 안에서 빛이 수십 갈래로 쪼개어진다. 갈라진 빛의 경계선에서 또 다른 빛들이 탄생한다. 빛들은 쪼갬과 복제, 반사와 대칭을 이용하여 끊임없이 새로운 색채와 형상을 만들고 없애기를 반복한다.

한 무늬가 다른 무늬를 먹는다. 서로가 서로를 반사한다. 어느 것이 실상인지 아무도 모른다. 모든 이미지는 서로가 서로를 비춰 보는 반사상일 뿐.

다수의 방향으로 확산된 빛들은, 팔각형의 얼음 결정이 되었다가 꽃밭이 되었다가 은하수가 된다. 다각형의 꼭짓점에서 태어나고 죽는 빛깔들. 하나의 빛 조각은 하나의 기억이다.

기억이 한준을 바라본다.

"당신 지금 어디예요? 아파트 단지에 그 작자들이 모여 있어요. 곧 집으로 들이닥칠 것 같다고요!"

"여보! 내 말 잘 들어. 지금 한준이 데리고 빨리 밖으로 나와. 짐이고 뭐고 챙길 시간 없으니까, 그 인간들이 올라가기 전에 계단으로 내려가서 지하 주차장으로 들어가. 나 지금 호숫가에 있어."

경은은 미친 듯이 흘러내리는 눈물을 소매로 닦으며 어린 아들의 팔을 겨울 재킷 소매에 끼워 넣었다. 옷을 입히는 경은의 손이 심하게 떨렸다.

"엄마, 왜 울어? 우리 어디 가?"

"빨리 입어, 한준아. 지금 나가야 돼."

"그럼 나 동화책 가져갈래."

"시간 없어. 그냥 가자."

경은이 한준의 손에서 동화책을 억지로 떼어 내 바닥에 던져 버렸다.

"안 돼! 저거 아직 다 안 읽었단 말이야!"

"지금 안 나가면 우리 둘 다 죽어! 얼른 따라와!"

경은은 안 가려고 버티는 한준의 팔을 잡아 끌며 소리를 버럭 질렀다. 모자는 아파트 계단을 뛰어 내려가 무사히 지하 주차장으로 들어갔다. 고급 승용차에 시동을 거는 경은의 손이 사시나무처럼 떨리고 있었다. 그녀는 멈추지 않는 눈물을 손등으로 닦아 내며 거칠게 후진을 하고 엑셀을 밟았다.

경은의 승용차가 요란한 소리를 내며 주차장에서 빠져나오자, 검은 양복을 입은 건장한 남자들이 소리를 질렀다.

"저 가시나… 조경은 아이가? 뭐 하노, 퍼뜩 쫓아라!"

도로에 진입한 경은은 미친 듯이 앞차들을 추월하며 사이드 미러를 확인했다. 다행히 검은 양복을 입은 이들을 따돌리는 데 성공한 것 같았다.

고속도로를 달려 도심을 빠져나온 승용차는 마침내 한적한 호숫가에 도착했다. 시동을 끔과 동시에 그녀는 참았던 울음을 터뜨렸다. 두 손은 아직 핸들을 꼭 잡은 채였다.

호숫가에 먼저 와 있던 시윤이 모습을 드러냈다.

"아빠다!"

한준의 말에 고개를 번쩍 든 경은은, 언제 울었냐는 듯 서슬이 퍼런 눈을 하고 차에서 내려 문을 쾅 닫았다. 시윤에게 돌진하여 그를 마구 때리며 소리를 질렀다. 두 사람의 격렬한 말싸움이 이어지는 가운데, 뒷좌석에 남겨진 한준은 깊은 한숨을 쉬며 호숫가 쪽으로 고개를 돌렸다.

물가에 드리운 소나무들은 계절이 무색하도록 푸르고 싱싱했다. 뾰족한 침엽수 잎은 엄동설한에도 끄떡없다는 듯 빳빳이 날을 세우고 있었다. 잔물결을 만들며 조금씩 출렁이는 호수 위로 철새들이 지나갔다. 모든 것이 평화로웠다, 엄마아빠의 고함 소리만 빼면.

시윤은 경은의 어깨를 붙잡고 계속 무언가를 설득하는 듯했고, 경은은 악에 받쳐 소리를 지르다 말고 오열했다. 저러다 엄마 아빠가 헤어지면 어쩌지. 어린 한준은 시무룩한 표정으로 부연 유리창에 손가락으로 그림을 그렸다. 뭔가 불길했다.

한참 후에 새빨개진 눈을 하고 차로 돌아온 경은은, 조수석의 글러브 박스를 열고 종이와 볼펜을 꺼냈다. 그녀는 떨리는 손으로 종이에 무언가를 적고 4등분으로 접은 뒤, 한준의 재킷 주머니에 깊숙이 넣어 주었다.

"이거 잘 가지고 있어."

젖은 목소리였다. 한준은 무서웠다. 엄마가 왜 이러지. 시윤은 멀찍이 떨어진 공중전화 부스 안에서 누군가와 통화를 했다.

통화를 마친 그가 고개를 푹 숙이고 부스 바깥으로 나오자, 경은이 한준을 세게 얼싸안았다. 그녀는 한준을 부여잡고 어린아이처럼 어깨를 들썩이며 울었다. 한준도 같이 울었다. 이유는 몰랐지만 슬펐다. 시윤은 한준에게 다가오지 않았다. 그저 열 걸음쯤 떨어진 곳에서 모자를 지켜보며 울음을 참고 있었다.

한참 동안 한준을 놓지 못하던 경은은, 무언가 결심했다는 듯 울음을 그쳤다. 경은은 한준을 차에서 데리고 나와 옷깃을 여며주었다. 그리고 화장실에 가라고 했다. 한준은 오줌이 마렵지 않다고 했지만, 경은은 단호한 목소리로 어서 가라고 했다. 한준은 내키지 않는 시선으로 엄마가 가리키는 쪽을 보았다. 호수가 내려다보이는 벤치 뒤쪽에 남녀 공용이라고 쓰여진 공중화장실이 있었다.

"나 핫도그 먹고 싶어."

"알았어. 화장실 갔다 오면 사 줄게."

"정말? 그럼 나 코코아도. 너무 추워."

"그래, 다 사 줄게. 얼른 다녀와."

한준은 종종걸음으로 산책로를 따라 벤치 쪽으로 갔다. 가까이서 본 물은 파랗기는커녕 시커메 보였다. 벤치가 있는 산책로는 호수보다 4미터 가량 높았기에 산책로 끝에는 야트막한 난간이 둘러쳐 있었다. 한준은 음울하게 출렁이는 물에 자꾸 눈길이 갔다. 오금이 저렸다.

겨울의 공중화장실은 너무 추웠다. 따뜻한 오줌발에서 김이 피어올랐다. 차 안에 있을 땐 몰랐는데 막상 화장실에 오니 오줌이 생각보다 많이 나왔다. 역시 엄마 말을 듣길 잘했다고 생각하는 순간, 밖에서 시동 거는 소리가 났다. 한준은 황급히 바지춤을 끌어올리고 뛰어나갔다. 한준의 눈앞에서 검은 승용차가 난간을 부수고 시커먼 물속으로 돌진하고 있었다.

*

한준의 눈꺼풀 안에서 안구가 바삐 움직였다. 주승이 강제로 주사한 수면제는 적어도 24시간 한준을 잠재울 것이었지만, 주기적으로 렘수면이 찾아올 때면 가위눌린 것처럼 힘겨운 신음과 함께 몸을 꿈틀대곤 했다. 꿈속에서 한준은 만화경을 들여다보고 있었다. 기하학적 무늬와 거울로 만들어진 원통 안에서 수백 개의 조각들이 돌아간다. 각각의 조각들은 한준이 잊고 있던 이야기를 하나씩 담고 있었다.

하나의 조각이 또 무언가를 기억해 냈다. 한준은 무늬 속으로 빨려 들어갔다.

*

나는 처음 보는 집 대문 앞에 서 있다. 자신을 친척이라고 소개한 남자가 내 손을 이끌며 대문 안으로 들어가자고 한다.

나는 두 다리에 힘을 주며 버틴다. 눈물이 핑 돈다. 그가 한숨을 쉬며 내 눈높이에 맞춰 무릎을 꿇고 앉는다. 남자가 말없이 내 등을 토닥여 주는 동안, 나는 고개를 떨군 채 그가 신고 있는 검은 구두만 바라본다.

나는 한 시간 전에 엄마와 아빠를 잃었다. 내 눈앞에서 그들은 차디찬 물속으로 뛰어들었다. 엄만 내게 거짓말을 했다. 화장실에 다녀오라고 해 놓고, 내가 없는 사이 도망가 버렸다. 이 넓은 세상에 나만 덩그러니 남겨둔 채. 아무리 오랜 세월이 지나도 이 배신감이 사라질 것 같지 않다.

남자가 한숨을 쉬면서 일어난다. 이번에는 어쩔 수 없이 그가 이끄는 대로 대문 안으로 들어간다. 손바닥만 한 마당에 볼품없는 2층 양옥. 엄마 또래의 여자가 현관에 서서 당황스러운 얼굴로 나와 남자를 쳐다본다. 나는 본능적으로 주머니에서 쪽지를 꺼내 내민다. 읽어 보지는 않았지만 왠지 이럴 때 쓰라고 엄마가 넣어 준 것 같다. 쪽지를 펼쳐 본 여자의 얼굴이 석고처럼 굳어진다. 그 창백한 얼굴과 앙다문 입술이 내 가슴에 화석처럼 새겨진다.

*

진료를 마치고 연구실로 돌아온 주승은 방문을 걸어 잠갔다. 그는 출력한 진단서를 주욱 훑어보고는, 흐뭇한 미소를 지으며 하단에 자신의 서명을 해 넣었다. 그리고 미리 준비해 둔 봉투에 진단서를 넣고 단단히 밀봉했다. 봉투 겉면에는 '국제 항공협회'라는 수신인의 주소가 큼지막하게 적혀 있었다.

"이제야 겨우 공평해졌군. 오랫동안 불균형했던 너와 나의 인생 말이야."

주승은 비로소 넥타이를 느슨하게 풀고 가죽 의자에 등을 기댔다. 무척이나 긴 하루였다. 그는 발판에 두 다리를 올리고 편안한 숨을 길게 내쉬며 의자에 몸을 맡겼다. 바짝 긴장했던 몸이 노곤하게 풀어졌다.

"형, 너무 서운해 하진 마. 난 해야 할 일을 한 거야. 오래된 빚을 청산받은 것뿐이라고."

주승은 참았던 웃음을 터뜨렸다. 오랫동안 품었던 계획을 드디어 실행했다는 후련함과 새로운 인생을 향한 설렘. 운명의 여신이 드디어 자신을 알아준 거라고 그는 확신했다. 그는 몸을 굽혀 서랍에서 샴페인 한 병을 꺼냈다.

"오늘 같은 날은 축배를 들어야지."

코르크가 열리며 치익 소리를 냈다. 종이컵 가득 따라진 금빛 액체가 경쾌하게 기포를 터뜨리며 주승의 입안으로 미끄러져 들어갔다. 두 잔을 연거푸 마신 주승이 깊은숨을 내쉬자 몸에 취기가 올라 따뜻한 기운이 감돌았다. 그는 실성한 사람처럼 계속해서 혼잣말을 중얼거렸다.

"난 지난 25년간 오직 죽음만을 생각하며 살아왔어. 남들처럼 기쁨이나 행복 따위를 추구하며 살다가는 형이 한 짓을 금세 잊어버리고 말 테니까. 내 가족은 지금 저승에서 내가 그들을 위해 복수해 주길 기다리고 있어. 난 그들을 잊어선 안 돼. 그래서 '저승'과 발음이 비슷한 '주승'으로 살기로 결심한 거지. 알겠어? 내가 형의 저승사자라고!"

주승이 낄낄대며 웃기 시작했다.

"형이 날 기억조차 못 하고 편히 살아온 지난 25년간의 세월만큼만 괴로워 봐. 그 정도 벌은 받아야 공평하지, 안 그래?"

주승은 풀어진 눈으로 맥도웰 연구소 로고가 찍힌 폴더를 펼쳤다. 폴더 안에는 연구소와 주승이 단독으로 맺은 연구 계약을 증명하는 서류가 들어 있었다. 맨 마지막 페이지에는 주승의 서명과 또 하나의 서명이 나란히 그려져 있었다.

"권 선생. 미안하지만 당신이 찾는 증거는 이제 존재하지 않아."

그는 마지막 페이지를 북 찢어 문서 세단기에 넣었다. 기계는 요란한 소리를 내며 문서를 꾸깃꾸깃 빨아들였다. 분쇄된 종이 파편이 폐지함에 눈처럼 쌓였다. 주승은 자기도 모르게 자꾸 웃었다.

　엘리베이터 문이 열렸지만, 여자는 좀처럼 밖으로 나오지 못했다. 단발머리에 20대 후반으로 보이는, 아담한 체구의 여자였다. 머뭇거리는 사이 문이 닫혀 버렸지만 그녀는 열림 버튼을 누르지 않았다. 엘리베이터가 다른 승객들을 태우고 몇 번 더 오르내린 뒤에야 그녀는 발을 억지로 떼어 복도로 나왔다. 여자는 조금 전 안내 데스크에서 들은 이야기 때문에 충격에서 헤어나오지 못한 상태였다.

　"환자 성함이 김한준 씨라고 하셨죠? 정신병동 격리 구역에 계시네요."

　"교통사고 부상으로 알고 왔는데요. 혹시 이름이 같은 분 아닐까요?"

　직원은 화면을 스크롤하여 명단을 조회하고는 고개를 가로저었다.

　"현재 입원하신 분들 중에 동명이인은 없어요. 보호자 분 성함이 어떻게 되시죠?"

　방문객의 성명을 적는 란에 커서를 찍은 직원이 여자의 답변을 기다렸다. 여자는 조금 망설이다가 이름을 말했다.

　"이희우입니다."

　"어? 그런데 이 환자분, 면회 불가네요."

　"면회가 안 된다고요? 왜…죠?"

"그 이유까진 저희가 모르고요. 죄송합니다."

희우는 충격을 받은 듯 멍하니 서 있다가 무언가 생각난 듯 직원에게 물었다.

"언제부터 입원해 있었는지 알 수 있을까요?"

"음… 5주째네요."

희우의 눈동자가 흔들렸다. 한준과 연락이 두절된 시기와 일치했다. 그녀는 천천히 뒤돌아 얼빠진 사람처럼 걷기 시작했다.

'대체 무슨 일이 있었던 거야….'

희우는 어느새 격리 병동 입구에 와 있었다. 담당 의사라도 만나 볼 요량이었다. 희우는 떨리는 손으로 벽에 설치된 인터폰을 눌렀다. 잠시 후 철문이 덜컹 소리를 내며 열렸다. 문틈으로 불어온 냉기에 몸이 떨렸다. 희우는 목도리 자락을 끌어올렸다. 워낙 지나다니는 사람이 없어 더욱 스산하게 느껴졌다.

안내받은 대로 주승의 연구실로 갔지만 아무도 없었다. 희우는 병실이 늘어선 복도로 발길을 돌렸다. A-213 앞에 다다르니 과연 병실 문에 김한준이라는 이름이 적혀 있었다. 병실 안을 들여다볼 수 있는 창문은 검은 천으로 가려져 있었다. 차가운 문고리를 잡은 희우의 손이 격렬하게 떨렸다. 그녀는 떨리는 손 위에 다른 손을 포개 꾹 눌렀다.

'안에 있는 사람이 정말 오빠면 어떡하지….'

희우는 문을 열면 곧 마주칠 광경이 두려워 숨이 멎을 것 같았다. 그녀가 마른침을 삼키고 문을 열려는 순간, 한준의 병실 문이 갑자기 확 열렸다. 혈압을 재고 나오던 간호사를 미처 피하지 못한 희우가 작은 비명을 질렀다.

"죄송합니다. 병실을 잘못 찾았나 봐요."

희우가 고개를 푹 숙인 채 서둘러 핑계를 댔다. 간호사는 멋쩍게 목례를 한 뒤 복도 저편으로 사라졌다. 안도의 숨을 내쉰 희우가 다시 고개를 들었을 때, 병실 문이 살짝 열려 있었다. 자신과 부딪히느라 간호사가 미처 문을 닫지 못한 모양이었다. 희우는 주위를 살피다 얼른 병실 안으로 들어가 문을 닫았다.

방 안은 온통 암흑이었다. 놀란 희우는 벽을 더듬어 스위치를 올렸다. 갑자기 주위가 환해지자 침대에 누워 있던 한준이 신음하며 꿈틀거렸다. 희우는 메고 있던 가방을 팽개치고 달려가 한준의 머리맡에 무릎을 꿇었다.

"미안해 오빠, 이렇게 아픈 줄도 모르고… 너무 늦게 와서 미안해…."

그녀는 흐느끼며 한준의 손을 자신의 뺨에 갖다 댔다. 한준은 꿈틀거렸지만 여전히 눈을 꾹 감은 채 누워 있었다. 희우는 눈물 범벅이 된 얼굴을 소매로 연신 훔쳤다. 미동도 안 하는 걸 보니 깊이 잠든 모양이라 생각하며, 희우는 한준의 손을 가만히 내려놓았다.

"왜 이불도 안 덮고 있어…."

그녀가 그렁그렁한 눈으로 울먹이며 이불을 끌어당겨 주자, 한준이 밝은 불빛에 얼굴을 찡그리며 눈을 떴다.

"오빠! 정신이 좀 들어? 나 알아보겠어?"

희우의 목소리에 상체를 벌떡 일으킨 한준은 잠시 멍하니 희우의 얼굴에 시선을 고정했다. 한준의 표정이 놀라움에서 공포를 거쳐 분노로 변하더니, 그녀의 가느다란 목을 덥석 움켜잡았다. 희우는 놀랄 틈도 없이 목을 조이는 손을 잡고 껵껵 소리를 냈다. 한준의 악력을 당해 내지 못한 희우의 얼굴에 점점 힘이 빠져 갔다. 그녀의 입술이 무언가 말하려는 듯 애처롭게 달싹였다. 숨이 막히면서도 한준을 똑바로 바라보는 희우의 눈동자에서 눈물이 흘러내렸다.

무엇에 홀린 듯 몸까지 부르르 떨며 손아귀에 힘을 주던 한준은, 희우의 눈물을 보고 자기도 모르게 힘을 풀었다. 그와 동시에 희우의 고개가 힘없이 침대 위로 고꾸라졌다. 한준은 마치 징그러운 벌레나 혐오스러운 것을 본 것처럼 고함을 지르며 희우를 밀쳐냈다. 희우가 바닥에 나동그라지며 목을 감싸 쥐고 기침을 했다. 두개골을 감싸 쥐고 괴로워하는 한준의 시선은, 바닥에 웅크린 희우에게 고정되어 있었다.

*

지나가던 간호사 한 명이 고함 소리를 듣고 달려왔다. 간호사는 한준을 진정시키려 애썼지만 그의 과격한 반응에 가까이 갈 수가 없자, 문을 열고 복도에 대고 소리를 쳤다.

"거기 누구 없어요? 좀 도와주세요!"

제일 먼저 달려온 것은 소영이었다.

"어머, 세상에!"

소영은 방에 들어오자마자 불부터 껐다.

"한준 씨, 나 권소영이에요. 불 껐으니까 이제 안심해요. 내 말 듣고 있어요?"

한준은 소영의 목소리를 듣지 못했는지 계속해서 머리를 감싸고 몸을 동그랗게 만 채 괴성을 질렀다. 소영이 몇 번이나 침착한 목소리로 불을 껐다고 말해 주자 그의 광폭한 비명이 조금씩 잦아들기 시작했다.

마침내 숨소리가 정상으로 돌아왔고 지칠 대로 지친 한준은 베개 위에 쓰러졌다. 동시에 소영과 간호사가 안도의 한숨을 내쉬었다.

"한준 씨. 모든 것이 다 괜찮아요. 한준 씨는 지금 창고가 아니고 한준 씨 방에 있어요. 여기는 가장 안전한 곳이고, 아무 일도 없을 거예요."

소영은 한준을 진정시킬 말을 찬찬히 일러 주고는, 겨우 몸을 일으킨 희우를 부축하여 방 밖으로 데리고 나왔다. 아직도 바들바들 떨며 절반쯤 넋이 나가 있는 희우를 벤치에 앉히고 병실 서랍에서 담요를 꺼내다 몸에 감싸 주었다.

"아까 복도에서 저랑 부딪힌 분이군요."

희우가 멍한 눈으로 소영을 바라보다가, 아, 그렇네요, 라는 표정을 지었다.

"저는 심리 상담사 권소영이라고 해요. 많이 놀라셨죠?"

희우의 눈에서 다시 눈물이 쏟아졌다. 소영은 희우가 진정될 때까지 기다려 주었다.

"한준 씨는 지금 희귀한 공포증을 앓고 있어요. 공포의 대상은 하필 빛이고요. 햇빛뿐 아니라 어떤 종류의 빛에도 극심한 공포 반응을 일으키고 있죠."

희우는 소영이 건네는 티슈로 눈물을 닦아 내다가 깜짝 놀라 소영을 바라보았다.

"빛을 무서워한다고요? 그럼 아까 불을 끄신 이유가…."

소영이 말없이 고개를 끄덕였다.

"갑자기 이렇게 될 수도 있나요? 전에는 이런 적이 없었는데요."

"우리 병원에 실려 오기 직전, 엘리베이터에 갇히는 사고를 당했대요. 그때 갑자기 과거의 고통스러운 기억이 촉발된 모양이에요. 그동안 자신이 유년기의 기억을 통째로 잊고 살았다는 것 자체를 몰랐더군요. 정신적으로 큰 상처나 충격을 겪으면, 고통스러운 경험에서 도피하고자 무의식이 기억을 일부러 지우기도 해요. 지능이 높고 학대받은 과거력이 있는 사람에게 특히 잘 나타나죠."

학대라는 말에 희우는 다시 한번 충격을 받아 아무 대답도 하지 못했다.

"어쨌든, 사고가 공포스러웠던 기억을 일깨워 주면서부터, 빛을 보면 스스로 통제 불가능한 증상들이 찾아왔어요. 빛만 차단해 주면 아무 이상 없어서 어두운 방에 격리해 놓을 수밖에 없었고요."

"선생님… 우리 오빠 불쌍해서 어떡해요."

희우가 또다시 폭포수 같은 눈물을 쏟아 내자, 소영은 그녀의 어깨를 다독여 주었다.

"너무 걱정 마세요. 최근에는 상태가 많이 호전되어서 치료에 박차를 가하려던 참이었어요. 어두운색 고글을 착용하면 병원을 누비고 다닐 수 있을 정도로 많이 좋아졌거든요. 다만 이번 발작은 유난히 정도가 심하긴 하네요. 저, 성함이….

"희우예요. 이희우."

"네. 희우 씨. 혹시 이런 걸 물어봐도 실례가 안 된다면… 김한준 환자와 뭔가 안 좋은 일이 있으셨나요?"

"전혀 아니에요. 하지만 오빠가 저렇게 반응하니까 당황스러워요…."

"그랬군요. 그럼 희우 씨 때문이 아니라 단순히 빛 때문이었을 거예요. 무방비 상태에서 강한 빛을 보았으니까요."

희우가 깊은 한숨을 내쉬며 말을 이었다.

"만나기로 약속했는데 나타나지도 않고 연락이 끊겼어요. 여기 저기 찾아다녔지만 소식을 듣지 못했고요. 설마 여기 있을 줄은…."

"본인 상황이 이러니 연락하기가 망설여졌겠죠. 입원 사실을 아무에게도 알리지 않은 것 같아요. 문병객을 본 적이 없거든요. 한준 씨에게 다른 가족은 없나요?"

"네. 친부모님은 오래전에 돌아가셨고 양아버지도 돌아가셨어요. 어린 시절이 남달랐다는 건 오빠가 말해 줘서 알고 있었지만, 워낙 명랑한 사람이고 과거에 전혀 괘념치 않았기 때문에… 그렇게까지 상처받은 일이 있었다는 건 몰랐어요."

"희우 씨… 김한준 씨의 트라우마는 상상 이상으로 깊어요. 그분이 겪었던 일이 너무 끔찍해서 저도 믿어지지가 않았어요. 희우 씨가 나중에 충격받으실까 봐 미리 말씀드리는 거예요."

희우가 걱정스러운 얼굴로 고개를 끄덕였다. 소영이 자리에서 천천히 일어났다.

"한준 씨가 어떻게 하고 있는지 좀 들여다봐야겠어요."

희우가 따라 들어가려 하자, 소영이 제지했다.

"혹시 모르니까 들어오지 마세요."

한준이 곤히 잠든 것을 확인한 소영은 안도의 숨을 쉬며 조용히 문을 닫았다.

"잠들었네요."

"저… 오빠 깰 때까지 옆에 있고 싶은데 안 될까요?"

"죄송해요, 또 발작을 일으키면 곤란해서요. 내일 다시 와 주실 수 있나요?"

소영이 건네주는 명함을 받아 들고 정중하게 인사를 한 희우

244

는, 중앙 로비 쪽으로 터덜터덜 걸어 나왔다.

"오빠가 나를 무서워할 리 없어. 분명히 빛 때문에 그랬던 걸 거야."

희우는 기운을 내기로 마음먹었다.

"내일 아침 일찍 다시 올게. 다신 혼자 두지 않을 거야."

*

G 비행학교.

군청색 제복을 입은 박선우 부교관이 정욱을 불러 세웠다.

"캡틴! 잠시만요!"

시뮬레이션 수업을 마치고 나온 정욱이 뒤를 돌아보았다.

"박선우. 무슨 일이야?"

"드릴 말씀이 있습니다."

"말해."

"오늘 아침에 어떤 여자분이 다녀가셨는데, 김한준 주임 교관님을 찾으시더라고요."

정욱은 너무 놀라 들고 있던 가방을 떨어뜨릴 뻔했다.

"그래서 뭐라고 했어?"

"다쳐서 병원에 계신다고 했죠."

"뭐어? 그걸 알려 주면 어떻게 해!"

"알려 드리면 안 되는 거였습니까?"

"아니, 뭐 그런 건 아니지만. 혹시 스토커일 수도 있잖아!"

정욱은 말도 안 되는 소리라는 걸 알면서도 궁색한 변명을 둘러댔다.

"여자 친구라고 하던데요."

여자 친구라는 말에 정욱의 안색이 변했다.

"여자 친구? 혹시 연락처 받아 놨어?"

"안 물어봤습니다."

"그래, 당연히 그랬겠지….."

정욱이 김빠진 표정으로 자리를 뜨려고 하자, 선우가 그를 다시 불러 세웠다.

"저, 캡틴."

선우는 우물쭈물하며 뭔가 할 말이 있다는 듯 정욱의 눈치를 봤다.

"아무래도 뭔가 이상합니다."

"뭐가?"

"제 느낌에 말입니다. 왠지, 캡틴께서 저희에게 뭔가를 숨기시는 것 같습니다."

"내가? 내가 뭘?"

정욱은 태연한 척 되물었지만, 속으로는 조마조마하고 있었다.

"김 교관님 말입니다. 정말 교통사고로 골절상을 입으신 게 맞습니까?

"맞지 그럼….".

"단순 외상일 뿐이라면, 왜 여자 친구가 교관님 행방을 모르고 있습니까? 게다가 문병 못 가게 하시는 것도 이상하고… 단순히 사고로 다치신 거 아니죠? 무슨 다른 일이 있는 거죠?"

정욱은 침을 꿀꺽 삼켰다.

"인마. 절대 안정이 필요하다고 해서 그런 거지. 생각해 봐라. 병문안 간답시고 우루루 몰려가서 시끄럽게 굴면 얼마나 피곤하겠냐? 환자는 그저 편히 쉬게 해 주는 게 최고야."

"여자 친구한테까지도 비밀로 하고 말이죠?"

집요하게 파고드는 선우의 질문에 정욱은 머뭇거렸다. 아무래도 그냥 넘어가 주지 않을 것 같았다.

"박선우, 잠깐 이리 와 봐."

선우를 구석으로 데리고 간 정욱은 주위를 살핀 뒤 나지막한 목소리로 이야기했다.

"김 교관에게 말 못 할 사정이 있기는 한데, 내가 알아서 해결할 테니 넌 아무에게도 내색하지 말아라."

선우가 진지한 얼굴로 고개를 끄덕였다.

"네. 아무에게도 말 안 할 테니, 무슨 일이 있는 건지 저한테만 알려 주시면 안 되겠습니까?"

"안 돼."

정욱이 단칼에 자르자 실망한 선우가 할 수 없이 입을 다물었다. 때마침 정욱의 주머니에서 문자 알림음이 울렸다.

'당장 내 방으로 오도록.'

학장의 호출이었다. 웬만한 일로 '당장' 오라고 호출하는 일이 없는 학장인지라 정욱은 의아해하며 학장실 문을 열었다.

"정욱아."

학장이 직함 대신 이름을 부른다는 건, 심각한 이야기를 하려 한다는 것을 의미했다.

"예, 학장님."

"내가 널 친아들처럼 신뢰하는 건 알고 있지?"

정욱의 등에 식은땀이 흘렀다. 분위기가 심상치 않았다. 학장은 방금 우편으로 받은 서류를 정욱 앞에 내밀었다.

"읽어 봐."

성 루시아 병원의 로고가 찍힌 진단서였다. 내용을 읽어 본 정욱의 얼굴이 하얗게 질렸다.

"학장님, 제가 설명하겠습니다."

학장의 얼굴에 이미 노기가 서렸다.

"그럼 이 진단서의 내용이 사실이라는 거군."

정욱은 차마 어떤 변명도 할 수 없었다.

"어떻게 이렇게 중요한 일을 나한테 숨길 수 있지? 대체 생각이 있는 거야, 없는 거야?"

"죄송합니다."

"죄송이고 뭐고, 이렇게 된 이상, 김 교관의 파일럿 자격을 박탈할 수밖에 없네."

"학장님, 김 교관 상태는 충분히 치유 가능한…"

"담당의가 아니라잖아! 이미 항공 협회에까지 진단서 사본을 보냈다고 하더군. 보고가 올라간 이상, 나로서도 어쩔 수 없네."

"학장님! 제발 결정을 재고해 주십시오!"

"기회는 물 건너 갔네! 진작 나한테 솔직하게 털어놓고 상의를 했어야지."

"몇 달, 아니 몇 년 동안 비행기를 타지 말라면 따르겠습니다. 어떤 징계도 달게 받겠습니다. 하지만 자격을 박탈한다는 건 너무하지 않습니까? 입원한 지 이제 겨우 한 달입니다. 고작 한 달로 성급하게 완치 여부를 판가름하는 의사 말을 어떻게 믿겠습니까? 병원을 다른 곳으로 옮기겠습니다. 다른 전문의를 찾아서 다시 한번 진단을 받게 해 주십시오!"

"부기장!"

학장의 태도는 단호했다. 더 이상 호소의 여지가 없다는 것을 깨달은 정욱은 눈을 질끈 감았다. 눈앞이 노래졌다. 목례를 하고 학장실을 나오자마자 그는 자동차 열쇠를 챙겨 건물 밖으로 나갔다.

"나쁜 새끼…."

정욱의 검은색 구형 지프가 성난 김을 내뿜으며 성 루시아 병원을 향해 달렸다. 지금 당장 병원으로 달려가 주승의 멱살이라도 잡고 따져야 속이 시원할 것 같았다.

"보호자인 내게 상의도 없이 협회로 진단서를 보내? 한 남자의 인생을 망가뜨릴 작정이 아니라면 이럴 순 없지!"

도로는 퇴근 차량들로 꽉 메워져 거북이 걸음이 이어지고 있었다. 정욱은 주승의 연구실로 순간 이동이라도 하고 싶은 심정이었다. 그는 한숨을 푹 쉬며 왼쪽 팔꿈치를 창턱에 기댔다. 아무리 생각해도 그가 왜 이런 짓을 했는지 납득할 수 없었다.

'설마 한준이가 부탁한 건 아니겠지….'

정욱은 도리질을 쳤다.

"아니야, 녀석이 이렇게 쉽게 포기할 리 없어. 비행기 조종은 한준이에게 인생 그 자체인데."

정욱은 주승에 대한 기억을 더듬어 보았다. 처음으로 한준의 상태를 물으러 갔을 때 주승의 연구실 안에서 이상한 웃음소리가 들렸던 것이 생각났다. 혼잣말을 하고 있었던 것 같기도 했다. 그리고 분명 한준의 치료는 단기간에 되는 것이 아니라 했었고, 완치 여부는 환자가 하기에 달렸다고 했었다. 사회 복귀가 어렵다고 했지, '절대 불가'하다고 판정 내린 적은 없었다.

어느새 병원에 도착한 정욱은 성큼성큼 걸어 주승의 연구실 앞에서 멈췄다. 문패를 잠시 노려보다가 심호흡을 하고 노크했다. 샴페인을 마시고 잠들어 있던 주승이 노크 소리에 놀라 몸을 일으켰다. 센서가 움직임을 감지함과 동시에 연구실의 불이 환하게 켜졌다. 정욱이 한 번 더 노크를 했다. 주승은 억지로 일어나 안경을 찾아 쓰고 문을 열었다. 굳은 표정의 정욱이 장승처럼 우뚝 서 있었다.

"이 시간에 무슨 일로?"

"왜 부탁하지도 않은 일을 한 겁니까?"

정욱은 인사도 생략하고 바로 주승에게 따져 물었다.

"무슨 말씀이신지."

"왜 갑자기 진단서를 협회로 보냈느냐냔 말입니다!"

주승은 이제서야 정욱이 찾아온 이유를 알겠다는 듯 빙긋 웃었다.

"웃어요? 당신 지금 웃음이 나와? 협회에서 노발대발하는 바람에 학장님까지 곤란해졌다고!"

"일단 들어오시죠."

정욱은 부글부글 끓는 속을 누르며 방 안으로 들어갔다. 주승은 정욱의 항의에는 아랑곳없다는 듯 천천히 가죽 의자에 앉으며, 정욱에게도 자리를 권했다.

"보호자인 나한테 먼저 알렸어야죠. 이런 식으로 뒤통수쳐도 되는 겁니까?"

"저는 정욱 씨의 연락처를 모릅니다. 그리고, 정욱 씨가 김한준 환자의 상태를 여태 직장에 숨기고 있었다는 것도 몰랐네요."

정욱은 주춤했다. 한준의 상태를 숨겨 온 것에 대해서는 정욱도 직업 윤리에 가책을 느끼던 중이었다.

"그래서… 당신이 나 대신 알려 주기라도 했다는 건가요? 대체 그렇게까지 한 이유가 뭐죠? 한준이는 앞날이 창창한 파일

251

럿입니다. 군이 협회에 보고할 것까진 없었잖아요!"

"숨기는 게 능사가 아닐 텐데요. 언제 갑자기 공포 발작을 일으킬지도 모르는 사람을 조종석에 태웠다가 사고라도 나면, 정욱 씨가 책임질 건가요?"

"지금 당장 복귀시키려는 게 아니질 않습니까! 지난번에 분명히 그러셨죠. 단기간에 치료되는 게 아니라고. 그 말은, 시간을 두고 천천히 치료하면 언젠가는 회복될 가능성도 있다는 소리 아닙니까? 그런데 치료가 끝나기도 전에 다짜고짜 회생 불가라는 결론을 진단서에 써서 보내다니? 남의 인생을 망가뜨리겠다는 겁니까?"

"허허, 참… 이미 망가졌는데 뭘 그리 제 탓을 하십니까?"

"뭐요?"

정욱은 주승의 거리낌 없는 태도에 말문이 막혔다. 주승은 더 이상 예의를 차리지 않고, 하고 싶은 말을 거침없이 쏟아부었다.

"앞날이 창창한 파일럿? 미안하지만, 이런 종류의 신경증은 나은 듯하다가 언제든 촉발 요인이 생기면 다시 활개를 치게 마련입니다. 평생 시한폭탄을 안고 살아가듯 늘 대비하고 있어야 된단 말입니다. 그런 사람이 승객의 생명을 책임지는 비행기 조종사로의 복귀를 꿈꾼다? 의사로서 그런 사람이 무책임하게 조종석에 앉는 걸 가만히 보고만 있을 수 없죠. 그래서 제가 나서서 도와드린 겁니다. 포기할 건 빨리 포기해야죠. 환자가 정

포기를 못하겠다면, 옆에서 도와주는 수밖에 없지 않습니까?"

정욱이 부르르 떨며 일어나 주승의 멱살을 잡았다.

"의사면 병이나 고쳐! 포기를 하든 말든, 판단은 당신이 하는 게 아니야! 주변에 알릴 시기도 한준이와 내가 정해!"

"다짜고짜 멱살부터 잡는 건 선배나 후배나 똑같군요. 유유상 종이라고 해야 하나."

주승은 후후 웃으며 깃에서 정욱의 손을 떼어 냈다.

"안됐지만 이미 늦은 것 같군요. 정 마음이 불편하시면 협회 를 설득해 보시던가요."

"당장 다시 써요!"

"뭘 말입니까?"

"진단서를 정정해서 협회에 다시 보내란 말입니다! 성급한 결 론이었으며 오류가 있었다. 치료받고 경과가 좋으면 완치 가능 하며, 후일 직장에 복귀할 수도 있다. 이렇게 써서 다시 보내라 고요!"

"내가 왜 그래야 하죠?"

주승이 기가 차다는 듯 정욱에게 반문했다.

"왜긴 왜야? 당신이 벌인 일이니 당신이 책임져야지!"

"난 오진하지 않습니다. 내가 내린 결론은 누구보다 정확합니 다. 말을 번복할 생각은 추호도 없어요."

주승은 마치 그를 찌른 바늘이 부러질 만큼 완강해 보였다. 주승의 굳게 다문 입술과 오만한 태도를 본 정욱은 질렸다는 듯 고개를 저었다.

"세상에 의사가 당신 하나뿐인 줄 아시오? 한준이 병원 옮길 겁니다. 당신이 정 못하겠다면, 다른 전문의에게 다시 진단받고 치료 시작하면 돼."

"대한민국 어느 전문의를 찾아가도 결과는 마찬가지일 겁니다. 난 누구에게도 뒤지지 않으니까요."

"실력 있는 의사일진 몰라도 좋은 의사가 아닌 건 확실하군. 당신처럼 환자를 쉽게 포기하는 의사는 필요 없어!"

정욱의 힐난에 주승의 안면 근육들이 마치 군데군데 녹기 시작한 얼음 조각상처럼 꿈틀대며 비죽거렸다.

"희망, 성공률, 완치율, 통계… 그런 거 너무 믿지 마세요. 무능한 의사들이 환자에게 차마 솔직하게 말을 못할 때 자주 써먹는 수법이거든요."

"조만간 퇴원시킬 테니 그렇게 알고나 있어요."

정욱이 바람을 일으키며 거칠게 문을 닫고 나갔다.

그는 머리끝까지 치밀어 오른 화를 애써 누르며 격리 병동으로 향했다. 한준이 있는 병실 문이라도 보고 가야 마음이 풀릴 것 같았다. 병실이 있는 복도에 다다르자, 웬 아가씨가 고양이처럼 살금살금 한준의 병실 쪽으로 걸어가는 것이 보였다.

"저게 누구지?"

어깨에 드리운 단발머리를 한 여자가 주변을 두리번거리다가 한준의 병실 안으로 쏙 들어가는 것이 아닌가. 순간, 학교에 찾아와 한준의 행방을 물은 여자가 있었다는 부교관의 말이 떠올랐다.

"저 아가씨로군, 녀석이 애타게 기다리던 사람이…."

정욱은 병실에 들어가지 못하고 복도를 서성이다, 문에 살짝 귀를 대 보았다. 아무 소리도 들리지 않았다. 살짝 열어 보는 것 정도는 괜찮겠지. 정욱은 최대한 소리가 나지 않게 주의하면서 문을 빼꼼히 열었다. 새근새근 잠이 든 숨소리가 규칙적으로 들려왔다. 혹시라도 깰까 봐 문가에 서서 곤히 잠든 두 사람의 얼굴을 바라보았다. 열린 문틈으로 새어 들어간 빛이 두 사람의 얼굴을 비췄다. 한준은 순하디순한 양 같은 얼굴을 하고 희우 쪽을 보며 잠들어 있었다. 희우는 한준의 머리맡에 앉아 침대 위에 포갠 자신의 두 손을 베개 삼아 잠들어 있었다.

정욱은 신기한 듯 둘의 얼굴을 바라보았다. 세상모르고 잠든 둘의 얼굴에 엷은 미소가 떠올라 있었기 때문이다. 희우와 체온을 나누며 잠든 한준의 얼굴에 시름 따위는 보이지 않았다. 고요히 잠든 두 사람의 모습을 본 정욱의 얼굴에도 평온한 미소가 떠올랐다.

"푹 자라…."

소곤거리듯 인사하고 조심히 문을 닫고 복도로 나왔다.

정욱은 흐뭇하면서도 왠지 모르게 가슴 한구석이 외로워졌다. 터덜터덜 병원 밖으로 나오니, 새카맣고 청명한 하늘에 별들이 유난히 반짝이고 있었다. 주차장으로 걸어가는 동안 정욱은 연신 하얀 입김을 뿜어 보았다. 차에 올라타 시동을 걸자 내릴 때 켜 두었던 라디오가 요란한 소리를 내며 켜졌다. 정욱은 유리를 뒤덮은 성에를 녹이기 위해 히터를 틀면서 주파수를 이리저리 돌려 보았다. 라디오 진행자들은 저마다 들뜬 목소리로 사흘 뒤가 크리스마스이브라고 떠들어대고 있었다.

*

소영은 퇴근한 뒤 집에 도착해서도 계속 한준과 희우를 떠올렸다. 냉장고에서 맥주를 꺼내 든 소영은 소파에 털썩 주저앉아 휴대폰을 열었다. 그리고 주승의 연구실에 잠입해서 찍어 온 사진을 화면에 띄웠다.

"민병욱 팀장이라…."

소영은 맥주를 홀짝이며 깊은 생각에 잠겼다.

"이 소중한 자료를 어떻게 사용해야 가장 효과적일까. 원장님을 떠 봐? 아니면 김 선생 조수인 척하고 연구소에 전화를 걸어 봐? 그냥 당당하게 이름을 밝히고 환자 동의서 없이 연구를 진행하면 안 된다고 으름장을 놔 볼까?"

그녀는 쿠션을 껴안고 앉은 채로 스스르 옆으로 쓰러졌다. 누워서도 생각을 멈추지 않았다.

"한준 씨가 이런 실험에 동의했을 리가 없어. 김 선생이 남몰래 혼자만의 실험 일지를 작성하고 있었다는 것 자체가 그걸 증명해 주는 거야. 아, 경찰에 확 신고해 버리고 싶은데, 우리 병원 명성에 흠집이 생기니 일을 크게 만들 수도 없고….

개인적인 원한 관계가 대체 뭘까? 한준 씨도 지금쯤이면 김 선생의 실체를 파악했을까? 어떻게 물어봐야 하지?"

휴대폰 속의 사진을 뚫어져라 보던 소영의 눈동자가 무언가를 발견했다. 소영이 찍은 사진의 한 귀퉁이에 볼펜으로 흘려 쓴 손글씨가 보였다.

"이건…?"

자세히 보니 손글씨는 누군가의 서명이었다. 명함을 펼쳐진 계약서 위에 올려놓고 찍는 바람에 서명이 들어간 페이지가 같이 찍힌 모양이었다. 서명을 한참 들여다보던 소영은 갑자기 깜짝 놀라 손으로 입을 가렸다. 소영의 눈동자가 몹시 흔들렸다. 몇 번을 다시 보아도 서명 칸에 적힌 이름은 '이희우'였다.

*

매일 꿈속에서 차가운 호수로 뛰어든다. 입수와 동시에 혈관이 조여드는 고통을 느낀다. 검은 승용차가 점점 아래로 가라앉는다. 피가 날 때까지 창문을 두들긴다. 하지만 엄마 아빠는 내게서 고개를 돌린 채 모든 것을 포기한 듯 덤덤히 앉아 있다.

이번에는 앞 유리 쪽으로 헤엄쳐 간다. 엄마 아빠의 얼굴에 눈코입이 없다. 소리를 지르며 앞 유리를 탕탕 두들겨 보지만,

입만 뻥긋할 뿐 목소리가 나오지 않는다. 마네킹처럼 뻣뻣하게 앉아 있는 그들의 모습이 시야에서 멀어져 간다. 자동차가 나보다 빠른 속도로 가라앉는다. 이젠 인정해야 한다. 내 부모는 나를 포기한 것이다. 가슴 깊은 곳에서 분노가 치민다. 사랑하는 사람들이 나를 저버렸다는 사실이 내 영혼까지 얼려 버린다.

나 역시 나를 포기하기로 한다. 몸이 가라앉도록 내버려 둔다. 내가 발버둥을 멈추니 물속도 고요해진다. 외롭다. 피부가 얼어 감각이 없다. 심장도 얼었는지 박동이 느려진다. 호수 바닥엔 뭐가 있을까. 나를 세차게 흡입하는 수렁이 있을 것 같다. 발을 딛는 순간 질퍽한 수렁이 입을 열고 나를 삼켜 버리겠지. 액체도 고체도 아닌 수렁은 무엇이든 흔적을 남기지 않고 삼켜 버릴 것이다. 순례자의 발자국을 모래 바람으로 지워 버리는 사막처럼. 저항해도 소용없어. 난 감쪽같이 사라지게 될 거야. 마치 처음부터 세상에 존재하지 않았던 것처럼….

아득히 먼 곳에서 소영의 목소리가 메아리친다.
한준 씨는 지금 현재에 살고 있다는 걸 잊지 마세요….
이번에는 희우의 목소리가 울린다. 그것도, 아주 가까이서.
사랑해….
의식이 차츰 선명해진다. 이제서야 이게 꿈속이라는 걸 깨닫는다. 깨어나야 한다. 코와 입 안으로 물이 확 들이닥친다. 나는 호숫물에 숨이 막혀 발버둥 친다. 물의 압력이 폐를 압박한

다. 정신이 혼미한 가운데 수면 위를 바라본다. 정수리 꼭대기
에서 희미한 빛이 아른거린다. 수면 위로 올라가야 해! 저 빛을
따라가면 이 악몽에서 깨어날 수 있을 거야.

난 죽을힘을 다해 다리를 젓는다.

*

끙끙대며 괴로워하던 한준이 갑자기 물 위로 솟아오르듯 상
체를 벌떡 일으켰다. 그는 마치 물속에서 참고 있었다는 듯 숨
을 토해 냈다. 한준의 몸 위에 자신의 몸을 포개고 있던 희우가
놀라 고개를 들었다. 한준은 익사할 뻔하다가 방금 구조된 사람
처럼 헐떡거렸다.

숨이 점차 잦아들고 정신이 돌아온 한준의 눈이 드디어 희우
를 발견했다. 그는 눈앞에 있는 믿지 못할 광경을 한참 동안 물
끄러미 바라보았다. 눈물이 그렁그렁한 채 어둠 속에서 한준을
바라보고 있는 얼굴.

젠장, 아직도 꿈속인가? 한준은 몇 번이나 고개를 휘저어 보
았다. 그러나 어두운 방 안, 손만 뻗으면 닿을 만한 거리에서
숨소리를 내며 분명 희우가 앉아 있다. 어떻게 된 거지.

"바보같이… 왜 혼자만 힘들었어."

…그 목소리가 정말 너였구나.

어제저녁 희우의 목을 조르고 바닥에 팽개친 일이 생각났다.

미안함과 부끄러움에 차마 고개조차 들 수 없었다.

"나 정말 무서웠어. 오빠 다신 못 볼까 봐."

희우는 한준의 허리를 껴안았다. 헤어지자고 해 놓고 왜 찾아왔냐고 묻고 싶었지만 한준은 아무 말도 하지 못했다. 실은 다시 와 줘서 뛸 듯이 기뻤다. 너무 기뻐서 잠시 자신의 처지를 잊을 뻔했다. 한준은 정신을 차리고 목소리를 가다듬었다. 한 가지는 확실했다. 희우에게 이런 끔찍한 고통을 나눠 줄 순 없었다.

한준은 허리에 감긴 그녀의 팔을 냉정하게 풀어냈다.

"쓸데없는 짓 하지 마."

희우는 놀란 기색이었지만 침착하게 한준의 다음 말을 기다렸다.

"내 몸 건사하기도 힘든 마당에, 너까지 책임질 여력 없어."

뜻밖의 매몰찬 반응에 희우의 눈이 다시 그렁그렁해졌다.

"나 힘들까 봐 미안해서 이러는 거 다 알아. 근데 오빠…"

"몇 달을, 아니 어쩌면 평생을! 이렇게 어둠 속에서 살아야 하는데, 그걸 네가 견딜 수 있겠어? 네가 사랑했던 그 남자는 이제 없어. 다시는 예전으로 돌아갈 수 없다고. 지금 이 방에서 나가서 영원히 돌아오지 않는다 해도, 나 너 원망 안 해."

한준이 막무가내로 밀어내자 희우는 답답한 심정으로 소매를 걷어붙였다.

"내가 옆에 있으면 오빠 분명 더 빨리 좋아질 거야. 할 수 있는 건 다 해 보자. 그러니까 약해지지 마."

한준은 이를 악물었다. 좀 더 표독스러워야 한다.

"이런다고 내가 고마워할 거라 착각하지 마. 돌봐 준답시고 누가 옆에 있는 것조차 부담스러워. 이건 마음의 병이야. 완치는 불가능하다고!"

한준의 외침에 희우는 잠시 입을 닫았다. 그녀의 목이 미세하게 떨리고 있었다. 그녀는 잠시 후 조용히 입을 열었다.

"오빠라면 어떻게 하겠어? 만약 내가 힘든 상황이라면 말이야."

이번에는 한준이 선뜻 대답하지 못했다.

"오빠도 내 곁에 있어 줄 거잖아, 안 그래?"

희우가 다시 어둠 속에서 팔을 뻗었다. 그러나 한준이 차갑게 떼어 냈다.

"의무감 따위 가질 필요 없어. 넌 내 부모도 아니고 아내도 아니야. 네가 여기 매여 있을수록, 난 더 고통스러울 거야."

여태 침착하던 희우가 비로소 화를 내며 벌떡 일어났다.

"그래? 그럼 앞으로 좀 고통스러워야겠네. 찰거머리처럼 붙어 있을 테니까."

희우가 문 쪽으로 걸어가며 바닥을 더듬어 핸드백을 찾았다. 한준은 포기하지 않고 마지막 쐐기를 박았다.

"현실적으로 생각해. 망설이지 말고 가는 거야. 그게 맞아."

희우가 몸을 부르르 떨며 다시 한준이 앉아 있는 침대 앞으로 왔다. 그녀는 어둠 속에서 한준을 정면으로 쏘아보았다.

"나에게 현실은 김한준이야. 내 현실이 아프면 나도 아프고, 내 현실이 행복해야 나도 행복하다고."

잠시 후 병실 문이 탁 하는 소리를 내며 닫혔다. 한준은 부동자세로 앉아서 혼자 중얼거렸다.

"제발, 희우야… 나를 버려."

이젠 눈물도 나오지 않았다. 한준은 그저 허탈한 웃음만 실없이 흘렸다.

복도로 나온 희우의 어깨는 풀이 죽어 아래로 축 쳐졌다. 그녀는 주머니에 손을 넣고 고개를 숙인 채 의미 없는 바닥 무늬에 시선을 고정했다. 이 사람은 늘 이런다. 자기가 더 힘들면서 내 걱정만 하는 사람.

눈부신 아침 해가 유리창을 통해 복도를 환히 비추었다.

"걱정 마, 오빠. 저 찬란한 햇살을 꼭 보게 해 줄 거야. 내가 그렇게 만들 거야."

*

사무실 앞에 쭈그리고 앉아 있는 희우를 발견한 소영이 놀라 아는 체했다.

"어머! 희우 씨?"

희우가 힘없이 몸을 일으켰다.

"안녕하세요. 선생님."

"이렇게 일찍 오실 줄 몰랐네요. 어서 들어오세요."

소영은 열쇠로 사무실 문을 열고 희우를 먼저 들여보냈다. 코트를 벗어 옷걸이에 건 소영은, 희우의 수척한 얼굴에 눈길을 주며 물었다.

"잠 못 주무셨군요?"

"네… 실은, 여기 오기 전에 오빠 병실에 잠시 들어갔었어요."

솔직하게 말하는 희우에게 소영이 살짝 선생님 같은 표정을 지었다.

"그렇게 혼자 들어가시면 안 돼요. 제 방으로 먼저 오셨어야 죠."

"죄송합니다…."

소영은 커피 포트에 물을 올리면서 희우의 표정을 주시했다. 자신이 희우를 관찰하는 티를 내지 않으려고 노력하면서.

"한준 씨는 좀 어떻던가요?"

"많이 좋아진 것 같아요…."

희우가 말끝을 흐렸다. 커피 포트에서 뜨거운 김이 피어올랐다. 소영은 준비해 둔 커피잔에 물을 따르면서 바로 본론으로 들어가기로 했다.

"희우 씨. 혹시 말이에요. 김주승이라는 사람 아세요?"

소영이 건네는 커피잔을 받아 든 희우가 고개를 갸웃거렸다.

"아니요. 제가 알아야 되는 분인가요?"

되묻는 희우의 눈빛은 거짓 없이 순수해 보였다. 소영은 잠시 망설였다. 맥도웰 연구소와 비밀리에 체결한 실험 계약서의 마지막 페이지에 왜 희우의 서명이 있는지, 어떻게 물어봐야 할까. 만약 희우가 정말 김주승을 모른다면, 계약서의 그 서명은 주승이 위조한 가짜일 수 있다. 반대로 희우가 거짓말을 하는 것이라면, 주승과 희우가 합심하여 한준을 기만하고 있다는 뜻이 된다. 갑자기 소영의 머리가 혼란스러워졌다. 일단 화제를 돌리기로 했다.

"실례지만, 희우 씨는 어떤 일을 하시는지 여쭤봐도 될까요?"

"전 화가예요. 벽화를 그리는."

순간 소영은 주승의 방에서 우연히 보았던 신문 기사를 떠올렸다. 거리의 아티스트를 조명한 인터뷰 기사. 아티스트 팀 구성원은 총 열 명이었지만, 단체 사진 옆에 희우만 단독으로 붓을 들고 클로즈업되어 찍힌 사진이 있었다.

'희우 씨가 김주승을 모른다 해도, 김주승은 희우를 알 수도 있지⋯. 김 선생과 한준 씨와의 원한 관계에 희우 씨는 어떤 관련이 있는 걸까.'

결국 소영은 자신이 찍은 사진을 희우에게 보여 주는 것 외엔 방법이 없다고 판단했다.

"이거, 희우 씨 서명 맞나요?"

희우가 깜짝 놀라며 고개를 끄덕였다.

"네, 제 서명인데요. ⋯이게 무슨 서류죠?"

소영이 깊은 한숨을 내쉬었다.

"한준 씨에게 악감정을 품은 누군가가 일을 꾸미는 것 같아요. 혹시 한준 씨의 원한 관계에 대해서 아는 것 있으세요?"

"전혀요. 그런 건 상상도 해 본 적 없어요. 혹시 김주승이라는 분이 그분인가요?"

"희우 씨, 때가 되면 제가 자세히 알려 드리겠지만 오늘은 여기까지만 이야기할게요. 아직은 모든 진상을 파악하지 못한 단계라서요. 그리고 오늘 제가 한 이야기는 누구에게도 말하면 안 돼요. 아시겠죠?"

"네, 그럴게요."

"희우 씨가 와 주셔서 참 안심이 돼요. 그동안 아무도 한준 씨를 찾아오지 않아서 걱정했었거든요. 희우 씨가 한준 씨의 정신적인 버팀목이 되어 주세요."

둘은 한준의 상태에 대해 조금 더 이야기를 나눈 뒤 헤어졌다. 복도를 터덜터덜 걸어가던 희우는, 의료진의 사진이 주르륵 나열된 벽을 지나가다가 갑자기 걸음을 멈췄다.

"어? 이 사람…."

당황한 희우의 시선이 창백한 한 남자의 얼굴에 고정되었다.

"이 사람이 여기 의사였어? 근데 이름이 왜 김주승이지?"

희우는 불현듯 뇌리에 스치는 생각이 있어 휴대폰을 꺼냈다. '우리 헤어지자'라는 문자가 발신함에 들어 있었다.

*

인적 없는 눈밭을 자박자박 걷는다.

청량한 아침 공기가 더운 호흡과 만나 뿌얀 입김을 자아낸다. 이제는 고운 재로 변해 내 입김 주변을 부유하고 있을 여인. 그녀를 만나는 날엔 언제나 함박눈이 내려 세상은 눈 천지가 된다.

눈밭을 걷는 일은 여느 길을 걷는 것과는 다르다. 보통은 으레 주변을 두리번거리거나, 내 쪽으로 다가오는 사람을 훔쳐보며 걷게 된다. 그러나 소복이 쌓인 눈밭을 걸을 때는 오직 나의 걸음에만 집중하게 된다. 아직 다져지지 않아 결정체 위에 서로의 몸을 사뿐히 얹고 있던 눈이 아드득 소리를 내며 내 몸무게만큼 주저앉는다.

눈밭에 빠지는 발의 차가운 느낌과 하악대는 숨소리는 내가 깨어 있음을 느끼게 한다. 중심을 잡으려 애쓰며 발을 내딛는 데만 집중하노라면, 나를 바꿔 보겠다고 허풍을 떠는 세상의 잡음은 점점 희미해진다. 시도 때도 없이 용서하라고 외쳐대는 현자들, 연애 소설 버금가게 흔해 빠진 영혼 계몽서적들. 그놈의 힐링, 치유, 지혜! 인간에게 그토록 훌륭한 자정 능력이 있다면 왜 세상이 여태 이 모양 이 꼴이란 말인가. 힐링이란 스스로 죄의식의 족쇄에서 풀려나기 위해 만든 자위행위일 뿐이다. 잠시 잠깐의 후련함, 화해, 관용. 나를 배신한 모든 이들을 용서할

266

수 있을 것만 같은 자아도취가 순진한 착각이었음을 깨닫는 데
는 반나절도 걸리지 않을 것이다.

본디 자연에는 자비도 은총도 없다. 자연이 평화롭다든지, 자
연은 서로 빼앗지 않는다는 식의 유토피아적 이론은 세상에서
가장 웃기는 소리다. 나무는 광합성을 하기 위해 그늘을 드리움
으로써 주변의 식물들과 경쟁을 한다. 흙 위의 잔디들은 살아남
기 위해 양분과 햇살을 따라 뿌리를 움직여 끊임없이 구역을
이동한다. 그들은 그저 한가롭게 바람 가는 대로 잎을 나풀대는
게 아니다. 생존에 최적화된 상태를 유지하기 위해 스스로 시든
몸을 버리며 치열한 영역 투쟁을 살아내고 있는 것이다.

고군분투가 없는 것은 삶이 아니다. 그래서 나는 화사하고
찬란한 것을 싫어한다. 화사한 것에는 고군분투가 없다. 찬란한
것은 사람의 눈을 멀게 하고 초기의 목적을 망각하게 만든다.
반짝이는 것은 유혹이다. 모두가 속수무책으로 빠져드는 것이
다. 어둡고 축축한 땅속에서 뿌리가 사력을 다해 단단한 흙 위
로 솟아오르면, 찬사를 받는 것은 언제나 꽃의 몫이다.

화사한 계절은 그 뻔뻔스러운 반짝임으로 몸을 치장하고 시
와 그림의 소재가 되어 아름다움의 대명사로 군림한다. 그리고
악마처럼 내게 속삭인다. 복수 따위가 무슨 소용이냐고. 너도
남들처럼 봄의 달콤한 나른함에 몸을 맡기고 살아 보라고!

하지만 그녀를 망각한다는 건 곧 패륜이다. 나는 매운 겨울
바람에 뺨을 몇 차례 얻어맞고 느슨해진 기억을 바짝 동여맨다.

정신 차리라고. 짠 눈물과 쓴 위스키에 절어 몸부림치던, 지지리도 복 없던 그녀의 비극을 어떻게 잊을 수 있냐고!

그래서 나는, 계속 겨울이어야 한다.

눈밭에는 핏기가 없다. 눈밭에는 온기가 없다. 눈밭은 정직하다. 희고 깨끗한 눈은 구둣발에 눌린 만큼 생채기를 만든다. 푹푹 빠지는 눈 속에 고행과도 같은 걸음으로 나만의 발자국을 찍어 내는 희열을 맛본다.

가장 추운 날 태어난 나는, 가장 추운 날 나의 전부를 잃었다. 칼바람이 옷 속을 파고든다. 시리도록 고요한 눈밭을 걸으며, 내 안의 날카로운 목소리가 더욱 선명해진다. 눈처럼 무표정한 무채색의 인간이 되어도 괜찮다고. 잊지 말라고, 그날을!

주승은 숨이 턱까지 차올랐다. 도로엔 이미 제설작업이 끝나 검은 아스팔트가 드러나 있었지만, 주승이 가로지른 눈밭 쪽에는 함박눈이 무릎까지 차 있었다. 납골당을 빠져나와 공원처럼 조성된 묘지 터를 가로질러 주차장까지 가는 길은 늘 쉽지 않았다. 눈과 맞닿은 복사뼈 속으로 얼어붙는 고통이 전해졌다.

해마다 이맘때 쯤이면 주승은 연차를 내고 이른 아침 납골당에 들르곤 했다. 납골당에 한 시간 정도 머문 뒤 자신이 살던 동네를 찾아가는 것이 그의 의식이었다.

볼 때마다 가슴이 아릿해지는 이 처량한 마을. 아침에 눈 뜨면 새 건물이 들어서는 곳이 서울이지만, 주승이 살던 변두리는 개발과는 거리가 먼 듯 여전히 궁핍해 보였다. 거대한 도시의 톱니바퀴 아래 짓눌려 기가 죽어 버린 이 도시. 담벼락에는 떼 다 만 포스터들이 너절하게 붙어 있고, 구멍가게 앞에 앉아 하릴없이 시간을 때우는 노인들의 눈동자엔 목적을 상실한 허망함이 가득했다.

다 쓰러져 가는 구멍가게를 지나 골목 몇 개를 돌자 낯익은 2층 양옥 주택이 모습을 드러냈다. 동네 사람들이 앞에선 '약사님 댁'이라 부르고, 뒤돌아서면 '절름발이네 집'이라 부르던 곳. 집에 들어오지 않는 남편 덕에 청상과부라는 수군거림을 들어야 했던 여인이 살던 집. 주승의 한쪽 입꼬리가 올라갔다.

주승은 창가에 비스듬히 세워진 빗자루를 발견했다. 작년에 자신이 놓고 간 그대로였다. 그는 빗자루를 집어 들고 천장을 올려다보았다. 벽과 천장이 맞닿는 부분마다 거미줄이 치렁치렁 매달려 있었다. 그는 빗자루를 거꾸로 들고 과부의 낡은 스카프처럼 늘어진 거미줄을 열심히 걷어내기 시작했다. 마음 같아선 먼지까지 말끔히 닦아 내고 싶었지만, 오랜 세월 켜켜이 묵은 먼지를 모두 제거한다는 건 쉽지 않았다.

빽빽한 창문을 힘껏 여니 세찬 바람이 보란 듯 밀어닥쳤다. 주승은 들이닥치는 바람을 아랑곳하지 않고 식탁 의자에 앉았다. 그리고 코트 주머니에 챙겨 온 술병을 꺼냈다. 1년에 한 번, 이 부엌에서 위스키를 마셔야 했다. 이것이 모친을 위로하는 주승의 방식이었다.

매일 밤 괘종시계를 노려보며 남편을 기다리던 여인. 위스키를 병째 들이켜고 어린 영준 방에 살며시 들어와 잠든 아이의 얼굴을 물끄러미 바라보던 여인.

"내가 엄마 대신 그 자식 벌준다고 했지? 이제 다 끝났어, 엄마. 그 자식, 다신 일상으로 못 돌아가. 평생 불구자처럼 골방에나 갇혀 있으라지."

그는 수명이 다해 멈춘 괘종시계를 노려보다가 갑자기 낄낄대기 시작했다. 자조 섞인 웃음이었다.

"근데 엄마. 난 왜 마셔도 마셔도 취하질 않지? 즐겁고 싶은데, 막 기뻐서 날뛰어야 될 것 같은데, 왜! 왜 이렇게 속이 타는 것같이 아프지?"

주승이 가슴을 쥐어뜯었다.

*

희우는 병원에서 나와 작업실로 향하는 버스를 탔다. 빈 좌석에 무너지듯 주저앉은 그녀는 뻣뻣하게 굳은 목덜미를 손으로 주물렀다. 차창 밖으로 헐벗은 가로수와 일조권을 침해하는 고층 빌딩이 이어졌다.

"그때 그 남자가 분명해."

잊을 만하면 한 번씩 모습을 드러냈던 그 남자. 희우는 기억을 더듬기 시작했다.

여느 날처럼 정류장에서 버스를 기다리던 희우에게 안경을 쓴 남자가 다가왔다. 유난히 흰 피부가 인상적이었다. 그는 휴대폰을 빌릴 수 있냐고 물었다. 희우는 썩 내키진 않았지만 떨 떠름하게 휴대폰을 내밀었다.

남자는 몸을 돌리고 휴대폰을 잠시 만지작거리더니, 상대방 전화번호를 잊어버렸다며 이내 돌려주었다. 때마침 도착한 버스에 올라탄 희우가 남자 쪽을 흘깃 보았지만 그는 이미 사라지고 없었다.

두 번째 만남은 희우가 벽화 작업을 하는 신축 카페 안에서였다.

카페에 도착한 희우가 작업을 시작하려는 찰나, 누군가가 가게 안으로 고개를 빼꼼 들이밀었다.

"저, 여기 아직 오픈 안 했는데요."

"아 그렇습니까?"

남자는 아직 공사 중인 가게 내부를 이리저리 둘러보았다.

"어머, 몇 달 전에 버스 정류장에서 뵀던 분 아니에요?"

"기억하시네요. 실은, 아까 사거리 신호등 앞에 서 계실 때 알아봤습니다. 여기로 들어오시길래, 저도 따라 들어왔네요. 그때 정말 감사했다는 인사를 드리려고요."

희우의 머리카락이 곤두섰다. 사거리에서부터 내 뒤를 따라 왔다고?

"아, 뭐 별것도 아닌 걸 가지고…."

"이 그림, 직접 그리신 건가요?"

"네…."

남자는 눈을 빛내며 희우가 그린 벽화를 유심히 관찰했다. 여전히 문고리를 붙잡고 고개를 반쯤 들이민 채.

"잠깐 들어오세요."

희우는 남자를 계속 문밖에 세워 두기도 뭐해서 예의상 들어오라고 했지만, 사실은 그가 바쁘다며 가 주길 바랐다.

"그럼 실례…."

안으로 성큼 들어온 남자의 시선이 벽에 그려진 공작새에 꽂혔다. 넘실거리는 밤바다처럼 짙고 푸른 몸체. 몸보다 몇 배나 긴 깃을 아래로 늘어뜨린 자태. 당당하고 고귀한 공작새의 모습은 한눈에 시선을 사로잡을 만큼 화려하고 압도적이었다.

"아름답네요."

"고맙습니다."

희우는 묘하게 냉랭한 분위기를 풍기는 이 남자가 썩 마음에 들지 않았다. 문득 그가 정류장에서 휴대폰을 빌리던 날도 비슷한 느낌을 받았던 것이 생각났다. 딱히 설명할 순 없었지만 그의 행동은 거짓으로 꾸민 것처럼 자연스럽지 않았다. 남자가 좀처럼 나갈 생각을 않고 그림을 유심히 뜯어보고 있자, 희우가 그의 감상을 끊었다.

"저, 제가 이제 작업을 시작해야 돼서요."

"아, 그렇군요. 죄송합니다. 희우 씨."

"예?"

희우는 잠시 얼이 빠진 표정으로 남자를 쳐다보았다. 소름이 등줄기를 타고 온몸에 퍼졌다.

"제 이름을 어떻게 아셨죠?"

남자가 빙긋 웃으며 공작새의 꼬리 아래 부분을 손으로 가리켰다.

"여기 써 있네요."

"아…."

희우는 자신의 화가 서명을 보고 멋쩍게 웃었다.

"제 이름은 김영준입니다."

남자는 묻지도 않은 이름을 알려 주며 악수를 청했다. 희우는 마지못해 손을 잡았다. 얼음장같은 그의 손을 잡은 희우의 몸이 부르르 떨렸다. 여기까지가 김영준, 아니 김주승에 대한 기억의 전부였다.

도로 상태가 고르지 않아 버스가 흔들리며 덜컹거렸다.

"그 사람은 내 그림을 보러 들어왔던 게 아니야…. 그 사람이 뚫어져라 관찰한 건 내 서명이었어!"

*

송화는 하이힐을 신고 나온 것을 후회했다. 가파른 언덕을 힘겹게 올라가다 중간에 몇 번이나 쉬어야 했다. 다행히 몰락해 가는 초라한 마을에서 약국을 찾기는 어렵지 않았다. 떨어질 듯 위태롭게 달려 있는 간판에는 조악한 글씨체로 '형제 약국'이라고 쓰여 있었다.

"어서 오세요."

지루함에 몸을 배배 꼬고 있던 60대 초반의 여자가 송화를 보고 스르르 몸을 일으켰다.

"뭐 드릴까?"

"두통약 하나만 주세요."

송화는 있지도 않은 두통을 지어내며 약국 안을 둘러보았다. 규모는 협소하지만 없는 것 없이 빼곡히 들어찬 선반. 약사는 시선을 송화에게 고정한 채, 팔만 움직여 익숙한 동작으로 두통약을 꺼냈다. 어떤 약이 어느 선반 몇 번째 칸에 있는지 눈 감고도 찾을 수 있다는 듯이.

"또 필요한 거 있어요?"

"저 혹시… 여기서 약국 하신 지 얼마나 되셨어요?"

"그건 왜요?"

약사의 졸린 눈이 갑자기 호기심으로 빛났다. 뜬금없는 송화의 질문에 담긴 저의가 무척이나 궁금한 눈치였다.

"예전에 여기 약사님이셨던 분의 아들을 찾고 있어요."

거짓말이었다. 송화는 주승과 한준의 관계에 대해 작은 단서라도 찾을 수 있을까 싶어 이곳을 찾아왔다. 여간해서는 개인적인 이야기를 입에 담지 않는 주승이지만, 송화와 만난 첫날 무심결에 약국 이야기를 꺼냈던 것을 송화가 어렵게 기억해 낸 것이다.

"약국이 우리한테 팔린 게 언젠데 전 주인 가족을 이제서야 찾아요?"

약사는 송화를 수상하다는 듯 훑어보았다.

"그냥 개인적인 일로…."

"무슨 볼일인데요? 나한테 말해 봐요."

"예전 약사님 댁에 저희 어머니가 신세를 좀 지셨어요. 저더러 꼭 약사님 찾아뵙고 인사를 드리라고 하셨는데 세월이 이렇게 지나 버려서… 가족분들이 아직도 이 근처에 사시나요?"

이것 역시 미리 생각해 둔 핑계였다.

"아유, 그 집이 벌써 언제 적에 풍비박산 났는데. 그 집 부부가 가스 마시고 죽었잖아요."

"가스요?"

송화의 가슴이 철렁 내려앉았다.

"응. 뉴스에도 나오긴 했는데 뭐, 크게 다루진 않았죠. 별 볼일 없는 동네에서 일어난 사고인 데다가, 원래 겨울엔 연탄이나 가스 질식사가 흔하니까."

약사는 반말과 존댓말을 섞어 가며 서슴없는 말투로 말했다. 마치 그들의 죽음이 전혀 애석하지 않고 자신과 아무 상관도 없다는 듯한 태도였다.

"아들내미 둘은 구사일생으로 살았다던데, 보육원 갔을걸요."

아들이 둘이라는 말에 송화는 더욱 혼란스러웠다. 주승은 한 번도 형제에 대해 언급한 적이 없었다.

"그때 사실 난리도 아니었지. 이 코딱지만 한 산동네에 경찰차며 방송국 차량이 들락거리느라 북새통이었다니까. 그 집안이 갑자기 그렇게 되는 바람에 약국이 헐값에 나와서 우리 집 양반이 얼른 샀지. 그 집 애들만 불쌍하게 됐어."

"저… 아들이 하나가 아니라 확실히 둘이었나요?"

약사는 귀퉁이에서 어슬렁거리는 손님 쪽을 한 번 힐끗 보더니, 송화에게 가까이 오라는 손짓을 했다.

"실은, 한 놈은 친아들이고, 다른 놈은 조카야. 남편 동생네 부부가 죽어서 할 수 없이 데려왔나 봐. 근데 그 약사 여편네가 더럽게 차갑고 인정머리라고는 눈곱만큼도 없는 여자거든."

약사는, 송화가 '예전 약사님 댁'과 지인이라고 한 사실을 까맣게 잊은 듯, 신이 나서 험담을 늘어놓기 시작했다.

"남편은 또 어떻고. 한량도 그런 한량이 없었지. 조카만 툭 던져 놓고 몇 달씩 집에 안 들어오고 그랬으니까. 돌아다니면서 사업한다고 이것저것 손댔다가 몽땅 말아먹었을 거야. 근데 몇 달씩 집에도 안 들어오는 남자가 옷은 항상 멀끔하게 입고 다녀서, 딴살림 차린 게 분명하다고 동네 사람들이 쑥덕거리고 그랬어. 원체 생긴 것도 번지르르한 게 왕년에 여자들깨나 달고 다녔을 얼굴이니까. 암튼 그 여편네 팔자도 참 기구하지. 청상과부 소리 들으며 사는 것도 억울했을 텐데 조카까지 떠맡게 됐으니."

생각지도 못한 가족사에 송화는 정신이 아득해졌다.

"처음 1년은 그냥저냥 조용하게 사는가 싶더니, 친아들 녀석이 갑자기 특수 학교로 옮긴다고 하더라고. 애가 좀 시원찮았거든. 그즈음부터 그 여편네 표정이 더 볼썽사납게 변하더라고. 지 아들 때문에 속상한 화풀이를 조카한테 하는 건지, 조카라는 애는 허구헌 날 밥도 못 먹어서 얼굴이 노래 가지고 다녔지. 좀 안됐어서 동네 사람들이 가끔 지나가는 애 불러서 밥도 먹이고 그랬다우."

"저, 혹시 그 아이들 이름… 기억나세요?"

"에이, 모르지!"

약사가 당연한 걸 묻냐는 듯 정색을 했다.

"내가 우리 손주들 이름도 가끔 헷갈리는데 남의 집 아들 이름을 어떻게 알아. 그것도 수십 년 전 일을. 게다가 그 약사 여편네, 아들이 놀림 받을까 봐 꽁꽁 숨겨 놓고 생전 밖에 내보내지도 않아서, 또래 애들도 걔를 잘 몰랐어. 조카라는 애도, 지나가면서 몇 번 마주쳤을 뿐이고."

"네…."

송화는 서 있기가 힘들었다. 어린아이들이 겪었을 상황이 너무 처참해 마음이 저려 왔다. 송화의 침울한 표정엔 아랑곳없이 신나게 떠들던 약사는, 비로소 귀퉁이에 앉아 있던 노인에게 억지로 말을 걸었다.

"할아버지, 오늘도 소화제 한 병 드려요?"

노인은 귀가 어두운지 대꾸도 않고 그대로 앉아 있었다. 더 큰 목소리로 재차 묻던 약사는, 이내 포기하고는 다시 송화에게로 시선을 돌렸다.

"근데 아가씨 어머니도 참 그렇다. 신세를 지셨으면 바로 인사를 해야지, 25년이면 강산이 열두 번은 변했겠네."

송화는 더 이상 약사의 말을 듣고 있을 수가 없었다.

"오늘 말씀 고마웠습니다. 그럼…."

"그 집 애들이 다니던 학교로 가 봐요. 그 애들을 기억할 선생님이 아직도 계시려나."

"아… 네, 그럴게요."

송화가 떨리는 목소리로 겨우 인사를 하고 돌아서는데, 약사가 다시 그녀를 불러 세웠다.

"이봐요, 아가씨!"

약사가 흔들어 보인 것은 두통약이었다.

"아, 죄송합니다."

송화가 황급히 핸드백에서 지갑을 꺼냈다.

"3천 원."

약사가 이를 드러내며 환하게 웃어 보였다. 덕분에 지루한 오후를 잘 때웠다는 듯한 웃음. 송화는 갑자기 욕지기가 솟았다. 남의 불행을 화제 삼아 도마 위에서 난도질하며 쾌감을 느끼는 사람들이 지을 법한 웃음이었다. 누군가에게는 평생 씻을 수 없는 상처가 되는 이야기를 심심풀이용 해외토픽처럼 읽고 곧 기억에서 지워 버리고 마는 가벼움이었다.

송화는 약국에서 도망치듯 빠져나왔다. 꾀병이었던 두통이 진짜로 생길 지경이었다. 약사의 낭랑한 목소리가 송화의 귓전에서 울렸다. 가스 마시고 죽었잖아요···. 구사일생으로 살았는데 보육원 갔을걸요···.

주승의 집에 들어와 살았다는 주승의 사촌은 한준이 맞을 것이다. 며칠 전 검사실에서 목격한 한준과 주승의 몸싸움을 떠올렸다. '오랜만이야, 형'이라는 주승의 목소리를 얼핏 들었지만, 당시에는 그저 아는 형이라서 그렇게 부른 줄로만 알았다.

하지만 풀리지 않는 의문도 있었다. 부모님이 가스 사고로 돌아가신 거라면, 주승이 한준을 그토록 원망할 이유가 무엇인가. 주승은 분명, 억울하게 죽은 부모의 한을 풀어 줘야 한다고 했다. 부모의 죽음이 한준 탓이라는 건가? 보도된 것과 달리, 실은 사고가 아니라는 뜻인가?

약사의 증언에 따르면, 한준은 오히려 그 집에서 구박을 받았다. 주승은 왜 자신의 어머니에게 천대를 받는 사촌을 굳이 미워했을까. 혹시 주승은 한준이 모든 불행을 몰고 왔다고 믿기라도 하는 걸까. 자신의 가족에게 벌어진 엄청난 비극이 한준으로부터 비롯되었다고, 그래서 한준을 탓하는 마음을 스스로 정당화시킨 걸까.

게다가 특수 학교라니, 그건 또 무슨 말일까. 다리를 약간 절기는 하지만, 대개 그 정도로는 특수 학교에 다니지 않는다. 주승이 가끔 공격적이고 날카롭기는 하지만, 그건 남에게 지기 싫어하는 성격 탓이라고 생각해 왔다.

그녀는 휴대폰으로 가스 사고를 검색해 보았다. 오래된 사건이라 기사는 찾을 수 없었지만, 마을 이름과 약국 이름, 가스 사고라는 키워드를 한꺼번에 입력하니 논문이 하나 떴다. 겨울철 안전사고의 통계와 대책에 대한 논문에서, 주승 가족의 사고를 예시 중 하나로 들고 있었다. 사고 날짜를 본 송화가 입술을 깨물었다.

"주승 씨 생일이 부모님 기일이었어…."

*

침대에 비스듬히 누워 있던 한준은, 누군가의 노크 소리를 듣고 자세를 고쳐 앉았다.

"한준 씨, 좀 어떠세요? 어제 많이 힘들었죠?"

권소영이었다.

"이제 괜찮습니다."

괜찮을 리가 없잖아, 라고 소영은 생각했다. 한준이 애써 담담한 체하는 것 같아 마음이 더 아팠다.

"오늘 아침에 희우 씨하고 이야기를 좀 나눴어요. 속이 깊고 멋진 분이던데요. 이제 희우 씨가 한준 씨 곁에 있게 돼서 참 다행이에요."

한준은 잠시 머뭇거리다가 입을 열었다.

"혹시 특정인의 면회를 금지할 수 있습니까?

"왜요?"

"앞으로 희우가 저를 찾아오지 못하게 해 주십시오."

"네?"

소영은 예상치 못한 한준의 요구에 깜짝 놀라 말을 잇지 못했다.

"부탁드립니다. 그리고 방도 다른 곳으로 옮겨 주세요. 병동의 맨 끝, 더 깊숙한 곳으로요. 어떤 방문자도 들어와서는 안 됩니다."

소영은 잠시 동안 어안이 벙벙했다. 한준의 어조가 워낙 단호하여, 거절하면 오히려 역효과를 부를 것 같았다. 그녀는 손을 더듬어 의자를 찾아 한준 앞에 앉았다. 그리고 부드럽게 타이르듯 말을 걸었다.

"음… 한준 씨. 사랑하는 사람에게 상처 주고 싶지 않다는 마음은 이해해요. 나 같아도 그럴 거예요. 하지만 지금은, 다른 사람 걱정하지 말고 오직 한준 씨만 생각하세요. 희우 씨가 곁에 있다는 사실만으로 한준 씨에게 큰 위로가 될 수 있어요."

한준은 깊은 한숨을 쉬었다. 그리고 천천히 입을 열었다.

"계속 악몽을 꿔요. 알약을 건네는 엄마의 모습과 희우의 모습이 자꾸 겹쳐요."

"…."

"이러다가 희우를 정말로 무서워하게 될까 봐 겁나요. 아예 안 만나는 게 좋을 것 같아요."

"언제부터 그랬어요?"

"그제요."

그제라면. 소영은 회의장에 괴이한 몰골로 나타났던 주승을 떠올렸다. 어디서 뒹굴다 온 듯 뻗친 머리와 가운에 묻어 있던 피, 정신이 반쯤 나간 듯한 표정. 소영은 그때 즉시 한준에게 오지 않은 것을 후회했다.

"그날은 아침부터 여러 가지 검사를 받았습니다. 이상한 주사도 맞았고요."

"주사요?"

"약물로 내 기억을 조종할 수 있다고 했습니다. 제가 실험체라면서. 일부러 희우 이야기도 꺼내더군요. 희우에 대한 제 기억을 안 좋은 것으로 만들려는 시도 같았어요."

주승이 진행하고 있던 실험이 바로 이거였구나.

한준에게 소중한 사람들을 모두 두려운 사람으로 만드는 것. 한준을 영원히 공포 속에 감금하여 사랑하는 사람들로부터 고립시키는 것.

"한준 씨⋯ 걱정 마세요. 내가 김 선생 반드시 처벌받게 만들 거예요. 그러려면 한준 씨가 꼭 증언을 해 주셔야 해요. 아니, 지금 당장 해야겠어요. 김 선생이 한준 씨 근처에 얼씬도 못하도록 조치를 취하고 올게요."

흥분한 소영이 당장 뛰쳐나가려고 하는데, 한준이 그녀를 불렀다.

"권 선생님."

한준의 목소리는 이상하리만치 고요했다.

"김주승이 김영준입니다."

"네?"

"그 아이. 내 사촌 동생이에요."

소영은 크게 놀랐지만 한준이 다음 말을 이어 가도록 애써 입을 다물었다.

"전에 말씀드렸죠, 내가 엄말 죽게 만들었다고. 내가 죽인 여자는 영준이의 엄마예요. 그러니까, 내 큰어머니였던 거죠."

마치 남의 일을 이야기하듯, 한준의 목소리에는 아무런 동요가 없었다.

"우린 한집에 살았죠. 참 희한해요. 옛날 일이 거의 다 기억났는데, 이상하게 영준이에 대한 기억과, 엄마가 실은 큰어머니였다는 것만 끝끝내 떠오르지 않았어요. 그러다가 그제 영준이가 말해 줘서 비로소 생각났죠. 그리고 곧 깨달았어요. 그 앤 처음부터, 줄곧 날 미워하고 있었다는 걸."

"한준 씨… 어떻게 이런 일이… 하지만 한준 씨가 죽였다는 건 사실이 아니잖아요."

"네, 그건 사고였습니다. 하지만 내가 죽인 거나 다름없어요. 난 어쩌면, 죄책감으로 괴로워하기 싫어서 그냥 잊고 살기로 결심한 걸지도 몰라요. 난 그 애가 살아 있는 줄도 모르고, 혼자 평범하고 즐겁게 제2의 인생을 누리고 있었던 겁니다."

한준은 피식 웃고 나서 다시 말을 시작했다.

"그래서 과거가 다시 찾아온 겁니다. 날 응징하러."

"…."

"그 애는 내 숨통을 하나하나 끊어 내고 있어요. 내 삶을, 영혼을, 그리고 이제 희우마저."

"…."

"영준이가 원하는 건 나의 고립입니다. 난 그 애가 원한 대로, 혼자 어두운 방에 웅크리고 앉아 두려움에 떨며 살아가고 있죠."

한준이 어둠 속에서 소영을 정면으로 바라보았다.

"그 앤 결국, 날 죽일 겁니다."

소영은 몸을 떨었다. 한준이 말하는 내용보다, 한준이 너무나 차분하다는 게 더 불안했다. 마치 무언가 결심한 사람처럼. 느낌이 좋지 않았다.

*

소영은 한준의 병실에서 나오다가 주승과 맞닥뜨렸다.

"아직도 내 환자 방에 들락거리시는군요."

주승이 양미간을 찡그리며 소영 앞에 섰다.

"제 환자이기도 하죠."

소영은 '제 환자'라는 부분에 힘을 주어 대꾸했다. 주승은 엷은 조소를 머금으며, 몸의 무게 중심을 한쪽 다리에서 다른 다리로 옮겼다.

"사흘 뒤라고 했을 텐데요. 이틀 지났으니 하루 남았군요. 회의 때 약속하지 않았습니까?"

"전 동의한 적 없어요."

소영의 대답에 주승의 입 주변 근육이 실룩거렸다.

"요즘 들어 상당히 도전적이시네요, 권 선생."

"이틀이든 사흘이든, 선생님이 정한 규칙 같은 건 무의미해요. 병원에선 위급 상황이 먼저죠. 환자가 도움을 필요로 하는 순간에, 선생님 허락이나 기다리고 있을 생각은 없거든요."

소영의 야무진 대답에 주승의 얼굴이 뻣뻣해졌다. 참으로 희한한 얼굴이라고 소영은 생각했다. 화가 난 게 분명한데 마음과 얼굴이 따로 노는 것 같은 부자연스러움. 가슴이 분노할 때, 얼굴 근육은 온 힘을 다해 분노를 억제하는 것 같았다.

"설사 위급 상황이라 해도 담당의에게 먼저 알리는 게 순서죠. 권 선생은 그런 기본도 모릅니까?"

"담당의라면, 자신이 치료한 환자의 상태에 책임을 져야 한다는 것 또한 아시겠죠."

소영의 조용하면서도 압도적인 태도를 보자, 주승은 이 여자가 대체 왜 이렇게 자신만만한가, 하고 생각하지 않을 수 없었다. 서로 노려보는 둘의 시선이 만나는 곳에 적대적 전류가 흘렀다. 두 사람은 결코 같아질 수 없는 음극과 양극이었다. 한쪽은 얼음, 한쪽은 불.

얼음이 입을 열었다.

"권 선생. 자꾸 선을 넘는 것 같은데. 계속 이런 식이면 환자 넘겨주는 일은 없던 일로 하게 될지도 몰라요."

주승의 협박을 들은 소영은 오히려 주승에게 가까이 다가갔다. 그리고 까치발을 들어 그의 어깨에 대고 귓속말을 했다.

"당신, 이제 김한준 환자를 빌미로 날 협박할 수 없어. 환자 근처에 얼씬도 못 하도록 만들어 줄 테니까."

소영이 발꿈치를 내리자, 주승이 차가운 눈빛으로 소영을 쏘아보았다. 바라보는 사람의 마음까지 얼려 버릴 듯 냉담한 눈빛. 소영은 그의 눈이 뿜어내는 한기에 몸서리를 쳤다.

주승에게서 멀어지자 그녀는 참았던 숨을 몰아쉬며 난간을 붙잡았다. 어디엔가 몸을 기대야 할 것 같았다. 불의를 참지 못하는 소영에게도 누군가와 대립하는 건 힘든 일이었다. 소영은 이런 쓸데없는 일로 에너지를 소모하고 싶지 않았다. 그녀가 원하는 건 주승과 싸우는 게 아니라 한준을 돕는 것이었다. 환자를 치유하는 데 온 힘을 기울여도 시간이 모자랄 판에, 치유를 방해하는 사람과 싸움까지 해야 하다니.

사무실로 돌아온 소영은 밀린 업무를 정리하다 말고 또 한 번 몸서리를 쳤다. 피가 돌지 않는 시체처럼 창백하게 굳어 있던 주승의 얼굴이 자꾸 떠올랐다.

"화를 내면 혈관이 확장돼서 얼굴이 붉어져야 하잖아. 그런데 이 남자는 어떻게 점점 핏기가 사라질 수 있지?"

그녀는 어릴 적 고모의 화실에 진열되어 있던 석고상들을 떠올렸다. 눈동자가 없어 더 섬뜩했던, 텅 빈 눈의 아그리파, 줄리앙, 카이사르.

"어떤 일로 화가 나든, 화를 내는 순간에 늘 동일한 감정이 일어나는 게 분명해. 그리고 그 감정은 하나의 기억에서 비롯된 것일 테고."

구두를 벗고 회전의자를 뱅뱅 돌리던 소영이 동작을 멈췄다.

"냉소."

소영이 조용히 읊조렸다.

"화를 낼 때마다 김 선생의 뇌가 불러들이는 감정은, 다름 아닌 냉소야."

그녀는 자신의 분석을 확신했다.

"냉소적이라는 건, 인간의 본질이 선하다는 걸 부정하는 거야. 냉소적 성향을 가진 사람은 기본적으로 누구도 신뢰하지 않

아. 순수한 호의나 진심 같은 게 존재한다는 사실을 믿으려 하지 않지. 냉소란 결국, 마음의 문을 닫은 상태야."

하지만 이게 가능하긴 한 걸까? 분노로 인해 싸늘해진 마음이 피의 속도를 늦춘다는, 이 인간적이지 않은 현상이.

혹시 주승은, 누군가가 마음 안으로 비집고 들어올까 봐 미리부터 빗장을 걸어 버린 건 아닐까? 그는 두려워하고 있어. 누군가와 진심으로 소통이라도 하게 되면, 단단하게 얼어 있는 원한이 누그러질까 봐. 마음에 간직한 빙하가 녹아 버리면 부모님의 죽음을 가벼이 여기는 게 될까 봐.

가슴속 빙하를 언 상태로 유지하려면 그만큼의 냉소를 또 발산해야겠지. 그래서 사랑이나 분노처럼 뜨거운 감정 앞에서도, 끓어오르는 가슴을 억누르고 오직 냉랭함으로 반응하도록 스스로를 훈련시켜 왔던 거야. 마음이 눈 녹듯 풀려 나약해지는 자신을 용납할 수 없었던 거지. 주승에게 있어 '차가운 분노'는, 죄책감을 덜어 주는 행위이자 그를 앞으로 나아가게 하는 동력이었을 거야.

"가만, 내가 왜 환자를 해치려는 의사까지 굳이 이해하려 애쓰고 있지?"

소영은 세차게 고개를 저었다.

"김주승 씨. 당신 어머니가 돌아가신 건 안됐지만, 그렇다고 앙갚음이 정당해지는 건 아니야."

주승은 노크도 없이 한준의 병실 안으로 당당히 들어갔다. 한준은 마치 주승이 올 것을 알고 있었다는 듯 고개조차 돌리지 않았다.

"날 죽이러 왔나?"

한준이 먼저 입을 열었다. 담담하고 두려움 없는 어조였다.

"누가 들으면 내가 살인자인 줄 알겠어. 정작 살인자는 따로 있는데 말야."

주승이 여유만만한 태도로 비아냥대며 한준의 침대 앞으로 천천히 나아갔다. 한준은 주승의 가운 주머니가 불룩한 것을 놓치지 않았다.

"오늘은 또 무슨 선물을 가지고 왔지? 기억을 뒤트는 주사에 이어, 이번엔 있지도 않은 기억을 만들어 내는 주사라도 가지고 왔나?"

주승은 키득거리며 손을 더듬어 의자를 찾아 앉았다.

"나도 그러고 싶지. 하지만 내가 신은 아니잖아?"

한준은 주승의 비아냥에 토역질이 날 지경이었다.

"어서 찔러! 얼마든지 실험체가 되어 줄 테니. 아! 이참에 아예 서로에 대한 기억을 몽땅 없애 버리는 건 어때? 더 이상 구질구질한 꼴 안 보고 좋잖아?"

"머릿속이 텅 빈 사람을 무슨 재미로 상대하겠어? 실험의 묘미는 서서히 변해 가는 실험체의 반응을 관찰하는 것이지, 실험체를 순식간에 바보천치로 만드는 게 아니라고."

주승은 한준의 쏘아보는 눈빛에 아랑곳없이 주머니에서 꺼낸 문서를 내밀었다.

"게다가, 이제 주사 따윈 필요 없어. 넌 이미 구제불능의 중증 환자야. 공식적인 의료 기록에 병명과 증상을 상세히 적어 두었을 뿐 아니라, 영원히 사회로 복귀할 수 없도록 항공 협회에 보고까지 해 놨거든."

한준은 종이를 거칠게 낚아챘다. 총 다섯 장으로 묶어진 문서는 다름 아닌 진단서였다. 빠른 속도로 읽어 내려가는 동안, 한준의 손과 입술에 경련이 일었다. 한준은 진단서를 난폭하게 구겨 바닥으로 내동댕이쳤다. 한준의 반응이 재미있다는 듯, 주승의 입꼬리가 올라갔다.

"혹시라도 헛수고할까 봐 알려 주는 건데, 병원 안의 인맥을 이용해서 진료 기록을 빼돌리거나 삭제해 봤자 소용없을 거야. 미국의 연구 기관과 함께 일하는 국내 실험팀에 너의 기록을 이미 제출했거든. 인간 김한준이 아닌 희귀병 환자 김한준으로 길이길이 의학계 역사에 남는 거지. 어때, 유명해진 기분이?"

자리에서 벌떡 일어난 한준이 순식간에 주승의 멱살을 잡아 올렸다. 강렬한 살의가 솟구쳤다. 보란 듯 자신이 한 짓을 떠벌리는 주승을 산산조각 내고 싶었다. 주승의 얼굴을 있는 힘껏 끌어당겨 소리를 질렀다.

"대체 이렇게까지 해서 네가 얻는 게 뭐야? 나한테 뭘 보여 주고 싶은 거냐고?"

주승은 먹살을 잡히고도 눈 하나 깜짝하기는커녕 소리 내어 크게 하품을 했다. 마치 네까짓 게 뭘 할 수 있겠냐는 듯이. 주 승의 하품을 본 한준은 기가 막혀서 피가 거꾸로 솟는 것 같았 다. 먹살을 움켜쥔 손을 부르르 떨며 주승을 던지듯 내려놓았 다. 또다시 몸싸움을 한다고 달라지는 것은 없을 터였다. 한준 은 침대에 털썩 주저앉아 새끼를 잃어버린 짐승처럼 절규하기 시작했다. 주승은 태연하게 몸을 굽혀 바닥에 떨어진 종이들을 다시 주워 들었다. 그는 구겨진 진단서를 하나하나 정성스레 편 뒤, 한준 앞에 펼쳐 주었다.

"힘 빼지 마. 이제 네가 할 일은, 두 다리 쭉 뻗고 잠이나 자 는 거야. 주는 약도 꼬박꼬박 먹어 가면서."

한준이 갑자기 절규를 멈췄다. 아침마다 들었던 말. 밥은 굶 더라도 약은 꼬박꼬박 먹어라. 그래야 착한 아이지.

한준이 주승을 향해 핏발 선 눈을 부릅떴다.

"네가 나한테 할 수 있는 게 고작 이런 것뿐인가! 넌 맨정신 으론 도저히 나와 상대할 배짱이 없는 거야. 수면제나 맞히고, 괴상한 주사나 놔서 날 무력하게 만들어 놓은 뒤에야 내 앞에 서 잘난 척을 할 수 있겠지. 그게 바로 너의 한계야, 김영준!"

"흠. 내가 놓은 주사의 위력을 과소평가하는군. 너도 모르는 새에 네가 믿었던 사람들을 의심하게 될 거라고 했지? 내가 보기엔, 벌써 그 작용이 시작되었을 텐데? 그리고 난 이제 김영준이 아니라 김주승이야. 김주승은 오직 김한준을 파멸시키기 위해 존재해. 잊었어? 내가 너의 저승사자란 걸!"

주승이 언성을 높이자 한준이 낮게 비웃는 소리를 냈다.

"안됐지만 나한테 넌 그저 어린 시절의 김영준일 뿐이야. 늘 엄마 다리 뒤에 숨어서 나를 지켜보던 소심한 녀석. 한 지붕 아래 살면서 내 고통을 모른 척 외면하고, 마치 그 집에 혼자만 사는 것처럼 굴던 비겁한 자식. 너란 인간은 거기서 한 치도 발전하지 않은 것 같군."

"넌 그때 우리 집에 오지 말았어야 했어."

"내가 너희 집에 안 갔으면 네 인생이 빛났을 거라고 생각해? 아니. 넌 여전히 소심하고 비겁했을 거야. 그게 너니까."

"닥쳐!"

"네가 엄마한테 날 때리지 말아 달라고 단 한 번만 부탁했어도, 엄마는 그 말을 들어줬을 거야."

"엄마라고 부르지 마. 네 엄마가 아니라 내 엄마야."

"내가 갇혀 있다는 걸 뻔히 알면서도, 넌 옆방에서 간식을 먹고, 텔레비전을 보고, 가수들이 부르는 노래를 따라 부르다가 잠을 잤어. 넌 그런 놈이야!"

"그래그래, 생각나네. 내가 기억력이 좀 비상하긴 했지. 유행가 가사 같은 건 한 번 들으면 좀처럼 까먹질 않았으니까."

주승이 낄낄대며 천연덕스럽게 맞장구를 쳤다.

"네가 우리 엄마한테 구둣발로 맞으면서 중얼거리던 주문까지 한 번 듣고 외워 버렸거든. 봤지? 내가 보낸 문자."

한준은 더 이상 듣고 싶지 않다는 듯 침대에 누워 버렸다. 마침내 주승도 자리에서 일어났다.

"자자… 밤을 새워서라도 회포를 더 풀고 싶지만, 난 바빠서 이만 가 봐야겠어."

주승은 관절이 꺾이는 소리를 내며 요란하게 기지개를 켰다. 그리고 돌아누운 한준의 뒤에 대고 무미건조하게 말했다.

"내가 형이라면 마음을 비우겠어. 마지막 조력자인 권소영은 더 이상 네 편이 되어 줄 수 없을 거거든."

주승은 찬바람을 일으키며 병실에서 나갔다.

*

한준은 주승이 침대 위에 펼쳐 놓고 간 진단서를 넋 나간 듯 바라보았다. 한준이 구겨서 바닥에 던져 버렸던 것을 주승이 다시 보란 듯 침대 위에 올려놓고 갔다. 진단서를 협회로 보냈다는 건 한준에게 사형 선고나 마찬가지였다. 언젠가는 다시 창공을 날 수 있을 거라는 그의 마지막 희망은 이제 사라져 버렸다. 아픈 건 죄가 아님에도, 한준은 환자라는 낙인을 껴안고 살아야 하는 것이다.

한준의 가슴속에서 천둥 번개가 쳤다. 그는 무언가에 이끌리듯 일어나 두꺼운 의료용 안대를 착용한 뒤 병실 문을 열었다. 한준은 벽을 더듬지 않고도 거리 감각과 방향 감각만으로 주승의 연구실까지 찾아갈 수 있었다. 평소 복도에 인적이 드문 시간을 이용해 수차례 연습한 덕분이기도 했다.

주승의 연구실에 도착한 한준은 지체없이 문을 열어젖혔다. 주승은 징계 위원회에 간 상태라 방이 비어 있었다. 몇 걸음 걸어가니 주승의 책상이 만져졌다. 서랍을 열고 거칠게 안을 헤집던 그의 손이 탐색을 멈췄다. 조그마한 약병과 바늘이 그대로 꽂혀 있는 주사기. 한준은 이것이 바로 검사실에서 주승이 자신에게 강제로 놓았던 주사기임을 확신했다. 정당한 치료에 사용된 주사기였다면 책상 서랍 대신 진료실에 비치된 바늘 폐기통에 버렸을 것이다. 한준은 약병을 흔들어 보았다. 액체가 절반 정도 남아 있었다. 푸른 빛의 형광 단백질을 맞으면 기억 세포가 자극되어 그 순간 했던 생각이 뇌에 각인된다고 했던가. 이 약물을 맞은 뒤, 알약을 건네는 손과 희우의 모습이 겹쳐 보이는 악몽을 자주 꾼 터였다. 이미 직장과 일상을 잃은 한준에게서 마지막 남은 인연마저 끊어 버리려는 주승의 계획이 미약하게나마 효과를 발휘한 셈이었다.

한준은 회전의자에 털썩 주저앉았다. 병 안에 남은 약을 몽땅 주입해 버리면 어떤 결과가 나올까. 약을 넣고 행복했던 시간을 떠올리면 더 이상 악몽에 시달리지 않아도 되는 걸까. 정량이 얼만큼인지는 모르지만 그런 것은 아무래도 좋았다. 더 이상 주승의 계략과 병마의 무기력함에 휘둘리고 싶지 않았다.

"어차피 위험을 감수하지 않고는 아무것도 얻을 수 없어. 적어도 내 운명은 내가 결정할 거야."

한준은 떨리는 손으로 시린지를 끝까지 당겼다. 주사기 가득 액체가 채워졌다.

"이젠 내가 나를 실험할 차례다."

말이 끝나기 무섭게 그가 주사기를 다리에 찔러 넣었다. 짧고 낮은 신음이 새어 나왔다. 약이 어떤 결과를 가져다줄지 확신할 수 없었지만 그는 운명을 받아들일 준비가 되어 있었다.

한준은 눈을 감고 어릴 때의 자신을 떠올리려 애썼다. 그때로 돌아가자. 엄마와 아빠가 심연 속에 뛰어들 거라는 사실 따윈 까맣게 모른 채 행복하게 지내던 그 시절로.

그러나 의지와 달리 한준의 의식은 어느새 음울하게 출렁이는 호숫가에 와 있었다. 엄마 아빠의 시신이 미아처럼 떠돌고 있을지도 모르는 이곳. 검은 호수로 풍덩 뛰어든 그는 계속해서 아래로 침잠해 갔다.

호수 바닥에는 블랙홀처럼 모든 것을 빨아들이는 소용돌이가 있다. 소용돌이는 주변에 떠도는 생물체들을 흡입하여 게걸스럽게 먹어 치우고는 아무 일도 없었다는 듯 단단한 모래 바닥으로 모습을 바꾸어 버렸다. 엄마 아빠는 분명 저기 있어! 저 무시무시한 놈에게 잡아먹힌 거라고! 한준은 두 손으로 미친 듯이 바닥을 파헤쳤다. 희뿌연 모래 먼지가 일어나 눈을 뜰 수가 없었다. 아무리 손을 휘저어도 잡히는 건 해초뿐이었다. 엄마 아빠는 거기에 없었다. 그들은 호수 바닥에 머리를 박고 묻혀 있지도, 녹슨 난파선처럼 누군가의 구조를 기다리고 있지도 않았다. 오랜 세월 모래를 뒤집어쓴 채 호수에 갇혀 고통받고 있었던 건 그들이 아니라 한준이었다.

여기까지인 건가, 우린. 결국 만나지 못하고 끝나는 거였나…. 변명할 기회라도 주려고 했는데. 나를 지우면서까지 잊었던 당신들인데….

힘이 빠진 한준의 몸이 서서히 떠올랐다. 수면에 가까워지자 따스함이 정수리에 느껴졌다. 내리쬐는 포근한 빛. 이 빛은 나를 정죄하는 빛이 아니야. 날 감싸 주는 빛이야.

기분이 이상해…. 한준은 다시 아기가 된 것 같았다. 강보에 싸여 있는 것처럼 편안하고 따스했다. 빛이 얼굴을 어루만지는 느낌이 들어, 한준은 물속에서 살며시 눈을 떴다. 어느새 나타난 경은과 시윤이 물결따라 너울거리며 한준 곁을 유영하고 있었다. 쓰다듬는 손의 온기. 살과 살을 맞댄 조우. 한준이 참았던 울음을 터뜨렸다. 엄마 손을 놓쳐 길에서 헤매던 아이가 모퉁이에서 엄마를 발견하고 설움이 복받치듯.

경은과 시윤은 한준을 애틋하게 바라보며 연신 입을 벙긋거렸다. 소리는 들리지 않았지만 '미안해'라고 말하는 것 같았다.

엄마! 아빠! 한준이 호흡을 더 이상 참을 수 없어 버둥거리자, 그들은 강한 팔로 한준의 어깨를 양쪽에서 잡고 수면으로 끌어당겼다. 이건 환영이 아니라 실체였다. 한준은 그들에게 몸을 맡긴 채 마지막일지도 모를 온기를 놓치지 않으려 애썼다.

마침내 한준이 수면 위로 떠오르며 호흡을 토하며 눈을 번쩍 떴다. 온몸이 땀으로 축축했다. 한준은 안대를 벗어 던지고 뺨에 손을 올렸다. 가슴이 쿵쾅거렸다. 기억할게요. 빛은 무서운 게 아니라 따스한 거야. 고마워요.

*

다음 날 아침. 소영은 반가운 이메일을 받았다. 징계 위원회가 곧 열리니 필히 참석하라는 내용이었다.

"어떻게 된 거지? 아직 정식으로 청원서를 올리지도 않았는데. 원장님이 벌써 알아서 처리해 주신 건가?"

드디어 주승이 저지른 일을 낱낱이 공개할 수 있다는 사실에 소영의 가슴이 벅차올랐다.

"이제야 원장님께서 나의 진면목을 알아주시는군."

소영은 제일 먼저 한준의 병실에 내부 라인으로 전화를 넣었다. 직접 찾아갈 수도 있었지만, 징계 위원회가 열린다는 시각이 20분밖에 남지 않아 촉박한 상황이었다. 전화벨이 한참 동안 울렸지만 한준은 전화를 받지 않았다.

"한준 씨가 증언을 해 주어야 하는데. 왜 전활 안 받지?"

소영은 조금 불안해졌다. 이번에는 희우에게 전화를 걸었다.

그러나 어쩐 일인지, 희우 역시 전화를 받지 않았다. 음성 메시지를 녹음하라는 목소리가 나오자, 소영이 통화 종료 버튼을 눌렀다.

"큰일 났네. 김주승이 희우 씨 서명을 도용한 걸 증명하려면 희우 씨가 와야 하는데."

소영은 한숨을 쉬다가, 이내 어깨를 으쓱했다.

"잘할 수 있어, 권소영. 일단 내가 아는 것을 모두 이야기하자. 만약 김 선생이 잘못을 시인하지 않거나 증거가 부족하다고 하면, 그때 두 사람에게 연락하면 돼."

소영의 온몸이 긴장으로 부르르 떨려 왔다. 드디어 주승을 한준에게서 떼어 놓을 수 있는 절호의 기회가 온 것이다.

"아, 떨려. 청심환이라도 먹어야 하나."

물을 한 모금 들이켜고 사무실을 나선 소영은, 긴 복도를 지나 엘리베이터를 타고 1층 회의실로 들어섰다. 커다란 회의실 가운데 놓인 둥그런 탁자 저편으로, 최 원장을 비롯한 네 명의 임원들이 자리 잡고 있었다. 소영은 목례를 하고 끄트머리에 앉으며 최 원장에게 물었다.

"김주승 선생님은요?"

"무슨 소린가?"

최 원장이 영문을 모르겠다는 얼굴로 소영을 보았다.

"김주승 선생님이 와야 하는 자리잖아요."

소영의 말에, 최 원장과 임원들은 서로 번갈아 마주 보며 헛기침을 했다.

"권 선생. 아직 모르는 겐가?"

"무얼…?"

당황스러워하는 최 원장과 임원들의 눈초리가, 뭔가 잘못 돌아가고 있음을 알려 주고 있었다.

"권 선생. 징계 위원회에 회부된 사람은 김주승이 아니라, 바로 자넬세."

"네? 무슨 착오가 있었나 보네요."

"착오가 아닐세. 우리도 황당하긴 마찬가지야. 하지만 청원서가 제출되면 일단은 위원회를 여는 것이 원칙인 걸 어쩌겠나."

소영은 너무나 황당한 나머지 입을 다물지 못했다. 대체 어떤 혐의로 자신을 고발했단 말인가. 소영이 징계 위원회를 들먹이자 위협을 느낀 주승이 선수를 친 게 분명했다.

'이렇게까지 과잉 반응을 하다니. 겁이 나긴 났던 모양이지.'

이로써 주승이 자기 혐의를 스스로 인정한 꼴이 되었지만, 소영은 일단 발등의 불부터 꺼야 했다. 징계받을 일을 한 적이 없다고 생각하면서도, 막상 심문받는 입장이 되자 소영의 등덜미에 식은땀이 솟았다.

"자자, 시간 없으니까 일단 진행합시다. 진위 여부야 따져 보면 곧 드러날 테고."

최 원장이 성마른 동작으로 책상을 두들기며 재촉했다. 진행을 맡은 윤리 위원회 위원장 황영만이 관련 서류를 손에 들고 단조로운 목소리로 회의의 시작을 알렸다.

"2015년 12월 23일 소집된 징계 위원회 회의를 시작합니다."

서기를 맡은 윤기찬 부교수는 준비해 온 회의록에 내용을 받아 적었다.

"고발된 징계 사유 및 혐의 요지는 다음과 같습니다. 협박, 비난, 업무상 정당한 지시 불이행, 업무방해, 환자에게 사적인 접근, 환자에게 허위 사실을 믿도록 강요함, 무단 침입."

하나도 아니고 이렇게나 많이? 소영이 쓴웃음을 지었다. 게다가 거론된 혐의들은 의미가 모호한 것들로, 해석하기에 따라 얼마든지 유죄로 몰고 갈 수 있는 항목들이었다.

'아주 작정을 하셨군.'

소영은 평정심을 유지하려고 애썼지만 죄인석에 앉아 추궁을 받는 일은 생각보다 훨씬 긴장되는 일이었다.

"편의상, 직함은 빼고 이름만 사용하여 읽도록 하겠습니다."

황영만은 헛기침을 한 뒤 혐의 내용을 읽어 내려갔다.

"김주승이 고발한 내용은 다음과 같습니다. 권소영은 김주승에게 환자 근처에 얼씬도 못하게 만들어 주겠다고 협박했으며, 평소에도 수시로 김주승을 비난해 왔습니다. 환자의 과거와 최면 치료의 특수성 때문에 환자와 거리를 두어 달라는 김주승의 정당한 지시에도 불구, 권소영은 지시를 무시하고 계속 환자의 병실에 드나들었으며, 김주승의 치료 방식에 끊임없이 비논리적인 의문을 제기하여 업무를 방해해 왔습니다.

뿐만 아니라, 검증되지 않은 테라피를 담당의인 김주승과 사전 상의도 없이 환자에게 사용하였습니다. 또한 권소영은 환자에게 사적인 선물을 했으며 진료가 끝난 밤늦은 시각에도 병실에 드나드는 등, 도를 넘어선 행동을 함으로써 치료자가 갖추어야 할 진중한 이미지를 손상시켰습니다. 결과적으로, 상담자와 내담자의 결속에 필수 요소인 '신뢰감 형성'에 해를 끼쳤습니다. 또한 권소영은, 김주승을 나쁜 의사로 여기도록 유도하여 환자에게 혼란을 가중시켰습니다. 마지막으로⋯"

황영만은 중간에 숨을 한 번 고르고 마지막 혐의를 읽었다.

"권소영은 김주승이 연구실을 비운 사이 무단으로 침입하여 방을 뒤지기도 했습니다. 이는 비윤리적이며 병원의 품격을 심히 실추시키는 행위로서, 처벌받아 마땅하기에 징계 의결을 요구합니다."

임원들의 의심 가득한 눈초리가 소영에게 꽂혔다.

"권 선생. 이게 모두 사실입니까?"

충격을 받은 소영은 가시방석에 앉은 듯 몸을 꿈틀거렸다. 나열된 사건들은 실제로 존재하긴 했지만, 한 끗 차이로 소영을 천하의 악인으로 보이도록 만들고 있었다.

"해명을 들어 보겠습니다. 진술해 주시죠."

소영은 의혹의 눈길을 한 몸에 받으면서 떨리는 목소리로 겨우 입을 열었다.

"하… 참, 어디서부터 설명해야 할지."

윤기찬이 한숨을 쉬며 쏘아붙였다.

"권 선생. 아무 해명도 하지 않으면, 모든 혐의를 인정하는 것으로 간주…"

"해명… 아니, 설명하겠습니다!"

"그럼 혐의별로 하나씩 말씀하시죠."

소영은 바짝 타는 목구멍에 마른침을 넘기고, 크게 심호흡을 했다.

"들으신 내용 모두 앞뒤 순서가 바뀌었어요."

"무슨 소리죠?"

"그러니까… 환자 근처에 가지 말라는 협박은 김 선생님이 전부터 자주 했기 때문에 제가 받아친 거고요. 비난이라면 제가 들은 적이 더 많고요. 도를 넘어선 행동 역시, 제가 아니라 김 선생님이…."

"그럼, 권 선생은 김주승 선생을 협박하거나 비난한 사실이 전혀 없다는 겁니까?"

"저도 하긴 했죠. 제 말은… 그분이 먼저라고요. 그리고 제가 그분을 비난한 건, 그분이 환자에게 불필요한 고통을 초래하면서까지 최면 요법을 밀어붙였기 때문이에요. 제가 아무리 그 방법이 적절하지 않다고 말씀드려도 인정하려고 하지 않았어요. 그래서 환자를 멀리하라는 지시를 지킬 수 없었습니다. 환자가 제 도움을 필요로 했기 때문에, 저는 저대로 환자를 보살필 수밖에 없었거든요."

"그럼, 선물은요? 그건 사실입니까?"

"사실입니다. 하지만…"

"그럼 결국은 다 사실이군요. 협박, 비난, 지시 불이행, 업무 방해, 사적인 접근. 모두 권 선생이 한 게 사실이라는 거 아닙니까?"

"…."

"환자에게 김 선생을 나쁜 의사라고 믿게 했다는 부분은요? 무단 침입은? 이것도 사실입니까?"

황영만의 언성이 점점 높아졌다.

"그게 어떻게 된 일이냐면…."

소영이 머뭇거리자 황영만이 짜증스럽다는 듯 다그쳤다.

"네, 아니오로만 대답하세요!"

소영의 정신이 아득해졌다. 소영이 '왜' 그랬는지는 정상 참작을 하기 위한 부연 설명일 뿐, 고발 자체를 뒤집을 수 없었다. 소영의 해명은, 혐의를 벗기 위함이 아니라 처벌의 경중을 논하는 도구가 되고 말았다.

이 난관을 타개할 방법은 한 가지뿐이었다. 고발한 사람의 인격 자체를 의심하게 만드는 발언으로 응수하는 것. 그래야 위원회의 관심을 주승에게로 돌릴 수 있다.

"이건 중상모략입니다!"

"중상모략이라니? 고발 내용이 모두 거짓이라는 겁니까?"

"실제로 일어난 일이긴 하지만, 제가 그런 행동을 한 데는 합당한 이유가 있습니다. 이 청원서는 철저하게 고발자의 관점으로 쓰여졌을 뿐 아니라, 사건의 본질을 외면하고 오직 겉으로 드러난 현상만 보도록 유도하고 있습니다."

"고발자가 악의를 가지고 권 선생을 중상하고 있다는 겁니까?"

"그렇습니다."

"대체 왜 중상모략을 한다는 거죠?"

"제가 김 선생님의 비밀을 알고 있기 때문입니다. 제가 발설하기 전에 선수 쳐서 저를 고발한 거죠. 제가 해고당하거나, 최소 징계라도 받으면 당분간 저를 환자에게서 떨어뜨려 놓을 수 있으니까요."

소영의 말에 동요된 임원들은 심상치 않은 표정으로 자세를 고쳐 앉으며 그녀에게 집중했다.

"자세히 말해 보세요."

"김 선생님은 의사로서의 본분을 잊고 환자에게 개인적인 원한을 투사하여 보복성 진료를 해 왔습니다. 제가 그 사실을 알아채고 환자를 보호하려 하자, 김 선생님은 저를 환자에게 접근하지 못하도록 하기 위해 팀 치료를 허락하지 않고 단독으로 환자를 맡겠다고 주장했습니다. 저는 환자를 보호하기 위해 김 선생님과 대립할 수밖에 없었고요."

"보복이라니? 그러면 김 선생이 무리하게 최면 요법을 밀어

붙인 게, 원한이 있는 환자에게 고통을 주기 위해 일부러 그렇게 한 거란 말입니까?"

"네, 그렇습니다. 그 요법이 환자에게 고통을 준다는 것을 잘 알았기 때문에 무리하게 감행한 거죠. 환자에 대한 열정 때문도 아니고, 의사로서 그 방법이 최선이라 믿어서도 아닙니다."

"권 선생은 그걸 어떻게 알았습니까?"

"환자와 대화를 나누면서 알게 되었습니다. 환자는 최면 치료를 받을 때마다 몹시 괴로워했습니다. 발작의 강도가 점점 심해져 급기야는 독방에 격리 수용되었죠. 그럼에도 김 선생님은 최면 치료를 멈추지 않고 강행했을 뿐 아니라, 환자가 특정 알약에 공포를 느낀다는 것을 알고 일부러 같은 모양의 약을 처방해 주는 등, 환자를 공포의 구렁텅이로 몰아넣었습니다. 또한 환자가 다른 의료진에게 보여질 기회를 모두 차단했습니다. 환자는 독방에서 자살까지 시도했는데, 주치의는 계속 효과도 없는 치료만 밀어붙이겠다고 합니다. 이게 환자가 낫길 바라는 의사가 할 만한 행동일까요?"

"권 선생. 지금 한 말, 책임질 수 있습니까?"

"물론이죠. 그리고 이게 다가 아닙니다."

소영은 거리낌 없이 대답했다.

"김 선생님은 복수라는 명분 아래 환자가 동의하지 않은 실험까지 감행했습니다. 그리고 보호자의 서명을 위조하여 실험 동의서를 조작하였습니다. 제가 연구실에 잠입했을 때 발견했어요. 사진을 보시죠."

소영은 자신의 무단 침입죄를 인정하는 한이 있더라도 사진을 임원들에게 보여야 한다고 생각했다. 돌아가며 휴대폰 속의 사진을 본 임원들은 사진을 확대하며 고개를 갸웃거렸다.

"하지만 이 서명이 조작인지 아닌지, 어떻게 판단합니까?"

"제가 증명하겠습니다."

그때 회의실 문이 열리며 희우가 모습을 드러냈다. 깜짝 놀란 소영이 자리에서 벌떡 일어났다. 당황한 임원들은 저 여자가 누군지 아느냐는 눈빛을 서로 주고받았다.

"죄송해요. 문이 조금 열려 있어서 아까부터 회의를 지켜보고 있었어요. 이희우라고 합니다."

희우가 정중히 허리를 굽혀 임원들에게 인사를 했다.

"제 증인입니다."

소영이 활짝 웃었다. 문으로 가서 희우의 손을 잡은 소영이 귓속말로 재빨리 물었다.

"여긴 어떻게 알았어요?"

"사무실에 갔었는데 직원분이 여기 계실 거라고 해서요."

희우는 떨리는 목소리로 자기소개를 한 뒤, 주승이 줄곧 자신을 미행한 일과, 우연을 가장하고 일터에까지 따라와 서명을 관찰하고 간 사실을 폭로했다. 뿐만 아니라 휴대폰을 빌리는 척 접근해 한준에게 이별 통보가 가도록, 자신인 척 문자를 예약해 놓았다고도 밝혔다. 모든 정황으로 미루어 주승은 오래전부터 한준을 음해하기 위해 세밀한 계획을 세운 것이 분명하다고 덧붙이는 것도 잊지 않았다.

충격을 받은 임원들은 믿지 못하겠다는 듯 고개를 절레절레 흔들었다.

"만약 이게 사실이라면, 단순히 병원 차원의 징계로 끝날 일이 아니지 않습니까?"

"김 선생님은 김한준 환자에게 강한 적개심을 품고 있습니다. 병을 고치기는커녕, 의사라는 신분을 이용하여 환자를 괴롭혀 왔습니다. 어린 시절부터 서로 아는 사이였기 때문에, 환자가 무엇을 두려워하는지 알고 악용한 거죠. 이 점은 환자에게 직접 물어보시면 아실 겁니다."

자신감을 얻은 소영이 또랑또랑한 목소리로 설명을 이어 갔다. 그녀는 옆에 앉은 희우가 긴장하자 가만히 손을 잡아 주기도 했다.

"허허, 이거 대체 무슨 소린지 원. 두 분 다 영화를 너무 많이 본 것 아니오? 김 선생이 워낙 까칠하고 유별나긴 하지만, 자기가 근무하는 병원에서 버젓이 환자에게 복수라니! 도저히 믿어지지가 않는군."

"네. 믿기 어려운 일이죠. 다른 사람도 아닌 의사가 환자를 괴롭히다니. 전무후무하고 극악무도한 일이라고 생각합니다."

임원들은 저마다 참, 헛허, 이럴 수가, 등을 내뱉으며 혀를 찼다. 황당함을 감추지 않고 목을 졸라맨 넥타이를 느슨하게 풀거나, 피가 몰린 얼굴에 연신 손으로 부채질을 해댔다.

"이 사실을 왜 진작 보고하지 않았습니까?"

"어떻게든 김 선생님을 막아 보려고 했습니다. 좀 더 빨리 알렸어야 하는데. 제 불찰입니다."

"원장님. 이건 형사 처벌감 아닙니까? 이 사실이 외부에 알려지기라도 하면 우리 병원 이미지는 대체 어떻게 되는 겁니까?"

임원들은 목청을 높여 최 원장에게 성토했다. 최 원장은 성난 투기견처럼 이를 드러내며 심기 불편한 소리를 내더니, 냅다 소리를 질렀다.

"당장 김주승 불러와!"

진료를 서둘러 마친 주승이 짜증스러운 얼굴로 회의실에 들어섰다. 거만함과 피곤이 묘하게 섞인 표정이었다. 주승은 소영 옆에 앉아 있는 희우를 보고 깜짝 놀랐지만, 짐짓 모른 체하며 임원들에게 인사를 했다. 주승이 의자에 앉기도 전에 최 원장이 날카로운 목소리로 물었다.

"김 과장. 지금부터 내가 묻는 말에 똑바로 대답하게."

주승은 심상치 않은 낌새를 느꼈지만 내색하지 않고 천천히 자리에 앉았다.

"자네가 김한준 환자에게 복수심으로 진료를 해 왔다는 게 사실인가?"

주승의 입꼬리가 슬그머니 올라가다가 다시 내려왔다.

"천만에요. 그런 적 없습니다."

주승은 짧고 단호하게 말하고는 입을 닫아 버렸다.

"자네 비밀이 탄로 나니까 권 선생을 해임시킬 심산으로 고발을 했다던데?"

주승은 최 원장에게 대답하는 대신, 소영에게 고개를 돌렸다.

"권 선생님. 궁지에 몰리니까 별소릴 다 꾸며 내셨군요."

"대답해! 김한준 환자와 원한 관계가 있다는 게 사실인가?"

최 원장이 폭발하듯 큰 고함을 질렀다. 원장의 과격한 반응에 다른 임원들도 놀라 서로 눈짓을 주고받았다. 그러나 주승은 여전히 감정의 동요 없는 무덤덤한 얼굴로 간결하게 대답했다.

"아니요. 터무니없는 모함입니다."

순간, 최 원장은 벌떡 일어나 들고 있던 노트와 필기도구를 주승에게 힘껏 집어던졌다. 모두가 바짝 숨을 죽이고 최 원장과 주승을 번갈아 쳐다보았다. 팽팽한 긴장감이 몇 초간의 정적을 지배했다. 별안간 얼굴을 가격당한 주승이 안경을 고쳐 쓰며 입술에 경멸과 조소를 띠웠다. 주승의 눈꺼풀과 윗입술이 미세하게 떨리는 것을 소영은 유심히 보고 있었다.

"내가 너 이러라고 선화 병원에서 데려온 줄 알아? 성적 좋았던 거 외에는 빽도 없고 연줄도 없는 주제에, 시키는 일을 고분고분하길 하나, 사고 안 치고 얌전히 진료를 하길 하나!"

최 원장의 거친 열변에 놀란 희우가 어쩔 줄 몰라 하자, 소영은 안심하라는 눈길을 보냈다.

"시건방진 네놈 때문에 하루도 골치가 안 아픈 날이 없어! 네깟 놈한테 과장직까지 줘서 남들 앞에 당당히 행세할 수 있게 만들어 줬더니, 이젠 뭐? 보복성 진료? 기어코 내 얼굴에 먹칠을 하고 병원을 추문에 휩싸이게 하겠다는 거야?"

목까지 시뻘게져서 고래고래 소리를 지르는 최 원장의 입에서 화염이 뿜어져 나올 것만 같았다.

"은혜도 모르는 놈이 의사는 무슨 의사! 당장 가운 벗고, 우리 병원에서 나가!"

무릎 위에 얹어져 있던 주승의 두 주먹이 경련하기 시작했다. 경련은 주먹에서 팔을 거쳐 어깨로, 허벅지와 무릎과 발끝으로 순식간에 퍼져 나갔다. 마침내 그는 냉동창고에 갇힌 사람처럼 온몸을 덜덜 떨기 시작했다. 어찌나 심하게 떠는지 그가 앉아 있는 의자가 바닥에 덜그럭거리며 진동할 정도였다. 그는 갑작스러운 몸의 떨림을 스스로 제어하지 못하는 듯했다.

극심한 경련은 이내 얼굴에도 나타나, 무언가를 거부하는 사람처럼 세차게 도리질을 했다. 그의 안면 근육은 그동안 억눌렸던 감정을 한꺼번에 폭발시키려는 듯, 경련을 멈출 생각이 없어 보였다. 얼굴의 떨림을 멈춰 보려는 나름의 시도인지, 무릎 위에 놓여 있던 그의 꽉 쥔 주먹이 갑자기 튀어 오르며 그의 얼굴을 쳤다.

주승 스스로도 놀라 낮은 비명을 질렀지만, 성대 근육조차 그의 비명을 통제하지 못하는 듯 비명은 괴상한 소리로 발현되었다. 그 소리는 마치 갓 태어난 아기가 지른 비명처럼 뜬금없이 튀어나와, 고삐 풀린 망아지처럼 제멋대로 음계를 방황하고 있었다.

이 해괴한 광경을 지켜보던 사람들 모두 경악을 금치 못했다. 희우 역시 태어나서 처음 보는 기괴한 장면에 안절부절못했다. 오직 소영만이 놀란 가슴을 애써 진정시키며 주승의 모습을 유심히 관찰하고 있었다. 주승은 이제 머리 꼭대기부터 발가락 끝까지 전신을 격렬하게 떨고 있었다.

지진대의 맨틀이 암석을 녹이려고 온도를 올리듯, 주승의 심장이 서서히 체온을 올리며 열을 몸 구석구석으로 전달했다. 그의 심장은 부글대며 상승한 압력을 억누르기 위해 안간힘을 썼다. 주승의 안면 근육은 이제 주승의 통제를 완벽하게 벗어나 독립적인 개체가 되었다.

급기야 오랜 세월 억눌러 온 모든 욕망과 분노가 한꺼번에 분출되었다. 주승의 입에서 알 수 없는 말이 쏟아져 나왔다. 연속적인 숫자를 달달 외우더니, 빠른 속도로 주문 같은 것을 읊기도 했다. 도무지 이해할 수 없는 언어를 주절대던 그는, 갑자기 눈에 흰자위를 보이더니 바닥으로 쿵, 쓰러졌다.

정신건강과 부교수 윤기찬이 신속한 동작으로 쓰러진 주승 옆에 무릎을 꿇고 앉았다. 그는 주승의 눈꺼풀을 젖히고 주머니에서 펜라이트를 꺼내 동공을 비췄다.

"리플렉스 노말(reflex normal, 동공반사 정상)입니다. 뇌 손상은 없는 것 같습니다."

동공이 정상적으로 수축하는 것을 확인한 윤기찬은, 간호사에게 들것이나 베드를 가져오도록 지시하고, 그동안 청진기로 심장 박동과 폐 소리를 들었다.

사람들이 혼절한 주승을 둘러싸고 어안이 벙벙한 와중에, 최 원장은 홀로 골똘한 생각에 잠겼다. 그의 시선은 집요하게 주승의 얼굴을 뜯어보며 무언가 기억해 내려고 애썼다.

주승이 미친 사람처럼 알 수 없는 말을 지껄인 순간부터 그는 묘한 기시감에 사로잡혔다. 전부터 주승을 대면할 때마다 느꼈던 알 수 없는 거북함. 잡힐 듯 잡히지 않고 미끄러져 버리는 기억의 끝자락은 늘 그의 의식 언저리에서 빙글빙글 맴돌고 있었다.

최 원장은 입맛을 다시듯 입술을 달싹였다. 주승을 처음 만났던 날을 떠올려 보았지만 속 시원히 떠오르는 것은 없었다. 그러다가 문득 선화 병원의 박용태에게 주승에 대해 물었던 일이 생각났다. 미간의 주름이 천천히 펴지며 최 원장의 얼굴에 화색이 돌았다. 박용태의 말 속에 답이 있었는데 여태 그걸 몰랐다니.

그러나 이름 석 자를 기억해 냈다는 기쁨도 잠시, 최 원장의 눈빛이 경멸로 가득 찼다.

"박미령의 아들이 우리 병원에 와서 의사 놀이를 했다니…."

"앗!"

과자를 담은 플라스틱 용기가 영준의 손에서 미끄러졌다.

"엄마아!"

뚜껑을 닫으려다 통을 엎질러 버린 영준은 어쩔 줄 몰라 하며 엄마를 불렀다. 영준의 도시락을 싸고 있던 미령이 달려와 냅다 소리를 질렀다.

"또 엎질렀어?"

영준은 무안한 표정으로 어정쩡하게 뚜껑을 든 채 앉아 있었다. 바닥에 과자 파편과 부스러기들이 어지럽게 흩어져 있었다.

"가만히 있어. 괜히 움직여서 더 난장판 만들지 말고."

미령은 순간적으로 짜증이 치밀었다. 국민학교 2학년이나 되었지만, 하루도 빠짐없이 무언가를 쏟고, 흘리고, 떨어뜨리는 아들의 어설픔에 화가 치밀 때가 한두 번이 아니었다.

"내가 못 살아. 밥 차려 줬는데 과자통은 왜 열어? 밥 먹기 싫으면 계란 후라이라도 먹으라고 했지!"

"영준이는 계란 싫어! 계란은 난황, 난백, 난각, 배아, 알끈으로 이루어져 있다. 알껍데기는 주로 탄산칼슘, 바깥으로부터 산소를 받아들여 안에서 호흡한 뒤 이산화탄소를 내보낸다. 알껍데기의 안쪽에는 얇은 세포막이 자리 잡고 있다. 노른자위는 알끈에 의해 알의 중심이 고정된다. 영준이는 알끈 싫어! 알끈은 징그러워. 알끈은 콧물 같애."

영준이 로봇 같은 톤으로 계란에 대해 알고 있는 지식을 줄 줄이 읊자, 미령은 또 시작이라는 듯 고개를 절레절레 저었다.

작년 이맘때 난데없이 백과사전을 들고 방문한 동창이 있었다. 미령이 완곡한 표현으로 구매를 거절하고 있었는데, 마침 영준이 펼쳐진 백과사전 앞으로 다가와 감탄사를 연발하며 책장을 넘기기 시작했다. 깨알 같은 글씨와 총천연색 삽화에 푹 빠진 영준을 보며 동창은 눈을 빛냈고, 미령은 내키지 않았지만 지갑을 열 수밖에 없었다.

미령은 무릎을 꿇고 식탁 아래로 기어들어 갔다. 행주로 부스러기를 싹싹 쓸어모으고 있는데, 등 뒤에서 와그작 소리가 났다. 영준이 의자에서 뛰어내리면서 발바닥으로 과자들을 으깬 소리였다.

"어휴. 가만히 있으랬지!"

엄마의 호통에 영준은 움찔하여 다시 의자에 올라앉았다. 미령은 한 손으로 영준의 발을 잡고, 다른 손으로 발바닥에 묻은 부스러기를 탁탁 털었다. 발바닥이 간지럽다며 몸을 배배 꼬던 영준이, 바닥에 흩어진 부스러기들을 보더니 또다시 주절거리기 시작했다.

"이 과자통 안에는 과자가 서른여덟 개 들어 있었어. 난 그중에서 두 개를 먹었고, 뚜껑을 닫으려고 했는데 통을 바닥에 떨어뜨렸어. 바닥에 떨어진 과자는 서른여섯 개. 그중에서 내가 밟은 과자는 세 개. 그래서 엄마가 치우는 과자는 서른세 개. 하지만 바닥에 떨어지면서 대부분의 과자가 부서졌기 때문에 파편이 되었거나 가루가…"

불쑥 터져 나오는 말의 분수를 멈추는 방법에 대해서 영준 자신조차 알지 못하는 것 같았다. 영준은 무언가 머릿속에 떠오르면 즉시 그것과 연관된 정보나 지식을 소리 내어 암송하곤 했다.

"시끄러!"

미령이 윽박지르자 영준이 입을 다물었다.

"엄마 지금 청소하는 거 안 보여? 정신 사납게 굴지 말고 방에 가서 옷 갈아입어. 학교 가야지."

바닥을 닦고 방에 가 보니 영준이 윗도리 소매에 팔을 끼려고 안간힘을 쓰고 있었다. 미령은 한숨을 쉬며 영준을 무릎에 앉혔다. 그녀는 자신의 왼쪽 겨드랑이로 영준의 왼팔을 꼼짝 못하게 잡은 채 오른 소매를 끼웠다. 이번에는 오른쪽 겨드랑이로 영준의 오른팔을 결박한 뒤 왼쪽 소매를 입혔다. 영준이 끊임없이 사지와 몸통을 비틀며 움직였기 때문에, 이렇게 하지 않으면 영영 옷을 입힐 수 없었다. 미령은 진땀을 빼며 간신히 양말을 신기고 겉옷까지 입혔다. 도시락과 준비물을 책가방에 넣은 뒤 어깨에 걸쳐 주었다. 마침내 영준의 손을 잡고 대문 밖을 나섰을 때 그녀 자신은 머리도 빗지 못한 채였다.

정류장에서 마을버스를 기다리던 영준이 갑자기 미령 주위를 빙글빙글 돌며 버스 노선을 외우기 시작했다.

"마을버스 1번, 태광운수, 남부교회, 마을버스 2번, 삼화운수, 새마을연수원, 마을버스 3번, 수곡운수, 빨래골, 마을버스 4번, 대진운수, 재래시장, 마을버스 5번, 미래운수, 삼일국민학교, 마을버스 6번, 동해운수, 보건소…"

낭랑하면서도 어딘가 불안정한 느낌을 주는 목소리였다. 정류장에 서 있던 사람들이 영준을 힐끔거렸다. 미령의 얼굴이 빨갛게 달아올랐다.

"조용히 못 해? 사람들이 쳐다보잖아."

"마을버스 10번, 성일운수, 경로당."

미령은 깊은 한숨을 쉬고는 멍한 시선으로 버스가 오는 쪽을 바라보았다. 더 이상 야단칠 기력도 없었다.

무엇이든 줄줄 외우는 게 신통하긴 했지만, 영준의 머리에 정보가 들어찰수록 융통성과 상식은 점점 더 사라지는 것 같았다. 매일 반복되는 일은 무리 없이 해냈지만 조금이라도 변수가 생기면 당황하여 한바탕 난리를 치르곤 했다. 영준이 가장 어려워하는 것은 대화였다. 언어능력이 모자라서가 아니었다. 오히려 그 반대였다. 영준은 아홉 살짜리가 쓰지 않을 법한 고급 어휘를 구사할 줄 알았으며, 은유법이나 우회적인 표현만 아니라면 모든 말을 곧잘 알아들었다. 하지만 말할 때 상대의 반응을 살피지 않고 끝도 없이 이야기를 해대서 종종 상대를 지치게 했다. 그는 거짓말을 할 줄 몰랐고, 선의의 거짓말은 더더욱 할 줄 몰랐다. 농담이나 유머를 이해하지 못했고, 누군가가 장난을 치면 화를 내며 울부짖기도 했다. 때로는 전혀 웃을 상황이 아닌데 폭소를 터뜨리기도 했다.

생각난 것을 갑자기 큰 목소리로 말하기 일쑤여서 주위에 있던 사람들이 화들짝 놀라곤 했다. 영준은 말하고 싶은 욕구가 솟구칠 때 그것을 통제할 능력이 전혀 없었다. 한 번 물꼬가 트이면 브레이크 없는 자전거처럼 앞으로 전진만 하는 식이었다. 자신의 달변에 심취하여 압도되는 경험을 한 적도 있었다. 머릿속에 저장된 것들을 꺼내면 희열과 경이로움을 느꼈다. 영준은 자신을 둘러싼 이들이 짓는 걱정스럽거나 의아한 표정에 개의치 않고 혼자만의 세계에서 충분히 행복을 만끽했다.

하지만 이런 영준이라고 해서 눈치가 전혀 없는 것은 아니었다. 조금씩 나이를 먹어 가면서, 그는 자신이 친구를 만드는 일에 재주가 없다는 것을 알아차렸다. 유치원에 다닐 때만 해도 영준의 별난 행동이 또래들 사이에서 크게 불거지지 않았지만, 학교에 들어가면서 차이가 점점 명백해졌다.

담임 선생님은 영준의 생활기록부에 무슨 말을 적어야 할지 난감해했다. 영준은 뛰어난 관찰력과 기민한 분석력을 보여 주는가 하면, 때로는 지나치게 무심하고 둔감하여 어떤 것도 그의 관심을 끌지 못했다. 난데없이 짜증을 터뜨리기도 하는 등, 감정이 통제되지 않는 것 같아 보였다. 보통 사람에게 적정선이라는 행동 방침 혹은 마지노선이 존재한다면, 영준의 세계에서는 정해진 한계선이 없었다. 그의 모든 행동은, 세상에서 흔히 통용되는 상식이 아니라 순전히 그의 관심 유무를 기준으로 매 순간 충동적으로 정해질 뿐이었다.

마을버스가 드문드문 와서 정류장에 있던 사람들을 하나둘 싣고 갔다. 영준은 버스가 정류장에 멈춰 설 때마다 손을 흔들거나 몸을 배배 꼬며 잠시도 가만히 있지 못했다. 미령은 마음속으로 간절히 외쳤다. 제발 버스야 빨리 와라! 그녀는 다만 몇 시간이라도 엄마 역할에서 해방되어 혼자 있기를 갈망했다.

그러나 영준이 서툰 동작으로 버스에 올라타 그를 가차 없이 밀치는 인파 속에 섞이면 미령에게 죄책감이 엄습하곤 했다. 어수룩한 사람을 결코 용납하지 않는 세상 속에서 고통받으며 엄마를 찾아 헤맬 영준의 모습이 그려졌다. 보람없이 반복되는 일상의 지긋지긋함에 몸부림치며 '저 아이만 없었어도'라는 생각에 사로잡히다가도, 막상 아이를 학교에 보내고 나면 강박적인 불안감에 밥조차 잘 넘기지 못했다.

노심초사와 근심으로 가득 찬 미령의 영혼은 하루하루 피폐해졌고, 사소한 일에도 예민해져서 울컥 눈물을 쏟거나 불같이 화를 내는 일이 잦아졌다. 그녀의 감정은 수시로 동요하여 그녀 자신도 종잡을 수 없을 때가 많았다. 어떤 날은 차분해져서 마음이 비워지기도 했다. 그런 날은 그나마 '곧 나아지겠지' 하고 생각할 수 있었다. 그러다가 영준이 유난히 실수를 많이 해서 하루를 몽땅 치다꺼리로 보낸 날이면, 보잘것없는 일상에 진저리를 치며 어디론가 훨훨 날아가 버리고 싶었다.

그녀는 생기 잃은 눈으로 영준을 바라보았다. 영준은 신나게 뛰어다니며 길바닥에 떨어진 전단지들을 주워 내용을 외우고 있었다. 숨이 막혔다. 빨리 저 아이를 학교에 보내고, 목이 늘어난 추레한 이 옷 대신 하얀 가운을 걸치고 약국으로 가고 싶었다. 이런 생각이 들수록 가슴에서 죄책감과 함께 남편을 증오하는 마음이 활활 타올랐다. 생사 여부도 알리지 않고 혼자 신나게 쏘다니다가 잊을 만하면 한 번씩 나타나는 인간. 이 모든 것을 나 혼자 감당하게 만든 인간. 차라리 죽어 버려.

"버스 왔다!"

딴생각에 빠져 있던 미령은 깜짝 놀라 영준의 손을 잡아끌다시피 하여 버스에 태웠다. 버스 문이 닫히고, 출근하는 직장인들과 등교하는 학생들 틈에 겨우 자리를 잡은 영준이 보였다. 영준은 차창 밖으로 보이는 미령에게 손을 흔들려고 했지만, 버스가 급히 출발하는 바람에 중심을 잃고 휘청거렸다.

미령은 고개를 돌려 집으로 향했다. 형제 약국에 출근할 시간이었다.

*

영준은 해를 더할수록 점점 시무룩해졌다. 아무리 노력해도 학교 친구들은 그를 상대하려 하지 않았다. 영준의 어색한 걸음걸이를 눈치챈 몇몇 아이들이 영준의 등 뒤에서 병신이라고 소곤거렸다. 영준은 점점 걸음걸이에 자신이 없어졌다. 걷는 모습을 최대한 보여 주지 않으려고 쉬는 시간에도 화장실을 참기 일쑤였다.

옆자리에 앉게 된 짝꿍에게 말을 걸면 하나같이 따분한 표정을 지으며 영준을 피했다. 아이들이 우르르 몰려 있는 곳에 영준이 끼어들어도 어느새 하나둘 흩어졌다. 남들 앞에서 곧잘 신나게 떠들던 영준은 언제부턴가 입을 다물게 되었다. 영준은 오직 집에 있을 때만 편하게 말을 했다.

무시당하지 않으려면 자기가 먼저 차갑게 대해야 한다는 사실을 영준은 깨달아 갔다. 괴롭힘당하기 전에 먼저 가시 돋친 말을 뱉었고, 어쩌다 누가 말을 걸어와도 아예 못 들은 체 고개를 돌려 버렸다. 아이들은 영준을 괴롭히진 않았지만, 대신 철저하게 투명인간으로 취급했다. 영준은 자신이 왜 다른 아이들 틈에 낄 수 없는지 어렴풋이 알아 가고 있었다. 그리고 마음 깊은 곳에서 분노를 싹 틔웠다.

어느 평일 오전. 등교 시간이 지났지만 미령은 영준을 깨우지 않고 더 자게 내버려 두었다. 뒤늦게 일어난 영준이 눈을 비비며 부엌에 멍하니 앉아 있는 미령에게 다가왔다.

"엄마. 나 오늘 학교 안 가?"

"응, 안 가."

"약국은?"

"오늘은 늦게 가도 돼."

졸음이 꽉 차 있던 영준의 얼굴에 화색이 돌았다. 이유 같은
건 아무래도 좋았다.

"세수하고 와. 밥 먹자."

신이 나서 화장실로 달려가는 영준의 뒷모습을 물끄러미 보
던 미령은 자리에서 일어나 아침을 준비했다. 그녀는 냉장고에
서 계란을 꺼내려다 멈추고 채소칸에서 자투리 채소들을 꺼내
송송 썰기 시작했다. 영준이 좋아하는 볶음밥을 해 준 게 언제
인지 기억이 나지 않았다.

미령은 잘게 썬 재료들을 볶으면서 어제 약국으로 걸려 온
전화 내용을 곱씹었다. 영준의 담임 선생님으로부터 걸려 온 전
화였다.

"영준이는 마음만 먹으면 뭐든 잘해요."

새로 부임한 신참 선생인 담임은 최대한 상냥한 목소리로 영
준의 칭찬부터 시작했다. 하지만 이런 이야기를 하려고 전화했
을 리는 없다. 미령은 신경을 바짝 곤두세우며 선생님의 다음
말을 기다렸다.

"그 나이 때 아이들이 원래 산만하긴 합니다만… 영준이는 수
업 시간에 극도로 산만하거나, 아니면 아예 얼이 빠져 있어요.
좀 지나치다 싶을 정도로요."

누구와 치고받고 싸워서 걸려 온 전화가 아니라는 것에 미령

은 일단 안심했다. 산만함, 그리고 관심 없는 일에 무심한 태도 또한 지극히 영준다웠으므로 미령은 특별히 동요하지 않았다. 그녀에게 충격을 준 건 선생님의 다음 말이었다.

"발표를 시키면 책을 거의 한 줄도 읽지 못하더군요. 잘 모르나 싶어 가르쳐 주면, 방금 들은 것도 잘 기억하지 못해요. 어떨 때는, 알면서 일부러 대답을 안 하는 것 같기도 하고요."

이 말을 들은 미령은 자신의 귀를 의심했다.

"네? 그럴 리가요. 우리 애가 다른 건 몰라도 언어능력만큼은 제 또래를 능가해요. 어려운 책도 척척 잘 읽는걸요. 게다가 기억력이 없다니 말도 안 돼요. 별 시시콜콜한 것까지 외우고 다녀서 제가 피곤할 정도인데…."

"아… 영준이가 집에서는 글도 잘 읽고 말도 잘하나 보군요? 제가 영준이와 몇 번 대화를 시도해 봤는데, 대답을 너무 하지 않아서 당황스러웠어요. 반 아이들과 있을 때 유심히 보니까, 친구들과도 거의 말을 섞지 않더라고요."

"그 수다쟁이가 학교에서 말을 안 한다고요?"

"네. 거의 하루 종일 한마디도 하지 않아요. 특별히 따로 불러서 이것저것 물어볼 때에만 드문드문 내키지 않는 듯 대답하고요."

잠시 무언가를 생각하던 미령이 머뭇거리며 입을 열었다.

"혹시… 우리 애가 집단 따돌림이라든지, 그런 걸 당하는 건가요?"

"그건 아니에요. 영준이가 그럴 여지를 주지 않거든요. 뭐랄까, 다른 아이들을 깔보는 것 같은 그런 태도를 제가 몇 번 목격하기도 했고요."

영준이가 다른 아이들을 깔본다고? 아이들이 영준을 놀리는게 아니고? 미령은 혼란스러웠다. 미령이 알고 있는 평소의 영준과 일치하는 게 하나도 없었다. 서툴고 어설프지만 쾌활한 녀석이라 그런 배타적인 면이 있을 줄은 전혀 상상하지 못한 터였다. 하교 후 집에 와서 불평을 한 적이 없기에 그런대로 적응한 줄 알았는데. 그동안 어렴풋이 불안해하던 일이 수면 위로 떠오르자 미령은 덜컥 겁이 났다.

"저, 영준이 어머님. 제가 이런 말씀드려도 될지…."

"말씀하세요."

"확실한 건 아니지만, 제 소견으로는… 영준이가 혹시 '주의력결핍 과다행동 증후군(ADHD)'이 아닌가 해서요."

"…."

"일종의 우울증, 품행장애, 학습장애 그리고 언어장애가 동시에 나타나고 있어요. 단정 짓긴 이르지만… 전문가에게 데리고 가 보시면 어떨까요?"

*

평소 약국 때문에 늘 바쁜 엄마와 단둘이 외출한다는 사실에 들뜬 영준은, 흥분한 나머지 수선을 피우며 걷다가 넘어지고 말았다. 미령은 계속 생각에 잠겨 앞만 보고 걷느라 영준이 넘어진 줄도 모르고 있었다. 깨끗한 새 옷을 더럽혔다며 야단맞을 준비를 하고 있던 영준이 신기하다는 듯 엄마를 올려다보았다.

규모가 큰 종합 병원에 처음 와 보는 영준은 쉴 새 없이 두리번거리며 탄성을 질러댔다. 이렇게 많은 사람들이 엄마가 입는 것과 같은 하얀 가운을 입고 있다니. 처음 보는 신기한 광경에 영준의 눈과 입이 바쁘게 움직였다. 탁 트인 로비, 반들반들 윤이 나는 바닥, 백화점에서나 본 에스컬레이터. 영준은 벽마다 붙어 있는 진료실 안내판을 일일이 소리 내어 읽느라 목이 아플 지경이었다.

무엇보다 영준의 관심을 끈 것은 대기실 벽에 붙어 있던 푸른 빛의 수조였다. 영준은 유리에 얼굴을 찰싹 붙이고 각양각색의 열대어들을 구경했다. 인조 해초 사이를 요리조리 헤엄쳐 다니는 화려한 열대어들은 입을 빠끔거리며 영준의 얼굴 앞을 무심히 지나갔다.

영준이 열대어의 매력에 푹 빠져 있는 동안 미령은 입술을 잘근잘근 씹으며 초조하게 차례를 기다렸다. 마침내 의사를 대면한 미령은 본인이 알고 있는 영준의 증상을 빠짐없이 이야기했다. 의사는 미령의 말을 경청하면서도 줄곧 영준의 표정과 행동, 자세 등을 주시했다. 영준이 계속 무언가를 보고 탄성을 지르는 통에 정신이 사나워진 미령은 몇 번이나 말을 중지해야 했다. 미령의 이야기가 끝나자 의사가 영준에게 말을 걸었다.

"영준아. 어디가 불편하니?

"아니요."

"그런데 왜 자꾸 몸을 비틀어?

"그냥 저절로요. 가끔 다리에 힘이 없어요."

의사의 표정이 조금 심각해지자, 미령이 서둘러 대답했다.

"뼈나 관절엔 특별한 이상이 없대요. 이미 검사받았어요. 애가 애기 때부터 걸음이 저래서 걱정했는데 아무래도 근력이 약해서인 것 같다고 하더라고요."

의사는 영준에게 집중력 테스트와 지능 검사를 시행했다. 그리고 스무 가지의 질문이 적힌 검사지를 영준에게 건넸다. 항목을 읽고 '전혀, 가끔, 자주, 매우 자주' 중 하나로 답변하면 결과를 합산하여 장애 여부를 판단하고 장애의 유형을 분류한다고 했다. 영준이 답을 작성하는 동안에도 의사는 영준을 유심히 관찰했다. 10여 분쯤 지나 영준이 내민 질문지를 한참 들여다보던 의사는 의자에 등을 깊숙이 기댄 채 무언가를 골똘히 생각하더니 무뚝뚝하게 결론을 내렸다.

"ADHD는 아닙니다."

"확실한 건가요?"

미령이 재차 물었다.

"설사 그렇다 해도, 크게 걱정하실 일은 아닙니다. ADHD를 가진 아이들이 학교라는 테두리 안에서는 유별난 아이 취급을 받지만, 획일화된 시스템을 벗어난 곳에서는 오히려 창의력을 발휘하는 경우가 많거든요. 정서적으로 민감해서 예술가나 발명가가 될 소지도 다분하고요. 게다가 요즘 과잉 진료들을 해서, 정말 ADHD도 아닌데 그렇다고 판정받는 경우도 흔해요."

"그럼, 우리 애한테 아무 문제도 없다는 거지요?"

"그렇지는 않습니다."

미령은 초조했다. 그럼 대체 뭐가 문제라는 거야.

"영준이의 경우, 언어능력은 좋지만 소통에 문제가 있습니다. 아무리 유식하고 유창해도 상대방과 잘 대화가 되지 않는 건 소통 능력이 없기 때문입니다. 언어를 자유롭게 사용하지만 듣는 사람의 요구에 따라 사용할 줄을 모르는 거죠."

"워낙 눈치나 융통성이 없는 성격이라 그럴 가능성은 없나요? 나이 들면서 차츰 나아질 수 있다고 생각했는데…."

"말할 때 사람하고 눈을 잘 마주치지 않고, 감정 교환과 공감 능력이 결핍되어 있지요? 요점 없이 유식을 과시하는 용어를 자주 쓰거나 화제를 갑자기 바꿔서 도통 무슨 말을 하는지 종잡을 수 없는 경우가 많고요?"

"그거야…"

"짜증을 잘 내고 충동적인 행동을 하지 않나요? 동작이 서툴고 물건을 잘 떨어뜨리거나 뚜껑을 닫는 걸 어려워한다든지. 균형 감각이 부족해서 자전거를 잘 타지 못한다든지."

미령은 울고 싶어졌다. 의사가 물어본 것들 중 영준에게 해

당되지 않는 항목은 한 가지도 없었다.

"혹시 임신 중 음주를 하신 적이 있나요?"

의사의 질문에 미령은 바로 대답하지 못하고 머뭇거렸다.

"초기에 임신인 줄 모르고… 불면증이 심해서 자기 전에 습관처럼 마시곤 했어요…."

의사는 차트를 책상에 내려놓고 잠시 호흡을 가다듬었다.

"어머님, 아무래도 영준이는 태아알코올 증후군인 것 같습니다."

"무슨… 증후군이요?"

"임신 중 알코올 섭취로 인해 태아에게 신체적 기형이나 정신적 장애가 나타나는 선천성 증후군입니다."

미령의 심장이 찌르르 아파 왔다.

"한 가지 다행인 것은, 영준이의 경우 지적 능력은 떨어지지 않는다는 겁니다. 일반적으로 태아알코올 증후군을 앓는 아이들은 인지 능력이 떨어지거든요. 물론, 사회성이 결여되어 있고 품행 장애가 동반되기 때문에 원만한 대인 관계를 맺기는 어렵겠지만, 영준이의 언어 발달과 이해력은 크게 뒤처지지 않아요. 현재로선 그걸 천만다행으로 여겨야 할 것 같네요."

의사의 설명은 계속되었지만 미령의 귀에는 더 이상 아무 말도 들리지 않았다. 다 나 때문이야….

미령은 간호사가 챙겨 준 안내 책자를 들고 터덜터덜 진료실에서 나왔다. 같은 대기실, 같은 로비인데 세상은 180도 달라보였다. 이제 그녀와 영준의 삶은 결코 전과 같을 수 없었다. 따라 나온 영준이 미령의 손을 꼭 잡자, 그녀는 참았던 울음을 터뜨렸다. 영준은 복도 한가운데 무릎을 꿇고 오열을 토하는 엄마를 보고 어쩔 줄 몰라 허둥댔다. 영준은 미령의 주위를 빙글 빙글 돌며 이해할 수 없는 말들을 주절거렸다.

"너, 미령이 아니냐?"

40대 초중반쯤 되어 보이는 의사 한 명이 우는 그녀 앞에 다가섰다. 그는 아까부터 긴가민가한 얼굴로 미령을 지켜보고 있었다. 미령은 눈물로 범벅된 얼굴을 닦을 생각도 않은 채 고개를 들었다.

"영석이 오빠?"

"왜 여기서 이러고 있어. 무슨 일 있어?"

어릴 적 같은 동네에 살던 영석을 보자, 미령은 더욱 설움이 북받쳤다. 그녀는 영석에게 부축을 받아 일어나면서 다시 한번 울음을 터뜨렸다.

"오빠. 우리 애가… 우리 영준이가… 내가 임신했을 때 술을 마셔서…"

영석은 미령을 가까운 의자에 앉히고 진정시키려 애썼다. 하지만 그녀의 탄식 섞인 울음은 좀처럼 그칠 줄 몰랐다.

"오빠. 나 그동안, 내가 거미줄에 포박된 먹잇감 같다고 생각했어. 상황이 워낙 뭣 같았으니까…. 빠져나오려고 허우적댈수록 몸에 감긴 실이 더 나를 꽁꽁 묶어 버리는 것 같았어. 자기 연민에 빠져서 애가 이렇게 아픈 것도 모르고, 심각하게 생각하지도 않았던 거야. 난 정말 나쁜 년이야. 난 정말이지…."

영석은 오랜만의 만남이 전혀 예상치 못한 방향으로 흘러가는 것에 적잖이 당황했다. 우는 여자를 어떻게 달래야 하는지도 영석은 전혀 알지 못했다. 그의 손이 머뭇거리며 미령의 어깨 근처까지 갔다가 다시 내려왔다. 옆에서 누가 자신을 쳐다보는 느낌이 들었다. 영준이 엄마 옆에 앉아 있는 낯선 의사를 빤히 바라보고 있었다. 영준은 낭랑하지만 불안정한 억양으로, 의사의 명찰에 써 있는 이름을 읽었다.

"최영석. 최영석. 최영석. 내 이종사촌하고 성이 똑같다. 최씨는 1985년 대한민국 통계청 인구조사에서 일백구십일만 삼천삼백이십구 명으로 조사되어, 한국에서 네 번째로 인구가 많은 성씨이다. 최씨의 기원은 신라 계통과 고구려 계통 등 다양한 계통이…"

영석의 눈이 휘둥그레졌다. 어린 영준의 모습은 영석의 기억한 켠에 자신도 모르게 각인되었다.

*

남편 시형의 손을 잡고 현관으로 들어온 소년. 미령의 얼굴은 귀신이라도 본 듯 하얗게 질렸다. 어째서 이 아이가 내 남편의 손을 잡고 우리 집에 온 것인가. 한준은 재킷 주머니에서 쪽지를 꺼내 조심스레 미령에게 건넸다. 불길한 표정으로 쪽지를 건네받은 미령은 자신에게 다가올 불행을 조금이라도 늦게 알고 싶다는 듯 일부러 천천히 펼쳤다. 영준은 벽 뒤에 숨어서 한준을 훔쳐보고 있었다.

"네 사촌 형이야."

미령이 노기 서린 목소리로 영준이에게 한준을 소개했다. 영준은 깜짝 놀랐다. 미국으로 이민 갔다가 몇 년 후 돌아왔다던 그 사촌. 어른들끼리 사이가 좋지 않아 명절 때조차 만나지 못하던 그 사촌이 지금 눈앞에 있었다.

영준의 눈에 비친 한준은 완벽 그 자체였다. 뽀얀 피부와 짙은 눈썹, 반듯한 이마 위에서 한들거리는 곱슬머리와 그 아래로 곧게 뻗은 콧날. 차분하고 깊은 눈매에는 어른스러운 우수가 깃들어 있었다. 영준의 입이 살짝 벌어졌다. 자신에게 이런 사촌이 있는 줄 몰랐다는 듯 동경해 마지않는 표정이었다. 영준보다 한 살 많을 뿐인데도 한 뼘 정도 큰 키, 고급스러운 옷차림, 게다가 완벽하게 자연스러운 걸음걸이.

미령이 벽 뒤에서 나오라고 손짓을 했다. 영준은 우물쭈물 걸어 나오는가 싶더니 금세 미령의 치마 뒤에 숨었다. 어린 한준은 머뭇거리며 어린 영준에게 악수를 청했다. 한준의 길고 수려한 손가락을 빤히 바라보던 영준은 쑥스럽다는 듯 엄마의 치맛자락으로 자신의 얼굴을 감쌌다. 잠시 후 영준이 빼꼼 한준을 보았을 때는, 한준의 손이 이미 머쓱하게 재킷 주머니 안에 파묻힌 후였다.

이날부터 영준의 세상은 온통 한준으로 가득 찼다. 한준은 그가 발견한 경이로운 신대륙이요 닮고 싶은 롤모델이었다. 한준을 만나기 전까지 영준은 자신이 어떤 사람이 되고 싶은지조차 몰랐다. 그러나 한준을 본 순간, 영준은 깨달았다. 한준은 영준이 되고 싶은 모든 것의 총집합이었다.

그는 한준처럼 걷고, 한준처럼 말하고, 한준처럼 행동하려고 노력했다. 한준의 말이 판단의 기준점이 되었고, 한준이 시선을 주고 관심 보이는 모든 것을 열렬하게 탐구했다. 종이에 잉크가 스미듯 영준은 한준에게 물들어 갔다. 평소 어디로 튈지 모르던 영준의 광범위한 호기심이 드디어 몰입할 대상을 찾은 것이다. 보호자로서 영준의 인생에 처음으로 지대한 영향을 끼친 사람은 미령이지만, 정신적인 우상으로서 영준의 세상을 뒤흔든 사람은 한준이었다. 정작 영준에게 어떤 영향도 끼칠 생각이 없었던 한준은, 영준의 이런 행동이 유별나다고 느끼면서도 그의 호기심과 열성에 그저 어깨를 으쓱할 수밖에 없었다.

영준은 혀엉, 혀엉, 하며 한준을 따라다녔고, 한준은 영준의 밑도 끝도 없는 '설명'을 묵묵히 경청해 주었다. 두 아이는 딱히 친하거나 함께 놀지는 않았지만, 같은 공간에서 그럭저럭 시간을 때우며 하루를 보냈다. 영준은 한준이 어떤 연유로 자신의 집에 오게 되었는지 알고 있었지만, 타인에게 감정을 이입하는 일에 서툴렀으므로 특별한 연민도, 한준을 위로해야 할 당위성도 느끼지 못했다. 한준이 슬퍼 보일 때면 다가가 큰 소리로 어떤 이야기든 시작하는 것이 영준이 할 수 있는 전부였다. 영준은 자신의 인생에 한준이 나타나서 그저 좋았다. 이제 자기를 무시하는 아이들의 코를 납작하게 해 줄 수 있다고 생각하자 환희가 솟구쳐 머리카락이 곤두서기까지 했다. 나에게도 형이 있다. 너희들과는 비교도 안 되게 어른스럽고 완벽한 형이!

반면, 한준은 창가에 앉아 하늘을 쳐다보는 일이 잦아졌다. 유리에 낀 얼룩 때문에 하늘은 날씨에 관계없이 우중충해 보였고, 전봇대 위로 흉물스럽게 늘어진 전깃줄 때문에 더 살풍경해지곤 했다. 이건 불공평해, 라고 한준은 중얼거리곤 했다. 떠날 생각이었으면 함께 떠났어야 했다. 엄마 아빠는 한준을 '남은 자'로 만들어 버렸다. 훌쩍 떠난 자와 우두커니 남은 자. 둘 중 그리움과 고독을 감당해야 하는 것은 언제나 남은 쪽이었다. 남은 자는 떠난 자가 남긴 흔적과 매일 마주해야 한다. 떠난 자는 이렇게 남은 자를 두 번 죽인다. 헤어질 때, 그리고 지금 혼자라는 걸 말해 주는 모든 것들 속에서 의연한 척해야 할 때.

한준은 그때 이러지 말걸, 그러지 말걸, 하는 생각이 소용없다는 것을 차츰 알게 되었다. 그들은 스스로의 선택에 의해 목숨을 끊었다. 하지만 대체 누구를 위해서 그런 선택을 한 것인지 아무리 생각해도 알 수 없었다. 그들이 죽음으로 해결한 건 오직 본인들의 죄책감뿐이었다. 자식에 대한 책임 따위 호숫물에 익사시키고 감쪽같이 사라져 버리면 그만인 건가. 한준은 매

순간 그들을 잊으려고 노력함으로써 오히려 매 순간 그들을 되살리고 있었다. 잊는다는 것은 의식적으로 기억하는 상태에서만 가능했기에, 잊으려는 행위 자체가 모순이었다. 반추동물이 먹이를 게워내고 삼키기를 반복하듯, 한준 역시 그들의 마지막 모습을 무의식적으로 되새김질했다. 그들의 마지막 모습은 언제나 한준의 의식 밑바닥에서 너울거렸다. 길을 걷거나 밥을 먹을 때조차 배경 음악처럼 한준을 따라붙었다.

한준은 상상 속에서 호수 바닥에 파묻힌 엄마 아빠의 시체를 파헤쳤다가 도로 묻기를 반복했다. 끔찍한 기억이 거꾸로 곤두박질쳐 모래 속에 반쯤 얼굴을 묻어 버리면, 그는 다시 그 기억을 파헤쳐 살려 내고, 다시 죽이고, 또 살리고, 죽였다. 한준은 연거푸 엄마 아빠를 벌하면서 그들을 벌한 자기 자신을 벌했다. 그러나 이런 식으로는 기분이 한 치도 나아지지 않았다. 내가 나인 상태에서는 어떤 것을 기억하고 어떤 것을 잊을 것인지 선택할 수가 없었다. '잊는다'가 아니라, '처음부터 없었다'가 되어야 한다는 것을, 그러려면 자기 자신이 누구인지부터 망각해야 한다는 것을 조금씩 알아 갔다.

한준과 영준은 같은 학교에 다니게 되었지만, 미령은 한사코 한준을 따로 보내고 영준만 손수 버스 정류장까지 데려다주었다. 그녀는 한준에게 영준의 등하교를 맡기고 싶지 않았다. 한준이 영준 옆에 나란히 서 있는 것을 보는 것조차 싫었다. 영준은 한준과 같이 등교하지 못해 아쉬워했지만, 바쁜 엄마의 손을 잡고 걸을 수 있는 유일한 시간이기에 불평 없이 따랐다.

영준은 학교 아이들에게 한준을 빨리 보여 주고 싶어 안달이 났다. 자신보다 한 살 위인 한준이 몇 반으로 배정받을지 궁금하기도 했다. 급한 마음에 영준은 엄마의 손을 잡아끌었다. 안 그래도 어색한 그의 걸음걸이가 조급함으로 더욱 기우뚱거리자 미령이 슬픈 눈으로 영준을 바라보았다.

3학년 1반의 풍경은 여느 아침처럼 소란스러웠다. 아이들은 의자와 책상을 넘어 다니며 장난을 치거나 옹기종기 모여 앉아 만화책을 보며 키득거렸다. 조용히 하라는 선생님의 호통에도 쉽게 잦아들지 않던 아이들의 흥분이, 낯선 학생의 등장으로 순식간에 잠잠해졌다. 아이들은 타지에서 온 전학생을 보며 호기심으로 눈을 빛냈다. 아이들이 본 한준은 미지의 세계에서 온 신비로운 아이였다. 국민학생답지 않게 어른스러워 보이는 분위기도 한몫했다. 한준은 조금 쑥스러운 듯 짤막하게 자기소개를 끝내고 선생님이 정해 준 자리에 가서 앉았다.

쉬는 시간 종이 울리자마자 아이들은 한준 주위로 몰려들었다. 한준은 말을 많이 하지 않았지만 세 번째 쉬는 시간이 되기도 전에 아이들과 친해졌다. 한준이 종이에 친구들의 얼굴을 만화로 그린 것을 보고, 너도 나도 갖겠다고 난리를 피웠다.

점심시간이 되자, 영준은 3학년 교실이 있는 위층 복도를 기웃거렸다. 영준은 최대한 똑바로 걸으려고 노력하며 열린 문마다 힐끔거렸지만 한준을 찾을 수 없었다. 교실 앞에서 한참 서성대던 영준은, 화장실과 운동장 앞의 수돗가까지 가 보았지만, 한준은 좀처럼 눈에 띄지 않았다. 할 수 없이 교실로 돌아온 영준은 5교시 체육 시간이 되어서야 한준을 마주칠 수 있었다.

한준은 반 아이들과 운동장 저편에서 선생님을 따라 국민체조를 하고 있었다. 영준의 반과 체육 시간이 겹치는 모양이었다. 영준은 너무 반가운 나머지, 정작 자기 반 체육 선생님이 하는 말을 전혀 듣지 못하고 있었다.

"김영준! 뭐 해? 다 같이 운동장 두 바퀴 뛰라고 했지!"

선생님이 호루라기를 불며 영준에게 소리쳤다. 영준이 한준에게 시선을 고정하며 정신을 빼앗긴 동안, 반 아이들은 벌써 저만치 달려가고 있었다. 당황한 영준은 뒤늦게 뛰기 시작했지만, 아이들을 따라잡기는커녕 점점 뒤처지고 있었다.

반 아이들이 한 바퀴를 돌아 영준 옆을 스쳐 지나갔고, 그중 짓궂은 아이들이 일부러 영준을 툭툭 치며 한마디씩 던졌다.

"병신."

평소 같으면 영준을 화나게 만들 악의적인 말이었지만 이날의 영준은 전혀 동요하지 않았다. 영준은 여전히 한준만 쳐다보고 뛰느라 고개가 반쯤 꺾여 있었다. 그는 한준이 이 모든 상황을 끝내 주리라 믿었다. 자기에게 듬직한 형이 있다는 것을 조만간 반 아이들이 알게 될 거라 생각하니, 평소 그렇게 싫어하던 체육 시간이 즐겁게 느껴지기까지 했다. 만일 누군가 영준에게 가장 좋아하는 과목이 무어냐고 물으면 주저 없이 체육이라고 대답할 것 같은 생각마저 들었다. 숨이 가빠 헉헉대고 다리 한쪽을 거의 질질 끌다시피 하면서도 영준은 싱긋 웃었다. 조금만 기다려라, 나의 멋진 형을 보여 줄 테니!

영준은 한준을 향해 반갑게 손을 흔들어 보였다. 하지만 한준은 공을 무릎과 머리로 튕기는 연습을 하느라 영준이 같은 운동장에 있는지조차 모르는 것 같았다. 영준이 다시 한번 손을 힘차게 흔들었지만, 한준은 그저 공 연습에만 여념이 없었다. 한준 옆에 있던 다른 학생들이 영준을 흘끔 쳐다보다가 시선을 거두었다.

영준은 초조해졌다. 이러다가 5교시가 그냥 끝나 버릴 것 같았다. 첫 바퀴에서 한준이 자신을 발견하지 못했으니, 두 번째 바퀴를 돌 때는 소리쳐 한준의 이름을 불러야겠다고 생각했다. 숨이 차올라 영준의 폐가 점점 조여 오기 시작했다. 달리는 일은 영준에게 고문에 가까웠다. 하지만 어떻게든 마지막 남은 한 바퀴를 마쳐야 했다. 그러나 영준이 걷는 것이나 진배없는 속도로 힘겹게 달리고 있을 때 반 아이들은 두 바퀴를 모두 돌았고, 보다 못한 체육 선생님이 영준을 향해 호루라기를 불었다.

"김영준! 그만하고 이리 와!"

하지만 영준은 한준에게 신경이 쏠린 나머지 호루라기 소리를 듣지 못했다. 이젠 다리까지 후들거려 더욱 심하게 절룩거렸다. 영준이 발을 끌 때마다 모래 먼지가 자욱하게 일었다. 영준은 마음이 조급해졌다.

"김영준! 선생님이 그냥 오래!"

이미 두 바퀴를 마친 영준의 반 아이들이 체육 선생님 대신 입을 모아 영준을 불러댔다. 그러나 트랙 반대편을 달리고 있던 영준의 귀에는 어떤 소리도 들리지 않았다. 지금 이 순간, 그는 오직 한준에게 집중하고 있었다. 가까워진다, 가까워진다! 영준은 이를 꽉 물고 마지막 남은 안간힘을 쥐어짰다. 어느새 한준이 있는 지점에 거의 도달하고 있었다. 조금만 더, 조금만 더! 영준은 결승선을 목전에 두고 사력을 다하는 마라토너처럼 희열과 안도감을 느꼈다. 내가 이걸 해냈다는 희열, 그리고 곧 있으면 이 고통이 끝난다는 안도감. 영준이 목청 높여 한준을 불렀다.

"혀엉!"

드디어 소리 나는 쪽으로 고개를 돌린 한준의 눈이 영준과 마주쳤다. 그 순간 어디선가 공이 날아와 영준의 복부를 정통으로 맞추었다. 한준 옆에 있던 같은 반 아이의 얼굴이 창백해졌다. 신이 나서 뻥 찬 공이 하필 영준에게 날아간 것이다. 영준은 그대로 모래 위에 고꾸라졌다. 멀리서 이 광경을 지켜보고 있던 체육 선생님이 영준을 향해 일어나라고 손짓을 했다. 영준은 울기 시작했다. 세게 맞은 것은 아니었다. 다만 달리기로 너무나 지쳐 있었기 때문에 작은 충격에도 넘어질 수밖에 없었다.

공을 찬 아이가 달려왔고, 이어 한준과 한준의 반 아이들도 몰려와 영준을 에워쌌다.

"야, 괜찮냐?"

실수로 영준을 맞힌 아이가 미안해하며 다가와 손을 내밀었지만, 영준은 그에게 눈길도 주지 않았다. 영준은 그대로 엎드린 채, 고개를 들어 한준을 올려다보았다.

"혀엉…."

공을 찬 아이가 한준에게 물었다.

"한준아, 얘가 니 동생이야?"

한준은 잠시 영준을 바라보았다. 영준은 뺨에 흐른 눈물도 닦지 않고, 호소하는 눈빛으로 한준을 올려보고 있었다.

"아니."

한준이 덤덤한 표정으로 대답했다.

"그냥 사촌."

영준의 눈동자에 차가운 얼음물이 찌릿, 하고 지나갔다. 황홀한 동경이 무채색의 미움으로 바뀌는 순간이었다.

한준이 자신의 외로움을 해결해 줄 것이라는 기대가 처참하게 무너진 뒤에도 영준의 학교생활은 전과 다름없이 흘러갔다. 적어도 겉보기에는 그랬다. 여전히 혼자 도시락을 먹고, 쉬는 시간이 되면 바빠 보이려고 교과서에 머리를 묻고 독서에 집중했다. 아이들은 계속해서 그를 적당히 무시했다. 그러나 영준의 세계는 이미 전복되어 돌이킬 수 없는 길로 치닫고 있었다.

반면 한준은 아이들을 몰고 다녔다. 한준이 나서서 으스대거나 대장 노릇을 하지는 않았지만, 아이들은 자연스레 한준에게 모여들었다. 생각에 잠긴 듯 깊은 눈매와 상대를 배려할 줄 아는 성격 때문에 누구나 한준과 어울리고 싶어 했다.

한준은 주도면밀하게 빚어진 도자기 같았다. 최고의 장인이 만든 신비스럽고 품위 있는 도자기. 한준은 가끔 멀찍이 서 있는 영준을 알아보고 다가가려 했지만, 이젠 영준 쪽에서 허락하지 않았다. 한준이 눈길을 줄 때면 영준이 먼저 고개를 돌려 버렸고, 둘 사이엔 금세 다른 아이들이 끼어들었기 때문에 둘이 학교에서 이야기를 나누는 일은 거의 없었다.

어린 영준은 더 이상 희망, 우정, 신뢰 따위의 긍정적인 가치들을 믿지 않았다. 그런 단어들을 들을 때면 영준의 눈가에 조롱과 조소가 차오르곤 했다. 지구상에서 만 년 전에 끝난 빙하기가 영준의 세계에서 이제 막 시작되고 있었다.

*

주승은 누군가의 손길을 느끼고 깨어났다. 간호사가 혈관을 찾으려고 손등을 이리저리 건드리고 있었다. 주승이 손을 뿌리치자 침대 위에 늘어놓은 수액 튜브와 도구들이 바닥으로 나동그라졌다. 주승의 거친 반응에 간호사가 의자에서 벌떡 일어났다. 주승은 개의치 않고 이불을 홱 젖히더니 뚜벅뚜벅 걸어 나가 병실 문을 열었다. 문 앞에 윤기찬 부교수가 와 있었다.

"어디 가는 거야?"

윤기찬이 주승 앞을 막아서며 물었다.

"선배님은 아실 것 없습니다."

"해고 통보하러 왔다. 원장님이 직접 내리신 명령이라 중간 절차 다 생략하고 바로 처리할 거야."

주승의 눈빛이 매섭게 변했다. 그는 잠시 윤기찬을 노려보다가, 무시하듯 그를 제치고 복도로 나가 버렸다.

"야, 김주승! 빨리 연구실 비우란다."

대꾸도 없이 뚜벅뚜벅 걸어가는 주승의 뒷모습을 보고 윤기찬이 기가 차다는 듯 혼잣말을 뱉었다.

"건방진 놈. 의사 망신 다 시킨 새끼가 뭐가 당당해서 고개를 빳빳이 들어?"

기찬 앞에서 여유로운 척하던 주승은, 헐레벌떡 자신의 연구실로 향했다. 연구실 문을 벌컥 열어젖힌 주승은 책상 위에서 명함 하나를 집어 들고 휴대폰을 꺼내 번호를 눌렀다.

"여보세요."

"민병욱 팀장님? 저 김주승입니다."

민병욱 팀장은 잠시 말이 없었다. 다급한 주승이 다음 말을 이었다.

"제가 성 루시아에서 생각보다 빨리 나가게 될 것 같습니다. 그래서 말인데… 저에게 약속하신 미국 연구소 직책과 아파트

를 다음 달로 당겨서 마련해 주실 수 있겠습니까? 물론 비행기
표도 최대한 빠른 거로 보내 주셔야 하고요."

주승의 말을 가만히 듣던 민병욱 팀장이 벌컥 화를 냈다.

"이보게 김 박사! 당신 지금 제정신이야? 감히 우리를 우롱
해 놓고 뻔뻔하게 연구소에 자리를 달라고?"

민 팀장의 쩌렁쩌렁한 목소리가 수화기 너머 주승의 귀를 울
렸다.

"당신 동료가 다 말했어! 그 환자 동의서, 위조한 거라면서?
눈 가리고 아웅 할 게 따로 있지, 거짓으로 만든 동의서를 가지
고 우리와 계약을 체결했다니, 당신 콩밥 먹고 싶어?"

주승은 고개를 뒤로 젖히고 눈을 질끈 감았다.

"지금 당신 때문에 애써 연구한 결과를 발표하지도 못하고 날
리게 생겼어. 환자가 동의하지도 않은 실험 결과를 어떻게 세상
에 내보낸단 말이야? 우리가 들인 엄청난 시간과 노력이 당신
때문에 모두 헛수고가 됐다고! 우리와의 계약은 당신이 먼저
파기한 거야! 본원에도 보고할 테니 그리 아시오. 위약금이나
준비해 두라고!"

민 팀장이 계속 고함을 지르는 게 들렸지만, 주승은 그대로
통화 종료 버튼을 눌러 버렸다. 통화를 하던 팔을 천천히 아래
로 내렸다. 권소영, 권소영, 권소영! 그년이 분명해! 그년을 죽
여 버리겠어! 주승의 꾹 감은 눈꺼풀 안에서 동공이 어지럽게
움직였다. 끓는점에 도달한 주전자의 증기 배출구를 억지로 막

아 버린 것처럼 주승의 몸이 부들부들 떨렸다. 주승이 폭주하듯 휴대폰을 벽에 던져 박살 내는 순간, 연구실 문이 열리며 송화가 뛰어 들어왔다.

"주승 씨! 대체 왜 이래요!"

주승이 쓰러졌었다는 이야기를 뒤늦게 듣고 달려온 송화는, 방에 들어오자마자 주승을 덥석 껴안았다.

"이러지 말아요. 내가 다 해결해 줄게요. 다시 되돌릴 수 있어요."

주승은 송화를 거칠게 떼어 냈다. 송화는 소파 위로 나동그라졌지만 벌떡 일어나 주승을 나가지 못하게 다시 끌어안았다.

"제발… 주승 씨!"

주승이 허리에 감긴 송화의 팔을 떼어 내 송화를 내동댕이쳤다. 송화가 소리를 지르며 바닥에 쓰러졌지만, 주승의 눈에는 아무것도 보이지 않았다. 내가 죽지 않으려면 상대를 죽여야만 하는 싸움. 피에 굶주린 맹수처럼 그의 눈에 핏발이 섰다. 주승은 빠른 속도로 복도를 가로질렀다.

*

정신건강과 여기저기서 수군대는 소리가 들렸다. 불과 몇 시간 전 일인데도 주승의 발작과 해고 소식을 모르는 사람이 없었다. 간호사들은 기회만 있으면 머리를 맞대고 소문에 살을 붙였다.

보복성 진료에 대한 추측과 가설이 난무하는 가운데 주승이 시한폭탄 같은 얼굴을 하고 복도에 나타났다. 파죽지세로 돌진하는 주승과 필사적으로 그를 쫓는 송화를 보고 사람들이 웅성거렸다. 주승과 송화는 주변의 시선과 수군거림조차 깨닫지 못할 정도로 이미 제정신이 아니었다.

사람들이 놀란 이유는, 주승이 '분노'해서가 아니라 '주승'이 분노해서였다. 주승은 불과 얼음 중 늘 얼음 쪽이었고, 같이 일하는 의료진도 이 사실을 잘 알고 있었다. 누구라도 주승 옆에 있으면 희로애락을 표출하는 것이 경박하게 느껴질 정도로 주승은 절제와 냉정의 아이콘이었다.

그런 그가 불에 달군 무쇠처럼 선홍색 얼굴을 하고 맹렬한 기세로 복도를 가로지르고 있었다. 활활 타오르다 못해 몸의 모든 구멍에서 연기가 뿜어져 나올 것만 같은 주승을 보고 움찔 놀란 사람들이 길을 터 주었다.

소영의 사무실에 다다른 주승은 다짜고짜 문을 열어젖혔다. 그러나 사무실은 텅 비어 있었다. 거칠게 숨을 몰아쉬는 그의 시선이 몇 걸음 떨어진 상담실에 꽂혔다. 그는 주저 없이 상담실 앞으로 가서 노크도 없이 난폭하게 미닫이문을 열었다. 쿵 소리를 내며 문이 열리자, 안에서 이야기를 나누던 환자와 상담사가 소스라치게 놀라 주승을 쳐다보았다. 소영은 거기에도 없었다.

주승은 병동 쪽으로 걸음을 옮겼다. 병동을 지키고 있던 수간호사 은영이 주승을 보고 깜짝 놀랐다.

"어머, 선생님! 여기 계시면 안 돼요."

주승은 은영의 말을 무시하고 입원 병동 안으로 성큼성큼 들어갔다. 은영은 들고 있던 차트를 내려놓고 후다닥 달려가 주승의 옷깃을 잡았다.

"선생님! 이러시면…"

주승이 휙 돌아 은영을 노려보았다. 은영은 깜짝 놀라 옷깃을 잡은 손은 뗐지만, 여전히 주승을 안으로 들여보낼 수는 없다는 표정이었다.

"죄송해요. 오늘부로 그만두셨다는 고지를 받았어요. 이제 여기 들어오실 수 없습니다."

주승이 기가 차다는 듯 피식 웃었다.

"비켜요."

은영은 대답 대신 고개를 가로저었다. 그러나 주승은 은영을 무시한 채 빠른 속도로 복도를 가로지르며 병실 문을 차례대로 열어젖혔다.

"주승 씨!"

허겁지겁 따라온 송화가 다급하게 주승의 팔을 끌어당겼다.

"나가서 얘기 좀 해요!"

"권 선생이 없어졌어. 권 선생을 찾아야 된다고!"

수간호사 은영이 이마에 손을 얹고 난감한 표정으로 송화를 처다보았다.

문이란 문을 죄다 열어대는 주승을 보며 송화가 발을 동동 구르자, 은영이 걱정스러운 얼굴로 물었다.

"채 선생, 괜찮아?"

"네?"

"왜 이렇게 안절부절못하고 있어…. 김 선생님도 이상하지만 자기는 더 이상해 보여. 진정 좀 하고."

은영이 송화의 등을 두드려 주었다. 송화는 터질 것 같은 울음을 간신히 참고 있었다. 이대로 놔두면 주승이 정말 무슨 사고라도 칠 것 같았다.

"저, 아무래도 김 선생님 이대로 놔두면 안 될 것 같아요. 제가 가서 말려 볼게요."

주승에게 가려는 송화를 은영이 붙잡았다.

"됐어. 그만해."

"하지만…."

"내 말 들어. 지금 김 선생님, 제정신이 아닌 것 같아. 내가 도움을 요청해 볼 테니까 자기는 자기 업무 봐."

송화는 복도의 끝 편에서 아직도 환자 병실을 확인하고 있는 주승을 안타까운 눈으로 바라보다가 무언가 결심한 듯 조용히 돌아섰다. 송화는 가만히 휴대폰을 꺼내 떨리는 손으로 112를 눌렀다.

같은 시각, 병원 북쪽 날개에 위치한 대강당에서는 개원 8주
년 기념행사의 막이 올랐다. 이번 행사는 최 원장의 노력과 인
맥이 결집된 성대한 행사로, 언론의 확실한 주목을 받도록 각계
의 유명 인사들을 끌어모았다. 병원을 홍보하는 데 목적이 있었
다. 상투적인 축사와 지루한 감사패 전달이 끝나고 자유로운 시
간이 주어졌다. 저마다 샴페인 잔을 들고 통성명과 과장된 웃음
을 나누며 분위기가 무르익은 가운데, 강당의 앞문이 거칠게 열
리며 한 남자가 유유히 들어왔다. 주승이었다. 사람들의 시선이
주승에게 꽂히자 주승은 의기양양하게 그 시선을 즐기며 걸었
다. 최 원장의 얼굴이 순식간에 흙빛으로 변했다. 최 원장은 주
승이 아직도 목에 명찰을 걸고 있는 것을 보고 입술을 깨물었
다.

주승은 날카로운 눈빛으로 초대 손님들을 주욱 훑어보았다.
소영을 찾는 것이 본래의 목적이었으나, 한가로이 축제나 즐기
는 사람들을 보자 부아가 치밀어 곱게 퇴장해 주고 싶지 않았
다. 그는 취기가 오른 사람들 틈에서 자신을 쏘아보고 있는 최
원장과 눈이 마주쳤다. 사람들은 호기심 깃든 시선으로 두 사람
의 눈빛 교환을 지켜보았다. 최 원장은 이내 주변을 의식하고
는, 짐짓 주승에게 관심 없다는 듯 고개를 돌리고 아무렇지 않
은 척 행동했다. 이런 최 원장의 행동에 더욱 자극을 받은 주승

은, 순간 기자 테이블 쪽으로 몸을 홱 돌렸다.

"아! 기자분들이 계셨네요. 내가 재미있는 얘기 하나 해 드릴까요?"

뷔페 테이블에서 허기를 채우고 있던 기자들이 주승에게 시선을 모았다.

"다들 특종 좋아하시죠? 자, 들어 봐요. 저기 최영석 원장님께서 왜 임원들과 파벌 싸움까지 해 가면서 올해 8주년 기념행사를 벌였을까요? 보통은 2년을 더 채워서 10주년 기념행사를 하지 않나요?"

"이봐 김 과…"

최 원장은 주승을 김 과장으로 부르려다가 주변을 의식하고 멈칫했다. 최 원장은 최대한 태연하게 웃으면서 행사장 뒤편에 서 있던 행사 책임자에게 신호를 보냈다. 초대석 맨 뒤쪽에 서 있던 책임자가 달려와 주승을 제지했지만, 주승은 그를 가볍게 밀치고 기자들에게 말을 이어 갔다.

"그건 원장님의 임기가 내년에 끝나기 때문이죠. 무슨 말인지 알아들으시겠죠?"

기자들은 눈이 휘둥그레져서 서로 마주 보다가 노트북에 주승의 말을 옮겨 적기 시작했다. 카메라 기자들도 덩달아 주승을 향해 셔터를 눌러댔다. 최 원장의 귓불이 화끈 달아올랐다. 행사 책임자가 허둥대며 경비원들을 부르러 복도 밖으로 나갔다. 최 원장은 직접 주승을 끌고 나가고 싶었지만 보는 눈이 많아이러지도 저러지도 못하고 입술만 지그시 깨물며 서 있었다.

"임기가 끝나기 전에 판을 크게 벌여야 투자금을 한 푼이라도 더 걷을 거 아닙니까? 우리 원장님이 자금 끌어모으는 능력은 탁월하시거든요! 정신건강과에 클리닉을 늘리고 의료진을 착취해서 성 루시아를 이만큼 만든 것도 다 저 양반 덕택이죠. 물론 발전한 건 성 루시아뿐이 아닙니다. 원장님의 집 평수도 덩달아 넓어졌죠. 하하하하!"

"지금 얘기하는 분은 누구시죠?"

기자들이 앞다투어 물었다.

"나요? 난 이 거룩하고 숭고한 성 루시아 병원의 정신건강과 과장입니다. 불행히도 오늘 잘렸지만요! 아하하하하!"

주승은 허리가 굽어지도록 웃으며 눈물까지 흘리다가, 갑자기 고개를 쳐들고 기자들을 정면으로 응시했다.

"우리 최영석 원장님이 어떤 사람인지 알려 드릴까? 내가 가진 장애를 미리 알았더라면 나를 의사로 받아 주지도 않았을 위인이야. 병원의 고결한 이미지에 내가 흠이 되기 때문이지! 난 처음부터 최 원장을 경멸했어. 날 선화 병원에서 스카우트하면서도, 마치 갈 곳 없는 불쌍한 놈을 구제해 주기라도 한 듯 의기양양하게 굴었지. 여기 있는 당신들도 다 마찬가지야! 난 어릴 적부터 당신 같은 사람들에게 멸시를 받으며 살아왔어. 알아? 남들과 다르다는 게 뭔지! 내 기형적 요소와 정신적 문제를 사람들이 알아챌까 봐, 죽을힘을 다해 나를 감추고 억눌러야 하는 그 기분을 아냐고!"

경찰 유니폼을 입은 남자 두 명이 행사장 안으로 뛰어 들어왔다.

"김주승 씨. 당신을 의료법 위반으로 긴급 체포합니다."

경찰들이 주승의 팔을 양쪽에서 잡았다. 기자들이 정신을 차리고 다시 카메라 셔터를 눌러댔다. 주승은 플래시 세례를 받으며 끌려가면서도 강당이 쩌렁쩌렁 울리도록 소리를 질렀다.

"내가 평생 가장 많이 들은 말이 뭔 줄 알아? 병신이야! 병신! 병신!"

주승이 강당 밖으로 사라질 때까지 카메라의 셔터 소리는 계속되었다. 2부 행사가 남아 있었지만 강당은 온통 주승과 최원장에 대한 가십으로 들끓었다. 다음 날 조간신문에는 '성 루시아의 수난'이라는 헤드라인으로 특종이 실렸다.

*

면회 신청서를 작성한 송화는 경찰관의 안내를 받아 유치장 앞에 섰다. 잿빛 창살 너머 바닥에 있는 주승을 본 송화의 가슴이 철렁 내려앉았다. 경찰이 몇 번을 불러도 미동이 없던 주승이 한참 만에 고개를 들었다. 송화를 본 주승의 얼굴이 잠깐 환해졌다가 금세 어두워졌다. 안도감과 수치심이 번갈아 떠올랐다. 경찰 뒤에 어색하게 서 있던 송화가 창살 가까이 다가가 무륜을 꿇고 앉았다.

"밥 제대로 못 먹었죠? 도시락 좀 싸 왔어요."

"여긴 뭐 하러 왔어?"

"맡겨 둘 테니 조금이라도 먹어 봐요."

주승은 송화를 타박하면서도 그녀가 조금 더 있어 주길 바랐다. 주승을 애처롭게 바라보던 송화가 작게 한숨을 토하며 찬찬히 입을 뗐다.

"나 병원에 처음 들어왔을 때 일에 치이고 사람에 치이고 정말 힘들었는데, 그때 주승 씨가 뭐라고 했는지 기억나요?"

주승이 묵묵부답으로 고개만 숙이고 있자 송화가 다시 입을 열었다.

"일하러 왔으면 일을 하라고. 그 이상의 어떤 것도 보여 줄 필요 없다고. 처세고 정치고, 다 일 못하는 사람들이 매달리는 술수라고."

주승은 여전히 시선을 돌린 채 먼 곳을 응시했다.

"주승 씨는 늘 꼿꼿했어요. 난 당신의 그런 냉철함이 좋았어요. 누구에게도 휘둘리거나 굴복하지 않고 자기 일에만 매진하는 모습."

송화가 주승의 눈을 똑바로 바라보며 말했다.

"근데… 최근에야 깨달았어요. 당신은 냉철했던 게 아니라 두려웠던 거예요. 찔릴까 봐 먼저 찔러야 했고, 버림받을까 봐 먼저 외면해야 했고, 행복해질까 봐 스스로에게 고통을 주면서 자신을 벌하고 있었던 거예요."

"쓸데없는 말 할 거면 돌아가."

"이제 그만해요… 화난 얼굴."

송화는 주승의 역정에는 아랑곳없이 차분하고 조용하게 말을 이었다.

"나 알아요. 당신이 원래 좋은 사람이라는 거. 그동안 화난 얼굴로 살아왔지만 진짜 당신 모습이 아니잖아요. 당신이 정말 피도 눈물도 없는 냉혈한이라면, 그때 내가 옥상에서 뛰어내리든 말든 무시하고 그냥 지나갔어도 됐잖아요. 하지만 주승 씨는 날 구해 줬어. 방관하지 않았다고요. 당신은 그런 사람이야."

주승이 빨갛게 충혈된 눈으로 송화를 노려보았다.

"이제 와서 그게 뭐 어쨌다는 거지? 난 곧 검찰의 조사를 받을 거야. 모든 게 다 끝났다고!"

"끝난 건 고작 커리어일 뿐이에요. 주승 씨는 여전히 주승 씨예요. 몇 년 형을 선고받을지 모르지만, 법의 처벌을 받고 나서 이제까지와 다른 인생을 살면 돼요."

"제발, 제발, 제발! 그 처벌받는다는 표현 좀 쓰지 마. 난 아무것도 잘못한 게 없어! 최 원장이 신고만 하지 않았어도…"

"신고는 내가 했어요."

"뭐라고?"

"지금 당신 여기 있는 거, 나 때문이라고요."

주승이 믿지 못하겠다는 표정으로 어안이 벙벙한 동안, 송화는 핸드백에서 반지를 꺼냈다.

"우리, 결혼해요."

"지금 뭐 하자는 거야?"

송화는 자신의 약지에 반지를 끼운 뒤, 창살 안으로 손을 넣어 주승의 손가락에 반지를 끼워 주려고 했다. 주승이 손을 뿌리치자 반지가 유치장 안쪽 바닥으로 또르르 굴러가 버렸다.

"다시 한번 말해 봐. 그러니까, 네가 날 신고했다는 거야? 최원장도, 권소영도 아닌 네가? 감히 네가 내 복수를 망쳤다는 거야?"

"복수를 그만두는 건 나약하다는 뜻이 아니에요! 더 강해졌다는 뜻이야. 복수 따위 하지 않아도 될 정도로 행복해졌다는 뜻이야! 내가 행복하게 만들어 줄게요!"

"못 알아듣겠어? 다 끝났다고! 모든 걸 되돌려 놓을 기회를 네가 망친 거야!"

"당신과 한준 씨는 그냥 어린아이였을 뿐이에요. 한준 씨가 원해서 그 집에 들어간 것도 아니고요. 누구도 뭘 어떻게 할 수 없었어요. 그냥 다 불쌍한 인생들이잖아요. 가엽게 여겨 주면 안 돼요?"

"불쌍하다고? 내가? 네 눈엔 내가 불쌍한 인간으로 보여?"

주승은 분을 이기지 못하고 벌떡 일어나 고함을 지르며 유치장 벽에 발길질을 해댔다. 송화는 계속 바닥에 무릎을 꿇은 채 양손으로 창살을 잡고 앉아 있었다. 보다 못한 경찰관이 자리에서 일어났다.

"김주승 씨! 여기서 소란 피우시면 안 됩니다! 아가씨도 이만 돌아가세요!"

하루 동안 조사를 받은 주승은 단 한 가지의 혐의도 인정하지 않았다. 경찰 또한 소영이 제출한 증거와 희우의 증언만으로는 주승의 치료가 악의적이었다고 판단할 수 없다는 결론을 내렸다. 의료 소송은 전문적인 분야라 치료의 결함을 밝히기가 어렵다고도 했다. 더구나 피해자인 한준이 이미 자발적으로 병원에서 나갔으며, 주승은 증거 인멸의 우려가 적다고 판단되어 영장마저 기각되었다.

언론의 스포트라이트를 받으며 체포되었던 주승은 까칠한 몰골이 되어 이틀 만에 풀려났다. 송화는 경찰서 정문 앞에서 그를 맞이했다. 주승은 내심 반가웠지만 일부러 그녀를 외면하고 지나쳤다. 바닥까지 내보였다는 자존심의 상처가 반가움조차 억누르게 했다.

주승은 자신도 모르게 병원 쪽으로 걷다가 이내 멈칫했다. 아침이면 졸린 눈을 비비며 하루를 시작하던 곳. 산더미같이 쌓인 업무와 진료에 치여 아등바등하면서도 어떻게든 그날을 살아 냈던 곳. 시간에 쫓기고 잠이 모자란 것을 당연하게 여기며 촌각을 쪼개어 환자를 보던 곳. 거침없이 병동을 누비며 사람들의 인사를 받던 곳. 그곳으로 이제 다시는 가지 못한다고 생각하니 스스로가 한없이 초라하게 느껴졌다. 그래, 원래 나란 인간은 의사라는 타이틀을 빼면 아무것도 아닌 인간이었지. 뼈아픈 자각에 주승의 가슴이 아려 왔다.

먹구름이 쏴아 하고 소나기를 뿌렸다. 가혹했던 추위는 한풀 꺾였지만 늦겨울 비는 찼다. 주승은 거센 빗방울도 아랑곳하지 않고 터덜터덜 걸었다. 송화도 비를 맞으며 뒤를 따랐다. 둘은 대여섯 걸음의 거리를 두고 한참을 말없이 걸었다. 마침내 주승이 어느 아파트 근처에 도착했을 때, 그곳은 주승의 집이 아니었다.

'여긴… 설마 한준 씨가 사는 곳?'

주승이 갑자기 뒤로 몸을 돌려 송화에게 다가왔다.

"나란 인간을 좋게 해석하려고 애쓰지 마. 너의 기대와는 달리 난 전혀 좋은 사람이 아니야. 난 그저, 네가 가장 경멸하는 종류의 인간일 뿐이야. 다른 사람의 고통을 방관하면서 그걸 즐기는 인간이라고. 내가 그때 자살하려는 널 구해 준 건… 아무 의미 없어. 더 이상 나 같은 놈 따라다니며 인생 허비하지 마. 난 지금부터 못다 한 일을 마무리하러 갈 거야. 이걸 끝내지 않고는 도저히 살아갈 수가 없을 테니까."

말을 마친 주승이 몸을 돌렸다. 송화가 재빨리 따라잡아 그를 막았다.

"어디 가는 거예요?"

"상관 마."

"혹시 여기가 김한준 씨 집인가요?"

주승은 묵묵부답이었다. 자신의 예감이 맞았음을 깨달은 송화의 얼굴이 굳어졌다.

"지금 여기 온 이유가 뭔데요. 또 무슨 짓을 하려는 거예요?"

"비켜."

"복수, 복수, 복수! 그깟 복수가 뭔데 날 이렇게 비참하게 만들어요? 제발 나한테 집중 좀 해요! 당신 앞에 있는 나를 보라구요!"

송화의 간절한 외침에도 주승은 오직 한 가지 생각에만 꽂혀 있었다. 신호가 바뀜과 동시에 주승은 서슴없이 건널목을 건넜다. 황급히 주승을 따라가던 송화가 발을 헛디뎠다. 그녀는 쏟아지는 빗속에서 벗겨진 구두를 다시 신으려고 몸을 굽혔다. 건널목 한가운데에서 신호가 다시 바뀌었다. 소나기를 맞으며 구두를 신고 있던 그녀의 몸이 빗길을 질주하는 오토바이와 부딪히며 공중으로 붕 떠올랐다. 저만치 날아간 오토바이가 빗길에 미끄러지며 다른 차를 들이받았다. 추돌하여 빙글빙글 도는 오토바이와 자동차 사이에 툭 떨어진 송화의 몸이 보였다. 그녀의 머리카락 사이에서 새빨간 것이 흘러내려 아스팔트를 적셨다.

곧 구급차 몇 대가 요란한 사이렌을 울리며 도착했다. 넋 나간 사람처럼 그 자리에 서 있던 주승이 사이렌 소리에 정신을 차렸다. 주승은 평소보다 더 심하게 다리를 절며 송화에게 뛰어갔다. 그녀의 몸은 인형처럼 아스팔트 위에 내동댕이쳐진 채였다. 주승의 무릎이 힘없이 주저앉았다.

사람들이 모여들었고 누군가가 괜찮냐고 소리쳤지만 주승은 송화의 시신을 끌어안고 차마 놓지 못했다. 자기를 봐 달라는 송화의 마지막 말이 주승의 귓가에서 메아리쳤다. 덩어리가 목에 걸린 듯 울음소리조차 낼 수 없었다. 모든 상황이 자신에게 멈추라고 신호를 보냈지만 주승은 그렇게 하지 않았다. 자신의 어리석음 때문에 곁에서 가슴앓이만 하던 그녀가 이제서야 보였다. 굵은 빗방울이 송화의 얼굴을 호되게 내리쳤다. 주승은 상체를 굽혀 비를 가려 주었다.

주승에게 갑자기 오래된 기억들이 떠올랐다. 주승이 아직 영준이었을 때, 비가 오는 날이면 학교 책상 위에 우산이 놓여 있곤 했다. 우산을 주고 간 사람이 엄마가 아니라 한준이었다는 것을 알고 있었지만 주승은 내색하지 않았다. 우산을 쓰고 집에 도착하면 한준은 비를 쫄딱 맞은 채 덜덜 떨며 옷을 갈아입고 있었다. 어쩌면 그때 멈췄어야 했다고 주승은 생각했다. 구조대원들이 비키라며 주승의 옷깃을 잡아당겼지만, 그는 차마 송화를 품에서 놓지 못했다.

5
—
천사의
고백

머리에 하얀 미사보를 쓴 여인이 고해소의 왼쪽 방으로 들어갔다. 여인은 문을 닫고 촘촘한 망으로 된 벽을 향해 앉아 성호를 그었다. 성부와 성자와 성신의 이름으로. 아멘.

"양심 성찰은 하셨습니까."

망 너머에 앉은 사제가 입을 열었다.

"예, 신부님."

"하느님의 자비와 은총을 굳게 믿으며 지은 죄를 뉘우치고 사실대로 고백하십시오."

"처음으로 고백합니다…."

여인은 떨리는 목소리로 고백하기 시작했다.

뭔가 잘못됐음을 느낀 건 결혼 직후였다.

나만 바라볼 것 같던 그가 더할 나위 없이 다정한 눈빛으로 그 여자를 바라보고 있었다. 내 남편뿐 아니라 집안의 모든 남자들이 그녀에게 애정 어린 시선을 보내고 있었다.

공교롭게도 내가 이제부터 동서라고 불러야 할 그 여자는, 자기 주변에 있는 모든 여자들을 빛을 잃게 만드는 그런 여자였다. 오랜 시간 거울 앞에서 연구한 듯 우아한 포즈, 한순간도 흐트러지지 않고 곧게 세운 등과 허리, 시종일관 잃지 않는 잔잔한 미소, 그리고 결코 서두르는 법 없는 나긋나긋한 행동거지. 그녀의 가녀린 턱선과 쭉 뻗은 다리, 그리고 적당히 부푼 가슴을 훔쳐보는 그의 시선을 따라 내 시선도 불안하게 움직였다. 새색시가 된 첫날부터 남편에게 모멸감을 느끼고 그를 의심하게 된 건 내 탓이 아니다.

그녀는 깜짝 놀랄 만큼 천진했으며 때론 무지했다. 그 나이대의 어른이라면 응당 알 만한 상식도 모를뿐더러 세상 돌아가는 일에도 무관심했다. 호위 무사처럼 그녀의 명령만 기다리고 있는 덜떨어진 남자들이 그녀를 에워싸고 있으니 세상을 몰라도 사는 데 아무 지장이 없었을지도 모른다.

그녀가 남자들의 시답잖은 농담에 까르르 웃어 주거나 별것도 아닌 재주에 감탄해 마지않는 표정을 지을 때면, 남자들은 그녀를 위해 목숨이라도 바칠 듯 대담해졌다. 그녀 앞에서 용기를 불사하는 남자들에게 그녀가 해 주는 보답은 단 한 가지였다. 고맙다고 가만히 웃어 주는 것. 그것 하나면 남자들은 어떤 고생스러운 일도 기꺼이 처리해 주겠노라며 비장해지곤 했다. 이 모든 장면을 한 걸음 뒤에서 지켜보는 나는 실소를 가까스로 참아야 했다. 본인들은 진지했지만 나는 마치 희극 한 편을 관람하는 것 같았으니까.

남자들의 맹목적인 충성을 받는 여자들은 대개 자신의 연약함을 이용하여 사람을 조종한다고 생각했지만 놀랍게도 그녀에겐 그런 악의는 없어 보였다. 오히려 그런 전형적이고 식상한 타입과는 반대되는 부류였다. 영악하다기보다는 순진무구한 쪽이었고 그녀의 이런 점이 남자들로 하여금 그녀에게 더욱 매달리게 하는 것 같았다. 물론 순진함마저 치밀하게 계산된 것일지도 모르지만.

그녀의 미소는 전지전능했다. 사람들이 갑론을박하며 우왕좌왕할 때, 그녀가 어떤 의견을 듣고 조용히 미소를 짓기만 해도 사람들은 거기에서 착상을 얻어 양쪽을 모두 만족시키는 묘안을 생각해 내곤 하는 것이었다. 과감한 결단을 내려야 하는 상황에서도 그녀는 그저 사람들의 말을 경청해 주고 부드럽게 웃으며 고개를 끄덕이는 것으로 상황을 종료시켰다. 그녀가 직접 대안을 제시한 적은 없으나, 사람들은 그녀의 존재만으로 어떤 영감을 얻는 듯했다. 사람들은 나의 논리적인 대안보다 그녀의 끄덕임에서 용기와 희망을 얻었다.

나는 그녀라는 인간의 페르소나를 파악하는 데 혼란을 느꼈다. 그녀는 자기 주위에서 벌어지는 일에 무심한 듯 보이면서도, 그 모든 일을 조종하는 것 같았다. 어느 쪽이 그녀의 실체인지 나는 끝끝내 알 수 없었지만, 한 가지는 분명히 알 수 있었다. 그녀는 나를 지배하고 있었다. 나의 모든 생각과 행동은 그녀를 의식한 결과물이 되어 가고 있었다.

그녀는 상냥함과 친절함으로 모두의 위에 군림했다. 서릿발 같이 지엄하고 매서운 시어머니조차 그녀에게 푹 빠져들 정도였다. 나는 어느 쪽을 택해야 할지 곤혹스러웠다. 미워하기엔 너무 천진했고, 좋아하기엔 손해 보는 느낌이었다. 나까지 좋아해 주지 않아도 인기가 넘쳐서 주체를 못하는데, 나 한 명 정도는 그녀를 싫어해 주어야 공평한 거 아닐까. 이런 생각으로 그녀에게 조금 차갑게 굴라치면, 그녀는 도리어 나에게 속마음을 털어놓거나 도움을 청하며 평소보다 더 착 달라붙었다. 그런 모습을 본 시어머니는 나를 핀잔하곤 했다.

"봐라, 네가 쟤를 그렇게 구박하는데도 쟤는 네가 좋단다. 얼마나 심성이 고우냐. 너보다 어린 것한테 딱딱거리지 말고 손윗사람답게 좀 잘해 줘라."

어머니, 전 저 여자가 징그럽고 무서워요. 세상에 단 한 명이라도 자기를 좋아하지 않는 사람이 있는 건 용납할 수 없다는 저 태도. 모든 사람을 기어이 자기편으로 만들고 말겠다는 저 온화한 미소 말이에요. 저 여자에게 상냥함과 친절함은 미덕이 아니라 자신의 왕국을 지키는 데 꼭 필요한 무기라고요!

물론 이 말을 입 밖으로 내지는 않았다.

시어머니의 건강이 악화된 뒤로는 집안 대소사를 내가 관리하게 되었다. 병석에 눕게 된 어머니는 나에게 자신의 도장과 통장, 집문서를 맡겼다. 나는 어머니를 대신하여 살림과 가계, 각종 청구서 및 문서 관리, 집 수리, 명절 음식, 성묘, 제사, 친척들 경조사, 하다 못해 화단 관리까지 수많은 일들을 처리하고 해결했다. 한 직장에 정착하지 못하고 방황하던 남편은 이런 일을 도맡아 하기를 질색했으므로, 결국 어머니가 믿을 사람은 나밖에 없었다.

나는 경제권을 거머쥔 채 서서히 이 집안의 비밀과 치부를 알게 되었다. 알부자라고 큰소리치던 시댁에 오히려 빚이 있다는 것. 지방 여기저기에 가지고 있다던 손바닥만 한 땅은 알고 보니 친척들과 공동명의로 되어 있었고 그마저도 소유권 분쟁에서 밀려나 반 마지기도 챙기지 못했다는 것, 등등. 호기만 넘쳤지 실속은 못 차리는 이 집안 남자들을 대신해서 나는 안 쓰고 안 먹고 안 입어 가며 알뜰하게 살림을 꾸렸다.

어머니는 무뚝뚝한 나를 싫어하면서도 정작 중요하거나 어려운 일이 닥치면 나를 불렀다. 나는 약사 공부를 하면서 동시에 이 모든 일들을 해냈지만 나에게 고맙다고 해 주는 시댁 식구는 한 명도 없었다. 때론 늦은 시각까지 공부를 하고 집에 들어오면 나만 빼고 정답게 둘러앉아 야식을 먹고 있는 식구들과 마주치곤 했다. 희한하게도 내가 늦게 귀가하는 날이면 그날따라 남편은 일찍 퇴근하여 집에 있은 적이 많았다. 나쁜 짓하다 들킨 것도 아닌데 그 여자가 과장된 몸짓으로 벌떡 일어나 이렇게 말하곤 했다.

"형님도 이리 오세요."

형님도 이리 오세요, 라니… 그 여자는 순식간에 나를 무리에 끼지 못한 사람, 온전히 어울리지 못하고 주변을 겉도는 사람으로 만들었다. 너희들이 뭔데 날 끼워 줘. 바쁜 내가 한가한 너희들과 어울릴 시간이 없는 거야. 나는 대꾸도 않고 방으로 들어갔다. 손도 씻기 전에 서랍에서 위스키부터 꺼냈다. 술의 힘을 빌려야 잠이 든 지 오래였다. 아무도 날 사랑해 주지 않았다. 이 집에서 내가 믿고 의지할 것은 오직 권력밖에 없었다.

그러던 어느 날, 그 여자는 임신을 했다. 아이를 키울 형편도 안 되면서 그녀는 뛸 듯이 기뻐했다. 시어머니도 편찮으신데 동서 임신 수발까지 들어야 하나 생각하니 부아가 치밀었다. 설마 아이를 낳고 나서도 이 집에 얹혀 있진 않겠지. 나는 동서가 하루빨리 분가하기를 바라고 또 바랐지만 그런 일은 생기지 않았다. 그리고 1년 정도 뒤, 나 역시 임신을 하게 되었다. 나는 입덧을 하면서 동서를 위해 미역국을 한 솥 가득 끓이는 내 모습을 상상하며 몸서리를 쳤다.

하필 우리는 둘 다 아들을 낳았다. 그녀의 아이와 나의 아이는 자라면서 끊임없이 할머니에게 비교를 당했다. 시어머니는 그 여자의 아들을 무척이나 예뻐했다. 첫 손주라는 게 이유였다. 그러나 겨우 1년 뒤에 태어난 나의 아이가 단지 동생이라서 이런 취급을 받는 것이라고 믿을 만큼 나는 어리석지 않았다. 어머니는 그저 내가 싫은 것이다. 영준이는 내 아들이란 이유로 할머니 품에 안겨 보지도 못하고 자라야 했다.

어머니의 병세는 점점 악화되어 거동마저 불편해졌다. 팔다리가 저릿저릿하다며 지팡이에 의지해 몇 걸음 걷다가 이내 주저앉곤 했다. 멍하니 허공에 대고 혼잣말을 중얼거리는 시간도 많아졌다. 어느 따사로운 오후, 어머니는 콩국수를 드시다가 갑자기 내 손을 꼭 잡았다. 쇠약해지니 미웠던 며느리라도 의지하고 싶어졌나 싶어 측은한 마음이 든 순간, 어머니가 내 손을 잡은 것이 아니라는 것을 깨달았다. 나는 손에 쥐어진 종이쪽지를 바라보았다. 꼬깃꼬깃한 종이를 펼치니 삐뚤삐뚤한 글씨로 이렇게 적혀 있었다.

'나 없다고 동서 내치지 말고 이 집에서 두 식구가 서로 의지하며 죽을 때까지 오손도손 살 거라. 어린 한준이를 생각해 다오.'

머릿속이 서늘해지며 가슴에 차가운 조소가 일었다. 일말의 연민마저 사라져 버렸다. 이게 당신의 유언이야? 숱한 세월 당신 곁에서 뼈 빠지게 일한 나에게… 고작 이것뿐이야?

나는 조용히 자리에서 일어나 가스레인지를 켰다. 보란 듯이 자필 유언장을 파란 가스불에 소각시켜 버렸다.

"미령아!"

어머니가 겨우 소리를 내서 내 이름을 불렀다. 가래가 꽉 차

서 몹시 탁한 목소리였다. 나는 못 들은 체하고 서랍에서 종이
와 볼펜을 꺼내 어머니 앞에 내밀었다.

"쓰세요."

어머니가 내 의도를 눈치챈 듯 경멸을 담은 눈빛을 보냈지
만, 나는 개의치 않고 쪼글쪼글한 손에 억지로 볼펜을 쥐어 주
었다.

"한시바삐 이 집을 팔아 광주 우씨댁에 진 빚을 청산하거라.
둘째 시윤과 경은은 이제부터 미령에게 기대지 말고 너희 힘으
로 새로운 인생을 살 거라."

어머니는 글씨를 쓰지 않으려고 버텼지만, 자신의 손 위에
겹쳐진 내 손의 힘을 이기지 못했다. 최근 팔다리에 마비증세가
와서 힘을 쓰지 못하는 듯했다. 나는 새로 쓴 유언장을 접어 허
리춤에 넣었다. 어머니가 파르르 떨며 나를 노려보았다. 나는
내 몫의 콩국수를 맛있게 먹어 치웠다. 어머니는 이날 이후로
음식을 넘기지 못했고, 며칠 후 낮잠을 주무시던 평상에서 영영
일어나지 못했다.

드디어 나의 세상이 열렸다. 내가 제일 먼저 한 일은 동서네
를 분가시키는 일이었다. 어머니가 살아 계실 땐 아들을 곁에
두어야 한다는 명분이 있었지만 더 이상의 무임승차는 어림없
는 일이다. 제 발로 나갈 수밖에 없도록, 나는 빈틈없이 계획을
진행했다.

우선 나는 대가족이 살던 이 집을 매물로 내놓았다. 이 집이 건재하는 한 동서네는 영원히 우리 곁을 떠나지 않을 것이었다. 남편은 애당초 빚을 지는 데 일조를 했으므로 내 결정에 반박하지 못했다.

둘째 시윤은 유언장의 내용을 믿을 수 없다며 길길이 날뛰었다. 그는 전문가에게 필적 감정을 의뢰하겠다고 여기저기 알아보러 다녔지만, 감정 대상과 비교할 대조 필체를 확보하지 못했다. 그건 당연한 결과였다. 과거에 어머니가 쓰던 가계부, 일기장 및 어머니의 필체가 담긴 모든 물건은 내가 진즉 버렸으니까. 게다가 돌아가시기 전에 손발저림으로 고생하셨으니 필체가 삐뚤삐뚤할 수밖에 없지 않겠는가.

다행히 집은 내놓은 지 한 달도 안 되어 임자를 만났다. 오래되긴 했어도 전통 양식을 그대로 보존한 한옥이라, 가옥 구조에 매료된 외국인 부부가 비싼 값을 지불하고서라도 사겠다고 나선 것이다. 덕분에 나는 가격을 부풀려 흥정할 수 있었고, 매매 계약서에 도장을 찍자마자 채권자를 만나러 갔다.

눈처럼 새하얀 백발에 인자한 분위기를 풍기는 채권자는 어머니의 오랜 고을 친구였다. 무릎이 아파 휠체어가 없으면 꼼짝도 하지 못한다고 했다. 몇 년 동안 왜 빚 독촉을 하지 않았는지 이해가 되었다. 어머니의 사망 소식에 충격을 받은 채권자는, 집이 너무 오래되어 헐값에 내놓는다 해도 팔릴지 의문이라는 나의 말을 곧이곧대로 믿었다. 팔아 봐야 원금이나 겨우 갚을 액수밖에 안 된다는 나의 성토에, 그녀는 조용히 눈물을 떨구며 누적된 이자를 모두 제하고 원금만 갚도록 허락해 주었다. 서슬이 퍼렇던 어머니가 세상을 떠났다는 데 적잖이 놀란 모양이었다.

약사 자격증 시험에 합격한 날, 나는 그들에게 3주 안에 이사를 나가라고 통보했다. 너무 길지도 짧지도 않은 기간. 이보다 길어지면 방심하게 되고 이보다 짧아지면 촉박함에 원성을 들을 기간. 어느 정도 집 구할 시간을 주면서도, 하루도 지체해서는 안 된다는 위기감을 불어넣기에 3주라는 시간은 최적이었다. 그동안 집 걱정 없이 편하게 지내던 동서에게 이 소식은 청천벽력과도 같았다.

"형님, 저이 사업이 아직 자리를 못 잡아서 꼬박꼬박 집세를 낼 형편이 안 되는데 갑자기 나가라고 하시면 저희는 어떻게 하죠…."

"어쩌겠어, 어머니 유언이 그런 걸. 집을 팔아서 하루빨리 빚을 청산하라고 하신 거, 동서도 알잖아? 그나마 내가 신속하게 행동해서 이 집 한 채로 빚이 해결된 걸 다행으로 여겨야지."

"하지만 이렇게 갑작스럽게…."

"하루하루 이자가 쌓이는데 동서는 두 다리 뻗고 잠이 와? 어머니를 그렇게 따랐으면서, 어머님 빚에 대해서는 어찌 그리 무심해? 우리가 빚을 빨리 갚아야 돌아가신 분 이름에 먹칠하지 않는 거야."

집을 정리하고 남긴 약간의 차액으로 나는 변두리 동네에 약국을 계약했다. 아울러 수중에 가지고 있던 현금을 보태 약국 근처에 방 두 개짜리 주택을 샀다. 동서가 사치스럽고 남의 이목을 중시하는 여자란 것을 알기에 일부러 후미진 동네에 집을 샀다. 도저히 두 가족이 살 수 없을 만큼 좁고 낡은 집이었다.

그녀와 그녀의 남편은 돈이 생기면 일단 쓰고 보는 사람들이었다. 조금만 여유가 생기면 둘 다 신이 나서 잔고가 바닥날 때까지 놀러 다녔다. 내가 가사 노동과 공부를 24시간 안에 다 구겨 넣지 못해 고군분투할 때, 그들은 겁 없이 멋진 식당에서 와인잔을 부딪쳤다. 당장 다음 달 생활비도 모자라면서 그녀의 몸에는 언제나 세련된 장신구들이 가득했다. 도무지 내일에 대한 걱정이라곤 없는 사람들이었다. 나는 내 힘으로 약국을 운영하면서 나만의 살림을 꾸리고 싶었다. 동서네가 같이 산다고 우리 가족에게 도움이 될 것은 티끌만큼도 없었다. 그들은 피땀흘려 번 신성한 돈을 허랑방탕하게 쓰고 또다시 나에게 와서 재워 달라고 할 위인들이었다.

나의 예상대로, 그들은 결국 빚을 얻어 아파트를 구했다. 형편에 맞지 않는 번듯한 집이었다. 이렇게 그들의 빚은 알게 모르게 조금씩 불어나고 있었다.

경험도 없는 내가 약국을 혼자 운영하는 일은 쉽지 않았다. 남편은 하루가 멀다 하고 친구들과 술을 마시고 들어왔다. 명분이 없어도 어떻게든 이유를 만들어 술을 마셨다. 그나마 대가족이 모여 살 때는 가끔이라도 일찍 들어왔지만, 이제는 아예 연락도 없이 늦게 귀가하는 일이 다반사였다. 남편은 머리가 좋고 셈이 빨랐지만 한곳에 오래 머무는 타입이 아니었다. 어떤 직장에서는 고작 하루 만에 적성에 안 맞는다며 때려치우곤 했다. 평소에 도대체 뭘 하고 돌아다니냐고 했더니, 사업 아이템을 물색하느라 눈코 뜰 새 없이 바쁘다고 했다.

약국을 차리고 처음 1년간은 매일 밤 고함을 지르고 싸웠다. 그 후로는 싸울 기력도 없어서 그냥 무시했다. 어쩔 수 없이 혼자 힘으로 모든 것을 해결해야 했다. 다행히 내가 약국에 있는 동안 아이 봐줄 사람을 구했다. 영준이는 아주머니 집에서 하루를 보내며 나를 목 빠지게 기다린다고 했다. 아주머니가 바쁘면 영준이를 약국으로 데리고 가야 하는 날도 있었다. 그런 날이면 하루 종일 보채는 아이를 둘러업고 달래느라 제대로 일을 하지 못했고 결국 약국 문을 평소보다 일찍 닫아야 했다.

몸이 두 개라도 모자란 하루를 보내고 나면, 장부를 정리하고 돈을 세며 고단함을 달랬다. 남편과는 점점 소원해졌고 난 오직 약국과 돈을 벗 삼아 밤낮으로 일하면서 아이를 키웠다. 아이에게 혼신의 힘을 쏟지는 못했지만 열심히 돈을 버는 것도 아이를 위한 일이라 믿었다. 마을 사람들은 나를 여러 가지 이름으로 불렀다. 앞에선 약사님, 뒤돌면 박복한 여편네. 어차피 교양 없고 경박한 그들과 어울리고 싶은 생각도 없었기에 난

370

열심히 약만 팔았다. 돈 벌어서 이 구질구질한 동네를 떠나 주리라 생각하면서.

다행히 영준이는 날 닮아서 학습 능력이 좋은 것 같았다. 유치원에서도 영준이는 또래들보다 말을 잘했고 기억력도 비상했다. 워낙 수다쟁이라 또래 친구들뿐 아니라 유치원 선생님이나 동네 아주머니들을 붙잡고도 이런저런 이야기를 하곤 했다. 수다가 지나쳐서 사람들이 질려 도망가긴 했지만. 일하느라 늘 바쁜 엄마 때문에 다른 아이들처럼 어리광도 맘껏 못 부려 봤을 텐데 이렇게 영특하게 잘 커 주니 감사한 일이었다.

동서네가 갑자기 미국으로 이민을 간다고 했다. 안 그래도 최근 강남에서 조기 유학이나 이민 붐이 일고 있다는 뉴스가 연일 보도되고 있었고, 헛바람 든 동서가 이 대열에서 빠질 리 없다고 생각하던 터였다. 모아 놓은 돈도 없을 텐데 어떻게 가는 건지 알 수 없었지만 나는 상관하지 않았다. 눈엣가시였던 그들이 먼 타국으로 떠난다고 생각하니 희열까지 샘솟았다. 아무런 노력도 없이 그저 타고난 매력만으로 세상 모든 것을 거머쥐는 여자를 이제 더는 만나지 않아도 되는 것이다. 이제서야 행운의 여신이 나의 손을 잡아 주는 것 같다.

어느새 영준이는 국민학생이 되었고, 약국도 자리를 잡아 직원을 채용하게 되었다. 썩 마음에 들지는 않았지만 아쉬운 대로 영준이를 학교에 데려다주거나 급한 용무가 있을 때 약국을 맡길 수 있어서 편했다. 가끔씩 와서 용돈을 뜯어 가는 남편을 제외하면 내 삶은 비교적 평화로웠다. 내 의지대로 살고, 보기 싫은 사람 안 보고, 일한 만큼 벌고. 이때의 나는 더 이상 바랄 게 없었다.

한동안 연락이 없던 동서로부터 갑자기 전화가 걸려 왔다. 모든 걸 접고 다시 한국으로 돌아왔단다. 진짜 할 말은 따로 있는 듯 자꾸 뜸을 들이는 동서의 목소리가 심상치 않았다. 약국 핑계를 대고 전화를 끊어 버렸지만 일에 집중할 수 없었다. 하루 종일 두통에 시달리다 결국 악몽까지 꿨다. 좁고 어두운 부엌에서 누추한 차림으로 칼질을 하고 있는데 동서가 휘황한 광채를 휘감고 들어와 남편과 소파에서 정사를 벌이는 꿈이었다. 어처구니없게도, 죽은 시어머니가 옆 소파에 앉아 그들의 행각을 바라보며 잘했다고 손뼉을 치고 있었다. 내가 싫어하는 사람 셋이 총출동한 꿈. 나는 식은땀을 흘리며 침대에서 벌떡 일어났다. 예감이 좋지 않았다.

나쁜 꿈은 언제나 잘 들어맞는다. 다음 날 동서는 아예 약국으로 찾아왔다. 미국에서 사업을 시작하려고 빚을 내서 가게를 샀는데 브로커에게 사기를 당했다고 했다. 목이 좋아 손님이 끊이지 않을 거라던 호언장담과 달리, 회사 빌딩 1층에 위치한 샌드위치 가게는 오직 평일, 그것도 점심 장사만 가능한 곳이었다. 회사에 다니는 직원들이 유일한 고객인데 야근은커녕 모두가 5시에 칼퇴근을 하고, 주말 근무를 하는 사람은 정문에 우두커니 앉아 있는 경비원뿐이었다고. 공휴일이면 앞뒷날까지 휴가처리를 해서 즐기는 것이 미국 사람들이라고. 이런 악조건인데도 빌딩 내부에 위치했다는 이유로 렌트비는 천정부지로 높았고, 빌딩의 품위가 손상된다며 간판을 길 쪽으로 내걸지도 못하게 했다고. 5년 동안 뼈 빠지게 일했지만 본전 회수는커녕 월세 낼 돈도 없어 신용카드로 돌려막기를 하다가 도망치듯 귀국했다는 것이다.

나는 마음 한구석에 묘한 쾌감이 자리 잡는 것을 느꼈다. 그건 상대가 불행한 일을 겪을 때 연민과 동시에 고개를 쳐드는 안도감 같은 거였다. 몇 년 만에 나타난 그녀의 모습은 어젯밤 꿈속에서처럼 휘황하지도 우아하지도 않았다. 탄력을 잃은 피부와 칙칙한 눈매가 녹록지 않았던 세월을 말해 주고 있었다. 게다가 그녀는 이제 국제적인 신용불량자였다. 슬며시 나타난 쾌감이 어느새 내 입매에 잔잔한 미소를 만들었다. 오랜 세월 웅크리고 있던 내 자존심이 굽은 허리를 펴는 순간이었다.

동서가 내 팔에 매달렸다. 믿고 의지할 사람은 가족뿐이라며. 미소 하나로 모두를 움직이던 여자가 내 앞에서 무릎을 꿇었다. 전에는 자기를 좋아해 달라고 매달렸지만, 이제는 살려 달라고 매달린다. 전에는 그녀가 나를 끼워 주겠다고 했지만, 이제는 내가 그녀를 선택할 차례다. 나는 그녀에게 유일한 구원자다. 내 도움 없이 이 가련한 여자가 혼자서 할 수 있는 일은 아무것도 없다. 칼자루를 쥔 나는 전지전능하다. 칼을 어떻게 휘두를 것인지는 전적으로 나에게 달렸다.

은밀하던 쾌감은 점점 거리낄 것 없는 승리감이 되었다. 나는 정상에 꽂힌 깃발처럼 우뚝 서서 아래를 내려다보며 환희로 펄럭였다. 아주 오랫동안 이날을 기다려 왔다.

난 동서의 어깨를 토닥이며 걱정하지 말라고, 내가 시키는 대로만 하면 된다고 말해 주었다. 그녀는 진심으로 고마워하며 내 말대로 하겠다고 했다. 순순히 대답하는 그녀의 눈에는 아무런 광채가 없었다. 인생을 반쯤 포기한 것 같았다. 도도하고 화려하던 그녀가 내 지시만 기다리고 있는 꼴을 보니 갑자기 인상이 찌푸려졌다. 라이벌은 강력할 때 의미를 지닌다. 라이벌이 초라해지면 대결 또한 시시해진다. 그런 대결에서 이겨 봐야 아무것도 증명하지 못한다. 한껏 살찌워 줄게. 다시 빛나게 만들어 줄게. 그래야 널 무너뜨리는 보람이 있지.

난 바닥에 떨어진 인형을 주워 올리듯, 주저앉은 그녀를 일으켜 의자에 앉혔다. 자신감을 북돋워 주기 위해 그녀를 한껏 추켜세우고 현금통에서 지폐를 두둑이 꺼내 주었다. 상당히 많은 액수였다. 그동안 고생했으니 오늘은 식구들과 맛있는 것도 사 먹고 편히 호텔에서 자라고 했다. 길에서 친구나 지인을 마주칠 수 있으니 옷도 좀 사 입으라고 당부하는 것도 잊지 않았다. 그녀의 그늘진 얼굴이 조금씩 환해졌다.

나는 '품위유지비'라는 명목으로 잠자고 있던 그녀의 허영심을 일깨워 주었다. 아, 돈은 빌려주지 않고 그냥 주었다. 초심자에게는 행운이 필요하니까 말이다. 동서에게 열흘 후 다시 찾아오라고 했다. 물론 그녀는 나흘도 채 되기 전에 내가 준 돈을 남김없이 써 버릴 것이다. 하지만 그건 내 잘못이 아니다. 그녀의 발목을 잡은 건 내가 아니라 그녀 자신의 허영심이니까.

과연 나흘째 되는 날, 그녀가 돌아왔다. 나흘 전에 비해 장밋빛 혈색이 돌아와 있었다. 옷이 날개라고, 불과 며칠 만에 그녀의 모습에서 그늘이라곤 찾아볼 수 없었다. 고작 며칠의 호사를 누릴 수 있는 돈을 가지고도 이렇게 행복을 느끼다니. 도대체 미래에 대한 계획이나 염려 따위가 있기는 한 걸까? 나는 그녀가 전에 살던 강남의 아파트로 다시 이사하고 싶도록, 팔학군을 적당히 들먹여 주었다. 여기 아이들은 학원을 몇 개씩 다니는데 한준이는 그동안 놀았을 테니 팔학군으로 들어가서 바짝 해야 따라잡을 수 있다는 이야기였다.

내 말을 진지하게 듣던 동서는 자기들 처지에 어디서 융자를 받을 수 있겠냐고 신세 한탄을 했다. 나는 보증 따위를 서 줄 생각은 추호도 없었고 길에서 주운 사금융 업체의 명함을 슬쩍 꺼내 동서 앞에 내려놓았다. 그리고 '어려운 사람들에게 별도의 신용조회 없이 돈을 빌려주기도 하나 보던데', 라고 중얼거렸다. 동서가 뛸 듯이 기뻐하는 걸 보니 사금융 업계도 다 같은 금융 업계라고 믿는 모양이었다. 오해하지 말길 바란다. 나는 동서에게 어떤 것도 권유한 적이 없다.

동서에게 골몰하느라 한동안 영준이를 신경 쓰지 못했다. 저녁에 숙제도 거들어 주고 밥도 같이 먹어야 하는데. 일주일간 아주머니가 나 대신 영준이 밥도 차려 주고 재워 주고 가시곤 했다. 그런데 아주머니가 자꾸 이상한 소리를 했다. 영준이가 꾀병을 부린단다. 허리나 다리가 아프다고 했다가, 조금 있으면 또 아니라고 펄펄 날아다닌단다. 기운이 없다고 했다가, 병원에 가 보자고 하면 금세 싫다고 소리를 버럭 지른다는 것이다. 엄마가 늦게 들어오는 것에 불만이 쌓여서 관심을 끌기 위해 그러는 것 같기도 하다며, 간단한 말도 통 듣지를 않아 다루기가 힘들다고 했다. 나는 영준이가 아주머니를 별로 좋아하지 않아서 반항하는 것 같다고 생각했다.

이 무렵의 남편은 외박하는 횟수가 더 잦아져서 아예 잊을 만하면 한 번씩 나타나곤 했다. 막상 없으면 아쉽다가 정작 나타나면 더욱더 꼴 보기 싫었다. 아는 체하기도 싫어서 나는 먼저 잠든 척하거나 부엌에서 새벽까지 장부를 정리하다 술을 마시고 식탁에 고꾸라져 잠이 들곤 했다.

약국 직원과 영준이를 봐주시는 아주머니가 약속이나 한 듯 동시에 그만두겠다고 통보를 해 왔다. 여태껏 남편이 없어도 그런대로 살 만했던 것은 약국 직원과 아주머니가 있어서였다. 갑자기 도움의 손길이 없어진 나는 극심한 스트레스와 우울감에 빠졌다. 아침에 약국 문을 조금 늦게 열면 되고, 영준이더러 방과 후에 약국으로 오라고 하면 될 일이지만, 그게 다가 아니었다. 불시에 예기치 못한 일이 닥치게 마련인 일과 육아를 홀로 병행한다면 분명 둘 중 하나는 엉망이 될 게 뻔했다. 특히 영준이가 아프거나 학부모로 학교 행사에 참석해야 하는 날엔 감정이 북받쳐 그대로 주저앉아 울고 싶었다. 머나먼 중동의 건설 현장으로 파견된 남편을 기다리는 아내처럼 애타는 그리움 때문에 힘든 거였다면 차라리 견디기 쉬울 것 같았다.

새색시가 된 첫날부터 씻을 수 없는 굴욕감을 안겨 준 남자. 그리고 내 주위를 맴돌며 그날의 굴욕감을 지속적으로 상기시켜 주는 여자. 내가 밤낮으로 뛰어다니며 아등바등 살 때 가증스러운 미소 하나로 모든 것을 쉽게 해결하던 여자. 미약하게나마 빛나던 나의 젊은 시절을, 다이아몬드 옆 진주밖에 안 되는 존재로 격하시켜 버린 여자. 남자들의 음탕함과 경외감이 뒤섞인 찬양을 받았던 여자. 내 도움을 받고 내 덕에 목숨을 부지했으면서도 언제나 홀로 찬양받았던 여자. 행운의 여신이 늘 함께했던 여자. 그리고 그녀를 동경과 염원의 눈빛으로 바라보던 남자. 두 사람은, 가족이라는 테두리가 저주일 수도 있다는 걸 내게 깨우쳐 주었다. 어차피 피할 수 없는 사람들이라면, 죽을 때까지 곁에 붙잡아 두고 괴롭혀 줄 것이다. 그래야 공평하니까.

영준이는 갈수록 다루기 힘들어졌다. 아주머니가 영준이에 대해 했던 말은 모두 사실이었다. 내가 그걸 알아챌 만큼 영준이와 충분한 시간을 보내지 못했던 것뿐. 화가 나거나 무언가 불편할 때 내가 옆에서 즉각적으로 처리해 주지 못하니 아이의 감정 조절 능력에 문제가 생긴 걸까. 어릴 땐 이 정도는 아니었는데. 영준이는 무언가를 자주 엎지르고 갑자기 큰 소리로 이야기를 시작하곤 했다. 걸을 때도 비틀거리거나 한쪽 다리로 쿵쿵거리다가 정신없이 지그재그로 걷기도 했다. 장난이 심하고 통제가 어려운 아이라고는 알고 있었지만, 이쯤 되면 아주머니가 그만두고 나갈 만하다는 생각이 들었다.

나가야 할 일이 있을 때마다 약국 문을 걸어 잠그다 보니 자연히 매상도 줄었다. 단골들은 지난번에 왔다가 헛걸음했다며 볼멘소리를 했고, 나는 그때마다 사과하며 약값을 깎아 주거나 비타민 과립 한 포라도 얹어 주어야 했다. 하지만 손님들은 이미 옆 동네에 생긴 큰 약국으로 발길을 돌리고 있었다. 나는 점점 초조해졌다. 이대로라면 임대료를 걱정해야 할 판국이었다.

아직 옷도 혼자 못 입는 다 큰 아이의 시중을 들고 준비물을 챙기느라 아침부터 진땀을 빼고 나면, 녹초가 되어 세수도 못한 채 약국으로 헐레벌떡 달려가곤 했다. 하루하루 호구지책으로 살아가는 나날의 연속이었다.

현 상태로도 이보다 더 힘들 수 없을 거라 생각했건만, 더 큰 악운이 나를 기다리고 있었다. 담임 선생님의 권유로 영준이를 병원에 데려갔는데, 검사 결과 태아알코올 증후군으로 분류될 조건을 충족한다고 했다.

나 때문에 불행한 삶을 얻은 영준에 대한 죄책감은, 오히려 남편을 향한 증오심에 부채질을 했다. 인생의 난관을 나 홀로 짊어지게 만든 남편은 지금 이 순간에도 자유롭게 돌아다니고 있겠지. 나한테는 애정이 없다 해도 자식이 궁금하면 전화라도 했어야 했다. 우리 모자가 사고로 죽어도 모를 인간. 널 반드시 지옥으로 보낼 거야. 너에게 복수할 수만 있다면 내 영혼이라도 저승사자에게 바칠 거야.

내 저주를 듣기라도 한 걸까. 남편은 어찌 된 일인지 이 시기부터 집에 자주 들어오기 시작했다. 돈이 다 떨어졌거나 같이 살던 여자한테 차인 거겠지. 오랜만에 들어온 남편은 그동안의 부재를 미안해하기는커녕, 내가 하는 모든 일에 딴지를 걸었다. 요리, 살림, 양육 방식, 심지어 내 옷차림까지 못마땅해했다. 마치 죽은 시어머니가 남편 몸으로 빙의하기라도 한 것 같았다. 특히 영준이를 키우는 방식에서 충돌하기 일쑤였다.

남편은 서툴고 실수가 잦은 영준이를 못 견뎌 했다. 영준의 왜소한 체구와 바르지 못한 걸음걸이를 볼 때마다 남편은 못마땅해하며 자세를 바로잡아 주려 했다. 영준이가 앓고 있는 장애의 특성 때문이라고 알려 주어도, 남편의 눈에 영준이는 그저 걸음 하나 제대로 못 걷는 덜떨어진 놈일 뿐이었다. 남편은 특히 영준이에게 친구가 없다는 사실에 무척 자존심 상해했다. 영준이가 붙임성이 없는 건 나를 닮은 탓이라며, 집에서 잘 노는 아이를 굳이 놀이터로 내보내 억지로 친구들과 어울리게 했다. 그러면 영준이는 또래들 틈에 끼어들어 말을 시켰다가 이내 외톨이가 되곤 했다. 모두 떠난 놀이터에 멀뚱멀뚱 서 있다가 돌아오는 영준이를 보고 열불이 난 나는 남편과 한바탕 고함을 지르며 싸워야 했다.

남편은 영준이가 남들과 다르다는 사실을 인정하려 들지 않았다. 아들은 무조건 강하게 키워야 한다며 체육을 싫어하는 영준이에게 억지로 축구를 배우게 했다. 무리하면 역효과가 날 수도 있다고 했더니, 사내자식을 집에서만 감싸고 키워서 내가 아이를 저 모양으로 만들었단다. 증후군이니 뭐니 의사의 진단은 헛소리고, 밖에 나가서 공차고 뛰어놀면 다 고쳐지는 거란다. 도무지 말이 통하지 않는 남편과 매일 실랑이를 하자니 피가 거꾸로 솟고 영혼이 피폐해지는 느낌이었다.

어떻게든 영준이를 일반 학교에 적응시키고 싶었지만, 교사들은 입을 모아 특수 학교를 권유했다. 알아보니 집에서 가장 가까운 특수 학교라 해도 버스를 타고 족히 두 시간은 걸리는 거리였다. 홈스쿨링을 하는 방법도 있다지만 일을 하는 나에게 해당되는 사항이 아니었다. 영준이는 학교에서 점점 더 스트레스를 받는 눈치였고, 나는 이러지도 저러지도 못하고 있었다.

한동안 잠잠하던 동서가 다시 약국에 드나들기 시작했다. 그녀는 새로 구입한 듯 보이는 핸드백에서 작은 선물과 하얀 봉투를 꺼냈다. 봉투에는 지난번 내가 준 만큼의 액수가 들어 있었다.

"갚으라고 준 거 아닌데."

"그래도 어떻게 그냥 받아요, 형님 덕에 서울에 정착하게 됐는데요. 정말 감사했어요, 형님."

"성의가 있으니까 선물은 그냥 받을게. 돈은 도로 가져가."

봉투를 돌려주려는 내 손을 동서가 한사코 막았지만, 나는 우격다짐으로 동서의 핸드백에 봉투를 밀어 넣었다. 겸연쩍어진 동서는 선물이라도 어서 열어 보라고 성화를 부렸다. 할 수 없이 나는 뜯기 아까울 정도로 고급스러운 재질의 포장지를 찢었다. 빨간 가죽 케이스 안에서 화려한 자태를 뽐내는 고가의 명품 팔찌를 본 순간, 나는 선물을 받겠다고 말한 것을 후회했다.

나는 주지도 받지도 말아야 하는 것이 선물이라고 믿으며 살아왔다. 선물이란 받는 이의 행복한 얼굴을 상상하면서 고민하고, 고르고, 포장하는 과정, 딱 거기까지만 아름답다. 막상 주고 나면 준 사람은 칭찬과 감사를 기대하게 되고, 받은 사람은 선물값을 해야 한다는 부담을 갖게 된다. 받은 선물의 가격에 상응하는 호의를 베풀지 않으면 선물만 받고 입을 씻었다는 식의 원망이나 듣기 십상이다. 주고받는 순간 갑을의 위치가 바뀌는 것이 선물의 얄궂은 속성인 것이다.

동서는 계속 나와 눈을 맞추려 애썼다. 내가 감격스러워 하길 바라는 눈치였다. 나는 최대한 짧고 무미건조하게 고맙지만 내가 하기엔 너무 과하네, 라고 대답한 뒤 케이스를 닫아 버렸다. 내게는 이렇게 화려한 팔찌를 하고 갈 곳도, 보여 줄 친구도 없다. 뿐만 아니라, 동서가 이런 식으로 빚을 청산하여 내 손아귀에서 자유로워지는 게 싫었다. 나는 그녀와 내가 동등해지기를 원하지 않았다. 그녀는 영원히 신세 진 자, 빚진 자로 남아야 할 것이다. 나는 그녀가 죽을 때까지 갚아도 다 못 갚을 만큼의 호의를 베풀 것이다. 죽음으로 갚는 것 외에는 방도가 없도록.

내가 돈과 선물을 모두 받아 주지 않자, 동서의 얼굴에 실망한 기색이 역력했다. 그녀는 자기 생각이 짧았다고 어물거리며 케이스를 도로 자신의 핸드백에 넣었다. 빚을 제대로 갚지 못했다는 생각에 찜찜했는지 동서는 문턱이 닳도록 약국을 드나들며 성의를 보여 주려 애썼다. 올 때마다 그녀의 손에는 서양식 빵 쪼가리며 케익 같은 것이 들려 있었다.

우리 둘 사이에 화제의 공통점이라곤 찾아볼 수 없었기에, 동서는 늘 한준이 이야기를 꺼냈다. 그녀의 자식 이야기는 곧 자식 자랑으로 이어졌다. 한준이는 언제나 성적이 우수했다. 고작 국민학생이라지만, 팔학군 노른자위는 대한민국 역사상 유례없는 교육 수준과 학구열을 보여 주는 지역이었다. 전국 각지에서 뛰어난 아이들이 전학을 갔다가 드센 경쟁에 풀 죽기 일쑤였다. 그곳에서는 아이들이 성적에 목숨을 걸고 짝꿍을 경쟁자로 여기는 것에 익숙해져 있었다. 그런 곳에서도 한준이는 눈에 띄는 아이였다. 그러나 성적보다 더욱 나를 자극한 것은 한준이의 사교성과 인기였다. 친구 한 명 없는 영준이와 달리 한준이는 해마다 반장으로 뽑혔고, 운동회나 소풍날엔 응원 반장을 도맡아 한다고 했다. 나는 동서가 한준이에 대해 신나게 떠들도록 내버려 두었다. 저렇게 멋모르고 행복해하는 삶도 오래 가지 못할 테니.

때마침 전국 도처에 주식 투자 열기가 뻗쳤다. 잇따른 호재가 한국 증시를 숨 가쁘게 이끌며 사람들을 환희의 도가니로 몰아넣었다. 금융에 해박한 사람뿐 아니라 일반 회사원과 주부들까지 합세하여 일확천금의 꿈에 부풀어 올랐다. 뉴스는 연일 황금알을 낳은 주식의 수익률을 보도하기 바빴다. 하락세를 보이는 주식도 보도되었지만, 사람들의 눈에는 오직 상승 곡선만 보였다. 쥐꼬리만 한 월급으로는 평생 일해도 내 집 하나 마련하기 어려운데, 주식에 잘만 투자하면 백 원이 하루아침에 천 원이 될 수 있다니 이 얼마나 신묘한 원리인가.

나는 동서에게 간간이 주식 이야기를 흘렸다. 미국에서 신용 불량자가 된 거야 어쩔 수 없었다지만, 한국에서 남편 몰래 사채를 끌어다 쓴 것은 도대체 어떻게 갚을 생각이냐는 질문과 함께. 동서는 안 그래도 남편에게 들킬까 봐 불안했다며 참았던 울음을 터뜨리고 말았다. 또 한 번의 자비를 베풀 완벽한 타이밍이었다. 나는 소액의 종잣돈을 쥐어 주며 그녀를 안심시켰다.

"액수가 적으니까 잃어도 그만이야. 이걸로 시작해 봐. 주식이 아니면 그 엄청난 빚을 언제 다 갚겠어?"

동서는 나를 얼싸안고 입이 닳도록 고맙다는 말을 했다. 늘 신세만 져서 어떡하냐고도 했다. 나는 속으로 되뇌었다. 너무 고마워하지 마. 나중에 네 전부를 털어 갖게 될 테니까.

유행 따라가기엔 부지런해도 정작 경제 관념이 없던 동서가 결국 사고를 치고 말았다. 믿을 만한 소식통에서 찍어 준 기업이라며 거금을 투자했다가 예상치 못한 주가 급락의 폭탄을 맞은 것이다. 끌어다 쓴 빚은 이미 눈덩이처럼 불어나 이자가 원금을 넘어섰고, 빚으로 빚을 갚는 악순환을 반복하던 동서는 급기야 남편에게 꼬리를 잡혔다. 대부업체 사람들이 시동생의 직장으로 직접 찾아가 으름장을 놓은 것이다. 시동생은 빚 독촉에 시달리다 상사에게 밉보여 결국 해고되었고 동서네는 갈 곳 없는 벼랑 끝에 몰리게 되었다.

미친 여자처럼 약국으로 들이닥친 동서의 손에는 신체 포기 각서와 서류 봉투가 들려 있었다. 봉투 안에는 대부업자들의 심부름꾼이 학교에 찾아가서 한준이와 강제로 어깨동무를 하고 찍은 사진이 두어 장 들어 있었다. 동서는 밤새 울었는지 눈두덩이가 잔뜩 부었고 머리는 산발인 채였다. 동서는 말 그대로 내 바짓가랑이를 잡으며 도와 달라고 오열했다.

"형님, 이 나쁜 작자들이 저희더러 목숨까지 내놓으라네요. 이제 어쩌면 좋아요. 우리 불쌍한 한준이는 어쩌면 좋아요…."

지금이다. 또 한 번의 자비를 베풀 타이밍.

"죽어."

눈물 콧물을 짜던 동서가 내 차가운 목소리를 듣고 깜짝 놀라 나를 올려다보았다.

"네?"

"사채에서 빠져나가는 방법은 죽는 것밖에 없어."

동서는 그렁그렁한 눈으로 나를 쳐다보았다.

"형님…."

"주변 사람들 돈 다 끌어모아도 그거 못 갚아. 죽을 때까지 빚 독촉이나 받으면서 코흘리개 데리고 도망 다니며 살 거야? 한준이한테 그런 인생을 물려주고 싶어?"

"…."

동서는 울음을 멈추고 한참 동안 넋 나간 사람처럼 무언가를 생각했다. 영혼이 빠져나가기라도 한 듯한 표정이었다.

"그런 거겠죠? 저희가 죽으면… 이 모든 비극이 끝나는 거겠죠?"

"그러엄."

단호하지만 자비롭게, 나는 그렇다고 대답했다. 동서의 시선이 신체 포기각서와 한준이의 사진에 잠깐 동안 머물렀다. 입술을 깨물며 조용히 일어서는 동서의 모습에는 결연함이 서려 있었다.

"고마워요, 형님."

약국 문을 열고 나가기 전에, 그녀는 고개를 돌리고 나를 향해 조용히 미소 지었다. 실로 오랜만에 보는 그녀의 눈부심에 나는 한동안 멍하니 서 있었다. 목전에 치닫는 비극 속에서도 해맑게 웃는 소녀 같은 미소. 그녀는 나를 조금도 원망하고 있지 않았다. 그녀가 느린 동작으로 내게서 고개를 돌리고 약국 문으로 나가자, 머리카락이 바람에 부드럽게 나부꼈다. 그것이 그녀의 마지막 모습이었다.

동서네 부부가 차가운 호숫물에 뛰어들었다는 것을 알게 된 날, 나는 말할 수 없는 안도감을 느꼈다. 나는 마음 밑바닥에 남아 있던 일말의 죄책감을 외면하고 그 위에 모래를 덮어 버렸다.

그러나 불과 몇 시간 뒤, 남편이 한준이의 손을 잡고 현관으로 들어왔을 때 나는 소스라치게 놀라 심장이 멎는 줄 알았다. 저 아이가 대체 왜 살아 있는 거야? 죽으려면 다 같이 죽었어야지!

아이가 건넨 쪽지를 읽고 나서는 공포심마저 엄습했다. 동서의 쪽지는 죽은 시어머니의 유언을 떠올리게 했다. 부디 한준이를 잘 돌보아 달라는. 한준이는 마치 동서가 내게 보낸 저주 같았다. 동서는 죽음으로 나에게 복수하는 것이다. 아이를 통해 계속 나를 지켜보겠다는 심산임에 틀림없었다. 한준이가 살아 있는 한, 동서는 죽지 않은 거나 다름없었다. 비를 쫄딱 맞은 아이가 처량한 눈으로 나를 올려다본다. 머리카락이 쭈뼛 서도록 무서웠다. 사채업자들이 우리 집까지 쫓아올까 두려웠던 나는 한준과 나, 남편의 이름을 넣은 상속 포기서를 서둘러 법원에 제출했다.

영준이와 비슷한 또래의 아이가 한 명 더 있다는 건 여간 신경 쓰이는 일이 아니었다. 남편은 밥상에 숟갈 하나만 더 얹으면 되는데 왜 그러냐며 멋모르는 소리를 했다. 남편은 내가 그 아이를 얼마나 두려워하는지 모른다. 한준이는 혼자 조용히 생각에 잠겨 있을 때가 많았지만 영준이가 눈치 없이 끝없는 말을 걸 때면 가끔 살짝 웃어 주기도 했다. 한준이가 웃을 때마다 나는 소름이 끼쳤다. 웃는 모습이 꼭 제 어미를 닮아 있었다.
영준이는 사촌 형이 왔다고 마냥 신이 났지만, 나는 식사 시간을 제외하고는 한준이를 다락방에서 나오지 못하게 했다. 다락방에서 할 일이 공부밖에 없었는지, 그 아이는 늘 시험에서 좋은 성적을 받아 왔다. 대체 무슨 이유로 내가 자신의 성적표를 보고 같이 기뻐해 줄 거라 믿는 건지는 몰라도, 한준이는 매번 성적표를 내게 보여 주었다. 제 딴에는 나한테 칭찬받고 싶었던 걸까? 내가 자기를 싫어한다는 걸 설마 아직도 모르는 걸까? 한준이가 이럴 때마다 속에서 열불이 났다. 세상에 자기를 싫어하는 사람이 존재할 수도 있다는 걸 끝끝내 모르던 그 여자와 너무도 닮아 있었다.

나는 그 아이에게 세상에 믿을 사람 하나 없다는 걸 보여 주고 싶었다. 이 집에 사는 모든 가족이 너를 외면하고 있다는 걸 알려 주고 싶었다. 모두가 자신을 좋아할 거라는 동서의 환상을 깨 주고 싶었듯, 아이의 환상 또한 깨 주고 싶었다.

나는 남편의 구두 한 켤레를 안방에 숨겨 두었다. 한준이를 창고에 가둔 지 30분 정도 지나면, 나는 남편의 양복을 입고 남편의 혁대를 매고, 남편의 구두를 신고 창고 문을 열었다. 쏟아지는 빛 앞에서 어쩔 줄 몰라 바닥에 납작 엎드린 아이를, 나는 분이 풀릴 때까지 짓밟았다. 하지만 너무 세게 걸어차면 안 된다. 더구나 아이가 빛에 적응해서 나를 알아보기 전에 창고 문을 닫아야만 한다. 그렇기에 이 모든 것은 단 1분 안에 끝내야 한다. 아이는 웬만해서 비명 한 번 내지 않는다. 정말 독한 녀석이다. 이대로 키웠다가는 언젠가 괴물처럼 나를 집어삼키고 말 것이다. 아이가 장성하기 전에 어떻게든 빨리 처치해야겠다고 결심했다. 하지만 어떻게?

신경질적으로 약을 짓던 중, 우연히 신문 기사에 눈길이 갔다. 남자가 여성 호르몬을 장기 복용하면 어떤 부작용이 있는지 자세히 보고된 기사였다.

'단기적 부작용에는 근육 약화, 우울감, 무력감, 극심한 피로, 기억력 감퇴, 스트레스를 이겨 내는 능력 감소. 장기적 부작용에는 뇌졸중 위험 증가, 심혈관 계통 질환 및 심장마비의 위험 증가.'

약을 빨던 내 손이 멈췄다. 기사를 반복해서 읽은 나는 천천히 중얼거렸다.

'이거다. 괴물을 서서히 죽이는 방법.'

무겁던 머리에서 먹구름이 걷혔다. 오래도록 고민하던 난제가 한순간에 풀리는 기분이었다.

나는 이날부터 집으로 귀가할 때마다 여성 호르몬제를 한 알씩 가운 주머니에 넣었다. 혹시라도 무슨 약인지 알아낼까 봐 알약만 주머니에 챙겨서 퇴근했다.

아침마다 마름모꼴로 생긴 이 약을 내밀면 한준이는 두말없이 받아 먹었다. 제아무리 영특하다 해도 아직은 어린애인 모양이다. 약 먹기를 싫어하면서도 내 말을 거역하지 못했다. 아이가 약을 받아 먹을 때마다 나는 희열에 몸부림쳤다. 조금씩 기운을 잃고 늘어지는 아이의 어깨를 보며 나는 다시 전지전능해지는 기분을 느끼기까지 했다. 행운의 여신이 다시 내게로 왔다. 이 아이만 없어지면 나는 더 이상 공포와 악몽에 시달리지 않아도 된다. 이 아이만 없어지면.

평소 영준이를 못마땅해하던 남편의 행태는 한준이를 데려온 후 더욱 심해졌다. 그는 영준이를 야단칠 때마다 대놓고 한준이와 비교했다. 아빠 앞에서 긴장하고 위축되는 영준이가 너무 가여웠다. 남편이 영준이를 등한시할수록 내가 한준이를 감금하는 횟수도 늘어났다.

영준의 생일이 하루 앞으로 다가왔다. 생각해 보니 한 번도 멋들어진 생일상을 차려 준 적이 없었던 것 같아 가슴이 찡했다. 영준이가 좋아하는 풍선을 잔뜩 불어 주려고 선물 가게에서 아예 헬륨 가스통을 통째로 빌려 놓았다. 장에 들러 김밥, 떡볶이, 잡채, 불고기 재료도 샀다. 내일만큼은 약국 문을 닫고 영준이와 시간을 보낼 생각이었다. 안타깝게도 초대할 친구는 없었지만, 영준이는 나와 단둘이 노는 것을 더 좋아할지도 모른다.

남편은 집에 들어오자마자 한준이의 안부부터 물었다. 자기 자식보다 한준이가 더 궁금하냐고 했더니, 자기가 데리고 온 아이라 더욱 신경이 쓰인단다. 내일이 영준이 생일인 건 아느냐고 물었다. 남편은 모자란 놈 생일은 챙겨서 뭐 하냐며 땀내 나는 몸으로 이부자리에 벌렁 드러누웠다. 베개에 머리를 대자마자 잠든 남편은 집이 떠나가라 코를 골기 시작했다.

나는 서랍 속에 숨겨 두었던 새 위스키를 땄다. 잔을 가지러 나가는 것도 귀찮아서 병 주둥이에 입을 대고 마셨다. 나는 잠든 남편의 얼굴을 찬찬히 뜯어보았다. 나와 영준이를 모욕하는 말을 내뱉고도 세상모르고 잠들어 있었다. '내가 데리고 온 아이'라는 남편의 말이 밤새도록 머릿속에서 빙글빙글 돌았다.

까무룩 잠이 든 사이 악몽을 꾸었다. 꿈속에서 나는 남편과 동서의 불륜 행각을 문틈으로 염탐하고 있었다. 동서의 자지러지는 웃음소리가 갑자기 비명으로 바뀌더니 그녀의 배가 풍선처럼 부풀어올랐다. 이윽고 그녀의 다리 사이에서 우렁찬 사내아이의 울음소리가 터져 나왔다. 두 사람이 기뻐하며 안아 올린 아기는 한준이었다. 두 사람은 문틈으로 엿보던 나를 발견하고, 어서 들어와 탯줄을 잘라 달라고 했다. 나는 식은땀을 흘리며 이부자리에서 벌떡 일어났다.

놀란 가슴을 부여잡고 남편을 보았다. 여전히 뻔뻔스럽게 코를 골며 잠들어 있었다.

'더러워!'

가슴속에서 증오가 활활 타올랐다. 당신은 꿈속에서조차 나를 보지 않았어. 그동안 내게 고통을 준 것을 꿈속에서라도 참회했어야지. 뜨거운 불씨가 삽시간에 온몸으로 퍼져 참을 수 없는 오열이 터졌다. 내가 바로 옆에서 이렇게 서럽게 우는데도 남편은 눈 하나 깜짝 안 하고 편안한 얼굴로 자고 있었다. 욕지기가 치솟았다. 그래. 그렇게 자는 게 좋으면, 영원히 잠들게 해 줄게.

나는 병에 남은 위스키를 마저 들이켰다. 뺨을 타고 미끄러진 눈물이 술방울과 섞여 목으로 흘러내렸다. 단번에 삼 분의 일을 비웠더니 식도가 타는 듯 쓰라리고 시야가 휘청거렸다. 난 옷장 서랍을 뒤져 두꺼운 테이프를 찾아낸 뒤, 그걸로 남편의 손목을 모아 묶었다. 그리고 베개로 그의 얼굴을 덮은 뒤 상체의 무게를 실어 힘껏 눌렀다. 자던 남편이 사지를 격렬하게 뒤틀었다. 나는 베개 위에서 미끄러지지 않도록 온 힘을 다해 누르며 버텼다. 남편의 저항이 만만치 않아 이를 악물어야 했다. 손목이라도 미리 묶어 두지 않았으면 남편이 베개를 밀어내고 내 목을 졸랐을 것이다. 생각보다 오랜 시간이 지나고서야 그의 사지가 힘없이 늘어졌다. 나는 비로소 가쁜 숨을 몰아쉬며 베개를 껴안고 옆자리에 나동그라졌다.

그가 죽었다. 내가 죽였다!

그런데 나는 왜 속 시원히 웃지도 못하고, 기쁨의 탄성을 지르지도 못하지? 방금 살해당한 당신이 왜 더 편안한 표정을 하고 있는 거야? 아, 이제 알겠군. 황천길 입구에서 그 여자가 반가워하며 마중이라도 나올 줄 알고? 그런 일이 있어선 안 되지. 기다려! 나도 곧 갈 테니까. 당신은 죽어서도 내 곁에 있어야만 해. 그게 바로 당신의 지옥이고 형벌이야!

난 남편의 손목에서 테이프를 떼어 내 쓰레기통에 버린 뒤, 비틀거리며 부엌에 나갔다. 찬장에 남은 수면제를 다 삼켜 버릴 작정이었다. 웬일인지 부엌에 가스 냄새가 꽉 차 있었다. 안 그래도 만취한 데다 독한 가스 냄새까지 맡으니 더욱 몽롱해졌다. 중심을 잡으려고 가스레인지에 몸을 기대고 밸브를 돌려 잠갔다. 잠금 방향이 확실하지 않았지만, 지금 내게 중요한 건 빨리 수면제를 찾는 일이었다. 찬장을 향해 걷다가 무언가에 발이 걸려 넘어졌다. 헬륨 가스통이었다.

"아…."

왈칵 눈물이 솟구쳤다. 영준이… 우리 영준이가 있었지. 나는 잠시나마 죽으려고 생각했던 것을 후회하며 헬륨 가스통을 껴안고 흐느꼈다. 때마침 부엌 한구석을 묵묵히 지키고 있던 괘종시계가 새벽 2시를 알렸다. 생일 축하해, 아들.

나는 빨갛게 충혈된 눈을 하고 헬륨 가스통 옆에 놓아 둔 비닐봉지를 열었다. 봉지 안에는 색색의 풍선이 가득 들어 있었다. 동이 트면 음식을 준비해야 하니 풍선이라도 미리 불어 놓기로 했다. 아침에 영준이가 풍선으로 가득한 부엌을 보면 깜짝 놀라며 좋아하겠지.

대여점에서 가르쳐 준 대로, 나는 주입기를 헬륨 가스통에 연결하고 잠금장치를 열었다. 주입기 끝에 풍선 꼭지를 대고 방아쇠를 당기자 풍선 안에 헬륨 가스가 채워졌다. 두 번째 풍선 역시 같은 방법으로 가스를 채웠다. 세 번째, 네 번째, 다섯 번째…. 자꾸 졸음이 왔다. 풍선은 아직도 비닐봉지 한가득 남았는데, 너무 졸려서 풍선 꼭지를 주입기 끝에 맞출 수가 없었다. 주입기에 풍선을 넣었다고 생각한 나는 엉뚱한 곳에 대고 방아쇠를 당겼다. 헬륨 가스가 풍선 속 대신 내 입안에 분사됐다. 몇 번이나 이런 식으로 가스를 주입했다.

어느새 나는 내 몸이 새털처럼 가벼워지는 것을 느꼈다. 얼굴이 마룻바닥에 부딪히는 느낌도 났다. 정신을 잃은 걸까. 갑자기 주위가 환해지면서 육체의 모든 고통이 씻은 듯 사라졌다. 구름 위를 걷는 것처럼 내 다리에 실렸던 몸의 무게가 가뿐해졌다. 의식을 잃은 것 같으면서도, 모든 것을 명확하게 알 수 있었다.

잠시 후 영준이가 제 방에서 나왔다가 나를 보고 울부짖었다. 그 아이는 나를 흔들어 깨우려다가 독한 집 안 공기에 곧 실신하고 말았다. 불쌍한 내 새끼.

지난주에 고해성사를 하러 성당에 갔을 때 만난 신부님이 떠올랐다. 고해소의 촘촘한 철망 뒤에 있었지만 나는 그가 누구인지 안다. 스테파노 신부 역시 내 고백을 듣고 내가 누구인지 눈치챘을 것이다. 사제들은 대개 고해성사를 들은 뒤 묵주 기도를 몇 번 암송하라거나 봉사를 하라는 식의 보속을 내려 주지만, 이번에는 아니었다.

이제 와 생각해 보니 그는 내가 남편을 죽일 것을 알고 있었던 게 분명하다.

"이혼하십시오."

"네?"

"당신에게 악한 생각을 들게 하는 것들로부터 멀리 떨어져 사십시오. 그것만이 당신의 영혼을 치유할 수 있는 유일한 방법입니다."

"하지만 가톨릭에서는 이혼이 금지…"

"율법보다 사람이 먼저입니다. 주님은 사람을 먼저 구하길 원하십니다. 율법이란 하느님과 사람 사이의 약속입니다. 그러나 약속을 지키기도 전에 사람이 먼저 깨지면 그것이 무슨 소용이 겠습니까."

"…"

"하느님의 사제로서 보속을 내립니다. 지금 당장 남편을 떠나 그를 볼 수 없는 먼 곳으로 가십시오."

"기도문은 몇 번 외울까요."

"기도는 필요 없습니다."

신부는 온화한 동작으로 성호를 그은 뒤, 조용히 그러나 단호하게 문을 닫고 고해소에서 나가 버렸다.

아, 신부님! 보속을 이행하지 못한 저를 용서하세요.

어쩌면 나는 당신이 붙잡아 주길 원해서 고해를 하러 간 건지도 몰라요. 결국 당신은 내 마음을 들여다보았고, 거기서 악마를 보았고, 영원한 심판에서 구원받을 수 있게 길을 보여 주셨지만… 결국 난 그 말씀을 따르지 못했어요.

저 때문에 세상에 홀로 남겨진 영준이… 또 한 번 영준이를 아프게 만든 엄마가 되고 말았네요.

신부님, 마지막으로 한 가지만 부탁드립니다.

태어날 때도 환영받지 못했고 앞으로도 매 순간 투쟁하며 살아가야 할 저 불쌍한 아이를, 부디 지켜 주세요.

작가의 말

결말이 어디에 다다를지 모른 채 무턱대고 첫 줄을 썼다.

성큼 다가온 하나의 강렬한 장면. 어둠 속에 웅크린 아이의 잔상은 내 손가락 끝에서 이야기로 재탄생되고 싶어하는 게 분명했다. 첫 줄이 두 번째 줄을, 두 번째 줄이 세 번째 줄을 이끌었다. 글을 쓴다는 것은 내 속에 살고 있던 '것'들과 처음으로 대면하고 깜짝 놀라는 과정이기도 했다. 내 안에 이렇게 많은 이야기가 있었다니.

누구나 자신만의 어둠을 가지고 살아간다. 무게추를 단 인형처럼 한없이 아래로 침잠해 본 적 있는 독자라면 이 책을 읽으며 자신을 닮은 심연과 마주했으리라 믿는다.

검은 호수가 경은과 시윤을 삼켜 버린 그날 이후, 한준의 무의식은 줄곧 호수 바닥에 가라앉아 있었다. 잊었다고 생각했지만 한시도 떠난 적 없었던 곳. 언제나 한준의 무의식 언저리를 유영하던 그날의 기억은, 결국 그를 비극의 시발점인 호수로 다시 데려간다. 그가 진정으로 원했던 건, 과거를 까맣게 잊는 것이 아니라 도망쳤던 그 기억과 다시 조우하는 일이었다.

호수는 한준이 반드시 통과해야 하는 터널이다. 통과의례를 행하듯 엄숙하고 간절하게 물속으로 뛰어드는 순간, 그는 이미 상처를 뛰어넘은 것이다. 그를 지배해 온 두려움은 파문과 함께 조금씩 사라져 간다. 고개를 똑바로 쳐들고 두려움을 대면할 때 공포는 힘을 잃는다.

《햇빛공포증》을 쓰면서 행복했고 동시에 절박했다. 그토록 집필에 매달린 이유는 삶에 의미가 필요했기 때문이었다. 글을 쓴다는 것은, 나를, 내 삶을 좋아하기 위한 일련의 노력이요 고행이었다. 속에 있는 것들을 모두 끄집어내어 정제된 언어로 다듬고 공을 들이는 작업은 뻐근한 허리와 침침한 눈 못지않게 희열과 보람을 안겨 주기도 했다.

《햇빛공포증》의 탈고와 출간에 큰 도움을 주신 황희 작가님께 깊은 감사를 드린다. 아울러 의학 자문을 주신 강희정 님, 글 쓰는 아내를 자랑스럽게 생각해 준 남편, 그리고 정신적 버팀목이 되어 주신 부모님께도 큰 감사를 드린다.

마지막으로, 《햇빛공포증》을 읽어 주신 독자 여러분께 진

심으로 감사드린다. 이 소설이 빛과 어둠의 대비 만큼이나 선명
하게 여러분의 마음속에 각인되기를 바란다.

2019. 7.
시애틀에서
배수영 드림

햇빛공포증

1판 1쇄 발행 2019년 07월 30일
1판 2쇄 발행 2022년 11월 10일

지은이 · 배수영
발행인 · 주연지

편집인 · 석창진 편집 · 최소라
디자인 · 김서영 마케팅 · 허은정

펴낸곳 · 몽실북스 출판등록 · 2015년 5월 20일 (제2015 - 000025호)
주소 · 서울 관악구 난향7길52
전화 · 02-592-8969 팩스 · 02-6008-8970
이메일 · mongsilbooks@naver.com
네이버 포스트 · post.naver.com/mongsilbooks_kr
인스타그램 · instagram.com/mongsilbooks

ISBN 979-11-89178-11-6 (03810)

* 이 책은 저작권법에 따라 보호받는 저작물이므로 무단전재와 무단복제를 금지하며, 이 책 내용의 전부 또는 일부를 이용하려면 반드시 저작권자와 몽실북스의 서면동의를 받아야 합니다.

* 잘못된 책은 구입하신 서점에서 바꿔 드립니다. * 책값은 뒤표지에 있습니다.

몽실북스에서는 작가님들의 원고를 기다리고 있습니다. 자신만의 이야기를 책으로 만들고 싶다 하시면 언제든지 mongsilbooks@naver.com으로 연락처와 함께 기획안 또는 원고를 보내주세요. 몽실몽실하게 기대하며 기다리겠습니다.